文春文庫

シーファイター全艇発進

上

ジェイムズ・H・コッブ
伏見威蕃訳

文藝春秋

エリー湖からメコン・デルタに至る
ヴィクスバーグからビスマーク諸島に至る
小型戦闘艇部隊《ガンボート・ネイヴィー》の男女将兵に捧げる
彼らは最小限の装備で最大の戦果をあげるようもとめられることが多かった

上巻◉目次

主な登場人物

［アメリカ合衆国海軍／国連アフリカ阻止軍］

アマンダ・リー・ギャレット……シーファイター戦闘群司令
〈クイーン・オブ・ザ・ウェスト〉艇長　海軍大佐

ジェフリー・〝スティーマー〟・レイン……シーファイター戦隊司令　海軍少佐

ジリアン・〝スノーウィ〟・バンクス……〈クイーン・オブ・ザ・ウェスト〉副操縦士　海軍中尉

ベン・テホア……同最先任上等兵曹

サンドラ・〝スクラウンジャー〟・ケイトリン……同先任機関員　一等兵曹

ダニエル・オローク……同掌砲員　一等兵曹

ドウェイン・フライ……同右　二等兵曹

トニー・マーリン……〈マナサス〉艇長　海軍大尉

クリスティーン・レンディーノ……海軍特殊部隊作戦情報群情報士官　海軍少佐

ストーン・キレイン……第六海兵連隊第二大隊F中隊長　海兵隊大尉

カルヴィン・トールマン……同先任下士官　海兵隊曹長

［アメリカ合衆国］

ベントン・チャイルドレス……第四十四代大統領

ハリソン・ヴァン・リンデン……国務長官

リチャード・ダボイス……………………国務次官補　アフリカ問題担当
エリオット・マッキンタイア……………海軍特殊部隊司令官　海軍中将
ウィルソン・ギャレット…………………アマンダの父　退役海軍少将
ヴィンス・アーカディ……………………アマンダの恋人　海軍大尉

［国連アフリカ阻止軍／国際連合］
マーク・トレイナー………………………英国海軍サンダウン級掃海艇〈スカイ〉艇長　大尉
エヴァン・デイン…………………………同哨戒ヘリコプター飛行隊長　少佐
ジャック・トロシャール…………………フランス海軍フリゲート〈ラ・フルーレット〉艦長　少佐
ヴァーヴラ・ベイ…………………………国連特使　ギニア危機担当

［西アフリカ連邦／アルジェリア］
オベ・ベレワ………………………………連邦軍大将軍
サコ・アティバ……………………………同参謀長
ジョナサン・キンズフォード……………同海軍大佐
ダシール・ウマムギ………………………アルジェリア革命会議無任所大使

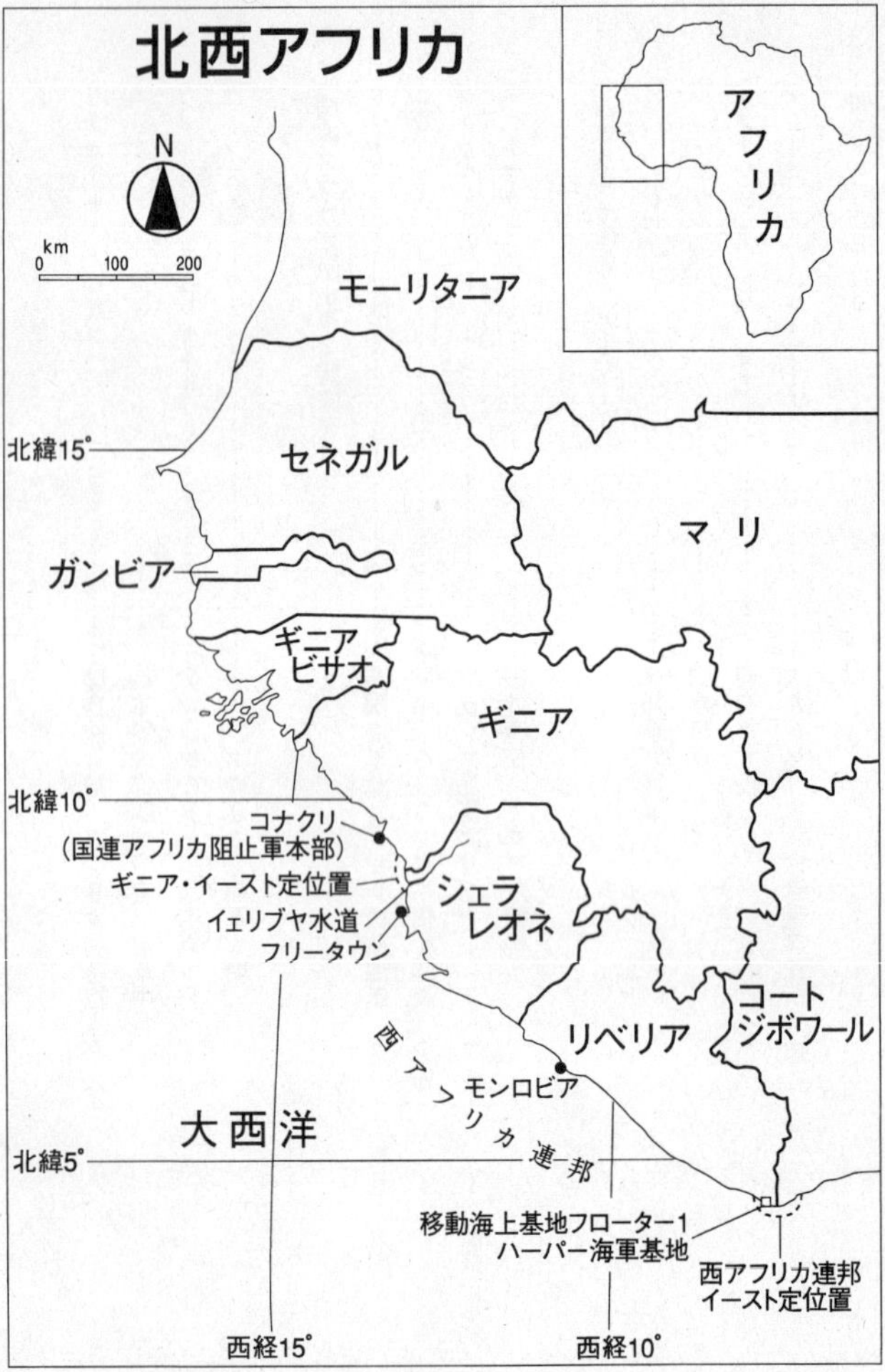
北西アフリカ
N
km
0
100
200
アフリカ
モーリタニア
セネガル
マリ
ガンビア
ギニアビサオ
ギニア
北緯15°
北緯10°
北緯5°
コナクリ
（国連アフリカ阻止軍本部）
ギニア・イースト定位置
イェリブヤ水道
フリータウン
シェラレオネ
コートジボワール
リベリア
モンロビア
西アフリカ連邦
大西洋
移動海上基地フローター1
ハーパー海軍基地
西アフリカ連邦
イースト定位置
西経15°
西経10°

シーファイター全艇発進　上巻

アフリカ　黄金海岸の一三・五海里沖　移動海上基地フローター1
二〇〇七年九月七日　二二一八時

陽が沈むと、居住区画の窓に取り付けられた出力不足の小型エアコンが、ようやく赤道の熱気を押し返しはじめた。それでも、機動群《タスク・グループ》で入手できるいちばん小さいサイズの海兵隊軍装は、がさついて鬱陶しかった。アマンダ・ギャレットは、汗でぐっしょり濡れた迷彩服が肌をこすって不快なのを我慢して、パソコンの画面をじっと見つめ、たったいま書いた文章を読み返していた。

大好きなアーカディ
これはわたしたち職業軍人がときおり書かなければならない特別な手紙です。あなたが読むことになったときには、わたしは死んでいます。
できることなら、任務を完遂して逝きたい。それに、できればひとりで死にたい。今夜、戦闘に臨んで、いつもとおなじように、自分の弱さや失敗のために部下たちが命を落とすことがないようにと祈るつもりです。こうした作戦の血の代価は、それでなくても高すぎるから。

そのほかの代償も、惜しまれてなりません。わたしたちがともにしているもののことです。いっしょに過ごした短いあいだにふたりで夢見た事柄が現実になっていたら、どんなにうれしかったかわからない。あなたが差し出してくれたすばらしいものを受け入れる気持ちがあったらどんなによかっただろうと思います。それを忘れないで、アーカディ。あなたの献身的な愛と勇気と、すばらしい伴侶らしいものの考えかたに、心からありがとうといいたいの。それに、わたしがだれかを必要とするときに、いつもそばにいてくれたことにも。この最期の長い航海に、わたしはそういう思い出を持っていきます。お返しとしてわたしにいえるのは、愛しているということ、そして、そうならなくてごめんなさいということだけです。

さようなら、あなた。幸せを見つけてね

アマンダ

ほかに書くべきことはなかった。いや、残された時間ではとうてい書ききれないというべきかもしれない。アマンダは〈ファイルの保存〉を実行し、むなしい言葉をコンピュータに記憶させた。あと二通、父親とクリスティーン・レンディーノ宛てのものが、すでにラップトップのディスクに保存されている。万一の場合は、クリスがファイルを見つけて送信してくれるはずだ。

これが彼女にとって最後の準備だった。やれることはすべてやってある。

アマンダは、つかのまぼうっとすることにして、パソコンの画面の上から自分の居室の白い壁を見つめた。五カ月たったいまも、船とはいえないこの船のそれを隔壁と呼ぶのは、変な感じがする。

その壁のフックには、アマンダが用意した見慣れない装備がいくつか吊ってある。無線機や火炎信号弾を取り付けたMOLLE（モジュラー軽量装備装着）ハーネス、ピストル・ベルトと弾倉入れ《アンモ・パウチ》、かさばる海兵隊用抗弾ベスト、迷彩カバーつきの防弾ヘルメット。

画面のドキュメントが消えて海軍同盟（セオドア・ローズヴェルト大統領が一九〇二年に発足を促した、軍について国民を啓蒙するための民間組織）のスクリーンセーヴァーの海の画像に変わり、アマンダははっとした。平面モニターの隅の二十四時間表示の時計をちらと見て、時刻を確認した。二二二一時。

二二〇〇時……あれが起きてから十七時間しかたっていないのか。わずか一日の三分の二ほどなのか。

いや。ほんとうはちがう。現在のこの危機は、数多くの事件の曲がりくねった連環の、いちばん新しい環にすぎない。さきごろ中佐から昇級したアマンダ・リー・ギャレット海軍大佐という個人が、この来たこともないような場所に派遣されるずっと前に、その連環ははじまっている。西アフリカ連邦について自分が耳にするはるか前に。いや、耳にするしないは関係なく、西アフリカ連邦そのものが出現するはるか前に。

起源

リベリア　モンロビア
一九九四年六月十四日　二一四〇時

リベリア
かつてはアフリカ大陸最古の参加民主主義国家で、アメリカの憲法と人権規定を基本にしたものを維持していた。経済成長率が日本に次いで世界第二位であったこともある。そこのジョン・F・ケネディ病院が、第三世界きっての設備の整った近代的医療研究施設であると称賛されたこともある。

かつてはれっきとしたひとつの国だったのだ。

きつい臭気に満ちた熱帯の夜の闇のなか、マンバ岬に通じる穴だらけの舗装道路を、ランドローバーが轟然と走っていった。扇形にひろがるヘッドライトの光芒の先の闇に、小動物が走るような動きがあった。身を隠す深い闇をもとめて、黒い影がいくつか道路脇へ駆けだしていった。ゴミの散乱する通りにならぶ掘っ立て小屋や崩れかけた建物のなかで獣のようにうずくまっている人影もある。

モンロビアの住民は、車に乗っている人間がたいがい銃を持っているということを、何年も前から身をもって学んでいる。また、血しぶきを見たいだけのために、理由もなく銃が使われることが多いのも知っている。

　とはいえ、通りを歩いているものだけが恐怖を感じているわけではなかった。一本柱の旋回銃座に取り付けられたブレン軽機関銃を担当するナイジェリア軍兵士も、やはり不安にかられていた。落ち着きなく銃口を細かく動かしてあちこちを狙いながら、前方の道路を照準に収めていた。リベリアの荒廃した首都の街路では、死神がすたすたと歩いてきて乗り込むのは、けっしてめずらしいことではない。いつなんどき角をまわってそれが現われないともかぎらない。

　かつてモンロビア・フリーメイソン・ホールだった建物の前で、ランドローバーは車体を揺るがしてとまり、エンジンの咆哮が不機嫌なつぶやきへと弱まった。オベ・ベレワ大尉がドアのない四輪駆動車からおり立ち、ぶっきらぼうに短い命令を発した「エンジンをかけたままにしろ、伍長」

　部下たちとおなじ着古したジャングル用迷彩服姿の長身の陸軍将校は、銃弾のために欠けている昔のリベリア・フリーメイソン団長の石像のそばを、駆け歩《あし》で通り過ぎ、巨大な古い建物の玄関に向けて大理石の階段をあがっていった。星明かりに照らされたポルチコをイオニア様式の柱が囲み、さながら古代ローマの遺跡のようだ。

　ＥＣＯＭＯＧ（西アフリカ諸国経済共同体平和維持軍）は、この建物を接収して、本部に使用している。たるんだ態度の歩哨二名が入口であわてて気をつけの姿勢をとったが、ベレワ大尉はふたりのとってつけたような敬礼には応えなかった。

　備品がすべて盗まれてなにも残っていないロビーを、発電機を電源にしている防犯灯ひとつが照らしていた。本部中隊に配属された幕僚付き中尉が、灰色の金属製の野戦デスクに向かって座り、その明滅する照明でイギリスのスポーツ雑誌を読んでいた。

「エバ大佐に話がある」デスクの背後の闇からぬっと現われたベレワが、語気鋭くいった。

当直の中尉がはっと驚いて雑誌を落とし、ベレワの語調の激しさに縮みあがった。

肩幅が広く、筋肉が盛りあがり、顔立ちこそととのってはいるが忿怒相のベレワは、ごくふつうの状況でも、相手に強烈な印象をあたえる。いまはその顔がこわばり、黒い目には怒りの炎がある。強烈な印象どころか、じつに恐ろしげだった。

ベレワのベルトのブローニング・セミ・オートマティック・ピストルと剃刀のように鋭く砥がれたジャングル・ナイフが、ただの権威の象徴ではないことを、中尉は知っていた。そのふたつは戦士の武器で、じゅうぶんに手入れされ、即座に使えるようになっている。ベレワの指揮する機械化歩兵中隊にも、おなじことがいえる。大隊で最高の、いや平和維持軍でも最高のエリート部隊だと、はっきり認められている。ナイジェリア陸軍全体でも最高だとささやくものもいる。

また、ベレワ大尉は、ぜったいに逆らわないほうがいい人間だという評判を得ている。

「大佐は非番です、大尉」中尉が、言葉に詰まりながらいった。「緊急の場合でない限り、邪魔はしないようにと指示されています」

ベレワがデスクを拳で殴りつけ、ドラム缶を叩いたような音が響いた。「では緊急の場合だと考えろ！　おれはいますぐエバ大佐と話をする！」

中尉はあわてて伝令を呼び、ベレワを大佐の宿舎に案内させた。そんなことをすれば、あとで大隊長に叱責されることはわかっていた。だが、いまは大隊長よりベレワのほうが怖い。

ベレワは案内の兵隊につづいて、弧を描いている広々とした階段をのぼり、やはり暗い明かりに照らされた二階の一角へ行った。モンロビアの大きな建物はどこもおなじだが、このフリーメイソン・ホールも、盗めるものはすべてずっと前に略奪され、ドアまでなくなっている。だから、カーテンのまわりから漏れる光が、がらんとした廊下に注いでいた。

音楽と女の笑い声も、そのカーテンから漏れている。

伝令の呼び声に応えて、エバ大佐が暗い廊下に出てきた。カーテンがめくられるとき、ベレワは大佐の居室の様子をちらりと見た。大隊の将校数名がそこでくつろぎ、派手な色の安っぽいワンピースを着た若いリベリア人の女がふたり、テープレコーダーから流れるナイジェリアのアフロ・ポップに合わせて体を揺らしている。

エバは恰幅のいい男で、肥りはじめ、迷彩服が窮屈になりかかっている。ウィスキイを半分入れたコーヒーのマグカップを片手に持ち、顔をしかめて、「どういうことだ、大尉？」と荒い口調でいった。

ベレワは、しゃちほこばった整列休めの姿勢で、ずんぐりした体軀のエバの頭の上の一点を凝視した。「大佐、市外一五キロのところにあるサイモンズビルという村が、国籍不明の部隊に攻撃されていると、自分の斥候班が報告してきました。この件について自分は二度にわたり本部に報告しました」

「この問題についてわれわれの注意を喚起してくれたきみの優秀な仕事ぶりに感謝するよ、大尉」と、エバが茶化した。「偵察報告は明朝、楽しく読ませてもらおう」

「大佐」ベレワが、丁重な態度で食い下がった。「この事件に機動即応部隊を投入していただきたいという要請も、二度、発信しました。二度とも、応答がありません」

「必要がないから応答がないのだろうな」エバが、マグカップのウィスキイをひと口飲んだ。「サイモンズビルは、きみの明朝の巡察《パトロール》ルートにあたる。あす行ったときに調べればよい。風説を調べにいくのに、われわれの軍隊が闇をついて急行することもなかろう」

「大佐、風説ではありません！　自分はいま、サイモンズビルを見下ろす山の上に斥候班を配置しているのです。サイモンズビルの村が打ち壊されているんです！　自分の部下を、二十分でそこへ派遣できます！」

「いや、大尉。だめだ」エバが、いかにも上官ぶった態度で、くすくす笑った。「きみらみたいな血気にはやる若い将校は、みんなおなじだ。藪のなかでちょっと音がしただけでも突撃したがる。それは、れっきとした軍人の発想じゃない。われわれは、現地のものの些細ないさかいのたびに手を出して兵力を無駄にするわけにはいかない」

エバはまた低い笑いを漏らし、カップからもうひと口飲んだ。「いいか、ベレワ。われわれは平和維持軍としてここにいる。いちいち戦闘にくわわったら、どう見られると思うんだ」

「われわれはこの国の人間を助けるためにいるのだと思っていました」ベレワは、声にこめられた軽蔑を抑えようともしなかった。

エバの表情が険しくなった。「おまえはわたしの命令に従うためにいる、大尉。サイモンズビルのこの事件は、明朝のパトロールの際に調査してよいが、その前にそれをやってはならない。わかったか？」

「わかりました、大佐。よくわかりました」

　東の空がかすかに桃色に染まりはじめたかどうかというころに、ランドローバーとステアー４Ｋ－７兵員輸送車の縦隊が、轟々とサイモンズビルにはいっていった。だが、時すでに遅く、手のほどこしようがなかった。

　もともとが小さな村で、陸稲畑と伐採と焼畑農業の跡の藪に囲まれ、一本の土の道に沿って粗末な小屋が何軒かあるだけだった。それがいま残っているのは灰だけだ。灰と、黒焦げになった家の骨組みでちょろちょろと燃えている残り火だけ。

　むろん村にはひとが住んでいた。だが、それも骸《むくろ》が残っているだけだ。焼け焦げた死体が、苦しみもだえて奇怪にねじけた形で固まり、焼け跡に転がっている。若い女の裸の死体が、村に残った最後の壁に釘で打ち付けられている。おびただしい血の跡から判断すると、釘を打たれたときはまだ生きていたらしい。だが、残虐無比の行為が行なわれたこの晩にも、彼女になにがしかの哀れみをかけたものはいたらしい。山刀《マチェテ》のひとふりで、女は首を斬り落とされていた。

　ひょっとして、村を襲ったのは、チャールズ・テイラー率いるＮＰＦＬ（リベリア国民愛国戦線）の一派かもしれない。あるいはリベリア民主主義連合解放運動の分派だったのかもしれない。それとも、『プリンス』・ヨーミー・ジョンソンのＩＮＦＰ（独立国民愛国戦線）か、殺された元大統領サミュエル・ドエの国軍の残党かもしれない。テイラー対ドエの内戦とリベリア政府崩壊後、十数の派閥が生まれて、倒れた政府の亡骸をむさぼり食った。いずれの派閥も、ちゃんと組織のできていない武装した烏合の衆で、もっともらしい名称の裏で残虐行為にいそしんでいる。

どこかで子供が泣いた。といっても、ふつうの子供の泣き声ではない。罠にかかった小動物の苦しげな悲鳴のようだ。この大虐殺を行なった連中は、当然、村人を皆殺しにするつもりだったはずだ。しかし、どうやら生き残ったものがいるらしい。

指揮車のランドローバーのフロント・シートに乗っていたベレワは、携帯無線機で命令をどなった。「全員、戦闘計画を開始！　第一小隊――周辺防御を確立！　第二小隊――村に生存者がいないかどうかを調べろ！　火器小隊、車輛の周囲に哨兵線を張り、救護所を設置！　第三小隊――村の向こう側の地域の捜索を開始！　負傷者や怪我人が藪に這い込んでいるかもしれないから捜せ！　早くしろ！」

長銃身型のＦＡＬ突撃銃《アサルト・ライフル》を控え銃《つつ》にしたナイジェリア軍機械化歩兵部隊の兵士たちが、車輛をおりて、それぞれ指定された任務を行なうためにずんずん前進していった。中隊本部を統率するサコ・アティバ中尉が、ＥＣＯＭＯＧ本部に到着を告げ、小隊長たちとの無線通信網を設定するなど、ステアー通信車内で数分のあいだあわただしく作業を進めた。

そうした作業が完了すると、黒豹のように引き締まった体つきの小柄な中尉は、オーストリア製の大型装甲兵員輸送車の後部傾斜板をおりた。指揮官であり、軍事の師であり、友人でもある中隊長のベレワ大尉にじかに報告しようと、一列になってとまっている車輛の横を前方へ歩いていった。

早朝のそよ風が湿気の多い空気をいくぶん動かしていたが、それも腐臭や肉の焼けたにおいと夜気の焦げ臭いにおいを混ぜ合わせただけのことだった。リベリアで勤務するのはこういうことなのだと、アティバはだいぶ前に気づいていた。死のいまわしい芳香から、ぜったいに逃れられない。残虐な行為がこの国に蔓延しているのは、そのせいかもしれない。なにしろ息をするたびに死の香りを吸い込むのだ。ナイジェリアの北の高原地方サヘルのハウサ族であるアティバは、ときどきサハラ砂漠から吹く乾燥したさわやかな風を夢に見ることがある。

指揮車のランドローバーに近づくと、ベレワが座席に座って、火葬場の燃え尽きた薪と化したサイモンズビルをじっと眺めていたので、アティバはいささか驚いた。長身の大尉は、無線機のマイクを左手に持ったままだった。だが、右手は甲から血の気が引くほど固く握りしめられている。その拳で、ランドローバーのダッシュボードの厚い鉄板を、ゆっくりと叩きつづけていた。ベレワの目から涙が流れ落ちているのを見て、アティバはなおのこと驚いた。

「こんなことはおれたちが阻止しなければならない、サコ」オベ・ベレワが、うわずった声でつぶやいた。「こんなことは阻止しなければならない！」

リベリア　モンロビア
二〇〇三年六月六日　〇六三五時

「アン、聞こえるか？」

「ええ、イアン。よく聞こえる」

「よし。われわれは、このアンバサダー・ホテルの屋上に衛星電話を設置した。画像リンクも確保しようとやっているところだ。まだあいにくうまくいかない。それができるまで、けさからモンロビアで起きている……出来事について口頭で伝える」

「なにが起きているの、イアン？」

「正直いって、われわれが目にしたものはそう多くない。このホテルは海岸沿いの英国大使館近くにあって、北のマンバ岬と、リベリアの暫定統治会議が置かれているマンバ岬ホテルに面している。そこが、けさの夜明け前に発生した激しい銃撃の中心と思われる。いまは静かだ……ホテルの白い高い建物のまわりに薄い煙が漂っている……それだけのようだ」

「付近の他の場所で戦闘が起きた模様は、イアン？」

「市外のＥＣＯＭＯＧ本部の周辺とリベリア国軍司令部があるバークレイ訓練所でも銃撃戦があったとの噂があるが、確認できていない。このホテルの周囲に哨兵線が張られていて、きょうはまだ報道関係者が現場に行けない」

「あなたがたは危険な状態にあると思う？」

「いや、それはない。全体としてしごく平穏で、秩序が保たれている。数カ月来のモンロビアの様子となんら変わらない。ECOMOGからしごく丁重な物腰の将校が来て、この封鎖は一時的なものであり、本日のうちにこの進展について記者団に説明が行なわれるといった……ところで、そちらにも聞こえていると思うが、ナイジェリア陸軍のヘリコプター一機が市の上空を旋回している。ラウドスピーカーで、市民は落ち着いて家のなかにいるようにと呼びかけている。モンロビアのラジオ局KISSでも、おなじようなメッセージがアフリカン・ポップのあいまに流れている」

「どういう状況の変化が起きているのだと思う、イアン？　われわれの世界放送網《ワールド・サーヴィス》の報道員としての意見は？」

「正直いってわからない、アン。これまで数カ月のあいだ、異様なまでに平穏だった。リベリアの長い悪夢が終わったかと思えたほどだ。リベリア国軍とECOMOGや山間部の各反乱軍との停戦が維持されているかに見えた。恒久的な代議制の政府を樹立して憲法を制定しようという交渉が進められている……ECOMOG司令官のたぐいまれな男、ベレワ准将が、この長患いさながらの紛争をきっぱりと終わらせせようと日夜はげんでいる。ベレワ准将がやっと芽吹かせてみごとに成就されつつある文明的な政治を、今回の事件が後退させなければいいが」

「イアン、こちらはラゴス駐在の報道員と連絡をとっているの。昨夜から、ナイジェリア政府は、モンロビアのECOMOG駐屯部隊やECOWAS（西アフリカ諸国経済共同体）本部との連絡がとれなくなっている。リベリアでなにが起きているのか、ナイジェリアもまったくわからないような状態らしい」

「アン、これはわたしの意見だが、ひとついえることがある。ダウンタウンで頻繁に軍のパトロールが行なわれている……治安維持のためのパトロールだろう。それがほぼおなじ人員構成なんだ。二名ずつ三チームで、合計六名。いま、ちょうどそのパトロールが真下にいる。二名は明らかにECOMOGのナイジェリア軍兵士だ。そのつぎの二名はリベリア国軍らしい。最後の二名は、武器を持っているが、私服だ……どちらかといえばみすぼらしい格好の民間人だ……どういう勢力に属するのか、見当がつかない。反乱軍かもしれないというものもいる。そんなことがありうるだろうか」

「イアン？　……もしもし、イアン？」

「スタンバイ、アン。新しい情報だ……えー、進展があった……さきほど部屋に届けられたビラを、いま渡された。きょうの午後、ECOMOG本部で記者会見が行なわれるとの通知だ。記者会見の目的は——以下、読みあげる。『リベリアで最近起きている出来事を世界各国に知らしめるためである……』なんだって！」

「どうしたの、イアン？」

「このビラ。『リベリア連邦大将軍オベ・ベレワ』という署名がある」

シェラレオネ　フリータウン
二〇〇五年十月二十三日　〇五二六時

ジェレミー・マケニ二等兵は、大きなあくびをして、猛烈な眠気を追い払おうとした。ポート・マスターの桟橋でいっしょに夜間歩哨勤務を行なっているルパート兵長は、一時間前に眠気に負けた。六時に交替が来る前に運よく目を醒ますか、マケニに起こしてもらうのをあてにして、巻いたロープを枕に、大の字になっていびきをかいている。

交替が来るかどうかは、またべつの話だ。内陸部と東の国境の戦闘が激しくなるにつれて、フリータウン駐屯地の兵員は、そうしたことにひどく杜撰になっている。

マケニは腹立たしげに背すじをのばし、自分に課した歩哨勤務の徒歩巡回をはじめた。警備しているのが、前線から何十キロも離れたいまにも崩れそうな桟橋であろうと、自分は兵士なのだ。

国軍へ召集するという通知が届いたとき、マケニは大喜びした。父親の肉料理の食堂で働くよりはましだ。床を磨いたり、薬缶を洗ったりする以外のことが、ようやくできる。十七にして、子供からおとなの男になる機会がおとずれた。

桟橋の突き当たりで立ちどまると、マケニはクルー湾の暗い水面を見渡し、ゆっくりと杭を洗う波音に耳を澄ました。むろん父親は納得しなかった。息子がおとなになる時期が来たのがわからないのだ。政府の役人に賄賂をつかって徴兵名簿から名前を削らせようとする始末だった。

そのとき、マケニは父親と口論した。父と息子としてではなく、男同士で、はじめて男の怒りと誇りによる喧嘩をした。それ以来、ふたりは口を利いていない。

しかしながら、自分の知らないところで金のやりとりがあったという疑いは捨てきれない。揉め事の多い難民キャンプやリベリアの脅威から国境を護る場所には送られず、一カ月の訓練を終えると、ここに配属になった。仕事が楽でだらけているフリータウン駐屯地に。

湾のほうでは、投錨している一隻の船の明かりが、油の浮いた水面に金色の縞を投じている。マケニが勤務についたときにはいなかった船だ。日没後に船が到着して港外の錨地に錨泊するのは、フリータウンではめずらしいことではなかった。夜が明けると水先人が報酬と賄賂をもらいに行き、港長がおなじことをやったあとで、桟橋につけるのを許可する。

マケニは向きを変え、磨り減った木の桟橋を引きかえして、大きくひろげたルパート兵長の足をまたいだ。くそ！　どうしておやじはよけいな手出しをするんだ！　おかげで戦闘がはじまったのにこんな街中にいる。生まれ育ったところから、四ブロックしか離れていないところに。

マケニの足どりが乱れた。戦闘がはじまっている。ひょっとして、もうじきここも戦場になるのではないか。政府は前線で勝利を収めていると吹聴しているが、噂ではそうではない。ケネマ街道あたりで大規模な戦闘が行なわれているし、何日も前から山間部との連絡がとだえている。

そんなときに父親と仲たがいをするのは、あまりいいことではないかもしれない。とにかく親父は内戦のころのつらい日々をおぼえているのだ。それに、親がひとり息子の心配をするのを責めることはできない。

ジェレミー・マケニはにやりと笑い、白い歯が闇のなかで光った。けさ非番になってから、おやじの食堂にぶらりとはいっていって、ベンチとパンという好きな朝食を注文したら、いったいどうなるだろう。男同士で喧嘩したあとだから、男同士で向き合ってしゃべったり笑ったりできるかもしれない。笑みを浮かべたまま、向きを変えた。

不意にその笑みが消える。

鋼色の夜明けが空をかすかに明るませ、港長の桟橋に向けてひそやかに進む影の長い列が見えていた。静かな波音とルパート兵長のいびきとともに、回転を落としたエンジンのつぶやきが聞こえている。瘴気を発する海岸線の干潟の向こうから、船外機の排気ガスの金属的なにおいが漂ってくる。

闇にまぎれるような色に塗装された低く長いモーターボートのようなものが一艘、湾の方角から忍び寄ってくる。それが数珠つなぎになった小さなゴムボートの群れを曳き、そのゴムボートには身をかがめた男たちが乗っている。朝日の最初の光の輻が、ライフルの銃身にぎらりと反射した。

マケニはうろたえて言葉にならない警告の叫びを発し、あわてて旧式のボルト・アクション式エンフィールド・ライフルを肩からおろした。寝ぼけて朦朧としたルパート兵長が、桟橋からライフルを拾いあげるのも忘れて、あたふたと立ちあがる。その瞬間、ふた口《ふり》の短剣のような炎がモーターボートの舳先からほとばしり、曳光弾の流れがひとつに交わって、ずたずたに引き裂かれた兵長が横へ吹っ飛んだ。

はじめて戦争の現実を目の当たりにしたマケニは、身がすくんだ。立ち直る隙はあたえられなかった。連装機銃が桟橋を薙射《ていしゃ》し、若い二等兵の胸になにかが当たった。

マケニは、ルパートのとなりに倒れた。ライフルの銃把を手放さなかったのは、戦士の誇りがなにがしか残っていたからにほかならない。その目はもはや朝日のギラギラする輝きにも反応しなかったが、かすかに男の声を聞いたように思った。最期の瞬間、マケニは父親の声にちがいないと思った。

リベリア軍の兵士たちは、腹に響く低い鯨波をあげながら、浮き桟橋からつぎつぎとあがってきた。手足を無様にひろげて横たわる血まみれの死体ふたつには目もくれない。強襲班を組んだ兵士たちは、フリータウンの市街を突進し、それぞれに割りふられた攻撃目標を目指した。シェラレオネの首都を占領する作戦の勢いが増すにつれて、港湾地帯でそうした動きが何回もくりかえされた。その間ずっと、侵攻部隊を運んできた艦艇のラウドスピーカーが、すさまじい音量で録音された警告をひっきりなしにくりかえした。

『フリータウンの住民に告ぐ！　家のなかにいなさい！　表に出てはいけない！　解放が行なわれています！　シェラレオネ軍の兵士に告ぐ！　武器を捨てろ！　諸君は同胞だ！　われわれは諸君に危害をくわえるつもりはない！』

ワシントンDC
二〇〇五年十一月二十日　一〇二一時

ホワイトハウスの要旨説明《ブリーフィング》ルームの間接照明が暗くなった。桜材の壁に埋め込まれた幅二メートルの平面モニターがぱっとつき、中央の会議テーブルにならんだ三人のために、アフリカ大陸のＣＧ《コンピューター・グラフィック》地図が表示された。

ハリソン・ヴァン・リンデン国務長官が椅子をまわし、テーブルの上席のほうを向いた。
「まず最初に、大統領」白髪の増えはじめているニューイングランド生まれの国務長官は切り出した。「危機地域の状況の概略を見ていけば、本日の展開が正しい相互関係から見られるのではないかと存じます。よろしければ、アフリカ問題担当国務次官補のダボイス君に、当該地域の最近の出来事を説明してもらいます」

第四十四代アメリカ大統領であるベントン・チャイルドレスがうなずいた。「それで結構だ、ハリー。ダボイス君、説明してくれ。われわれが知る必要があると思われることはなんなりと」
「ありがとうございます」リチャード・ダボイスは、いかにも体を鍛えている感じの三十代後半の黒人だった。考え込んでいる学者のように顔をしかめ、壁のモニターを制御するキイボードに、コマンドを打ち込んだ。地図の北西四分の一が拡大され、大西洋に突き出している西アフリカ半島が大写しになった。

「西アフリカです」ダボイスが説明をはじめた。「不安定で紛争の多い地域であるという表現では控えめに過ぎる動乱の地です。豊富な天然資源が埋蔵されているものの、世界でもっとも貧乏な十カ国のうちの八カ国が、この地域に固まっています。何億ドルもの海外援助がこの地域に注ぎ込まれたにもかかわらず、平均寿命がもっとも低い十カ国のうちの八カ国が、ここにあります。政府のとてつもない腐敗が蔓延しています。クーデターが政権交替のしごくあたりまえの手段とされ、過去二十年間、完全な無政府状態があたりまえのようになっています」

チャイルドレスが、考え込む風情でうなずいた。「家系図によれば、わたしの祖先にもその地域の出身のものがいたようだ。もうすこし北の、マリの近くだがね」

「われわれの祖先のほとんどがそのあたりから来ています、大統領」ダボイスが相槌を打った。「わたしの祖先はもっと東のガーナあたりのようです。このあたりは、大西洋の奴隷貿易の中心でした。沿岸の部族の長は、内陸に何百キロもはいり込んで他の部族を襲い、ヨーロッパの奴隷商人のための収容所に奴隷を集めて、金持ちになった」

ヴァン・リンデンが、鼻を鳴らして、暗い笑いを漏らした。「その話にちょっとばかり皮肉な味付けをしようか。わたしの祖先にも、その地域とつながりのあったものがいた。これがすこぶる評判の悪いオランダ人の船長で、奴隷売買の船を動かしていたらしい。何百年か前には、われわれの祖先は、いささか異なった状況のもとで、顔を合わせていたかもしれない」

ダボイスがまたモニター制御キイボードを叩き、こんどは半島の西の下側が拡大された。

「ここが現在の危機の中心、隣接している沿岸の二国、リベリアとシェラレオネです。両国とも、変わった経緯からできた国です。いずれも、十九世紀初頭に、北アメリカの解放奴隷によって建国されました。シェラレオネは、一八〇八年に英国植民地となった。リベリアは、一八二二年に、わが国の奴隷制度廃止論者の支援を受けて、独立国として発足しています。

　その結果、両国とも公用語は英語で、国の文化に英米の影響が色濃くあらわれています。政体もまた、西側諸国の民主主義国家の基本方針に近いものとして設立されました。しかしながら、それが成功したとはいえません」

　ヴァン・リンデンが腕組みをして、〝南北欧〟系のいかつい顔をしかめ、革張りの椅子にいっそう深く座った。「たしか、以前は両国とも、続々と産声をあげる第三世界の国の手本のように見なされていた」

「そのとおりです、長官」ダボイスが同意した。「シェラレオネは、一九六一年に英国から完全に独立しました。シェラレオネとリベリアは、安定した政府を有し、経済も順調で、西アフリカ諸国のなかでは公民権についてもかなり良好な経歴を誇っている。不幸なことに、そうした事情がすべて狂いはじめた。政府高官の一部が大掛かりに私腹を肥やしたところへ、社会主義との危機的な衝突があって、両国の経済は致命傷をこうむった。これに部族の派閥の紛争とえこひいきがくわわって、いずれも国全体に騒擾と不満がひろがった。

　両国とも、クーデターと内戦のくりかえしで奈落へと沈み、新政権ができるたびに、どれも前の政権よりひどいと判明する。シェラレオネは、暴動の最後の波を鎮めるために南アフリカから雇った傭兵のおかげをもって、なんとか国内の秩序を維持しています。しかし、リベリアは、どこまでも混沌の底へ沈んでいる」

「それで思い出した」チャイルドレス大統領が、口を挟んだ。「リベリア大統領サミュエル・ドエの死の場面を処刑した連中がビデオに撮影して配布するという事件があったな。数年後に大統領に就任したテイラーが、処刑を指揮していた」

「はい、大統領、一九九〇年九月、チャールズ・テイラーの派閥であるリベリア国民愛国戦線の部隊の仕業です。ただし、処刑とはいえません、大統領。ドエは拷問されて殺されたのです。テイラーもみずから手を下しました」

「まったくひどい事件だった」ヴァン・リンデンがつぶやいた。「当時は、介入しなかったことで、アメリカが非難されたものだ。しかし、正直いって、支援できるような派閥があそこにはひとつもなかった。結局、海兵隊を使ってわれわれの大使館の職員とその他の外国人をリベリア国内から引き揚げさせ、あとはどういわれようがほうっておいた」

ダボイスがうなずいた。「そして、やがてECOWASすなわち西アフリカ諸国経済共同体が介入しました。危機に際して、ＥＣＯＷＡＳは軍事観察《ミリタリー・オブザヴェイション》グループのＥＣＯＭＯＧを編成した。それが、国内を安定させて新リベリア政府の樹立を助けるためにＥＣＯＷＡＳ加盟国がリベリアに派遣した平和維持軍の中核となった。

ＥＣＯＭＯＧは加盟各国の分遣隊の集まりとはいえ、主力はナイジェリア軍から成っています。ずばりといってしまえば、その働きぶりはぱっとしなかった。まあ、ベレワ准将が指揮をとるまでは、そんなふうでした」

ダボイスが、ブリーフィングに用意されたつぎの映像を呼び出し、略帽をかぶって迷彩服を着たたくましい体つきの長身の黒人が映し出された。写真の背景には崩れかけた建物があり、両手を腰に当て、物思いに沈むふうでいかめしい顔をしている。

「もとナイジェリア陸軍准将オベ・ベレワです」ダボイスが、説明をつづけた。「年齢は四十二、ナイジェリア西部のオヨという町の出身で、ヨルバ族に属しています。帝国を打ち立てる天与の才も、そこから受け継いだのでしょう。植民地時代前、ヨルバ族は西アフリカで最大かつ最強の王国を統治していました。

ベレワ准将は、英国陸軍士官学校とナイジェリアのイバダン大学を出ています。じつにたぐいまれな人物で、ナイジェリア軍の出世頭と見られていました。他国を乗っ取るために祖国との縁を切るまでは」

「彼がどうしてこのようなことをしたのか、いまもってわからないのだがね」大統領が、ぼそりといった。

「胆力と、強い意志と、マキアヴェリも感心するような策士の技倆ゆえでしょうね」と、ダボイスが答えた。「ベレワは、わが国のフォート・ブラッグで陸軍特殊作戦部隊の訓練を受け、フォート・レヴンワースで指揮幕僚課程を修めるなど、さまざまな軍の教育機関で学んでいます。教官たちはみな、彼が優秀な戦略家・戦術家であるという点で、意見が一致しています。

クーデターの準備をととのえるには、数年を要したにちがいありません。ベレワがみずから志願して、リベリアのECOMOG駐屯地に何度も勤務したことが、わかっています。そうした勤務期間のあいだに、暫定リベリア政府やリベリア国軍、奥地の数多くの反乱軍派閥とわたりをつけて、つながりを深めたのでしょう。また、階級があがるにつれて、ベレワは幹部将校や下士官を手ずから周到に選び、ナイジェリア政府より自分に忠実な不満分子どもを駐屯地に配していった。

そうこうするうちに、ベレワはＥＣＯＭＯＧ駐屯地司令官に任ぜられた。その職務に付随する権限を利用し、リベリア国内を本格的に改革していった。腐敗や目的のない暴力を徹底的に取り締まり、地方に食料や衣料品を届け、国家経済を軌道に載せた。そうすることで、リベリア国民の大きな信任を、ナイジェリアや暫定リベリア政府ではなく、自分のほうに向けさせたのです」

「ナイジェリア人という部外者であることは、問題とはならないのか？」と、チャイルドレス大統領がきいた。

「問題にはなりませんね」ダボイスが首をふった。「ベレワは、それも自分に有利にもっていったのです。部族紛争や派閥内の敵対関係とは無縁なわけです。どの当事者に対しても、つねに馬鹿正直で公正なので、信頼され、尊敬されるようになりました。また、実行できない約束はぜったいにしませんでした。

暫定政府と反乱軍の指導者たちのと話し合いが紛糾したとき、ベレワは両勢力のなかで不満を抱いている下層の集団と、ひそかにべつの交渉を行ないました。そして、ほぼ三年前に、すべての方面を漏れなく固めると、攻撃を開始した。

暫定政府と反乱軍の多数が、軍事的に調整された一斉蜂起によって壊滅し、すべての派閥がベレワに忠誠を誓った。ＥＣＯＭＯＧのナイジェリア軍駐屯地でも反乱が起き、ベレワ支持が表明される。ベレワは一夜にして、一介の将校から、自分の打ち立てた国家の指導者となったのです」

ダボイスは、モニターを消して、テーブルのほうを向いた。「ECOWAS加盟国のあいだでは、ひとかたならぬ動揺が起こりました。ナイジェリアはサーベルをじゃらつかせ、新リベリア政権およびその指導者をひとしきり恫喝しましたが、なにも得られなかった。侵攻をはかればもとは自軍であったエリート部隊と敵意に燃える無数のゲリラ部隊と対峙することになるのを、ナイジェリアは知っていた。ベレワの乗っ取りは、既成事実として容認されるようになりました」

「いやまったく」ヴァン・リンデンが、考え込む顔でいった。「ベレワの肝っ玉の太さには感心する」

「感心することは、ほかにもありますよ、長官。ベレワは豊かな才覚と知性をそなえたたいへん精力的な指導者になったのです。三年足らずで、死にかけていた国を治安のいい安定した成長する社会に変えたのです。いろいろな意味で、この地域でなすべきであったことをやっています。腐敗を取り締まり、国民の大多数の福祉に気を配り、リベリアの経済基盤を再建しています。不幸なことに、ベレワは征服欲のある軍事独裁者でもあるのです」

壁のモニターがまたついて、こんどはシェラレオネの大縮尺の地図が表示された。「今年のはじめごろに、シェラレオネ政府は、リベリアとの国境から急に大規模な難民の群れがはいり込んでくるようになったと報告しています。それがしだいに洪水と化し、十五万人以上の難民が国境地帯に押し寄せました。

リベリア政府は、彼らは国境付近に建設中の移住区域を退去した不満分子であると主張した。

いっぽう難民は、銃剣を突きつけられて、シェラレオネに追放されたのだと話した」

「その難民はいったいどこから来たのだ、リッチ？」ヴァン・リンデンがたずねた。「つまり、リベリアのどこから」

「どんな政府も、国民全員に好かれるということはありません。難民は、ベレワの乗っ取りを支持しない部族や政治派閥のものたちでした。彼らが新政権に対する抵抗運動を組織しはじめると、ベレワは反乱の中心となっている地域からの大規模な強制退去という手段に出ました。村や都市近郊の集落の住人が退去させられました。男も女も子供も、反連邦シンパをかくまっている疑いのあるものはみな、強制移住収容所にひとり残らず送られてから、国外に追放され、彼らの所有物や財産は連邦支持者に分けあたえられました」

チャイルドレス大統領が眼鏡をはずし、物思いに沈む風情で、レンズを磨きはじめた。「ベレワは、ゲリラは農民の海を泳ぐ魚であるという毛沢東の金言を読んでいるにちがいない。反乱に対する彼の報復措置は、海を干上がらせることだったわけだ」

「一九九九年にミロシェヴィッチがコソボでやろうとしたのと、ほぼおなじことですね。しかし、ベレワはそれをさらに一歩進めた。国内紛争を片付けただけではなく、人間の洪水を、それに対応する力のない隣国に向けることで、その国をとことん衰弱させ、混乱に陥れることに成功したのです」

ヴァン・リンデンがうなずいた。「またしてもマイナスをプラスに変えた……とにかくそれが彼の考えかただろう」

「まさしくそれがベレワの流儀です」ダボイスが同意した。「シェラレオネは、大量の難民の流入に対処する能力がまったくない。自国民のための食糧や住居も不足しているんです。そこで国連と国際赤十字が乗り出して、国境地帯に難民キャンプを設営、補給物資の供給につとめています。しかしながら、難民の発生と同時にシェラレオネ領内のゲリラの活動が急激に活発になり、物資輸送施設、食糧配給所、通信設備に対して、一連の攻撃が行なわれました。難民危機に対処するために必要なものすべてが狙われ、問題はいっそう深刻になったのです」

「ある方面にとって、じつに好都合なことに」ヴァン・リンデンが、冷ややかにつけくわえた。

「それらの攻撃は、シェラレオネ国内のある種の集団によるものなのか、それとも外部のものによる騒乱なのか？」眼鏡をかけながら、大統領がきいた。

「決定的な証拠は、まだ見つかっていません。リベリア政府は、関与を強く否定しています。しかしながら、このゲリラは、明らかにありきたりの山賊の群れではありません。訓練が行き届き、装備も充実し、明確な戦闘計画に従って動いています。救援プログラムは麻痺しました。その後、シェラレオネそのものも麻痺しました。飢饉が起こり、難民キャンプが暴徒に襲われ、大規模な暴動が起きています。もともと弱体だったシェラレオネ政府は、崩壊しはじめました」

「そして、それをベレワが公然と叩いた。なにもかもバラバラになりかかっているときに」ヴァン・リンデンが、沈鬱な面持ちでいった。

「そのとおりです。約一カ月前、難民キャンプのリベリア人が危険にさらされており、なおかつシェラレオネ国内の激しさを増す紊乱が国境を越えて影響をおよぼすおそれがあるという根拠を述べたてて、リベリア軍が侵攻しました。シェラレオネ軍は完全に圧倒され、フリータウンは二週間あまりで陥落した」

大統領は、しきりと首をふった。「まったく厚かましいにもほどがある。自分で危機を起こして、それに乗じ、思いのままに解決しようというんだからな」

「マイナスをプラスにですよ、大統領」ダボイスがいった。「そこでいよいよ本日の出来事と相成ります」

「まさしくそういう流れだな、リッチ」ヴァン・リンデン国務長官が椅子をまわし、大統領のほうをまっすぐに向いた。「大統領、けさリベリア大使から国務省に公式書簡が届けられ、占領国シェラレオネと政治連合を形成するとの意図を伝えてきました。東部標準時で午前七時をもって、独立国としてのリベリアおよびシェラレオネは存在しなくなりました。いまあるのはモンロビアを首都とする西アフリカ連邦です。書簡にはまた、新政府を公式に承認してほしいというベレワ政権からの要請と、フリータウンのアメリカ大使館の閉鎖要請、西アフリカ連邦はアメリカ合衆国との友好な関係だけを望むしだいであるという確約が添えられています」

「なんと！　ベレワという男、じつに手まわしがいい」

「やっこさんは、いつだって手早いですよ、大統領」ダボイスがいった。「自分の権力基盤をこしらえて固めるときには」

大統領の渋い顔がいっそう険しくなった。「たったいま、公式な見解としていおう。わたしの政権は、いかなる国であろうと不当な軍事攻撃による領土の取得は認めない。いかなる根拠があろうとも。いかに正当化されようとも。リベリア大使にその点を強調してほしい、ハリー。フリータウンのわが国の大使館も閉鎖しないと」

ヴァン・リンデンが、かすかな笑みを浮かべてうなずいた。「そういう立場をとられるだろうと思っていました」

「そう申し立てたとして、この件についてわれわれにできることは？」

ヴァン・リンデンとダボイスが、目配せを交わした。「率直に申しあげますが、大統領」ヴァン・リンデンが答えた。「ほとんどなにもできません。ベレワがリベリアで権力を握ってから、兵器と科学技術の禁輸が実施されています。このうえリベリア――失礼、西アフリカ連邦に対する通貨・貿易面での制裁をくわえれば、政府よりも一般の国民に対する打撃のほうが大きくなるでしょう」

「西アフリカ連邦内のアメリカ人の身に危険がおよぶおそれは？」

「いまのところないようです、大統領」ダボイスがいった。「ベレワは、国内の外国人の保護に関して細心の注意を払っています。外国からの投資や開発を望んでいるのです。仕事と外貨がなんとしても必要だからです」

「ハリー、国連のほうはどうだ？」

「西アフリカ連邦に対する譴責決議は採択できるでしょうが、その程度でしょう」と、ヴァン・リンデンが答えた。「ベレワがシェラレオネの経済をリベリアとおなじように活性化できたなら、二カ国が個々に行なうよりもずっと貿易で儲けることができる。だいいち、この地域に強い関心を抱く国は、そう多くはないでしょう」

「西アフリカのECOWAS諸国は？　今回の事件に対してそれらの国がどういう立場をとるかということは、読めているのか？」

ダボイスが、かぶりをふった。「あまり期待できないでしょうね、大統領。そもそもベレワはECOWASの平和維持活動を利用して権力を握ったわけですからね。それを非難されて、ECOWASは崩壊寸前ですよ。話し合いをするものはおらず、だれも信用できない。どこかの国が率先して効果的な対応策をたてる可能性は、まずありません」

「ふたりとも、われわれも既成事実として受け入れるしかないというような口調だな」

ヴァン・リンデンが、両手を差しあげた。「基本的にはそうです。このような破廉恥きわまりない武力による不法な侵略を前例としてしまうのは腹立たしいかぎりですが、現時点でわが国の一方的な関与を正当化できる戦略的根拠はないといわざるをえません。国連もしくは数カ国によるものであれば、また話はべつです。しかし、その場合も他の国に最初の一歩を踏み出してもらわなければなりません」

テーブルの向こうで、ダボイス次官補が一瞬ためらってから、大統領のほうを向いた。「ひとつだけ打つ手があります。西アフリカは、NSA（国家安全保障局）の任務一覧では文字どおりいちばん下にあります。その地域、ことに西アフリカ連邦に、従来なかった情報収集資産を集中する必要があると考えます。ベレワの動き、とりわけつぎにどこを狙うかという点を、注視する必要があります」

「やつがまたやると思っているんだな？」

「はい、大統領。そう思います。ベレワは帝国主義者です。これまでの勢いで領土を拡大していったら、まもなくアメリカの戦略的脅威となるでしょう」

ダボイスは、壁のモニターを制御するキイボードを叩き、くだんの地図を表示した。「ご覧のように、シェラレオネとリベリア、すなわち西アフリカ連邦は、内陸部をギニアとコートジボワールというふたつの国に囲まれています。ベレワは、一、二年かけてシェラレオネを完全に掌握したら、このふたつの国のどちらかに手を出すでしょう。おそらく国力が弱く安定していないギニアのほうに」

「われわれが手を焼いているこの男が、アフリカのナポレオンだとでもいうような口調だな」

「そうかもしれません、大統領。あるいはアフリカのヒトラーかもしれません」

西アフリカ連邦　キリミ国立公園　ギニア国境付近
二〇〇六年十二月二十九日　二三一〇時

ジャングルの未舗装の山道は、車での高速走行に適していない。嫌がる人間をむりやりぎゅう詰めに押し込んだ十数台のくたびれた古トラックやバスの車輛縦隊のせいで、大統領の指揮車輛縦隊は、よけい進行が捗らなかった。二種類の車輛縦隊が、キリミ再入植施設の周辺防御柵を通過したころには、とっぷりと暮れていた。

『施設』という名称は明らかにまちがっている。施設という言葉には、恒久的な建築物の響きがある。ここに恒久的なものはなにもない。キリミもギニア国境付近に点々とある他の再入植住宅群とおなじで、パトロールを行なっている警衛によっておおざっぱに分けられた場所に、数千人が途方に暮れてうずくまっているだけだ。建物といえるのは、斜めの屋根と柱だけのシェルターや枝を編んだ小屋だけで、あちこちで元気のない焚き火がくすぶっている。

土地家屋を取りあげられ、この森のなかですでに何週間も待っているものたちは、焚き火のまわりに固まって、あいつらはいったいどんな悲しい話をたずさえてきたのだろうと思いながら、あらたに連れてこられたものたちが車をおりるのを無言で見守っていた。

難民の縦隊のまわりを兵士が取り囲み、早くおりろとどなりつけて、夜の闇のなかへ進ませた。年配の男が、持ち物の小さな包みを取り落としそうになり、いらだったひとりの警衛が、ライフルの床尾をふりあげた。

だが、ふりおろされなかった。力強い手が銃身を握り、闇から低い声が聞こえた。「伍長、その必要はない」

ライフルを持った伍長が、はっとして動きをとめた。声の主がだれか、わかっていた。新生西アフリカ連邦で、その声の主を知らないものはいない。「はい、将軍。申しわけありません」

オベ・ベレワ西アフリカ連邦大将軍は、ライフルの銃身を放した。「よろしい。この旅人たちは、ある面では連邦の戦士でもある。諸君やわたしとおなじように。これから、彼らには長くつらい旅が控えている。それを不必要につらくすることはないのだ」

むっつりした顔で、ベレワは歩を進めた。ジャングル・ブーツが道の土埃をこする。付き従っている警衛や副官の一団には、目もくれない。道沿いの小さな焚き火のそばを通るたびに、足をとめ、またたく火明かりの照らす顔をじっと眺めた——男、女、子供、年寄り、病人、運命を甘受しているもの、怒りを燃やしているもの。新政権のやりかたに抵抗しているもの、それを支えているもの。彼らのうちだれが死ぬことになるのだろうと思った。

やがて、肩に手を置かれるのがわかった。

「オベ、みずからやる必要はないんですよ」

「わたしがやらなければならないのだ、サコ」ベレワは、現参謀長アティバ准将に向かっていった。「自分がこういうことをやるのがどれほど嫌であるかを肝に銘じるために」

「連邦をしかるべき形に創りあげようとするなら、ほかに方法がないということは、重々承知しているはずではありませんか。われわれは、国内の敵を国外の敵にぶつけようとしているだけです。われわれは強くなければならないのです！」

「わかっている」ベレワは背すじをのばし、肩をそびやかした。「今夜、われわれはふたたび計略を実行する。より大きな目標を目指し、より大きな一歩を踏み出す」

道の前方で懐中電灯の光が揺れ動き、連邦軍の兵士の一団が、ベレワの一行に近づいてきた。指揮官がきちょうめんな敬礼をする。「将軍、到着の際におりませんで申しわけありません。国境斥候班が戻ってきたので、報告を受けていたのです」

「任務を遂行していたのだから、あやまる必要はない、シンクレア大佐」と、ベレワは答えた。

「斥候はどう報告している？」

「国境に支障はありません。ギニア陸軍もしくは警察のパトロールが行なわれている気配はありません。案内人と監視班を出発させるのに一時間いただければ、最初のＤＰ（強制移住者）隊の移動をはじめられます。第一波の国境突破は夜明けごろでしょう」

「そのものたちのための補給品は？　届いているか？」

「ご命令のとおりに、将軍。強制移住者はそれぞれ小麦粉と米および毛布一枚をあたえられています」

「われわれの特殊部隊チームは？」

「こうしているあいだにも、先頭の部隊が移動の準備をしております。将軍に見送っていただければ、さぞかし誇りに思うでありましょう」

「誇りに思うのはこちらのほうだ、大佐。全強制移住者施設に命令を伝達しろ。第二次大洪水作戦を戦闘計画どおり開始」

　特殊部隊の野営地は、強制移住者施設からやや離れたところに設営されていた。やはり枝と葉でこしらえたシェルターとくすぶる焚き火があるだけだ。だが、途方に暮れたものはおらず、整然としているし、絶望はなく決意がみなぎっている。火明かりを浴びて人影がきびきびと動いている。闇のなかで命令が下され、だれかがなにか冗談をいったのか、ひとりが一瞬笑った。

「パトロール、気をつけ！」

　焚き火のそばで休んでいた男たちが、さっと立ちあがった。体に固定されて準備がととのっていた野戦装備は、革紐で締め付けてあるので、彼らが立つときにほとんど音を立てなかった。

「これが最初に国境を越えるチームです」と、シンクレアがいった。

　ベレワは、兵隊たちの短い隊列に沿って歩き、火明かりでひとりずつをじっと眺めた。このほうがいい。難民キャンプの窮状を見るよりずっといい。必要ではあるが不快な政治運動や公務の場を離れ、兵士たちとともにふたたび戦場に出ると、心が晴れ晴れする。いちばん端にいた分隊長の軍曹の前で、ベレワは足をとめた。

　軍曹は中背で痩身だった。飢餓のために痩せたのではなく、厳しい訓練の賜物の強靭な体つきだ。目はマリファナのために血走っているようなことはなく、若々しい顔には自信と決意がみなぎっている。

　彼の着ている戦闘服の迷彩の模様は、西アフリカの森林地帯の環境に合っていなかった。ハンガリー陸軍の放出品を買ったので、やむをえない。迷彩の帽子とブッシュ・ナイフはカナダの狩猟用品メーカーの在庫整理品を安く買ったものだし、サンダルは付近の村人が古タイヤからこしらえたものだ。

肩に吊っているのは、イギリスのスターリング・サブ・マシンガンを真似してパキスタンで製造されたもので、安価なタイ製の弾帯には九ミリ弾の予備弾倉六本と奇妙な取り合わせの手榴弾二発が取り付けてある。一発はロシア製の馬鹿でかいRD、もう一発は掌に載る大きさのオランダ製V40。あとは装備といっても、巻いたポンチョと、米や干し肉などの食糧が入ったリュックサックだけだ。部隊徽章や標章、階級章のたぐいは帯びていない。西アフリカ連邦と結び付けられるような書類も持っていない。

この特殊部隊の兵士は、いわばつぎはぎの戦士、世界の武器市場の不要品やバーゲン品をかき集めてこしらえたものだ。兵士としての熱意をのぞけば、最高の品物はなにひとつない。

自分の特殊部隊をアメリカの陸軍特殊作戦部隊《グリーンベレー》やイギリスのSAS（陸軍空挺特殊部隊）と比較するのは馬鹿げている、とベレワは思った。しかしながら、国境を越えてギニアにはいって出会うどの敵よりも強兵であることはまちがいない。

「おまえの任務を述べろ」ベレワが大声で命じた。

「国境を越え、バンバフォウガで幹線道路の陸橋をダイナマイトで破壊します」分隊長が、きびきびと答えた。「二次目標は、バンバフォウガ交差点の電話線の切断と、僻地の村の周囲の刈り入れの済んでいない畑を焼くことです。任務を完了したのち、国境を越えて戻り、つぎの命令を待ちます。ギニア陸軍および国民との接敵は可能なかぎり避け、一般市民に無用の死傷者が出ないようにします」

ベレワはうなずいた。「よし。で、その任務をやる理由は？」

「連邦とその未来のためです！」そういうと、軍曹はしゃちほこばった姿勢を崩し、ベレワの顔をまっすぐに見た。「それに、将軍のためでもあります！」

ベレワがにっこりと笑い、首をふった。「いや、ちがう」といって、若い軍曹の肩をぽんと叩いた。「連邦とその未来のためだ。わたしはどうでもいい」

ワシントンDC　ホワイトハウス
二〇〇七年二月十四日　一〇一八時

国家指揮最高部発
海軍作戦本部長宛
国連アフリカ阻止軍に関して
一個アメリカ海軍機動群《タスク・グループ》を国連決議二六八六八号による国連アフリカ阻止軍（UNAFIN）の予定参加部隊としてギニア付近に派遣するために必要なあらゆる準備を即時開始せよ。本機動群の兵員は一八〇〇名以下、沿岸哨戒および阻止任務に適した様態にすること。

アメリカ合衆国大統領ベントン・B・チャイルドレス

バージニア州　国防総省
二〇〇七年二月十五日　一〇二七時

海軍作戦本部長発
海軍特殊部隊司令官宛
国連アフリカ阻止軍に関して
（任務付与）
よし、エディ・マック、こいつはNAVSPECFORCE（海軍特殊部隊）にうってつけの仕事だ。そっちの配備可能な資産から沿岸戦特務部隊をまとめて、出発の準備をさせてくれ。国連はこんどの金曜日にギニア問題の決議を行なう。阻止動議が通った場合、できるだけ早く任務を起動することを大統領《ボス》は望んでおられる。特務部隊の支援兵站に必要なものを早急にこちらの参謀長に報せてくれれば、最優先で用意する。部隊規模に制限があるのは申しわけないが、西アフリカへのわが国の関与について、大統領は議会の激しい抵抗と戦っている。手持ちの駒で精いっぱいやってくれ。

海軍作戦本部長ジェイソン・ハーウェル大将

ハワイ　パールハーバー海軍基地
二〇〇七年二月二十四日　一一〇五時

海軍特殊部隊司令官発
暫定UNAFIN計画グループ参謀長宛
国連アフリカ阻止軍に関して
（部隊配置）
A：以下のUNAFIN機動群が承認された。移動海上基地一カ所、PGAC（エアクッション哨戒艇〔砲〕）一個戦隊、哨戒艇九個戦隊、TACNET－A戦術情報網および右記部隊の支援部隊。
B：提案されたSEALs独立班は、SOC（特殊作戦能力）海兵隊一個中隊に変更。定数を超えた兵員は要求どおり役務支援群から削る。
C：全部隊は、UNAFIN本部コナクリ基地に即刻移動して前方配置できるよう、警急待機の態勢に置かれるものとする。

アメリカ海軍特殊部隊司令官エリオット・マッキンタイア中将

西アフリカ連邦　モンロビア
二〇〇七年四月二十八日　一四三一時

国連特使ヴァーヴラ・ベイは、美しさが若さだけのものではないことを身をもって示している。イスタンブール大学を卒業したときの写真に写っているのは、どちらかというと器量のよくない黒い髪の若い女で、体つきがごつく、態度も生真面目だった。彼女に美しさがそなわったのは、髪が白くなり、目尻に皺が寄り、顎が二重になってからだ――落ち着きと経験、勇気と自信から来る美しさである。ユーモアもそなわったが、それは黒い瞳の奥にたくみに隠していた。相手に敬愛の念と強い恐怖のどちらでも好きなように抱かせることのできる、鉄の意志をもったおばあさん、という感じだった。子供や孫にかぎらず、世界の外交の戦場で対決した政治家や政府高官が相手でもおなじことだ。

傷だらけの会議テーブルの端に着席したヴァーヴラ特使は、ひとり顔をしかめていた。

「どうお考えですか、特使？」ひどく礼儀正しくずいぶん若いノルウェー人の補佐官が、汗でぐっしょり濡れたハンカチで顔を拭いた。マンバ岬ホテルのエアコンはまだ修繕されておらず、海から風がはいるように窓をあけているにもかかわらず、会議室はうだるような暑さだった。

「わからないわ、ラース。分別ある回答を願うしかない」

心の底では、どういう回答が戻ってくるかを知っていた。

会議室の横の廊下から低い話し声が聞こえ、ドアの左右を固めている拳銃を携帯した歩哨が、さっと気をつけの姿勢をした。ベレワ大将軍が戻り、ヴァーヴラ以下、小人数の国連使節団は起立した。

ベレワは、ひとりではなかった。参謀長アティバ准将があとにつづき、一歩脇に動いて、ドアのそばで形のよい整列休めの姿勢をとった。もうひとりがはいってきたが、こちらは、長身の黒人戦士ベレワの強い存在感を分けてもらおうかとするように、肩の近くを離れなかった。アルジェリア革命会議無任所大使ダシール・ウマムギは、イスラム教の導師の長衣と頭布を身につけていた。だが、ウマムギはその称号を名乗るだけの教育も信仰もないのではないかと、ベイはにらんでいた。新世紀の最初の年にアルジェリアを呑み込んだすさまじい混沌のなかで権力をふるうには、狂信的なイスラム教徒を標榜するのがひとつの方便なのだろう。革命アルジェリアは、北アフリカきってのトラブルメイカーの地位をリビアから奪った。ここで活動しているのは、意外でもなんでもない。

白髪混じりの顎鬚に黒い目の偽聖職者は、冷たい凝視を長いあいだヴァーヴラに据えていた。ウマムギは、ヴァーヴラがイスラム教徒であり、なおかつ敬虔な信者ではない——とにかく自分に敬意を示さない——ことから、憎悪をたぎらせている。ほかにも憎む理由がいくつもあるのを、ヴァーヴラはよろこんで指摘したいところだった。

ベレワ将軍が国連使節団に軽く会釈をして、テーブルの自分の側の席についた。ヴァーヴラは幕開きの言葉をベレワに譲って、無言で着席した。

「ベイ特使」ベレワが、ゆっくりと切り出した。「閣僚および補佐官と協議しましたが、この問題に関し、これ以上申しあげることはないと考えます。ギニア政府のわれわれに対する告発を、われわれはきっぱりと否定いたします。西アフリカ連邦の政策は明確であり、われわれはすべての国との友好関係を望むものでありますし、なによりも国内の問題のほうがはるかに気がかりであり、こうした……隣国の冒険主義を後押しすることなど、できるはずがありません。われわれの見るところ、ギニアは国内の暴動に苦しんでいるようですが、不満を抱いている国民との関係を修復するのが先決でしょう。不法な侵略を行なったとわれわれを非難するのではなく、そうすることこそ解決に結びつきます」

「そうおっしゃいますが」ヴァーヴラが切り返した。「ギニア国内の不満の大きな原因のひとつが西アフリカ連邦の難民の大量の流入によるものであることは、将軍も認めざるをえないでしょう。国連の救援キャンプだけでも、一八万人以上がおります。山野であとどれほどの人間がさまよい、飢えているのか、見当もつきません」

ベレワが肩をすくめ、椅子にもたれた。「われわれにも見当がつきませんよ、ベイ特使。われわれはこの事件を掌握しているわけではない。その難民は連邦から不法に出国したものたちで、ちゃんとした書類も持っていない。ギニアへも不法入国している。これはギニア当局が処理すべき刑事問題です。われわれに責任はない。われわれにはなにもできない」

「そんなことはありませんよ、将軍。あなたがたは国境を開放し、難民が連邦領土内の故郷へ帰るのを認めればよいのです。そうすれば、あなたがたの国とギニアは、この危機を終わらせることができます」

ベレワは、きっぱりとかぶりをふった。「それは不可能です。申しあげたとおり、それらの難民は書類を持たない。だれが連邦国民でだれがそうではないのか、判別できません。それに、難民と称するもののなかには、犯罪者、テロリスト、不平分子が多数いると思われます。われわれもまた、ギニア同様、この問題にてこずることになる」

「ベレワ将軍」ヴァーヴラ・ベイ特使の声が、一段と低くなった。「この難民は西アフリカ連邦の国民です。難民キャンプでの事情聴取は、すべてひとつの事実を示しています。このひとたちは、西アフリカ連邦軍によって、国境から追放されたのです——将軍の命令であろうと、われわれは考えています」

「われわれはそうした告発をきっぱりと否定する」ベレワが、にべもなくいった。「さきほどもいったように、そうしたものたちのなかには、不平分子がおおぜいいる——革命主義者、犯罪者、法の目をくぐり抜けた旧政権の関係者。西アフリカ連邦の実情について嘘をいう動機がある連中だ。こうした破壊をもたらすやからに対して、われわれは今後も国境を閉ざすし、そのものたちを連邦領土内に戻そうという動きには軍隊で対抗する」

「なるほど」ヴァーヴラ・ベイの短い返事が、しばし宙を漂っていた。「それでは、西アフリカ連邦の軍隊が、侵攻と武力による奪取の前哨戦として、ギニアへの侵犯行為を行なっているということも、否定されるのでしょうね？」

「否定します。ギニア政府は自国の失策の責任を西アフリカ連邦に転嫁しようとしている」

「いくつもの有力な国が国連に提出した情報は、まったくちがう事実を物語っていますが、将軍」

「では、国連はそうした有力な国の自己中心的な意図に目を向けて、彼らがわが国を中傷する理由を突き止めたらどうですか！」

ヴァーヴラ・ベイは、長いあいだ沈黙していた。顔の皺ひとつ動かさず、傷だらけのテーブルに視線を落として、まだためされていない外交的な施策や手段はないかと、深く考えていた。何十年も外交官をつとめてきて培った勘が、決断し、立場を明確にする潮時だと告げていた。顔をあげて口をひらいたときには、おたがいに流血のおそれのある危険きわまりない道を歩みはじめることになる。

ヴァーヴラは目をあげた。

「ベレワ将軍、ご存じのように、この会談は、西アフリカ全体を混乱に陥れる可能性がある緊急事態の外交的解決をはかる最後のこころみです。その解決策はいまだに見つかっておりません。西アフリカ連邦は、隣国に対し不当な攻撃および領土征服のための軍事作戦を行なっているという非難に直面しているのです。この不当な攻撃はだれが見ても明らかなものです。さらに、西アフリカ連邦が、人権と正義のあらゆる基準に反して自国民を虐待していることもまた、だれの目にも明らかです。このような行為を世界各国はもはや見過ごすことはできません」

ヴァーヴラはすっくと立ちあがった。しゃんと背をのばしているので、じっさいよりも長身に見える。「西アフリカに対する国連譴責決議二六八六七号が、安全保障理事会で可決されています。武器・石油その他の軍需品の禁輸をもとめるつぎの決議、二六七六八号は、可決されましたが、この会談の結果を待って、一時的に施行を中断しています。いっぽう、国連軍は、必要とあればこのふたつの国連命令を実施し、ギニア政府が国境の安全を維持するのを支援するために、配置についています。

ベレワ将軍、会談が不調に終わったことを、ここに宣言いたします。あすの午前零時までに、軍の全作戦を休止しギニアに対する侵犯行為を停止するという確約が貴国政府より得られない場合は、この禁輸措置が発効されます」

ベレワはうわの空なのか無表情で、声も元気がなかった。「さきほども申しあげたように、ベイ特使、この問題に関し、これ以上申しあげることはありません」

「そのようですわね、将軍」

ベレワが唐突に立ちあがった。ものもいわず背中を向けると、会議室を出ていった。参謀長とアルジェリア大使がつづいた。満悦の表情を浮かべていたのは、アルジェリア大使だけだった。

「ということですね」ヴァーヴラの補佐官が、静かにいった。「まったく、あの男、全世界を敵にまわしたということがわからないんだろうか」

「彼はわかっているのよ、ラース」ヴァーヴラが、静かに答えた。「どんな世代にも、ああいうふうに果敢に勝負を挑む人間が、ひとりやふたりはいる。それがたまに勝つことがあるから恐ろしいのよ」

ベレワ将軍は、執務室の狭いバルコニーに出て、海の爽やかなにおいを深く吸い込んだ。このマンバ岬ホテルに政府を置いてよかったと思った。この眺めが好きだ。なんのために苦労してきたのかということを思い出させてくれる。

眼下の岬の頂上とメスラド川のあいだでは、西アフリカ連邦の首都の明かりが、迫りくる熱帯の夕闇のなかで輝いている。まだ街の明かりというにはほど遠いが、古いビルが修繕され、新しいビルが建設されるにつれて、輝きが増している。

街路を車も走っている。それもまださほど多くはないが、経済が復活しつつある先触れになっている。眺めていると、国連橋という皮肉な名前の橋を、一台のトラックが渡っていった。北へ向かっている。おそらく港か、あるいは海岸に沿ってシェラレオネのどこかへ行くのだろう。

いや、おそらく港だ。今夜、一隻が荷物の積み降ろしをしている。モンロビア港の長い防波堤の向こうで、作業のための照明が黄色く光っている。工具や機械や武器が続々と陸揚げされる光景を、ベレワは頭に描いた。連邦を強力にするための物資だ。しばらくはもう物資が届かないかもしれないから、あの荷物はこれまでになく貴重なものになる。

ベレワはもう一度深く息を吸って、夜の闇からあらたな力をもらうと、やがて自分の責務に戻った。

サコ・アティバとウマムギ大使が、執務室で待っていた。ベレワは、ウマムギの丁重な額手礼に、軽い会釈で応えた。

「さきほどの西洋人に対する昂然たる態度、じつに堂々としておられました、将軍」礼を終えると、ウマムギがいった。「革命会議は将軍の勇気に敬服しております」

「いずれはやらなければならないことだ、大使」ベレワがそっけなくいうと、デスクの奥に座った。「率直にいえば、もっと先に延ばしたかった」

「今後の植民地主義者との闘争において革命会議がいつでも将軍の味方をすることを、あらためて約したいと存じます。われわれは将軍のために祈っております」

「一個戦車大隊と少数の地対空ミサイルしか貸していただけないのは残念ですね」アティバが、難しい顔で口を挟んだ。

ウマムギが、ユーモアのかけらもない笑みを浮かべた。「参謀長もご存じのとおり、われわれの国も貴国とおなじで貧しい。異教徒の西側諸国との闘争で貧乏になったのです。しかしながら、わが国やその他の国との空の連絡を維持するのに必要な長距離輸送機を提供すると約束します」

アティバが、嘲るように眉をあげた。「むろん代償はあるわけだ」

「やめないか、サコ」ベレワが割ってはいった。「ウマムギ大使、貴国の協力がわが国にとってたいへん貴重であることを、ここではっきりと申しあげておきます。この困窮の時機の貴国の援助と支持は、いつまでも忘れられることはないでしょう。貴国が寛大にも提供してくださる支援のすべてに深く感謝するしだいです」

ウマムギが満足げな笑みを浮かべ、軽く頭を下げた。

「だが」ベレワが、落ち着いた口調でつづけた。「その援助のある面については、話し合う必要があります、大使」

「どんな面でしょうか？」

「われわれは貴国が派遣してくださった軍事顧問団と教官にはたいへん感謝しています。しかしながら、その教育課程には些細な問題がある」

「問題？」

「そう。こちらの補佐官の報告によれば、訓練のほとんどに一定の……宗教教育が含まれている」

ウマムギがふたたびユーモアのかけらもない笑みを浮かべた。「われわれの兵士はイスラム戦士です。ともに戦うものに自分たちの信仰を教えたいだけでしょう」

ベレワが、冷たい笑みで応じた。「それは結構です。西アフリカ連邦では、だれでも好きな宗教が選べる。キリスト教、イスラム教、アフリカの祖先伝来の宗教。貴国の兵士は、モスクであろうが街であろうが、どこでも宗教の話をしてよろしい……わが軍の訓練キャンプ以外のところならば」

ウマムギの顔には、もう作り笑いは浮かんでいなかった。

「この問題を正してもらえますね、大使」ベレワのその言葉は、質問ではなく命令だった。

意向のぶつかり合いは、すぐに終わった。ウマムギが頭を下げた。「ご希望に添うようにします、将軍。われわれは貴国の客ですから」

「ありがとう、大使。できれば今夜のうちに解決していただきたい」

「ただちにやります。ご心配なさいませんように」

ウマムギはドアに向かったが、狐に似た顔をしかめたのは見てとられていた。

大使が出てゆくと、こんどはアティバが渋面をこしらえた。「くそったれが。敵とやりあうだけで手いっぱいなのに、なにもあんな友人と駒をならべなくても」

ベレワが、つかのま笑い声を漏らした。「友人ではない、サコ。同盟国だ。同盟国というのは、親類とおなじだ——選べない。そのまま受け入れるしかないんだ」真剣な表情になった。「アルジェリアは、自分たちの目標に近づくために、われわれを利用する。われわれは、自分たちの目標に近づくために、アルジェリアを利用する。そういうことは我慢していくしかないんだ。これから数カ月間、手にはいる援助はすべて必要になる。くれる相手がどこだろうが」

アティバは首をふった。「国連の禁輸措置だが、やつらはわれわれを絞め殺すつもりだろうか、オベ？　われわれは絞め殺されてしまうのか？」

こんどはベレワが首をふる番だった。「わからない。いずれはやられることだ。西側諸国にしてみれば、われわれの国の拡大に反射的に対応したにすぎない。われわれが自分たちやアフリカ全体のためになにをしようとしているかということまでは、理解していないはずだ。彼らは、武力による征服と現状の変化の先までは見抜いていない」

ベレワはデスクの向こうで立ちあがり、壁に画鋲で留めた地図の前まで歩いていった。

「いや、サコ。この対決はいずれ起きることだった。ギニアを奪取したあとのほうが好都合だったろうが、準備はできている。もう推し進める用意はととのっている」

アティバ参謀長が、ベレワの横へ行った。「われわれの最初の行動は？」

「攻撃だ。とにかく攻撃こそ勝利に結びつく。防御は敗北の前触れだ」

「攻撃目標は？」

ベレワの手が挙がって、地図の一点を指差した。「ここだ」

びっくりしたアティバが、両眉をあげた。「コナクリ？　ＵＡＦＩＮ本部のある？」

「敵を殺すのには心臓を狙うのがいちばんいい。これまでずっと彼らがわれわれに手を出さなかったのは、干渉するまでもない小さな問題だったからだ。今後は、介入すれば血で代価を払うことになるのを思い知らせて、手出しできないようにする」

紛争

ギニア　コナクリ
二〇〇七年五月三日　一八三一時

ふたつの乗り物の針路が、コナクリの街で交わろうとしていた。

ひとつは飛行機で、くすんだ水色の大西洋のはるか上空を疾《と》く飛んでいた。一九八〇年代にアメリカ海軍が長距離対潜哨戒機として採用した、ターボプロップ四発のP3Cオライオンである。だが、先ごろ用途の変更がなされていた。なめらかな丸い胴体には、大幅に強化された通信システムのアンテナが林立し、レードームのでっぱりがある。VP3と改称されたそのオライオンは、CINCNAVSPEFORCE（アメリカ海軍特殊部隊司令官）専用機として、指揮統制機の役割を果たしていた。

もうひとつの乗り物は小さな船で、緑なすアフリカの海岸線に沿い、這うようにのろのろと西へ進んでいた。黄金海岸に多い二種類の小型船のうちの大きいほうで、快速艇《ピナス》と呼ばれるものである。全長約一五メートル、幅が狭く、舳先が高いすらりとした姿は、それが名を受け継いだ快速小帆船の名残をとどめ、古ぼけてはいてもじつに優美だった。中央に米袋を積み、防水布の日除けのシェルターが艇尾にあるその快速艇は、二気筒のディーゼル機関の連打を響かせ、低いうねりと直角に針路を維持していた。

そのふたつの乗り物は、科学技術の面からも、芽吹きつつある多国間の紛争においても、両極端に属している。だが、ひとつだけ共通点があった。いずれも軍事任務を負っていたのだ。

濛々たる霧雨がにわか作りの狭いオフィスのブラインドつきの窓に水の縞をこしらえ、出力不足のエアコンの不満げなうなりが、その執拗な雨音をかき消していた。野戦用デスクに向かっていたクリスティーン・レンディーノは、ラップトップのコンピュータの画面をスクロールして、表示されている言葉を読み進んでいった。

……要するに、クリス、お偉方は、わたしたちが乗り組んでいたときに揚子江で受けた戦闘による損害を修理するだけではなく、デューク（前二作に登場するステルス艦〈カニンガム〉の愛称）を大幅に改修することを決めたのよ。いま、ブロック2全面検査を受けているところ。それが終わったら、新鋭のSC－21級の船体が装備しているありとあらゆる強化装備をそなえる。

残念なのは、それには工廠にあと一年はいっていなければならないことなの。ふたたび海に出られるのは、どんなに早くても来年の十月以降になる。デュークでの勤務期間が終わる前に、せめて一度だけでも実戦配備されたいと思っていたけど、その見込みは薄くなった。ひょっとして後任の艦長に渡す前に、慣らし航海ぐらいはできるかもしれない。

とにかく、この新しい乗組員たちを鍛えあげるのに、時間はじゅうぶんにある。あなたの異動は、みんなのなかでいちばん早かった。人事局は、わたしたちのもとの経験豊富な乗組員を、他のステルス艦艇部隊や訓練部隊に、まるで値段がつけられないほど貴重な真珠みたいにわけあたえているの。

あなたの喧嘩友だちのフランク・マッケルシーは、少佐に昇級し、サンディエゴで〈ボーイントン〉の副長になった。ディックス・ベルトランは、二本ほど離れた桟橋の〈コナー〉に乗り組んで、航海の準備を手伝っている。ゴールデン軍医は、ベセズダ海軍病院に転任になった。トンプソン機関長は海軍を辞めたけれど、引退したわけではない。すぐさまこのノーフォークにあるロッキード・シーシャドー事業部の顧問になって、たんまりとお給料をもらっているの。

いまはなんとなくまた転校生の気分。ちかごろはデュークの艦内を見てまわっても、見慣れない顔ばかりなの。いまも乗り組んでいる古株は、ケン・ヒロぐらいかしら。彼は毛糸の玉にじゃれる子猫みたいにうれしそうに改修を監督している。正直いって、ケンがあまりみごとにやっているものだから、こっちは余分なんじゃないかと思うくらい。

アーカディのことだけど（どうなったのか、早く知りたくてたまらなかったんじゃない）、あまり書くことがないの。長距離恋愛をやろうとがんばってはいるんだけど、ふたりともそれじゃぜんぜん満足できないとわかったのよ。でも、ふたりとも休暇を取って、あす彼はサンディエゴから来るの。〈ジーアードラー〉で海に出て、これまで会えなかった分を埋め合わせようと思っているの。わたしたちふたりの今後についても、なにか話が決められるかもしれない。

だけど、皮肉なものね。アーカディがデュークに乗り組んでいて、ふたりが深い仲になったときは、彼が乗組員でわたしが艦長だったから、関係があるのを認めるわけにはいかなかった。それなのに、彼が艦をおりて、ふたりの関係がなんのやましいところのない合法的なものになったいま、それを認めようにも肉体関係がずっとないんですもの。

泣き言はおしまい。このところ、ぼやいてばかりよ。この自分の戦術情報プロジェクトであなたが忙しくて、揉め事に巻き込まれないといいんだけど。あなたもすこしは軍隊らしい折り目正しさが身についたんでしょうね。マッキンタイア提督は、わたしとはちがって、気ままなヴァリー・ガールの言動を大目に見てくれないわよ。でも、うらやましい仕事。アフリカは勤務地としておもしろそうね。それに、いまの状況からして、かなり危なくなるんじゃないの。気をつけてね、クリス。

かしこ
アマンダ

クリスティーンは、最初はにこにこしていたが、電子メールを読み終えると、眉根を寄せた。アマンダは、これまでは個人的なことで愚痴をいったことはなかった。そういうことを書くこと自体が、すこぶる変だった。くすぶっている不満の煙が電子メールから立ちのぼっているからには、なにか隠された火種があるにちがいない。

ブロンドの情報士官のいたずらな妖精を思わせる顔に笑みが戻ったが、こんどはそれに同情がこめられていた。症状が読めた。いまのアマンダ・リー・ギャレットは、ビーチに打ち上げられた一頭のイルカだ。水を出た体の重さと水気のない陸地のために、息が詰まりそうなのだ。ノーフォークに戻れば、アマンダの病状に合った一時的な治療法をいくらでもほどこしてやれる。ほかにもいろいろ方法はあるが、街に出てふたりでご馳走を食べまくるのもいいかもしれない。アマンダをとことん打ち解けさせるのは容易ではないが、そうなったときはいつだっておもしろいことになる。

クリスティーンは、電子メールの日付を見て、週はじめに送られたものであることを知った。つまり、ヴィンス・アーカディ大尉は、もうノーフォークにいる。クリスティーンは、にんまりと笑った。彼のほうがずっと上手に治療してくれるはずだ。

とはいえ、アーカディの来訪は、症状を一時的に和らげるだけだろう。ビーチに打ち上げられたイルカのアマンダ・ギャレットを完全に治すには、海に戻すしかない。いま、その点について、こちらにできることはなにもない。

庶務係兵曹が、ドアのないオフィスの出入口に現われた。「失礼します。マッキンタイア提督の飛行機が、いま最終進入を開始しました。あらかじめ報せてほしいとおっしゃっていましたので」

「わかった、アンディ。ありがとう」雲の低い鈍色の空と、海軍情報センターの向こうの雨に浸った滑走路を見た。「ハマーは正面にまわしてある？」

「玄関のすぐ前に、少佐」

少佐……クリスティーンは、白作業服《トロピカル・ホワイト》の襟章――金色の柏葉《はくよう》に手を持っていった。まだその階級に慣れていない。

クリスティーンは深い嘆息を漏らし、軍規格品のパナソニックのラップトップのカバーを閉めた。ここ数日のあいだで、いまだけがほんの短い自由時間だった。世間のことをしばし知ることができてほっとした。立ちあがり、ズボンをひっぱって身づくろいをした。そんなことをしても、この黄金海岸ではなんにもならない。エアコンがきいているところから出て五分もすれば、ぴっちりつけた折り目もへなへなになる。クリスティーンは、ビニールのカバーをかけた制帽をかぶり、椅子の背にかけた紺色のウィンドブレーカーを取って、オフィスを出た。

快速艇《ピナス》の艇尾を覆うぼろぼろの帆布の下では、船長が舵柄のそばに座り、艇の位置を用心深く見積もっていた。

雨の縦縞と渾然としている霧の灰色の壁が、小さな快速艇の四方にそびえ、空一面にひろがる低い雲と混じり合っていた。彼らはアフリカの黄金海岸で頻繁に発生するスコールに巻き込まれていた。アフリカの人間である船長は、航海のための羅針儀なしで、船の位置を精確につかんでいた。

船長は大西洋の深海から押し寄せる一定の間隔の大きなうねりと直角に針路をとり、数十分ごとに機関の回転を落として右手で砕ける波の音を確認することによって岸からの距離をたもちつつ、海岸線に沿って進んでいた。

だが、前回に確認したとき、波の砕ける音はうしろに遠ざかり、快速艇の船体の下の水は濁った薄茶色に変わっていた。掌にすくって味を見たなら、海水の爽やかな潮の味に、泥の有機物のにおいが混じっているのがわかったにちがいない。快速艇はタブーンスー川の広い河口の沖合いを通っていた。

雨と濛気がなかったら、うずくまるような形で南にのびているカマイェンヌ半島が、西に見えていたはずだった。半島の先端が首都のコナクリで、さらにその南には、ロス群島のなかでもっとも近いカサ島がある。

タブーンスー川が右手、目的地の空港と国連基地は、前方の……あそこだ。河口をはいったところの海岸、正面やや右手、距離は四海里ほどだろう。

満足した船長は席にゆったりと座りなおし、舵をほんの数度動かした。スロットルをひと目盛り押して、バタバタ音を立てている機関の回転をゆるめた。完璧な陸地初認だった。これで、快速艇と乗組員は、ちょうど日暮れに目的地に到着する。

コナクリの広々としたコンクリート舗装の飛行列線《フライト・ライン》は、午後のあいだずっとあわただしかった。六カ国それぞれの部隊徽章と迷彩塗装のC－130ハーキュリーズ輸送機が、翼端をくっつけるようにして駐機場にならんで雨水をしたたらせ、救援物資や軍の補給品が降ろされている。べつの駐機場では、ギニア空軍のC－160トランザール双発輸送機一機と、スーパーピューマ汎用ヘリコプター数機が、ギニア陸軍とともに作戦を行なっている外人部隊顧問団を支援する任務のあいまに翼を休めている。さらにもう一カ所の駐機場には国連がチャーターしたボーイング747輸送機が一機とまり、尾部の貨物扉からパレットに載せた赤十字の貨物が降ろされている。そうした地上の航空機のまわりで、フランス、イギリス、アメリカなど、さまざまな国の軍関係者の群れが作業を進め、まがりなりにも混乱した状態をなんとかまとめていた。

マッキンタイア海軍中将の乗るオライオンが、主滑走路から地上走行《タキシー》して近くに来るまで、かなり時間がかかる。この不必要なほどだだっぴろい航空基地の施設がつくられた経緯《いきさつ》にクリスティーンが思いを馳せる、じゅうぶんな余裕があった。

ギニアもまた、第三世界の国々の多くとおなじように、一度は共産主義のきらびやかな嘘に騙されたことがあった。旧ソ連と中国の権力に押し流されて、かつては両国のアフリカ大陸における親密な同盟国となったものだった。その忠誠の見返りに、ソ連は資金を供与してコナクリに国際空港を建設した。

完成した空港は、ギニアに必要なごく限られた航空輸送のためにはあまりにも大きすぎ、経費がかかりすぎて、貧乏な小国が維持するのはとうてい無理だった。しかしながら、ソ連の航空部隊にとっては、巨大なツポレフTu－95海洋哨戒爆撃機を発進させるための大西洋に面した中継基地として、じつに好都合だった。旧ソ連帝国の海外援助とは、そもそもそういう性格のものだったのだ。

ようやくその飛行場が、ギニアのひとびとを助けるために使われている。いまここを通じてなされている援助によって、倒壊の危機に瀕している国が悲惨な状況になるのを妨げることができるかもしれない。

VP3オライオンは、誘導トラックのあとを素直についてきて、背後にしぶきを捲きあげながら、轟々という音とともに駐機場に着いた。一瞬ヒューンとうなったあと、エンジンの回転が落ちて、先端が角張ったプロペラ・ブレードがちらちらと見えはじめた。

ふつうなら、将官の到着に際しては、儀杖兵が出迎え、それなりににぎにぎしく威儀を正すようにもとめられる。だが、マッキンタイアの特別の要請により、公式行事はいっさい行なわれないことになった。クリスティーンと、UNAFINに配属されている他の主要二カ国の海軍部隊の指揮官だけが、タラップの下に立っていた。

海軍特殊部隊司令官マッキンタイア中将の命令によりギニアに派遣されたクリスティーン・レンディーノは、彼が儀式よりはるかに行動を重んずる男であることを徐々に知った。ましてここは戦場なのだ。クリスティーンは何度かマッキンタイアと会ったことがあるが、職業意識を捨てて眺めると、エリオット・〝エディ・マック〟・マッキンタイア海軍中将は端正な顔立ちの中年男だと思っていた。

マッキンタイアは、風雪を経ても老けないたぐいの男だった。茶色の髪に混じる白銀の条や力強い顎を持つ顔に刻まれた皺は、歳月がほんのわずかしか彼を衰えさせることができなかったのを示している。雨のなか、ジャケットの襟を立ててタラップをおりてくるマッキンタイアの足どりは軽く、最高潮にある人間らしいしなやかな動きだった。

「コナクリ基地にようこそ、提督」

「来られてよかった、ジム」マッキンタイアが、ストタード大佐と敬礼を交わしながら答えた。

ジェイムズ・ストタード大佐は、ギニア地上軍先任将校で、コナクリ基地司令とUNAFINに配属された他の兵站支援部隊の指揮官も兼任している。背が高くがっしりした体つきで、ユーモアを解さず融通のきかない性格だ。この経理屋のLOGBOSS（兵站群司令）は、きわめて高い事務能力をそなえている。

TACBOSS（戦闘群司令）も来ている。

「フィリップ・エンバリー大佐です、提督！」

エンバリー大佐は、国連の作戦における海軍特殊部隊の戦闘面を統括している。丸顔で、生真面目、自信をみなぎらせたエンバリーは、海軍研究開発部の気鋭の技術士官としてシーファイター開発計画の最終段階を監督した。そのPGAC（エアクッション哨戒艇〔砲〕）戦隊が、阻止部隊の中核になる予定なので、この実戦デビューに際してエンバリーが指揮をとるのが至当と考えられたのである。

エンバリーが試作中のシーファイター群を運用可能にした手腕を、クリスティーンは評価している。しかし、ほかの面では感心しないと考えていた。

「きみに会えてうれしい、大佐」マッキンタイアが答えた。「シーファイターについて、いろいろといい評判を聞いている」

そこでクリスティーンに目を向け、彼女の敬礼に答えて、指先を額に持っていった。「レンディーノ少佐。また会えてよかった」

「わたくしもです、提督」

クリスティーンは、この状況における自分の立場をよく承知していた。海軍の情報畑で、クリスティーンは、ミッドウェー海戦で大日本帝国海軍の動きを読み、太平洋戦争の趨勢を大きく変えた聡明かつ奇矯なジョーゼフ・ロシュフォート中佐の後継者という評判をとっている。

知能指数一八〇で、一度目にした事柄を精確に思い描ける記憶力と正しい推論のすじみちをつかむ才能をそなえたクリスティーンは、アメリカがつい先ごろ関与した二度の国際危機の際に、情報士官としてアメリカ海軍ステルス駆逐艦〈カニンガム〉に乗り組んでいた。〈カニンガム〉の乗組員があちこちにばらばらに配属されたとき、クリスティーンは、戦闘によってたくましくなった乗組員の宝庫から、褒美としてマッキンタイアにひっさらわれた。たちまち少佐に昇級し、海軍特殊部隊作戦情報群に配置換えになって、はじめて実戦配備されたTACNET（戦術情報網）独立班を指揮している。

「諸君」マッキンタイアが、三人に向かっていった。「仕事が山ほどあるのに、こんな雨の中に引きとめて申しわけない」

「平気です」ストタードが、丁重に応じた。「ちょうど提督が指揮をとりにきてくれないかと思っていたところなんです。ここの最終的な指揮系統がどうなるのか、いまだになにも聞いていないんですよ」

マッキンタイアが、一瞬眉をひそめた。「いや、そういうわけにはいかない、ジム。だが、それに関しては内密の情報をいくらかつかんでいる。その話はあとだ。ひとまずは、これを友好的な査察と見なしてくれ。きみらになにが必要か、どうすればそれがうまく手に入れられるかが知りたい」

「シーファイターは、いますぐ出撃する準備ができています」エンバリーが口を挟んだ。「命令をいただければ、即座に片をつけます」

TACBOSSの言葉には、指揮官としての誇りがこめられていたが、いくぶん自画自賛のおもむきもあった。マッキンタイアは、エンバリーのほうにちらりと視線を投げた。「ふむ、それは結構だ、大佐。しかし、われわれが動くのは、ベレワ将軍の言葉しだいということになるだろうな」

しばし沈黙が垂れ込め、やがてマッキンタイアは基地司令ストタード大佐のほうを向いた。

「よし、ジム、日程はどうなっている？」

「いまから二日間はひとしきり情報ブリーフィングが予定されています。イギリス、フランスの連絡官との計画会議も二回あります。レンディーノ少佐が、そちらの業務計画の準備をしています」

クリスティーンはうなずいた。「はい、提督。この作戦をどういうふうに組み立てるのかということに関して、正式な指示はほとんどありませんので、ある程度まで非公式な指針《ガイドライン》をこしらえておいたほうがいいと考えました」

マッキンタイアはうなずき、制帽を目深に引きおろした。鍔から水がしたたり落ちる。「賢明な考えだ、少佐。いつからはじめる？」

「全体的な基本ブリーフィングは四十五分後の予定です。でも、到着して間もないですから、お休みになりたいのでしたら……」

「かまわない。まだそんな年寄りじゃない。可及的速《ASAP》やかに現状を把握させてくれ。ぐずぐずしているひまはないんだ。ジム、車を貸してくれれば、副官に荷物を宿舎まで運ばせる。とりあえず状況をつかむために基地をざっとひとまわりしたい。レンディーノ少佐に運転してもらえばいいだろう。情報関係のことで、少佐と話がある」

雨も意に介さず、ハマーこと高機動多目的走輪車《ハンヴィー》の窓はあいていた。走っている車に吹き込む風のおかげで、湿気のひどい空気がすこしはましになった。

「最初になにをご覧になりますか？」と、クリスティーンがたずねた。

「ことに見たいものがあるわけではない」ジャケットのジッパーをあけながら、マッキンタイアが答えた。「周辺防御柵に沿って一周してくれ。じつは、少佐、最初のブリーフィングをはじめる前に、きみにオフレコで話がしたかった」

「かしこまりました」クリスティーンは、大きな軍用四輪駆動車の向きを変え、飛行場の周辺をめぐる道路に乗り入れた。「どういうことでしょう？」

「まず、TACNETの進みぐあいだ。現況はどんなふうだ？」

「まとまりつつあります」クリスティーンは、ディーゼル・エンジンのうなりに負けない大声で答えた。「部分的にはもう使えるようになってますし、それ以外の部分も現場で配置されているところです」

「現在の覆域はどのぐらいだ？　完全に運用できるようになるまで、あとどれぐらいかかる？」

クリスティーンは、しばし考えた。「フローター1は、完璧に機能してます。軽航空機が発着していますし、さらに小型のイーグルアイ無人機も飛ばしてます。西アフリカ連邦の沿岸の中央のかなりの部分、東はグリーンビル、西はシェルブロ島までを、覆域に収めてます。あとの軽航空機母艦〈ブラヴォー〉と〈ヴァリアント〉もコナクリに到着し、大西洋を横断してきたばかりなので、補給を行なっているところです。あすの晩のいまごろまでに、ギニア東とギニア西の定位置につき、ギニア沿岸もレーダーおよび信号情報覆域に収めることができます」

クリスティーンは、片手をハンドルから離し、駐機場の端に沿ってならぶ大きな格納庫のうちのひと棟を指差した。「捕食者《プレデター》無人機飛行隊があそこで準備中で、いま最初の何機かが組み立てられているところです。最新の報告では、あすの夜明けには発進できるとのことです。ことフローター1の無人機管制ステーションは運用できるようになってますし、午前零時にはコートジボワールのアビジャンのが使えるようになります」

汗の珠がひとつ、首のうしろをつたい落ちて、クリスティーンはいらだたしげに制帽をハンヴィーのリアシートにほうった。「TACNET指揮分析ステーションは、二、三日のあいだにフローターに移すつもりです。戦術部隊の運用は、すべてそこから行ないます。マーフィーの法則さえ締め出せれば、全攻撃部隊をだいたい二十四時間ないし三十六時間で完成させ、機能するようにできるでしょう」

マッキンタイアはうなずいた。「ほかの部門は?」

「ほぼおなじ状況です。もう一歩のところまでこぎつけてます。問題は、われわれが……つまりこちら側の人間、イギリスとフランスが、われわれとはべつにやろうとしていることです。あいかわらず指揮系統が縦割りなんです。どの国も、自分の国という狭い範疇から出ないで動いている。他国との調整がほとんど行なわれていないんです。現地の指揮系統をどう構築するかということに関して、みんなが正式な命令を待っているような状態です」

マッキンタイアがうなり、ハンヴィーのあいた窓の縁に肘を載せた。「命令はちゃんと下す、少佐。しかし、だれもが聞きたかったことではないかもしれない。さて、ほかにも知りたいことがある。エンバリー大佐の戦闘群はどんなあんばいだ?」

クリスティーンは、心のなかで顔をしかめ、経歴を危険にさらして薄氷をスケートで滑っているような心地がした。アマンダがここにいたなら、どう答えればいいかはわかっている。ところが、いまは昔ながらの海軍の考えかたをしなければならない。当たり障りのない言葉で答えることにした。「それに関しては、お教えできることはたいしてありません」と、慎重に言葉を選びながらいった。「エンバリー大佐からおききになったほうがいいでしょう」

「馬鹿もん、こいつをとめろ!」

クリスティーンは、命じられたとおりに、ハンヴィーをぬかるんだ道端に寄せた。マッキンタイアが、助手席で体をひねって、クリスティーンに厳しい視線を据えた。「少佐、きみをわたしの幕僚にくわえることに関して、アマンダ・ギャレットと話をしたとき、アマンダはふたつのことを請け合ってくれた。ひとつは、きみが周囲の物事をすべて承知しているということだ。もうひとつは、きみがいつでも事実をはっきりと述べるということだ。

いいか、エンバリー大佐が戦域TACBOSSであり、その指揮系統ではきみが彼に従わなければならないことは、わたしだって重々承知している。しかし、わたしはエンバリーのいないところで、きみを一介の下級士官と見て、彼の仕事ぶりについての判定をきこうとしているのではない。わたしの情報幕僚であるきみに、この作戦に影響をおよぼすおそれのある危機的状況についての評価をきいているのだ。さあ、口を割るんだ、お嬢さん」

クリスティーンが溜息をつき、両手をハンドルに置いた。「エンバリー大佐は、シーファイターの出撃準備に関しては、じつにみごとな働きぶりを示しています。第一エアクッション哨戒艇(砲)戦隊は、早々と稼動していますし、それと第九哨戒群は完璧に編成され、実戦可能な状態です。大佐が手持ちの装備と人員でやった仕事ぶりについては、文句のつけようがありません。それ以外のことは、申しあげられません。それほど密接に仕事をしたわけではありませんから」

「方針と作戦計画について、大佐はきみと作業を進めていたはずだろう？」

クリスティーンは、首をふった。「いいえ、やってません。自分のところの幕僚となんらかの作業を行なっているのかもしれませんが、わたし、TACNET、その他の戦域データベースには、なんら接触してません。それから、第九哨戒群のだれとも話し合いを持っていないことも、わたしは知ってます。クラシンスキイ少佐と話をしたんですが、少佐と特殊舟艇戦隊も、そのことで不安がってます。エンバリー大佐にとって、任務計画の作成は最優先事項ではないようですね」

クリスティーはそこでいいよどんだが、ゆっくりと深く息を吸うと、一気にまくしたてた。「このことで何度も大佐の注意を呼び醒まそうとするんですが、そのたびに話をそらされるんです。なにしろ大佐は、自分の兵器を使うことしか頭になくて、それをどう使うかということは、まったく考えていないんです。

わたしが思うに、大佐は、西アフリカ連邦の目の前でハイテク兵器をちょっと使ってみせれば、悪者どもが両手を挙げて降参し、『あれま、ぶったまげた』といって気を失うと考えているんじゃないでしょうか。そんなふうにいくわけがありませんよね、提督。ここがものすごく危なっかしい状態になりつつあるのを、エンバリー大佐に早く気づいてもらわないと困ります。

これだけいえば、はっきりいったことになりますか？」すまなそうな顔で、話を終えた。

マッキンタイアが、ゆっくりとうなずいた。「じつに適切な意見だ、少佐。そうではないかとおそれていた。同感だ。エンバリー大佐がシーファイター開発計画をここまで引っ張ってきた働きには、文句のつけようがない。研究開発担当としては、最高だが、それが限度だな。なにしろ実戦の経験がない」

クリスティーンは、肩をすくめた。「実戦の経験のないものは、いっぱいいますよ。たいがいはじめてなんです」

「わかっている。それに、このシーファイターは、エンバリーの秘蔵っ子だ。しかも、戦闘ホバークラフトの特技資格を持つ指揮幕僚は、彼しかいない。そうはいっても……」

マッキンタイアは顔をしかめて黙り込み、前方に顔を向けて、座席に深く座りなおした。クリスティーンには、マッキンタイアの心中がよくわかった。はじめて指揮官に任命された有望な若い士官を馘にして、一度もチャンスをあたえずに軍歴を傷つけるのか？　それとも、自信過剰の新米指揮官のために乗組員や任務を危険にさらすのか？　あるいは、技術屋の士官を諄々と説き、戦闘員の心構えを持たせるというごまかしで、命令を墨守するか？「人生はつらいし、将官になる前にぜったいに軍服を脱ごう、とクリスティーンは決意した。「人間はいずれ死ぬ」と、同情をこめていった。

マッキンタイアがちらりとクリスティーンのほうを見あげ、かすかな苦笑いを浮かべた。

「名言だな、少佐。よしつぎだ。TACNETは情報を集めはじめているといったな。なにか目立った徴候は？」

「現在はひどく静かだということだけです。阻止活動が宣言されて以来、西アフリカ連邦の海上作戦はめっきり減りました。ギニア沿岸では、ほとんど行なわれてません」

「やつらをすくみあがらせることができたと考えられるだろうか？」

クリスティーンは首をふり、ハンヴィーのギアを入れた。「それはまったくないですよ、提督。彼らはただ鳴りをひそめて、われわれをじっと観察してるんです。西アフリカ連邦は、ギニア国内にかなりのＨＵＭＩＮＴ《ヒューミント》（人間による情報収集）網を張りめぐらしてます。われわれの様子を探ってることはまちがいありません。いまはわれわれの兵力と能力を判断してるところでしょう。準備ができたら、さっそく行動するはずです」

「それがどんな行動になるのか、きみが大の得意にしている予想は立てているんだろう？」

「予想は簡単ですよ」クリスティーンが答えた。「八〇パーセントの確立で、国連阻止部隊に対する直接攻撃が行なわれるでしょう。おそらくこのコナクリに対して。しかも近々に迫ってるでしょうね。こちらが完全に準備がととのって、彼らを迎え撃てるようになる前に攻撃してきますよ」

「ベレワがわれわれをじかに攻撃すると確信しているのか」

「まちがいないです、提督。ベレワはいつだってギニアに悠々と歩いてきて乗っ取れますよ。ただわれわれをその前に叩き出せばいいだけですからね」

沖合いでは雨が弱まり、濛気が晴れはじめていた。ギニア海軍の哨戒艇がゆるゆると通過したが、乗組員はだらけていて、注意をおこたっており、好き勝手な格好で甲板に寝そべっていた。快速艇《ピナス》の乗組員も、なかごろの積荷の山の上で、やはりのんびりしていた。ただ、こちらのほうは周到な演技だった。鋭い視線であたりを注視し、目標に近づくあいだ、選りすぐりの海の戦士たちは、頭のなかで自分の任務を反芻していた。

もう海岸が見えていた。迫る宵闇のなか、波の砕けるところとビーチの向こうで航空基地の進入灯《アプローチ・ライト》が青みがかった白光を発しているのが見える。

ギニア国内の騒擾のために民間航空機の発着は中断しており、国連軍はコナクリ国際空港の乗客ターミナルを本部に使用している。砂嚢の防壁やドラム缶に土を詰めたバリケードが、ビルの外側に作られて、低いコンクリートの建物は急ごしらえの要塞と化していた。屋根に通信用アンテナが林立し、あてにならない現地の電力をおぎなうディーゼル発電機がうなっている。

ターミナルのなかは、待合室とコンコースをパーティションで急遽仕切って、オフィスのスペースにしてあった。レストランは食堂になり、野戦糧食の食事を二十四時間供している。疲れきった本部の幹部士官が、ときどき廊下に置かれた簡易ベッドで仮眠を取る。

ラウンジは本部ブリーフィング・センターに使われ、バーの奥の棚の酒壜は取り払われて、景色の見える大きなはめ殺しの窓は、厚い合板で覆われた。浮ついた感じの籐の調度類だけが残り、UNAFINの指揮官たちが集まって戦争の話をするときに、不釣合いな雰囲気をかもし出していた。

「諸君、神経ガスや、高エネルギー・レーザー、遺伝子を操作した生物毒素など、物の数ではありません。これは二十一世紀最高のスーパー兵器《ウエポン》なのです」

壁のモニターに映写されたのは、住むところや持ち物を奪われた悲惨な人間たちの群れだった。アフリカの黒人たち——男、女、子供が、地べたにうずくまっている。襤褸《ぼろ》にくるまった体は痩せて、病気のためにゆがみ、じっさいの年齢よりはるかに老けている。うつろな目で呆然とカメラのレンズを覗き込んでいる。

　クリスティーン・レンディーノは、映像の衝撃をじゅうぶんに味わわせるために、しばし間を置いてから、ブリーフィングをつづけた。「過剰人口です、みなさん。それがいたるところで見られます。ときには銃剣を突きつけられて、よその国に追いやられることもあります。それがまた第三世界の独裁者にとっては好都合なのです。自分にとって不都合な集団を、敵対する国を利用して生きながら葬り去ることができるわけですから」

　クリスティーンのブリーフィングを聴いているのは、ほんのひと握りの人間だった。わずか六、七人の士官が、薄暗がりに座っている。だが、そんな少人数でも、それぞれの群れに分かれていた。エンバリーとストタードがひとつのテーブルに向かい、英軍の連絡将校二グループはべつのテーブルについている。英国海軍のマーク・トレイナー大尉の掃海艇群の連中は、熱帯用の半ズボンの制服に白い靴下という、旧大英帝国を彷彿させる粋ないでたちだった。だが、臨時編成の哨戒ヘリコプター飛行隊のエヴァン・デイン少佐は、このひどい暑さを否定するかのように、海軍航空隊の灰色のノメックスの飛行服を着ている。

　痩せていて眼光鋭いフランス海軍沿岸哨戒部隊のトロシャール少佐は、これまたちがうテーブルにひとりで座っている。三カ国の派遣軍の代表を隔てる障壁は、目には見えないがたしかに存在していた。マッキンタイア提督は、部屋の奥の壁にもたれ、クリスティーンが強引にブリーフィングを進めるのを、しかめ面で眺めていた。

「人為的に難民の洪水をこしらえて隣国を不安定にするのは、ザイールがコンゴに反撃したときから、アフリカではありふれた戦術として実証され、受け入れられてます。セルビア人もバルカン半島でやってます。この政策を実行するには、ある種の……功利主義的な姿勢をとるだけでいいんです」

デイン少佐の声が、暗がりから響いた。「敵を追い込んでひとまとめにしたら、その敵が団結して反撃しやすいように思えるんだが、少佐」

「それはアフリカという要素を考えないからですよ。極度の貧困にくわえ、食糧その他の物資が容易に手にはいらないという状態を考えてください。たとえば農業で生活しているギニアの奥地の住民のところへ飢えた西アフリカ連邦の難民が殺到したなら、政府が押し付ける難問などよりも、そのほうがよっぽど死活問題でしょう。食糧をめぐる暴動が起きて、恨みがつのったら、派閥を団結させることなど不可能です。椀の底のひとつかみの飯をめぐって兵隊が争っているときに、軍隊をまとめて共通の敵と戦うことなんか、できやしない」

クリスティーンは、モニターをポインターでなぞった。

「この画像に五万を掛けたものが、ギニア政府および国連援助機構がいま毎日対処しなければならない数字です。われわれの抱えている難問は、それと比較すれば単純といえます。あくまで比較しての話ですよ」

左にあったプロジェクター・コントローラーをクリスティーンが操作し、モニターの映像が、西アフリカ連邦元首の写真に変わった。古びたジャングル用迷彩服を着て、顔を隠すように帽子を目深にかぶり、迷彩塗装の装甲車の前に立っている。

「この男がオベ・ベレワ将軍、キャリアの陸軍将校、名うての軍事独裁者です。こうした地位を望んだアフリカのほかのもの、たとえば死んでもだれにも悲しまれなかったイディ・アミンやカダフィ大佐とはちがい、この男はじつに有能です」

クリスティーンは、腕組みをして、モニターの横の壁にもたれた。「例証をというのでしたら、これはどうです。リベリアを乗っ取ったあと、軍を再建するための彼の最初の行動は、ECOMOG駐屯部隊の熟練した職業軍人の軍曹を教官に、陸海軍統合下士官訓練所をつくることでした」

その言葉が聴衆の注意を喚起したのを見て、クリスティーンはほっとした。A地点からB地点へ直線が引けることもままある。優秀な下士官は、精強な部隊を意味する。

「それがベレワの流儀です」クリスティーンはブリーフィングをつづけた。「自分の資産を訓練、兵站、戦闘支援に投入する。兵装《ウエポン》システムの導入は、それを保守整備するちゃんとした基礎技術を身につけてからにする。西アフリカ連邦の組織図を見ればわかりますが、維持できなくて野ざらしになり錆びてしまうような扱いが難しく高価なジェット戦闘機や主力戦車は、ひとつもありません。あるのは大量の基本的な歩兵装備——機関銃、ロケット発射機、擲弾発射器、迫撃砲、無反動砲などです。しかし、それらの武器は良好な状態にあり、弾薬も豊富ですし、使用法をちゃんとこころえている兵士に任されてます」


沖合いではカマイェンヌ半島の向こうに陽が沈みかけ、快速艇《ピナス》の乗組員は、赤道付近のはかない薄明かりが消えてゆくなかで、用意されているはずの目印を捜した。

それが見つかった。油の光る低いうねりのなかで、一本の枝が上下している。どこをどう見てもただの流木のようで、よっぽどよく観察しないかぎり、おかしいところがあるのには気づかないはずだった。まず、その枝はのろのろと流れる潮に漂ってはいない。岸から距離を入念に測ったところに、錨でつなぎとめてある。

船長は機関を切り、ロープの先に重い石を結びつけた錨代わりのものを舳先と艫から投げ下ろして、舷側を岸に……そして、コナクリ飛行場の滑走路の横につらなる建物の明かりに舳先が向くようにした。

ブリーフィングは、なおもつづいていた。

「ベレワは陸軍将校ですが、海軍力に理解があり、使いかたを心得ています。陸上でギニアに対しゲリラ戦を行ないながら、彼は並行して沿岸でも作戦を実施してきました。漁村が襲われ、沿岸を航行する船舶が銃撃される。それにくわえ、ギニア沿岸の航行援助施設が破壊され、港の入口の航路に機雷が敷設された。

そのために甚大な被害が生じています。漁船の襲撃によって、必要不可欠な食糧の供給源が絶たれました。また、漁民が内陸部に追いやられて、そこでも難民問題が燃えあがった。沿岸の海上交通が使えなくなったことによって、もとからじゅうぶんとはいえなかった陸上交通にいっそう負担がかかる。機雷によって外国からの援助が届かなくなり、貿易がとだえる危険にギニアは直面する。UNAFIN海上封鎖部隊の一部を、ギニア沿岸侵略を防ぐために割かなければならなくなる」

「ひとつ質問がある、少佐」フランス海軍連絡将校トロシャール少佐が、いくぶんなまりのある英語でいった。「機雷とはどのようなものだ？　種類は？　どこの国が製造したものかね？」

　クリスティーンは、英国海軍掃海艇群の士官にちらと目を向けた。「そちらから説明してもらったほうがいいでしょうね、トレイナー大尉」

　トレイナーがうなずいた。「これまでに発見したものは、まったく単純だが威力のある係維機雷で、西アフリカ連邦が製造したものです。西アフリカ連邦は、この兵器の一定基準に達する生産ラインをつくりあげたようです。じつに賢いやりかただ。給湯器のタンクを機雷の本体に転用している」

　エンバリー大佐が、鼻を鳴らして笑った。トレイナーは、片方の眉をあげただけだった。

「なにも笑うようなことではありませんよ、大佐。この機雷には市販の爆破用ゼラチン（ニトログリセリンにニトロセルロースを添加した可塑性爆発物。おもに海底作業用に用いる）が約三〇キログラム収められていて、哨戒艇を沈め、貨物船の船体に大きな穴をあけることができる。この機雷のために、オランダの鉱石運搬船一隻が大破し、沿岸フェリー二隻が沈没して、多くの人命が失われています。きょうまでに、われわれはコナクリとリオヌネスへの航路上で七基を発見して処理しました。爆破処理したとき、宣伝文句にたがわない威力だとわかりましたよ」

　エンバリーが、どうにでも解釈できるうなり声を発して、そっぽを向いた。

「これまでギニア軍はなにをやってきたんだ、少佐？」マッキンタイアが、部屋の奥から質問を投げた。

「だいたい想像がつくようなことです」クリスティーンが答えた。「結果もまたしかり。西アフリカ連邦が、砲熕兵器を搭載した哨戒艇二、三隻で沿岸に急襲を行なうようになると、ギニアは外洋哨戒艦や警察の巡視艇の数を増やし、沿岸の村数カ所に小隊規模の陸軍部隊を駐屯させました。西アフリカ連邦は、巡視艇やそれらの小隊が配備されるのを待ち、十数隻の戦隊で捜索殲滅作戦を連続して行ないました。外洋哨戒艦や巡視艇を撃破し、駐屯地となった村をめちゃめちゃに破壊したんです。現地部隊は決定的な敗北を喫し、コナクリの中央政府は、沿岸の部族に対する面子を完全に失いました」

「どうやら毛沢東の典型的なゲリラ戦術を海戦に応用したようなあんばいだな」

「おっしゃるとおりです、提督」クリスティーンが、モニターの映像をふたたび変えた。船体が低くなめらかな形のモーターボートで、全長は約一二メートル、グレーとグリーンの斑の迷彩に塗られている。なかごろに囲われた操舵室があるほかは、艇首から艇尾までずっと無蓋だった。強力な船外機二基が推進力で、前部にロシア製のKPV一四・五ミリ連装機銃をそなえている。グラスファイバーの船体の舷縁《ガンネル》にも、一定の間隔でその他の自動火器用のハードポイントがある。乗組員はぼろぼろの半ズボンだけを身につけた屈強な黒人五、六名で、その写真を撮影した偵察機のカメラに、挑むような目を向けている。ブリーフィングの最初の写真の難民たちとは、まったく対照的な姿だった。

「これが沿岸戦で西アフリカ連邦が使用している兵器です。みなさんは湾岸戦争の古きよき時代にこのちっぽけな船を見たおぼえがあるでしょう。ボグハマー沿岸哨戒艇、スウェーデン製、海洋テロリストには格好の小型艇です。安価で、高速、保守点検が楽、浅い沿岸での作業にうってつけです。西アフリカ連邦は、これを四十艘就役させ、十艘編成の戦隊四個を実戦で運用しています。ギニアを苦しめている二個戦隊は、旧シェラレオネのイェリブヤ水道が基地です。

あとの二個戦隊はフレンチサイドを本拠に、コートジボワールからの沿岸密輸ルートの掩護を行なっています」

　クリスティーンは、ふたたびプロジェクター・コントローラーを手にした。「西アフリカ連邦海軍は、もっと大型の艦艇の戦隊も一個保有しています」

　カチッ。スイッチを親指で操作して、つぎの画像数枚の最初のものを呼び出した。

「これは〈統一《ユニティ》〉、旧シェラレオネ海軍の〈モア〉です。全長三八・七メートル、満載排水量一三五トン。中国製の上海Ⅱ級高速攻撃艇（砲）。主兵装は二五ミリ連装機銃三基」

　カチッ。

「これは〈忠誠《アリージアンス》〉、スウィフト級大型哨戒艇。全長三二メートル、満載排水量一〇三トン、これもシェラレオネから得たものです。現在の兵装は前部のボフォースＬ70四〇ミリ機銃と後部のエリコン二〇ミリ機銃および中央の機銃です。この〈アリージアンス〉も〈ユニティ〉も、イギリス製のブロウパイプかロシアのＳＡ－９Ｂのエジプト製コピーの歩兵携帯式のＳＡＭ（地対空ミサイル）を積んでいるものと思われます」

　カチッ。

「そして、これが〈希望《プロミス》〉、西アフリカ連邦海軍の旗艦です。もとはナイジェリア海軍の掃海艇〈マラバイ〉でしたが、ベレワ将軍がリベリアで蜂起したとき、乗組員ごと彼のもとへ参じたんです。全長五〇メートル、満載排水量五四〇トン。エリコン三〇ミリ連装機銃を装備する前部のエマソン・エレクトリック砲塔《マウント》にくわえ、掃海装備を取りはずしてロシア製のＺＩＦ五七ミリ連装対空砲二基を後部に搭載し、軽コルヴェット（砲）に改装されています。ＳＡＭを積んでいることもまちがいないでしょう」

クリスティーンは、近くのテーブルにポインターをほうり出した。「この大型戦隊の基地はモンロビアです。そこから緊急展開して、西と東のボグハマー戦隊を支援できます。まだ対ギニア戦には使用されていませんが、そこで待ち構えていることはまちがいありません」

エヴァン・デイン少佐が、眉をひそめて、口をひらいた。「失礼だが、少佐、西アフリカ連邦はギニアと戦争をしてはいないと主張しているのに、なぜ海軍でギニアをさんざん攻撃しているんだ？」

「答は簡単です。西アフリカ連邦特殊部隊が内陸部の橋や陸軍駐屯地を爆破したときとおなじように非難をかわすでしょうね。国連総会に出席し、胸に手を当てて誓い、自分たちはやっていないと力説するつもりでしょう。ギニア国内の反対派がやったことであり、ギニアは西アフリカ連邦をスケープゴートにしようとしている、といい逃れるにちがいありません。意外に思うかもしれませんが、けっこうたくさんの国の外交官が信じるはずですよ。でも、ここは現実の世界ですから、それが嘘っぱちだというのを、われわれは知っています」

クリスティーンは、ふたたびプロジェクター・コントロールを使って、戦域の地図を呼び出した。「ご覧のとおり、西アフリカ沿岸はほとんどが、川や細い水路の河口、干潟、マングローブの茂る沼など、入り組んだ地形で、ひとが住んでいる場所はすくなく、はいり込むのが困難な場所が多い。これを利用して、西アフリカ連邦海軍はギニア沿岸のあちこちに舟艇の秘密基地や補給処を設けています。

ボグハマー攻撃群は、イェリブヤの基地を出て国境を越え、こうした秘密基地から作戦を行なっている。何日か暴れまわると、そっと西アフリカ連邦領内に戻り、休養して、装備を積みなおします。これらの秘密基地は、ギニア領内の奥へ特殊部隊を浸透させ、再補給するのにも、好都合です。TACNETを立ちあげ、阻止パトロールを強化すれば、それを阻止できるのではないかと思ってます」

「そんな部隊にかかずらうことはないと思うね、少佐」エンバリー大佐が、自信をみなぎらせた口調でのんびりといった。薄暗いなかでも、相手を見下している高慢な笑みが口もとに浮かんでいるのが、はっきりと見てとれた。その顔も声も、クリスティーンの神経に障った。

「その部隊は、これまでたいへんな被害をあたえているんですよ、大佐」クリスティーンは、低い声でいった。

「それは事実だ、少佐。しかし、考えてもみろ。これまでのところは、現地人が現地人と戦っているにすぎない。わたしの部隊が出ていけば、あっというまに片付くと思う」

古くからの友人であり、ついこのあいだまで指揮官でもあったアマンダの言葉が、クリスティーンの脳裏をよぎった。まともな戦いなどできないと思っていた敵が善戦したとき、艦艇を失ったり、戦闘や戦争に負けたりしたという例は、枚挙にいとまがない。

アマンダは、こうもいっている。傲慢という弱点をわたしは許すことができない……

「それはたいへん危うい考えかたです、大佐」気がついたとき、クリスティーンはそう口走っていた。

エンバリーの笑みが、むっとしたようなかすかなしかめ面に変わり、座ったまま身を乗り出した。「現実をちゃんと捉えようじゃないか、少佐。きみが見せてくれたこの自家製の小型戦闘艇三隻をのぞけば、われわれは船外機をつけたボートの海軍を相手にしているわけだろう」

クリスティーンは、肩をすくめた。「だからどうなんですか？　丸太舟をちょっぴり進歩させた小舟に乗って漁業を営んでいるギニア人にしてみれば、機銃二挺と擲弾発射器を積んだボグハマーは、キーロフ級原子力ミサイル巡洋艦とおなじようなものですよ」

「だからそういっているんじゃないか、少佐」エンバリーが頑固にいい張った。「われわれは漁民の群れではないんだ。アフリカの水準では、この西アフリカ連邦のやつらはかなり優秀かもしれない。しかし、われわれの装備の敵ではないよ」

クリスティーンは、ゆっくりとエンバリーのテーブルに向けて歩き、プロジェクターの光芒を通るときに、白い制服をまぶしい光が一瞬照らした。「おっしゃるとおりです、大佐」落ち着いた声で答えた。「西アフリカ連邦海軍は、あらゆる面で規模が小さい。原子力潜水艦も巡航ミサイルも空母もステルス爆撃機もありません。しかしながら、有効な戦闘方針に基づいて、持てる資産を有効に活用し、戦術面でも作戦面でも戦略面でも、目標に近づいています」

身を乗り出して、テーブルに両手をつき、険悪な目つきでエンバリーの目をにらんだ。「手っ取り早くいえば、大佐」慎重に言葉を選びながら、さらにいった。「この連中は、手持ちのものでこの戦争に勝利を収める寸前なんです。それ以外は必要ないんですよ」

闇の帳に隠れて、快速艇《ビナス》の乗組員たちは、貨物を動かしていた。二枚の厚い板が船体のなかごろの米袋の上に渡され、板の端を押さえるのに米袋が積まれて、安定した平らなプラットホームができあがった。

米袋を動かしたので、竜骨の上にならべた弾薬箱と、迫撃砲の筒、床板、二脚が見えていた。船長が見張りをつとめるあいだに、乗組員ふたりが砲弾を出して安全装置を解除した。あとのふたりが、間に合わせの砲座の上で迫撃砲を組み立てた。

それは古めかしい旧ソ連製の八二ミリ迫撃砲で、三十年のあいだ酷使されたために錆び、ぼろぼろになっていた。いや、じつはこの任務にそれが選ばれたのは、まさにそういう状態だったからだ。最後の射撃を行なうあいだ壊れなければ、それでいいのだ。

マッキンタイアは、ブリーフィングのまとめを行なっていた。バーのカウンターに背中をあずけ、ＵＮＡＦＩＮの士官六人をじっと見てから、口を切った。目にしているもの、このブリーフィングの雰囲気が、マッキンタイアは気に入らなかった。イギリス、フランス、アメリカが、ちがうテーブルにつき、ちがう考えを持っている。国連アフリカ阻止部隊は、まだ一発も撃たれていないのに、非常にまずい状態に陥っている。これからマッキンタイアが口にすることは、その事態をいっそう難しくするはずだった。

「諸君、ＵＮＡＦＩＮの指揮系統に関して英米仏三カ国が最終的にどういう決断を下したかということを、諸君はさぞかし聞きたいだろうな」

どの国連の作戦でもそうだが、それが最初からいちばんややこしい問題だった。列車を動かすのはだれか？　例によってアメリカは、人員、経費、任務の支援面では、よそとは比較にならないほど大きな部分を占めている。しかしながら、ギニアの旧宗主国はフランスで、いまでもフランスとの貿易と政治のつながりは密接なものがある。だが、西アフリカ連邦に併呑されたシェラレオネは、永年英連邦の一員だった。また、ギニア領土内で起きていることに関しては、当然ギニアにも主張がある。

国の威信や名誉はべつとしても、外交官がいい争う要素がいくらでもある。この作戦を危うくする要素がいくらでもある。

「その疑問は当然浮かびました」トレイナー大尉が、皮肉っぽく口の端をゆがめていった。

「だれの指揮に従うのか、みんな知りたがっていると思いますね」

「その点について、わが政府からはなにも指示がありません」トロシャール少佐がつけくわえた。わが政府、というところですこし語気を強めたのがはっきりとわかった。

「各国の指揮官へは、まもなく正式の通達が届くはずだ、少佐」と、マッキンタイアは答えた。

「トレイナー大尉の質問だが、とにかくここでは、だれかが全体の指揮をとるということにはならない。国連安全保障理事会が決定したのは、それぞれの国のUNAFIN派遣軍への任務の割りふりだけだ。

当初のUNAFIN命令によれば、フランスは沖合いの海上と空中の哨戒、商船の臨検を担当することになっている。アメリカは沿岸の水上哨戒と、戦域情報収集を担当する。イギリスは掃海とヘリコプターによる沿岸の哨戒飛行を受け持つ。

これまでどおり、それぞれの政府の指示だけを受けていればいい。統合作戦はすべてその経路で正式に組まれる。戦域では、ギニア危機担当国連特使の指示だけを受ける」

一同がかすかに身動きして椅子がきしる低い音だけが聞こえていた。だれもが遠慮がちに視線を交わし、思わしくなさそうな結果を考えていた。

マッキンタイアは、いくぶん語気を強めて、話を再開した。「外交における決断としては至当かもしれないが、軍事作戦を実行するのにそれがまずいやりかただというのには、諸君も同意するものと思う。こうして組織を一本化できなかったことと、自分さえ得すればいいというこの考えかたが、何度も国連の作戦を血みどろなものに変えてしまったのだ。血みどろ、というところをあえて強調するぞ。ソマリア、レバノンなど、実例がいくらでもある。

われわれ三カ国の政府は、この問題に関してなんら了解に達していない。だから、われわれがそれをやらなければならない。われわれはそれぞれの国から、遠いところをやって来たのだ。はっきりいおう。アメリカ政府がこの作戦にあたって公式の統合指揮構造を構築できないなら、現場でやっているわれわれが非公式にそれを創りあげるしかない。ＵＮＡＦＩＮの各部隊すべてが、共通の敵に向かっているんだから、おたがいにその仲間を頼りにするほかはない。

もうひとつ頼りにしていいものがある。公式には、わたしはアフリカ阻止作戦に従事しているアメリカ海軍特殊部隊を査察するために来たことになっている。しかし、非公式には、この作戦にかかわる軍事行動のすべてに際して、アメリカ海軍特殊部隊があらゆる支援を提供する用意があることを、諸君に確約するために来た。おおっぴらにでも、必要とあれば秘密裡にでも、ただひとこといってくれればいい。あとは諸君の活躍しだいだ」

快速艇《ピナス》の船上で中身が出された弾薬箱は、すべて海に投げ込まれた。二十発の安全装置が解除されると、小さな信管用レンチさえもが捨てられた。

艇首と艇尾にそれぞれひとりずつが立ち、錨索の上でナイフを構えていた。船長が舵柄のそばに座り、エンジンがアイドリングしている。砲手が迫撃砲のそばにひざまずき、砲口の上に最初の一発を掲げていた。その助手が、二発目を両手に持って、そばに控えている。

雨がつかのまやんで、航空基地の上空の雲の切れ間から、星明かりがまばらに漏れていた。本部ビルのまわりの砂嚢やドラム缶が、たまに吹くそよ風を通さないので、広々したところへ行ってひと息つき、考えごとをするために、マッキンタイアは正面入口の哨所の前を通って、表に出た。防御措置のほどこされた本部の駐車場から、英仏の連絡将校の乗ったランドローバーが出てゆくところだった。蒸し暑い闇にヘッドライトの円錐形の光を投じながら、二台はそれぞれの国が使っている施設へ向かった。

マッキンタイアは、それを見送りはしなかった。ブリーフィングのあと、イギリスとフランスのそれぞれの代表としばらく話をした。どちらも似たような反応を示した。慇懃な言葉遣いながら、統合指揮系統という着想に対する意見ははっきりといわず、たくみに上層部に責任を転嫁した。アメリカ軍の幹部士官のあいだでは、フランスもイギリスもいらないという意見が優勢だった。

これから数日間、とにかく海軍特殊部隊のなかでは、そういう意見に対しては雷を落とすつもりだった。しかし、外国の部隊に対して、国連派遣軍に統一組織が必要だということを身をもって学んでもらうまでは、なにも打つ手がない。

それが理解されるまでに、いったい何人が死ななければならないのか？

飛行列線《フライト・ライン》に向けて歩きだすとすぐに、うしろから呼ぶものがあった。やがてクリスティーン・レンディーノ少佐が追いついた。「失礼します。しばらくごいっしょしてもよろしいですか？」

「もちろんかまわない、少佐」マッキンタイアは、ひょろ長い足ですたすた歩いていたのを、横にならんだ小柄な情報士官の歩調に合わせた。「また話し合うことがあるようだな」

「ええ、提督」クリスティーンが答えた。「提督が到着なさったときの率直な話を、またしてもいいですか？」

「いつでもかまわないよ、少佐」

「では申しあげます。われわれはとんでもない問題をめちゃくちゃ抱えてます」

「きみも気づいていたか。どれが気になる？」

「考えかたです。非常に問題です。まず、前に話したエンバリー大佐です。現地人を脅しつけてやろうなどという考えで出撃したら、首を吹っ飛ばされますよ。わたしの見たところでは、われわれの装備が技術的にいくら優秀でも、西アフリカ連邦軍は数で優位で、なおかつ地元という地の利がありますから、五分五分と見たほうがいいかもしれません。しかも、戦闘群には作戦計画が欠けてる。早急に態勢をととのえないと、われわれは叩きのめされるかもしれません。そうなったら、ボーグラムが四大統領の顔を岩山に掘ったみたいに、われわれの敗北も歴史に刻まれるでしょうね」

　マッキンタイアが、薄暗がりで顔をしかめた。「反駁したいのは山々だが、あいにくそのとおりだ。ここで惨憺たる結果を招くようなことがあってはならない。議会はＵＮＡＦＩＮを強く支援してはいない。エンバリー大佐は、ここの戦況の現実にもっと注意をはらわないといけない。彼に無理なら、それができる人間を捜すしかない。エンバリーを転任させるのは気が進まないんだ。シーファイター開発計画では、じつに天才的な仕事をしてくれたからね」

「そうですね。でも、シーファイターには、ほんものの海の戦士《シー・ファイター》が必要なんです。阻止部隊全体が、そういうひとを必要としてるんです」

マッキンタイアが、うなり声で賛意を示した。「この混乱した状態のなかで、ほかにどんなことに気がついた？」

「集団力学《グループ・ダイナミクス》ってやつですよ。ほとんどが非常に優秀で、自分の仕事をちゃんとやる士官の集まりなんです。ただ、チームというものがないし、このままじゃチームができそうにない。部隊のどこにも生まれながらのリーダーがいないんです。つまり、無理に押し付けられた指揮系統がなくても、みんなをまとめ、いうことを聞かせて、ついてくるようにさせる人間がいないんです。この国連のこしらえた腐った部隊をぐいぐいひっぱっていける人間が」

マッキンタイアが足をとめ、腰に両手を当てた、「きみはまったく評判どおりの人間だな、少佐。じつに洞察力が鋭い。ひとつききたいんだが、きみでもまちがうことがあるのかね？」

クリスティーンは、飛行場のアーク灯の青みがかった暗い光を背後から浴び、肩をすくめて、皮肉っぽい笑みを浮かべた。「いつかそういうこともあるでしょうね」

「マッキンタイア提督」と呼ぶものがあった。「ちょっとよろしいでしょうか？」

問題のひとつだといわれたばかりのエンバリー本人が、まるで呼ばれたかのように砂嚢のあいだの通路から姿を現わし、駐機場をマッキンタイアとクリスティーンに向かって歩いてきた。

「提督、さきほどのブリーフィングのことについて釈明いたしたいと……」

戦闘群司令エンバリー大佐のいい分を聞く機会は、そこで永久に失われた。飛行列線のタービンのうなりや本部の発電機のなかで、マッキンタイアはある音を聞きつけていた。低い羽ばたきのような音を、頭の隅で意識していた。焼け焦げて油にまみれたクウェート－イラク国境のビーチで、その音を一度だけ聞いたことがある。だが、それは一度聞けば忘れられない音だった。

クリスティーン・レンディーノは、二メートルほど右手に立っていた。女性を護ろうとする男の本能から、マッキンタイアはとっさに頭から彼女にタックルした。腰に両腕をさっとまわし、いっしょに舗装面に倒れ込んだ。肝をつぶしたクリスティーンの悲鳴を、マッキンタイアの警告の叫びがかき消した。

「敵の来襲だ！」

クリスティーンの体をできるだけ自分の体で護りながら、マッキンタイアはもう一度息を吸い込んだ。だが、叫びを発する前に、あたりが目もくらむ白光に包まれ、最初の砲弾の爆発のすさまじい衝撃波に胸を強打されて息が詰まった。

西アフリカ連邦軍の迫撃砲の砲手は、陸軍きっての優秀な砲手だった。一発目が着弾する前に、四発を発射していた。国連航空基地で爆発が起きて炎が舞い飛ぶあいだも、顔をあげなかった。煙をあげている迫撃砲につぎの砲弾を落とし込むことだけに、神経を集中していた。照準を定める必要はない。まっすぐターゲットのほうを向いているし、基地への距離はもう設定してある。低い波による船の揺れで弾着が散り、飛行列線のあちこちにちょうどいいぐあいに落ちた。

あまりにも熱中していたため、砲弾を数えなかった。装塡助手が肩を叩いて、二十発すべてを撃ったことを教えた。射撃任務が完了すると、砲手は迫撃砲の床板をつかんで持ちあげ、舷側から海に落とした。台に使われていた板二枚も、おなじように投棄された。

艇首と艇尾で、錨索が切られた。船長がクラッチをつないで、スロットルをあけ、快速艇はふたたび走り出した。

現場から急いで逃げるなど、注意を惹くおそれがあることはやらなかった。来たときとおなじように、黄金海岸に沿ってだらだらと航走する小舟の群れに混じって離れていった。ほかに武器は積んでおらず、軍の装備や書類はいっさいない。おそらく途中でギニア軍か警察に停船を命じられて臨検されるだろうが、コナクリ基地攻撃と結びつけられるようなものはなにもない。

エンジンの低いつぶやきを響かせ、快速艇は背後に遠ざかる炎の瞬きと星を頼りに、東に進路を転じた。

マッキンタイアは耳鳴りがしていたが、クリスティーンが低いかすれた悲鳴で痛いのと苦しいのを訴えているのが聞こえた。転がってクリスティーンの上からどくと、埃と煙と高性能爆薬の鼻を刺す苦い臭気のしない空気を必死で捜しながら立とうとした。耳が聞こえるようになると、周囲の状況がしだいにわかりはじめた。緊急車輛のサイレンの響き、もう手遅れなのに厳格に戦闘配置を命じている基地のクラクションの音、炎のばりばりという轟音。さまざまな言語で弱々しく助けをもとめる声、万国共通のだれにもわかる苦痛の叫び。

「なにがあったんですか？」クリスティーンが、朦朧としながらたずねた。

「迫撃砲の弾幕射撃」マッキンタイアが、クリスティーンに手を貸して助けながら、手短に答えた。「だいじょうぶかね？」

「あっちもこっちも痛いけど、特にすごく痛いところはないから、だいじょうぶだと思います……うわあ、ひどい！」

マッキンタイアとクリスティーンは、周囲にひろがるすさまじい惨状を見てとった。

駐機場ではフランスのトランザール輸送機が直撃を受けていた。トランザールとそれに給油を行なっていた燃料補給トラックが、火の海のなかでもひときわ明るい白熱する炎の島と化していた。７４７輸送機も濛々たる煙に包まれ、基地の消防車がそれを取り囲んで、ほかに大火災がおよぶのを防ごうと、懸命に消火作業をしている。搭乗員や整備員が、その他の駐機している輸送機のところへ走っていって、損害を調べ、おおわらわで牽引か地上走行《タキシー》でひろがる火災から遠ざけようとしている。補給処や駐車場でも、炎が空を染めている。

砲撃でやられたのか、それとも二次攻撃の際に照準しづらいようにわざわざ消したのか、アーク灯が消えていた。それでも、ちらつく火明かりで、本部ビルが危ういところで直撃をまぬがれたのが見てとれた。入口近くの防壁が壊れ、ギニア陸軍の歩哨二名が、破れた砂嚢から飛び散った砂の上にひっくり返っている。マッキンタイアとクリスティーンがさっき立っていたところのすぐ近くに、それとはべつの白い軍服を着た人間がぐったりと横になっていた。

「エンバリー」マッキンタイアは、倒れている男に近寄ろうとした。そのとき、飛行列線のどこかで二次爆発が起こり、ぱっと閃光が走った。クリスティーンがそばで恐怖のあまり絞めつけられたような声を発した。マッキンタイアはとっさに手をのばし、彼女を引き寄せて、自分の娘に見せたくないものを見せないようにするようなぐあいに、自分の胸に顔をうずめさせた。

西アフリカ連邦を馬鹿にしているとエンバリーは首を吹っ飛ばされると、ついさっきクリスティーンはいった。それは警告であって、予告ではなかったのだが。

あとで考えると、この西アフリカ連邦の攻撃はいい結果ももたらした、とクリスティーンは冷徹に結論づけた。三カ国の派遣軍のそれぞれの基地要員は、気がつくと協力して、消火にあたり、負傷者の手当をしていた。基地を再建するあいだ、設備は共同で使わなければならず、三者いずれもが援助を申し出て、それぞれがそれを受け入れた。連絡網が確立し、信頼がはぐくまれ、撃たれたのはおれたちみんなだ、という仲間意識の絆が強まった。

午前零時過ぎに、クリスティーンは情報班の自分のオフィスに戻った。窓が壊れてガラスが部屋中に飛び散っていたが、被害はそれだけだった。クリスティーンはこわばった体でどさりと腰をおろし、デスクの奥に置いた小さな冷蔵庫から缶に露がつくほど冷えたマウンテンデューを出した。熱帯用の白い作業服は、着たまま寝たかのように皺くちゃだった。そもそも軍服に白を使うというのが馬鹿げているのだ。

「もう一本ないかね、少佐？」やはり煤けて汚い格好になったマッキンタイア提督が、戸口から声をかけた。クリスティーンは立とうとしたが、マッキンタイアが手で制した。「いや、そのまま。ホールジー海軍大将がかつてこういった。『撃ち合いがはじまったら、やたらに立ったり座ったりするのはやめたほうがいい』と」

「それはありがたいですね、提督」と答えて、クリスティーンは冷蔵庫から炭酸飲料をもう一本だし、急に人間味が増したマッキンタイアに渡した。「はい、どうぞ。わたしの個人的なストックなんです」

マッキンタイアはプルトップをあけて、よほど喉が渇いていたのか、半分を一気に呑み干した。「うまい。これでひと晩を乗り切れるかもしれない。ＴＡＣＮＥＴのほうはどうだ？　きみらのところは、なにか被害があったか？」

「ほとんどだいじょうぶです。無人機管制基地の送信アンテナが壊れましたが、予備があります。それから、プレデター群の格納庫の横に砲弾が一発落ちました。でも、壁に穴があいた程度です。負傷者はなく、無人機にも被害はありませんでした。基地のほかの部分は、どれだけやられたんですか？」

マッキンタイアは、オフィスの椅子のガラスを払い落として、腰をおろした。「七名が死亡、うち三名がわが軍だ。二十四名が負傷。補給品や装備にも損耗があるが、それは補充できる。もっとひどい被害が出ていたかもしれないが、ジム・ストタードはこの施設の防御強化に関して最高の表彰に値する仕事をしている。補給処や本部を分散させてあったし、彼の築いた防壁や爆風除けの壁が、かなり被害を食いとめた」

マッキンタイアは、またひと口飲んだ。「そうとも」疲れた口調でいった。「もっとひどいことになっていたかもしれない」

クリスティーンは、表できさほど味わった地獄のような一瞬を急に思い出した。〈カニンガム〉に乗り組んで戦闘はかなり経験しているが、そこには隔壁という心理的な防御が存在していた。しかし、今夜ははじめて軍神たちの前に裸で横たわった心地だった。

ふるえをおさえようとした。「それはそうと、提督、さっきはタックルしてくれてありがとうございました」

マッキンタイアは肩をすくめた。「身についた反応だ、少佐。礼をいわれるほどのことはない」

「それにしても感謝してます」クリスティーンは、努力してにやりと笑った。「差し支えなければ、クリスと呼んでいただいたほうがわかりやすいんですが。どうもこの少佐とかいうのに慣れてなくて」

マッキンタイアも、精いっぱいの笑みを浮かべ、うなずいた。「では、クリスと呼ぶことにしよう。それで、クリス、今夜の攻撃のあらましを教えてくれ」

「迫撃砲の速射を、おそらく滑走路の南端沖に投錨した小舟から行なったものと思われます。沿岸を航行する地元民の船にまぎれて近づき、おなじようにして離脱したのでしょう。二十四時間後ならTACNETが完全に運用でき、犯人を捕まえることができてたでしょうね。いえ、接近しているときに発見できたはずです。でも、まだ稼動していないから、捕まえられない。逃げられてしまいました。すみません」

「気にするな。きみたちがシステムを立ちあげて使えるようにするために必死でやっているのはわかっている。あいにく、われわれの敵は不親切で、戦争をはじめるのに、おたがいに諒解したスケジュールにはほとんど従ってくれない。要するに、ベレワは手袋を投げて挑戦してきたんだ。平和維持活動と称するものは、いまや牙を剝き出しにした。この攻撃によってわたしの抱えていた難問のひとつは、まことに歯がゆい成り行きで解決した。しかしながら、それで大きな難問が生じた」

「エンバリー大佐の後任をだれにするかということですね」

「そのとおり。フィル・エンバリーにはいろんな弱点があったが、指揮幕僚クラスの士官として、シーファイターに通じているのは、彼しかいなかったんだ。だれをＴＡＣＢＯＳＳに持ってきても、戦闘群の中核をなすこの兵装《ウェポン》に通暁してもらわなければならない。しかも、その兵装システムを実戦が行なわれている紛争地域に配備し、他の戦闘群部隊との作戦を調整しつつ、効果的な運用方針を構築しなければならない。おまけに、厳格な交戦規則や、国連の細分化された指揮系統、錯綜した地政学的な想定《シナリオ》、厳しい兵力制限といった瑣末に抵触せずに、それをやらなければならないんだ！」

　マッキンタイアは、炭酸飲料の缶を握りつぶし、屑籠に投げ込んだ。「そんな奇跡が起こせる優秀な指揮官が、おいそれと見つかると思うか？」

　クリスティーンは、いつのまにかデスクのラップトップに視線を向けて、昼過ぎに読んだ電子メールのことを考えていた。「そうですね、ひとりだけ、すぐに使えるひとを知ってます。提督もご存じのはずでしょう」

　ほのめかしを悟ってくれるのを期待して、クリスティーンはマッキンタイアのほうを見た。マッキンタイアがすぐに気づき、煤けた顔に明るい笑みが浮かんだ。

「知っているとも！」マッキンタイアは、掌でデスクの端を叩いた。「通信センターはどこに隠されているんだ、クリス？　人事局と話をしないといけない」

「メンフィスは真夜中ですよ」

「それなら、だれをベッドから叩き出せばいいかを調べろ」

ノースキャロライナ州　カリタク瀬戸《サウンド》
二〇〇七年五月三日　〇〇二七時

日の長いブルーと金の春の一日、ケイプ・コッド風の小さなスループ（通常一本マスト二枚帆の小さなヨット）が、内海を守るようにのびたケープ・ハテラスの長い腕の内側を、着実に間切りながら南へ進んでいた。とりわけどこを目指すでもなく、舳先で入江や脇の水路を覗き込むように、おだやかな軽風に向かってゆっくりと上手回しをしていた。

そして夜が訪れたいま、スループは繋船浮標を軽くひっぱりながら揺れている。低いうねりに合わせて静索がきしみ、澄んだ光を放つ無数の星を指しているマストの先端が、横に倒した8の字を描いている。まわりの水面では、狭い錨地で休んでいる周囲のヨットの停泊中を示す灯火が、親しげに輝いている。

「ねえ、教えてくれないか」ヴィンス・アーカディがそっとたずねたとき、アマンダの眉にかかる前髪に息がかかって小さくふるえた。「シーアドラーっていったいなに？」

休暇中のアマンダ・ギャレットアメリカ海軍中佐は、アーカディの女心をそそる端正な顔に、のんびりした笑みを向けた。「ドイツ語よ。ジーアードラーは海鷲のこと」

「全長二四フィート（七・三二メートル）のちっぽけなキャビン付きヨットにしては、おおげさだね」

アマンダは、年下の恋人の肩に頭をドンとぶつけた。「だって好きなんだもん。わたしのだいじな初恋と深い関係があるの」

「へえ、そうなんだ。いっぱいあった過去の恋の打ち明け話。これは聞かずばなるまい」

アマンダがくすくす笑い、もぞもぞと体を動かして、ふたりは狭い座席のクッションの上で抱き合う姿勢を変えた——ジッパーをあけてひらいた寝袋をかぶったまま、乳房と胸、太腿と太腿を合わせる。狭い調理室《ギャレー》で夕食をこしらえると、アマンダとアーカディはコクピットで寄り添い、ゆっくり食事をしながら、しゃべったり、夕陽を眺めたりしていた。黄昏があたりを包むと、会話はなめらかにセックスへと移っていった。服をするりと脱ぐと、ふたりはコクピットの床にこの間に合わせのベッドをこしらえ、ひろびろとした空の自由な感じを楽しんだ。

何度もゆっくりと高まりを迎えたあと、たがいのことをよく知り、慣れ親しんでいる恋人同士らしく、抱き合ってとろとろ眠ったり、うつらうつらしながら軽口を叩いたりした。

「わかったよ」アーカディは、アマンダの鼻梁に軽くキスをした。「話してくれ。きみが最初に熱をあげた相手はだれなんだ？」

「そのひとは貴族だったの。教えてしんぜよう」つんと顔をそらしながら、アマンダが答えた。「ほんもののプロイセンの伯爵で、士官、昔気質の紳士。いっぽうこちらはあどけない十三歳の少女」

「プロイセンじゃ、そんな若い子に手を出すのか？　どういう手を使われたんだ？　チョコバーをもらい、装甲車にいっしょに乗りませんかっていわれたのか？」

アマンダは、同衾している相手の肩を軽く咬んだ。「わたしが生まれるずっと前に死んだひとよ。フェーリクス・フォン・ルックナー海軍大佐。第一次大戦中、連合軍側に海の悪魔と呼ばれていた」

「で、そのフェーリクスは、どうしてきみの欲情をそそったの？」

「だからその話をしようとしているんじゃない。ルックナーは、十三歳のときに家を飛び出し、海に出たの。わたしもそうしたかった。ルックナーは、父の城をあとにして、富や貴族の地位などすべてを捨てて、一介の水夫として、ロシアの古い横帆艤装船《スクエア・リガー》に乗り組んだ」

アーカディがにやりと笑って、アマンダの脇腹をなでた。「それがきみにどんな影響をあたえたのか、読めてきたよ。どこで海の悪魔が関係してくるのか、船の名前とどう関係があるのか、ということが」

「さて、わたしのヒーローは、やがて商船をおりて、ドイツ帝国海軍士官になった。第一次世界大戦が勃発すると、彼は海軍本部に突拍子もない計画を持ち込んだ。世界で最後の帆船のフリゲート（上下二層の甲板に二十八ないし六十門の大砲を装備したもの）による急襲を提案したの」

「帆船のフリゲート？　第一次世界大戦で？　冗談だろう」

「冗談じゃないし、奇抜だけど名案なのよ。帆船は燃料を補給する必要がないから、世界のどこへでも行ける。それに、まさか帆船が商船急襲艦だとは、だれも思わないでしょう。大砲の覆いをはずして撃ちはじめるまでは。ドイツ帝国海軍としては、なにも失うものはないので、ブランデンブルクを母港とする古いバーク型帆船（通常三本マストで、前檣と中檣が横帆、後檣が縦帆のもの）の貨物船を、フォン・ルックナーにあたえたの。フォン・ルックナー伯爵は、隠すことのできる小さな甲板砲を何門か積んで、船名を……」

「ジーアードラーに変えた」

「そのとおり、ミスター・アーカディ」アマンダは、褒美に軽くキスした。「それで、わたしの愛する船乗りは、クリスマスの日に出港し、英国海軍の封鎖をすり抜け、世界中の海上交通路《シーレーン》を優雅に荒らしまわった」

「優雅に荒らすなんてことができるものかね？」

アマンダが、片方の眉をあげた。「馬鹿なことをきかないでよ。恐ろしい綽名で呼ばれ、人類史上もっとも血なまぐさい戦争に参加していたけれど、〝海の悪魔〟は、どうしてもやむをえない場合でないかぎり、けっしてひとを殺さなかった。連合国の商船に横付けし、船首の上を越えるように一発放って、抵抗する間もなく拿捕するというやりかたをしたの。

拿捕した船の高級船員用食堂にあった珍味や酒、金庫の中身は、〈ジーアードラー〉に移された。乗組員と男性乗客は、食料をたっぷりと積んだ救命ボートに乗せられ、女性乗客は伯爵の船に迎え入れられた。拿捕した船は海水弁をひらいて沈められ、伯爵はもっとも近い連合軍基地へ無線連絡して、救命ボートの位置を報せる。そしてさらなる冒険へと帆走する」

アーカディは、たいそう感心していた。「なるほど。軍上手《いくさ》な男だ」

「そうでしょう。わたしの伯爵は、じつに洗練されているの……アアン。どうしてもそういうことがやりたいんなら、もっと下にして。ああ、そう……そう、そこ、そこ」身をよじって、寝袋のなかでの行為を楽しんだ。

「それで、この二十世紀のキッド船長ときみは、どうつながっているんだ？」

「父の書庫にローウェル・トマスの古い本が二冊あったの。『海の悪魔ルックナー伯爵』と『海の悪魔の船首楼』。わたしの伯爵の語った驚異的な海の物語がいっぱい載っていて、なかには事実にちがいないというものもあった。十回以上読んだでしょうね。そして、とうてい実らぬ恋をしてしまった。それで父はこのスループを買ってくれた。船の名前は、ほかには考えられなかった」

「なるほど。それで、〝海の悪魔〟が大戦中は敵方だったという事実は、心のなかでどう整理をつけたのかな？」

アマンダが低い笑いを漏らし、さらに身を寄せて、アーカディの顎の下に頭を押しつけた。「そこがこの情事のいいところよ。若く美しいアメリカ女性――そのころの自分を想像のうえで大人にした女性――の登場する手のこんだ空想物語をこしらえたの。彼女は勇猛なフォン・ルックナー伯爵に捕らえられ、南海でスリル満点の冒険を何度となくともにしたあと、海の悪魔の心を捕らえて、連合軍の味方に引き入れる」

アーカディが馬鹿笑いをしたので、アマンダはお返しに繊細なところをつねった。「笑わないで！　伯爵はわたしの命の恩人よ。彼といっしょに南太平洋へ逃げられなかったら、四時限目のメンデルソン先生の社会の授業でしょっちゅう息が詰まって死んでいたはずよ」

アーカディが、また笑い声を漏らし、そろそろとコクピットの自分の側に戻った。そうっと寝袋をめくり、アマンダの裸身を星明かりにさらした。体のすみずみを長いあいだ眺めていた。銀色の淡い光を浴びてしろめのような鈍い輝きを放っている肩までの長さの乱れ髪。陰影がきわだたせている彫りの深い顔立ち。いまもこりこりと固く、まったく垂れていない、成熟した女性らしいやわらかな形の乳房。ダンサーのようなしなやかな曲線の姿態。太腿のあいだのひそやかな黒々とした条。

「折りがあったら、伯爵に礼をいわないといけない」アーカディはささやいた。「そんなことできみが死んだら、悲惨すぎる」

アマンダは身をふるわせた。ひんやりする夜気が素肌をなでたせいばかりではない。薄くあけた目が火花を散らしたのも、星明かりを反射したからではなかった。アーカディが、ふたたび彼女の体をまず寝袋で、そしてつぎは自分の体で、つつんでいった。

時が流れた。通り過ぎる船の航跡に乗って、〈ジーアードラー〉が揺り籠のように揺れた。夜が更けるにつれて、ひんやりしていた大気が冷たくなり、朝霧の出る気配が漂いはじめた。恋人と体をくっつけてぬくもっているのだから、すぐに眠りがおとずれてもよさそうなものだったが、アマンダは眠れなかった。

喜びと情熱をわかち合った余韻が消えたあとも、近ごろ胸を悩ましている例の心のざわつきが頭をもたげてくる。なぜだろうと、何度となくアマンダは考えるのだった。

何週間も前からの自己分析のたぐいが、どんどん腹立たしいものになっている。いまのアマンダは、軍人としての頂点にある。望みどおりの艦を指揮した。こうと定めた目標を努力によって達成し、それ相応の名声を得た。そしていま、ほしいものは手の届くところにある。ほんものの愛、伴侶、明るい未来が、望みさえすれば手にはいる。それでも……

どうして海軍を辞めないのよ？　と、不機嫌に自分を責めた。勲章を暖炉の上に飾って、このいとしいひとに、結婚する気持ちになったといえばいい。体内時計が時間切れになる前に子供を産み、太陽を浴びてのんびり暮らし、手に入れたものに満足する。馬鹿、馬鹿、アマンダの馬鹿。これ以上なにがほしいの？

それが問題だった。自分でもわからない。人生からなにがもらいたいのかがわからないようなことは、絶えてなかった。それがいやな感じだった。

アーカディは、アマンダの胸に頭を乗せて眠っていた。アマンダはそっとその黒髪をなで、空に視線を据え、無数の星が北極星をめぐる壮麗な光景を見つめていた。

夜の気の迷いが朝方になっても消えやらず、〈ジーアードラー〉が瀬戸を横切ってパウエルズ岬《ポイント》に向かうあいだ、アマンダは口数がすくなかった。南東に向かって間切るとき、おだやかな動きの小さなスループの舷側を水に押しつける勢いのある和風も、心を明るくしてはくれなかった。

朝のうちからずっと、アーカディが視線を注いでいるのを、アマンダは意識していた。父親をのぞけば、アーカディぐらい自分の気持ちを読み取れる男はいない。それにはいい面もあれば悪い面もあった。

「つぎの任務について、まだ報せはないの？」コクピットの自分の席に座ったアーカディが、さりげなくたずねた。

「べつに」すこし舵を切りながら、アマンダが答えた。「まだちゃんと考えていないのよ。〈カニンガム〉の勤務は、あと一年残っている。あわてることはないでしょう」

アーカディが、片方の眉をあげた。「一年なんて、すぐだよ。きみは前々から、自分が望む職務を得ようと思ったら、早く手をまわさないといけないといっていたじゃないか」

アマンダは、気にしていないふうをよそおって、肩をすくめた。「たしかにそういったし、そのとおりだと思っている。ただ、時間がなかったのよ。そろそろ考えないといけない」

「で、なにを狙うつもり？」

「わからない。陸上勤務になるでしょうね。それはわかっている。でも、その先はまるきり見当がつかないの」

「おい、なにかしら考えていることがあるだろう」アーカディの声には、いくぶんいらだちがこもっていた。

「ないっていってるでしょう！」アマンダが、語気鋭くいい返した。「なにもないの。わかった？」

アマンダが突然怒りをほとばしらせたことに、ふたりははっと声を呑み、しばらくは波と索の音だけが聞こえていた。

「ごめんなさい、アーカディ」ややあって、アマンダがそっといった。「でも、ほんとうにつぎになにをするかは、考えていないの。どうしていまそれがだいじな問題なの？」

こんどはアーカディが、通り過ぎるキャビン・クルーザーを眺めながら肩をすくめた。「なんとか調整してやっていけないかと思っただけだよ。ほら、おなじ任地に行くとか。きみはいっぱい手紙を書いてくれるけど、ときどき姿を拝ませてもらうのも悪くない」いつもの小学生のようなにやにや笑いが、いくらかよみがえっていた。

アマンダはほっとして笑みを返した。「それはそうね。サンディエゴで職を見つけるのは、そうむずかしくないでしょうね。よくよく考えてみれば、そこのヘッドハンター数人から、ロッキードの造船部門での実入りのいい顧問の仕事の話があったの。たしかに、西海岸へ行くのは、しごく簡単よ」

「うーん、じつはそこなんだよ。おれは西海岸にずっといられないかもしれない。いや、よそへ行く可能性が濃厚なんだ。JSF改良プログラムに参加しないかと誘われているんだ」

「統合攻撃戦闘機《JSF》開発計画《プログラム》？」アマンダが舵をとっていた針路が、六ポイント（六七・五度）も狂った。「アーカディ、すごいじゃない？」

「ほんとうに最高だよ」重々しくうなずきながら、アーカディが答えた。「垂直離着陸機の実戦運用性を高めるのが仕事の内容だ。海軍と海兵隊は、ジェット機とヘリコプターの両方の操縦資格を持つ人間を探している。それに、おれは回転翼機に移る前に、空母艦載機の操縦資格も得ているんだ。そういう人材はごくすくないから、連中はおれを説得する気でいる」

「当然でしょうね！」アマンダは、しばらくぎこちなく舵輪をまわして、〈ジーアードラー〉のジャックステイを遠いパウェルズ・ポイントに向け、風の押す力をゆっくりと抜いていった。「アーカディ、あなたが前からやりたかったことじゃない。また戦闘機を飛ばしてみたいって」

「ほかにもやりたいことはいっぱいあるけどね」アーカディは、デニムのジャケットのポケットに手を入れた。「でも、誘いに応じたら、ジャクソンビルに転勤だ」

「だから？」

「だからね、ジャクソンビルは航空基地で、水上艦の専門家がやるような職務は、ほとんどないんだ」

「そうなの」アーカディはアマンダの目を見ないで、なおもいった。「このJSFの仕事を引き受けたら、また二年ぐらいは半年に一度、一週間だけ会うという生活になる。断われば、大陸のおなじ側にいられるような仕事をなにか見つけられると思う」

「だめよ」アマンダが、低い声でいった。「だめ。そんなチャンスを見逃すことはできないでしょう」

「見逃したっていい」アーカディは、あっさりと答えた。コクピットの座席で身をかがめて、表情を消したまま、アマンダの顔をじっと見た。「そうしなければならないのなら、そうするよ」しばし間を置いてからつづけた。「おれたちは、そうするか、それともべつべつに運だめしをするしかないんだ。ずっと考えていたんだけど……」

〈ジーアードラー〉のキャビンに甲高い電子音が響き、ふたりともはっとした。

「まったくもう！　アーカディ、舵をお願い！」

「わかった」即座に海軍モードに戻ったアーカディが答えた。すばやくブームをくぐり、舵輪を握った。艇首に向けて進んだアマンダは、キャビンの昇降口の奥に手をのばし、ソーラーパワー充電器のコネクターから携帯電話を抜いた。それは仕事用の電話なので、出ないわけにはいかない。

「ギャレットです」

「ギャレット中佐」きっぱりとした口調で、遠い声がささやいた。「こちらはコレター中佐、NAVSPECFORCE（海軍特殊部隊）大西洋作戦部当直士官です。ある事態が起きて、中佐は大西洋艦隊司令部にただちに出頭するよう求められています。マッキンタイア提督の命令です」

「マッキンタイア提督」個人的な悩みは、すべて一瞬にして消滅した。〝ある事態が起きて〟というその微妙ないいまわしで、マッキンタイアは緊急事態であることを伝えている。「いま、オルベマール・サウンド沖で自分の船に乗っているところです、中佐。すぐにポート・パウェルに入港して、車を借ります」

「その必要はありません、中佐。位置を教えてもらえますか？」

「了解」アマンダはまたキャビンに手をのばし、携帯用のGPS（全地球測位システム）をとった。位置決定をして読みあげるまで、一分とかからなかった。

「了解、ギャレット中佐。その座標を維持してください。沿岸警備隊のヘリがいま発進して、迎えにいきます。まもなくそちらに到着します。誘導する準備をしてください」

「準備します。ギャレット、通信終わり」海軍の通信要領の口調になっていたことにも気づかないまま、携帯電話をぱちんと閉じた。

「どうした、艦長？」アーカディが、即座にたずねた。

「たいへんなことが起きたらしい」あれこれと予測を立てながら、アマンダが答えた。「ヘリが迎えにくる。風上に向けて、帆をおろさないと。吊りあげられるはずだから、マストは裸にしておかないと。わたしが荷物をまとめているあいだに、補助機関をかけて、信号灯を点滅させ、発煙筒をたいて。あなたひとりで帰ってもらうしかない……」

アマンダは、早口の指示を途中でやめた。きのうの昼間から夜にかけて念入りにこしらえた幻想の泡が、一瞬にしてはじけてしまった。

アマンダは、アーカディの視線を捉えようとした。「ねえ、あなた、電話がかかってくる前に、なにかいおうとしていたでしょう。なんだったの？」

舵輪を握っているアーカディが、笑みを返した。悲しみを帯びた笑みだったが、鮮やかな青い目は愛と静かなあきらめを宿していた。「たいしたことじゃないんだ。なんでもないよ」

バージニア州ノーフォーク　大西洋艦隊司令部作戦センター
二〇〇七年五月四日　一〇三七時

沿岸警備隊のＨＨ－60ジェイホークは、みずからが巻き起こす旋風のなか、作戦センターのヘリコプター発着場《ヘリパッド》に着陸した。アマンダは救命胴衣とヘルメットを機長に返し、まだまわっている回転翼を避けるために、身をかがめてヘリコプターの機体から遠ざかった。

さえない紺正装姿の海軍士官がひとり、ヘリパッドのきわで待っていた。「ギャレット中佐ですね？」ヘリのタービンの甲高い咆哮が弱まるなかで、その士官が叫んだ。「ＮＡＶＳＰＥＣＦＯＲＣＥ大西洋作戦部のクラヴィン大尉です。コレター中佐の使いでまいりました。お待ちしておりました」

「どんな状況？」アマンダはたずねた。

「はっきりとは申しあげられないのです、中佐。わかっているのは、エディー・マック――マッキンタイア提督が、中佐と秘話回線で大至急、話がしたいといっておられるということだけで。アフリカの国連派遣団が深刻な状態にあるという噂ですが」

ふたりは、ヘリパッドから作戦センターに向けて歩きはじめた。ノーフォークは西側で最大の海軍基地だ。窓のないコンクリートの低い建物の向こうに、第二艦隊の留守番部隊の艦艇のマストがにょっきりと突き出している。幕僚の付き添いがあっても、鋼鉄の入口をはいって警戒おこたりない海兵隊の歩哨の前を通るのに、アマンダは身分証明書を呈示し、声紋の確認を受けなければならなかった。そこからエレベーターに乗ってしばらく下り、防空壕のさらに二層下の地下壕――大西洋艦隊信号隊本部に着いた。

それからさらに数分後、アマンダは狭いブリーフィング・ルームにひとり残され、生の画像が送られてくるモニターに向かって腰をおろした。

「マッキンタイア提督と接続中」いかにもプロフェッショナルらしいきびきびした声が、宙から聞こえてきた。「このチャンネルは秘話、いますぐつなぐ」

壁のモニターに映っていた大西洋艦隊司令部のテスト・パターンが、海軍特殊部隊司令官のいかめしい顔に変わった。その背後の隔壁が湾曲しているところからして、専用指揮統制機の通信区画にいるのだと、アマンダは察した。視線がちゃんと合うのは、相互画像リンクで向こうもこちらを見ているからだ。赤毛の髪をおおざっぱにポニーテイルにまとめ、ジーンズにセーターというみすぼらしい格好をしているのが、急に気になった。

だが、マッキンタイアは、そんなことはまるで目に留めていないようだった。「おはよう、ギャレット中佐。休暇中に邪魔をしてすまない」

「いいんです、提督。軍服でなくて申しわけありません。船からそのまま来たので、着替える時間がありませんでした」

マッキンタイアが、手をふってしりぞけた。「そんなことは、おたがいどうでもいいことだ」

ふだんはドックのオークの支柱のように頑丈で揺るぎない様子のマッキンタイアが、疲れた顔をして、鬚がうっすらとのびた四角い顎が黒ずんでいることに、アマンダは気がついた。

「なにが起きているんですか？」不安にかられて、アマンダはたずねた。

「いま、コナクリの国連基地の滑走路にいる。西アフリカ連邦にこてんぱんにやられたところだ。死傷者が出た」

アマンダは心臓が冷たくなるのを感じた。クリスティーン！　マッキンタイアは、小柄な情報士官とわたしが親密なのを知っている。マッキンタイアのいつもの流儀からして、死んだことをじかに話す可能性は高い。

マッキンタイアは、アマンダの顔色を読んだにちがいない。「きみの友人のレンディーノ少佐は無事だ。攻撃されたとき、わたしといっしょだった。軽い切り傷や打ち身だけですんだ。あとはなんともない」

マッキンタイアは、そのありがたい報せを一秒ほどアマンダに味わわせておいてから、話をつづけた。「あいにく、戦闘群司令エンバリー大佐は、そうはいかなかった。昨夜の迫撃砲による攻撃で死亡し、それによってＵＮＡＦＩＮ（国連アフリカ阻止軍）の方面作戦《キャンペーン》そのものが崩壊するおそれがある。後任が早急に必要だ。やってもらえるか？」

アマンダの鼓動が、さらに速くなった。「わたしがですか？」一瞬、なにをいえばいいのかわからず、口ごもった。「でも、ＵＮＡＦＩＮの任務は沿岸戦や海岸での作業です。わたしは外洋が専門です」

マッキンタイアは、通信士官用席でそっくりかえった。「きみは沿岸警備隊と阻止任務を行なった経験があるし、中国での作戦の際には、〈カニンガム〉を陸地にかなり接近させた。いずれにせよ、その点はまったく心配していない。きみが戦闘群司令をつとめて沿岸哨戒作戦を行なうときには、正しい選択のできる有能な若手がおおぜい部下にいるはずだ。作戦にかかわりのある新しいテクノロジーについては、その連中がすべて教えてくれるだろう」

マッキンタイアは、画面を通してアマンダの顔を真っ向から見据えた。「われわれに必要なのは、多種多様な要素をひとつの強力な拳にまとめ、革新的な発想でその拳をどこに向ければいいかを見定めることのできる指導者だ。わたしの考えでは、どちらの分野でも、きみが筆頭の候補だ」

「たいへんうれしいお言葉です」アマンダはゆっくりと答えたが、頭のなかではめまぐるしく考えていた。「臨時勤務になるのですか？」

「長期だと思ってくれ、中佐。この紛争は長引くだろう。〈カニンガム〉の艦長の職務からは解かれることになる」

アマンダの頭に反射的に浮かんだ答は、きっぱりと断わるというものだった。だが、そこでふと考えた。はたして艦長の地位を捨てるといえるのか？　乾ドックの横にとめたトレイラー・ハウスのオフィスを去るだけのことではないか？

「任務部隊の内訳は、どのようなものですか？」アマンダは、用心深くたずねた。

「中核をなす戦闘群は、新鋭のシーファイター戦隊、第一エアクッション哨戒艇（砲）戦隊だ。戦闘群司令にエンバリーを選んだのは、そのためだった。支援としてサイクロン級高速哨戒艇二隻にくわえ、まもなくＳＯＣ（特殊作戦能力）海兵隊一個中隊を臨検および保安任務のために用意する。任務部隊はすべて西アフリカ連邦沿岸の沖合いの移動海上基地から発進する」

「任務の範囲は？」

「二面ある。西アフリカ連邦に対する国連の海上封鎖の実行と、海上からの侵略に対するギニア防衛」

アマンダは、頭のなかから世界の海図のファイルを引き出した。「提督、たった五隻の小型艇で、ほとんど開拓されていない七〇〇海里におよぶ海岸線を守れとおっしゃるのですか」

マッキンタイアが、ユーモアのかけらもない笑みを浮かべた。「やりがいのある仕事だという含みは、わかってもらえたはずだ。国連の作戦は、ちかごろ議会ではあまり評判がよくない。だから貧弱な部隊の展開しか許されなかった。最低限の資産だ。それに対処するには、小規模な戦闘群を展開するにあたって、広範にわたる情報資産に支援させるのがいいと、わたしは判断した。最上のものを最速で派遣するわけだ。二個無人偵察機飛行隊と気球を装備した情報収集艦二隻を含めたレンディーノ少佐の戦術情報網を、すべてじかに活用していいぞ。

それから、他のUNAFINの資産からも、それ相応の支援が得られる。フランスはフリゲート戦隊に沖合い阻止哨戒を行なわせているし、イギリスは一個掃海群と一個ヘリコプター飛行隊で、ギニア沿岸を警備している」

「われわれの航空資産はどうなのですか？」と、アマンダがたずねた。

「さっきいった無人機と、兵站・支援用の小規模な海兵隊・海軍混成多用途ヘリコプター群のほかは、なにもない」

「攻撃機はまったくないのですか？」

「許可されていない。西アフリカ連邦は空軍を持たないので、安全保障理事会は、われわれも持つべきではないと考えている。なにもいうな――わたしだって、そんな理屈はまったく理解できない」

マッキンタイアは身を乗り出し、組んだ腕を前のコンソールに載せた。

「これがきみの任務部隊だ、中佐。なんとしても人手が足りず、国連の交戦規則という足枷をはめられている。戦術的状況は安定せず、悪化の一途をたどっている。狡猾で有能なしぶとい敵と闘うことになる。敵の能力を、われわれはいま思い知らされているところだ。これは危険の大きい任務だ。とりわけきみにとっては」

アマンダが、眉をひそめた。「どういう意味でしょうか？」

「この通話の前に、人事局とかなり長いこと話をした。人事局は、きみをアフリカに派遣するのに乗り気でない。それどころか、そう持ちかけただけでも声高に文句をいう始末だ」

「なぜですか？」

マッキンタイアが、画面に向かって苦笑いした。「お偉方のなかに、きみをもっと出世させたがっている向きがいるらしい」

「まだお話がよくわからないのですが」

「つまりこういうことだ。きみは新世代の海軍において、格好の宣伝用アイドルになった。艦隊内の男女統合が成功したという生きた見本だよ。デュークでの勤務を完了して、大佐に昇進した暁には、海外の重要な大使館の武官という目立つ地位をあたえられる。フランスかモスクワか――そこまでは決まっていないが。

そのあと、先任大佐として、揚陸戦隊の主力部隊の司令官候補となる。おそらくワスプ級強襲揚陸艦あたりだろうな。その先は、さすがの人事局も言葉を濁している。とにかく、軍歴を汚すようなことさえしなければ、アメリカ海軍史上最年少の女性少将になる可能性があると、わたしは受けとめたよ」

　すこし恐ろしくなって、アマンダは首をふった。「ぜんぜん知りませんでした」

「そういう戦略があることをわたしは示された」マッキンタイアは、小馬鹿にするように片方の眉をあげた。「軍歴うんぬんという但し書きを考えてくれ、中佐。アフリカ行きの任務を承諾し、それに失敗したら、こうした出世の道すじばかりか、これまでの業績もすべて帳消しになるかもしれない。それに、失敗の可能性は高いんだ。

　その見返りにわたしが提供できるのは、即決の昇進だけだ。戦闘群司令は大佐でなければならない。きみは暫定的に大佐の地位をあたえられる。しかし、当面は階級だけだ。大佐として正式に名簿に載るまでは、給与や特典はあたえられず、責任だけが課せられる。それも大きな不確定要素として考えてくれていい」

　マッキンタイアは、わびるように両手をあげて見せた。「こうしたことすべてを考え合わせて、中佐、そんな提案はどぶにでも捨てろといってもかまわないんだぞ。この任務を断わっても、なんら非難されることはない」

　アマンダは、画面から視線をそらした。願い事をするときには用心しないといけない。そのとおりになってしまう場合があるのだから。何週間も前からずっと、自分の未来はどういうものになるだろうと、つらつら考えていた。それが突然、一生かかってもまかないきれないほどの未来を示された。戦闘部隊の指揮を手放したくはないと、ずっと不平をこぼしていた。これがその戦闘部隊の指揮だし、いやというほど実戦に参加できる。自分の人生をどうするのか決断するのを、ずっと引き延ばしてきた。たくさんの人間が、代わりに決断してくれようとしている。

どこかで運命の女神たちがへらへら笑っている。

アマンダ・ギャレットは、重要な決定をとっさに下すのが、習い性となっている。モニターに視線を戻した。「おっしゃるとおりです、提督。やりがいのある仕事のようです。よろこんで受けたいと存じます」

通信網の末端で、マッキンタイアが勝ち誇ったように、コンソールに掌を打ちつけた。「よし！　レンディーノは、きみが受けるといっていた！」

アマンダは、ゆっくりと深く息を吸った。きっぱりといったことで、久しぶりに気分がすっきりしていた。正しいかどうかはわからないが、針路だけは決まった。「失礼とは思いますが、ひとつだけ条件があります」

「いってみろ、中佐」

「この任務を受けるために艦を去らなければいけないのでしたら、最高の乗組員に引き渡したいのです。副長のケン・ヒロ少佐に〈カニンガム〉を任せてください。わたしがこの任務を終えるまでではなく、彼に完全に任せてもらいたいのです」

マッキンタイアが、渋い顔をした。「通常、自分が副長をつとめた艦艇の艦長に昇格するということはない」

「それは重々承知しています。でも、いまの水上艦部隊で、ステルス艦の艦長は非常に魅力のある職務です。下品ないいかたを許していただければ、艦隊のぽこちん野郎はみんな、ありとあらゆる引きや貸しを利用してSC－21級ステルス艦を狙っています。ケン・ヒロはたいへん優秀な士官ですが、あいにく彼を引き立てる上官は、わたし以外にはいません。わたしを異動させるために、提督はおだやかならぬ手管を使ったはずです。それをもうちょっと推し進めてくれませんか。ケンを昇級させて、デュークの艦長にする。交換条件と考えてくださっても結構ですよ」

マッキンタイアの渋面がつかのまさらに険しくなったが、つぎの瞬間には、笑み崩れていた。

「おいおい、アマンダ・ギャレット、暫定的に大佐になったと思ったら、その三十秒後には将官の政略をもてあそぶのか。交換条件を受け入れよう」

アマンダは、モニターに向かってうなずいた。「ありがとうございます。任務をまっとうできることを願っています」

「わたしもそう願っている、大佐。そうでないと、われわれはみんな悲惨な目に遭う」

バージニア州イーストビルの南
二〇〇七年五月四日　一四二一時

夕闇が垂れ込めるころ、ウィルソン・ギャレット少将（退役）は、牧場の母屋に似せた灰色の家が見おろす入江の岸にある桟橋兼艇庫に向けて、ぶらぶらと歩いていった。ジーンズのポケットに両手を突っ込んで、自分の所有する狭い砂利浜に立ち、広々としたチェサピーク湾を見渡した。

風雪を経た顔に白髪の小柄な退役提督は、永年にわたり海で進路や速力を測ってきた経験から、まもなくだということを知っていた。果たせるかな、やがて見慣れた白い船体が樹木の茂る岬を南へとまわってきた。〈ジーアードラー〉は補助機関で航行しており、コクピットにはひとりしか見えなかった。

あの若者にとってはひどく長く孤独な航海だったにちがいないと、ふと思った。スループが桟橋に接近しはじめると、繋留を手伝うために、ギャレットは砂利を踏み鳴らして桟橋のほうへ歩いていった。

舵輪を握っていた若者は、陸者《おかもの》にしては船の扱いがうまく、スループはほとんど音も立てず、桟橋に軽くぶつかっただけだった。「どんなあんばいだった？」艇首をつなぎながら、ギャレットはたずねた。

「楽なもんです」ヴィンス・アーカディが、コクピットから舷側を乗り越えて桟橋におり、艇尾の繋留索を固定した。「補機を使って帰ってきましたから。帆走はアマンダに任せますよ」

「たしかにな」ギャレットが応じた。「あの子はヨットの操縦がうまい。わたしはあんなふうに気長にはできない」

ギャレットは、アーカディがほんのかすかな期待の気配を漂わせているのに気づいた。「彼女、ここにいますか?」

ギャレットは、首をふった。「いや。帰ってきたのはきのうの夜の十時だった。朝の六時には出かけていった。きょうもおなじだろう。デュークの引き渡し準備に追われている」

船繋ぎのそばにかがみこんでいたアーカディが、不意に身を起こした。「デュークを手放すって? どういうことです?」

「エディー・マッキンタイアが、アマンダにあらたな指揮官職をどうかといってきた。アフリカの黄金海岸で紛争が起きていて、海軍が早急にアマンダを必要としている」ギャレットがやさしい口調になった。「アマンダは行くと決めた」

ギャレットが見ていると、アーカディの顔にふっと感情が表われたが、厳しい抑制がそれを抑えた。「ええ、そうでしょうね」

身をこわばらせたまま、アーカディは〈ジーアードラー〉に荷物を取りに戻った。ギャレットは柔和な表情のまま腕組みをして桟橋の杭にもたれ、アーカディが洗面用具やダッフルバッグやまるめた汚れ物を桟橋に積みあげるのを、じっと見守っていた。感情が昂ぶっている相手が落ち着く前にきついことをいっても、なんの益もない。アーカディがおりるのを待って、ギャレットは口を切った。

「忠告を聞く気持ちはあるかね？」

アーカディは、激しい言葉を返そうとしたが、思いとどまった。アマンダが大好きな苦笑いが、しだいに口もとからひろがっていった。「ええ。こんなときには、さぞかし役に立つでしょう」

ギャレットはうなずいた。「つまり、こういうことだ。〝愛のために犠牲になる〟という話はいくらでもある。ひとつ教えてやろう――そんなことは嘘っぱちだ。ふたりの人間が相手からなにかを奪うのではなく、おたがいにあたえるのがいちばんいい。ふたりのつながりから両方が学ぶことがなかったら、そのつながりはどこかがまちがっている。

きみとアマンダは、ずっとたがいを思いやってきた。きみはアマンダを愛し、アマンダはきみを愛している。ふたりがおなじ部屋にいるとき、はた目にもそれがわかる。しかし、ひとつだけいいたいことがある。これは自分の経験からいうんだ。わたしの娘は最高の海軍士官ではあるが、海軍軍人の妻としては最低だろう」

ギャレットは背すじをのばし、親指をジーンズのベルト通しにかけた。「もうひとついいたいことがある。きみにも、行きたいところ、やりたいことがある。軍を辞めて転属のたびにアマンダについていくのでは、きっと不満を抱え込むだろう」

波の寄せる音と防舷用の杭の音がするだけで、桟橋の上は静かになった。「それじゃ、おれたちはどうすればいいんですか、提督？」ようやくアーカディがたずねた。

「さあ、わたしにはわからない。きみたちがふたりで考えることだ。つらいとは思うがね」

アーカディは、桟橋の踏み板をじっと見おろしていた。夜風が髪をなぶっている。「まわりから見ていて、そんなにわかるものなんですか？」

「ああ、見る目さえあれば。正直いって、きみらがこのクルージングから戻ったら、義理の息子を持つことになるのではないかと、なかば期待し、なかば怖れていた」

アーカディが、もう一度苦笑いを浮かべ、ジーンズのポケットに手を入れた。出てきた手に持っていたのは、指輪用のヴェルヴェットの小さな箱だった。アーカディは親指で蓋をあけ、薄れゆく夕陽のなかで金色に輝く指輪をじっと見つめた。そして、ゆっくりと向きを変え、指輪を箱ごとできるだけ遠くへほうり投げた。指輪は最後に一度だけキラリと光り、小さな水音とともに、海のなかへ消えた。

「なあ」ギャレットが、穏やかにいった。「アマンダはとても現実的な若い女性だ。指輪を拾ってきても、なんとも思わないだろう」

「わかっています」アーカディは答えた。「でも、乾杯のあとでシャンパン・グラスを割るのとおなじですよ。それより劣る目的のために使えないように」

ギャレットが、うなずいて同意を示した。「たしかに。アマンダはそれだけの価値がある、ということだね？」

「あたりまえじゃないですか」アーカディは、桟橋に置いた荷物を持った。「さて、そろそろ行きましょうか」

「アマンダが帰ってくるのを待たずに行くのか？」

「ええ、そうします。そのほうが……ややこしくないでしょう」

「そうだな」ギャレットは、アーカディのダッフルバッグを担ぎ、ふたりして家に向けて登っていった。「だが、その前に一杯やろう。アマンダはそんなに早くは帰ってこないはずだ」

バージニア州ノーフォーク　アメリカ海軍駆逐艦〈カニンガム〉の艦橋
二〇〇七年五月六日　一三五四時

大きな駆逐艦は閉ざされた乾ドックの扉の灰色の鋼鉄の崖に囲まれ、艦橋からは曇り空の下のエリザベス川のどんよりした陰気な水面が見えるだけだった。

だが、アマンダ・ギャレットの心の目には、もっと多くのものが見えていた。ポリエチレンのシートに覆われた艦長席に座ると、その他の物や時や場所が瞼に浮かんだ。南太平洋の鈍色の大波が、轟々と音をたてながら、ドレーク海峡を絶え間なく東へと押し寄せる。心の底を貫くほど美しい東シナ海の日暮れの景色。パールハーバーを出るときのマラマ湾の透き通るような青さと、短剣のように鋭い艦首が切り分ける海の泡立ちの雪のような白さ。

「時間です、艦長」

ケン・ヒロの声を聞いて、アマンダは我に返った。艦橋は、ほとんど骨組みだけになっている。コンソールの枠があるだけで、電子機器は取り外されている。束ねたり巻いたりしたコードが隔壁にテープで留められ、塗りたてのペンキと溶接のにおいが漂っている。

アマンダは、一段高くなった座席からおりて、最後にもう一度、補修工事の進みぐあいをプロフェッショナルらしい目で吟味した。

長い前甲板は、ぱっくりと口をあけている。垂直発射システム三基が、取りはずされているのだ。一基は、一五五ミリVGAS砲撃システムの二連装砲身に交換され、あとの二基は、陸軍のATACMS対地ミサイルとブロックⅣスタンダード戦域ABMを海軍用に改造したものも発射できるように、発射機の構造が強化される。

艦橋のすぐ下にあった旧式のOTOメララ七六ミリ速射砲の砲塔も、なくなっている。そこには新型の五インチ六五口径ERGMの砲塔が取り付けられることになっている。その新型砲熕兵器の超長射程〝頭のいい《スマート》砲弾〟が、技術士官たちのいうほど精確なのかどうか、アマンダはいまひとつ確信がなかった。

だが、それを確認するのはヒロの役目だ。

ケン・ヒロ少佐は、アマンダとおなじ紺正装で、制帽をかぶり、白い手袋をはめ、カーテンをはずした艦橋の入口に立っていた。ズボンの折り目はナイフの刃のようだ。がっしりした体つきの日系アメリカ人の物腰は、ふだんにも増して厳粛そのものだった。

「艦長……」アマンダは感慨深げにいった。「この艦でそう呼ばれるのは、これが最後でしょうね」

「艦長はこれからもずっとデュークの艦長ですよ、マーム」ヒロが応じた。「スクラップにされて、船体が熔かされる日が来るまでは」

アマンダは、かぶりをふった。「そういう考えかたはしないものよ、ケン。わたしはこの艦《ふね》でじゅうぶんに楽しんだ。いまはあなたのものよ。彼女の名を、あなたなりのやりかたで輝かしいものにしてちょうだい」

つかのまヒロの体に両腕をまわし、激しい戦士の抱擁をするのが、その場にふさわしく思えた。「いつも応援してくれてありがとう、ケン」
ヒロがぎこちなく抱擁を返し、声を詰まらせた。「引き立ててくださって、ありがとうございます、大佐」

艦長交替の儀式は、簡単なものだった。手の込んだ儀式の準備をしているひまはない。〈カニンガム〉のあらたな幹部士官たちが、乗組儀杖兵一名とともに、ヘリコプター甲板に整列した。

来賓もごくわずかだった。ディックス・ベルトレイン大尉が、〈コナー〉からやってきた。もとはデュークの戦術行動士官《TAO》（通常CICに詰めて艦長に直属し、戦術配置・防御全般と戦闘システムの運用を担当する）だったベルトレインは、あいかわらずの美男子だが、少年のようなところはいくぶん薄れている。まもなく艦長になる資格を得ることはまちがいないだろう。もと機関長のカール・トムソン少佐も出席していたが、ビジネススーツにまだ慣れていない様子だった。

そして、むろんアマンダの父親も、これまで何度も卒業や表彰のたびにそうしてきたように、隅のほうに立ち、淡い笑みを向けてはうなずいていた。不在のことが多かった父親だが、肝心なときにはかならずなんとか都合をつけて姿を現わしたものだった。

来てもらいたかったたったひとりの人間だけがいなかった。彼はなにひとついい残さず、去っていった。それでよかったのだと思うしかなかった。〈カニンガム〉の時鐘が、耳をつんざく澄んだ音を発した。第二艦隊の聖職者が艦と前任および新任の艦長に短い祈りを捧げ、アマンダは短い演説をした。なにをいったのかは、もうおぼえていない。それから命令書が読みあげられ、それによってアマンダはついに、大切にしていた絆から解き放たれ、デュークの運命をヒロの肩にあずけることになった。

ヒロの白い手袋をはめた手が、機械のように精確に、眉のところまであがっていった。「交替いたします、ギャレット大佐《キャプテン》」

アマンダの答礼もまた、きわめて精確だった。「交替を受け入れます、ヒロ艦長《キャプテン》」

アマンダにとって、その言葉はたんなる階級を示すものとなった。ヒロにとっては、生きかたそのものになった。

儀式のあいだずっと、落ち着いていられたことに、アマンダはほっとした。鐘に送られて最後に退艦するときまで、どうにかもちこたえた。〈カニンガム〉の時鐘の美しく清らかな音が四つ鳴らされ、「艦長が……退艦」という庶務係兵曹の声が1－MC（戦闘配置・総員配置用の艦内通信網）スピーカーから流れると、アマンダの防御の楯もついに貫かれた。

ヘリコプター甲板から乾ドックの床に向けておりるアルミの舷門に足をかけたとたんに、涙が出はじめた。父親が下で待っている。アマンダの装備はすでにピックアップ・トラックの長《ス》く改造《トレッチ・キャブ》した運転台に積まれ、イギリス行きの夜行便に乗るためにダレス国際空港まで送られていくことになっている。それがギニアまでの長い旅の、最初の行程になる。

予定どおり、アマンダの父親は、あらかじめ決めたとおり、舷門の近くにフォードのピックアップをとめていた。だが、リーバイスのジーンズをはき、ウィンドブレーカーを着た人物が、父親とならんで、フロント・フェンダーにもたれている。

「アーカディ！」

ぴちっとプレスされた紺の正装のことも慎みも忘れて、アマンダはアーカディの腕に飛びこみ、激しい抱擁を受けた。「どうして式に出なかったのよ？」胸に顔を押し付けているためにくぐもった声で、アマンダがきいた。

「やめておいたほうが賢明だと思ったんだよ。おれたちのことは、内緒にしたほうがいいと、いつもいってるじゃないか」

「もうそんなこと、どうでもいい。みんなに見せてやる」アマンダは、顔を上向けて唇を合わせた。抱擁とおなじぐらい長く熱烈なキスだった。

「会えてうれしい」息をつくためにようやく唇を離すと、アマンダはいった。「説明する時間がほしかった。どうしてこの任務を受けたのか、話したかった」

「説明なんかいらないよ」アーカディはそっと手をのばし、アマンダの上着の襟を直した。アーカディがアマンダに向けている笑みは、いつもの小学生のような邪気のない笑みではなく、物事をあるがままに受け入れる大人の厳粛な笑みだった。「おたがいにやるべきことがある。きみはアフリカ、おれはたぶんジャクソンビルだ。統合攻撃戦闘機プログラムに志願した」

「こんどこそやれるわよ、アーカディ。わたしにははっきりとわかるの」

「かもしれない。ずっとつきあっていたひとのおかげで、せめてもう一度、挑戦する力がついた。ふたりいっしょにがんばろう。いずれ、いいかけたあの話を最後までいう折りがあるかもしれない」

「いずれね」また涙が出てきて、アマンダはそれを隠そうと、アーカディの胸に顔を押しつけた。別れの抱擁をしているアーカディの力強く温かい手が、背中をなでているのがわかった。

「もう行ったほうがいい。艦橋《ブリッジ》には艦長が必要だ」


ピックアップのキャブでは、しばらくのあいだ、ほとんど言葉は交わされなかった。ウィルソン・ギャレットは、黙っているのがいちばんだというのを知っていた。ハンプトン・ロードの橋とトンネルを通り、インターステイト64を北上しはじめたところではじめて、アマンダがコンパクトを出して化粧を直し、落ち着きを取り戻したのを見てとった。

「彼はなかなかいい男じゃないか」

「最高のなかの最高よ、パパ」重々しく答えると、アマンダはコンパクトをパタンと閉じて、ショルダーバッグに戻した。「わたしみたいに、あんな仕打ちをしないで、もっと大切にしてあげないといけないひとよ」

また黙り込んだ美しい娘の顔を、ギャレットはちらりと見た。いつもせっかちで、どんなことでも責任をかぶらなければ気がすまない性分なのが、気がかりでならなかった。だれからそれを受け継いだかを知っているだけに、なおさら心配だった。

ギャレットは、娘のことが世界のだれよりも自慢だったし、ここまでの人間になったことを誇りに思っていた。とはいえ、もうすこし若い女性らしい暮らしを楽しんでくれればよかったと思うこともままある。

「そうだな」ギャレットは、いくぶん声を大にしていった。「たしかにアーカディは、きみがハイスクールのころにうちにひっぱってきた有象無象よりは、いくぶんましなようだ」

アマンダが口をほころばせるのを、ギャレットは目の隅で見ていた。昔からのやりとりがはじまったのに気づいたのだ。「パパ、わたしはハイスクールのころは、品のいい男とだけつきあっていたのよ」

「あのがさつなマーティ・ジョンソンも、そのひとりか？」

アマンダが、鼻を鳴らして応じた。「マーティはやさしかったわよ！　卒業パーティでのことを、いまだに根に持っているんじゃないでしょうね」

「根に持つもなにも、腹が立ってしかたがない！　あのチビの臆病者も、それがわかっている！　いまになっても、フォードのディーラーにわたしが顔を出すたびに、あいつは奥のオフィスに隠れるんだ。あいつの命や手足や男性の機能について、わたしが脅したことを、いまでも実行するんじゃないかと怖れているにちがいない。まあ、こっちもそういう気持ちになることがたびたびあるがね」

「もう、パパ！　あのときのことは、マーティが悪いんじゃないったら！」それはアマンダが少女に戻った貴重な一瞬だった。若さにともなう満足と反抗とあせりとよろこびが、ともによみがえった。

「だれが悪いなどということは知らないがね、お嬢ちゃん！　あいつは午後八時にブルーのタフタのイヴニング・ドレスを着た娘を連れ出し、朝の六時に盗んだビーチ・タオルだけを身につけた娘を送ってきたんだぞ！」

「パパ！　あの晩のことは、十八年前から何度もちゃんとすじの通ったまともな説明をしているじゃないの！」

「ああ、十八年前から、わたしはそれをひとことも信じていないがね！」

ギャレットは、一瞬、車の流れから目を離し、娘を睨みつけた。アマンダが睨み返し、やがてふたりとも吹き出した。

ギャレットは、娘の肩をいっぽうの手で抱き寄せた。車が走りつづけるあいだ、アマンダは父親の肩にもたれかかっていた。

基地へ向かう途中

ギニアのコナクリは、アメリカからまっすぐ行くことのできない場所のひとつだ。アマンダは、ワシントンDCからロンドンまでのろのろと飛ぶ大西洋横断便に、八時間乗った。民間の旅客機に乗るのが不快な理由をあらためて思い知るには、じゅうぶんな長さだった。だが、利点もあった。不快な環境は、アーカディや〈カニンガム〉と離れ離れになったことを悔む気持ちから注意をそらすのに役立った。あらたな任務に没頭することが、いまはいちばん手近な逃げ道だと気づいた。プラスティックの味のする機内食を断わり、退屈な映画を見ず、うんざりしているとなりの乗客が何度も会話に誘い込もうとするのにも応じず、ラップトップの電池をどんどん消耗しながら、西アフリカ連邦という国と事件のファイルを入念に読んだ。目が痛くなるまで読むと、しばし目をつむった。ふたたび目をあけると、飛行機の窓から早々と夜明けが見え、ヒースロウ空港に着陸することを機長が告げた。

RAF（イギリス空軍）の輸送軍団基地に送られるあいだ、幕僚車の窓から見えるイギリスの春の景色といえば、激しい雨と空一面の雲だけだった。あとは、つぎの便を待つあいだ長い午後を過ごした航空基地内のNAAFI（海軍・陸軍・空軍協会。イギリス軍の基地の売店や娯楽施設を運営する）の食堂しか目にしていない。しかし、やはり利点はあって、パンティ・ストッキングを替え、肌がかゆくなるギャバジンの紺の正装を、着古してやわらかな水洗いできるカーキの作業服に着替えることができた。

ペイパーバックを二冊読み、数え切れないほど紅茶を飲んだあと、コナクリへ向かう南行きの便が出発するというアナウンスがあり、ＲＡＦのガタのきたハーキュリーズＪ型輸送機が、雨に濡れた滑走路を飛び立った。

この二夜目の夜間飛行は、アメリカからの夜行便よりずっと快適だった。乗客はほかにいなかったので、アマンダは操縦室へ行き、にこやかな搭乗員と専門的な話をしたり、風防の向こうで輝いている星を眺めたりした。

午前零時を過ぎると、ハーキュリーズのパイロットたちは、給油のためにジブラルタルの短い滑走路におりるのに、カウボーイまがいの急降下とタッチダウンを行なった。ロックと呼ばれる岩山の黒い影がそびえる暗い滑走路におりたアマンダは、南のサハラ砂漠から吹く暖かな乾燥した空気になでられ、はじめてアフリカの気配を感じた。

ふたたび離陸したハーキュリーズは、プロペラを懸命にまわしてアフリカ大陸の西側のふくらみをまわる長い飛行をつづけた。搭乗員用の狭いベッドを借りたアマンダは、たちまち眠りに落ちた。

ハーキュリーズが南東に向けて旋回し、夜明けの光がコクピットに差し込んだときに、目が醒めた。すさまじく濃い紅茶をマグカップから飲みながら、左翼の下をカーボベルデが過ぎるのを眺めた。水色の海のなかで、群島が緑と金に輝いている。その一時間後には、輸送機はコナクリへの最終進入を開始していた。

ギニア　コナクリ基地
二〇〇七年五月八日　一〇二五時

シーファイター整備用の斜路は、コナクリ基地の滑走路末端の海側に設けられていた。桟橋やドックや繋留所がなく、設営隊が仮設滑走路の敷設に使用しているものとおなじ穿孔アルミ板で強化したゆるやかに傾斜するビーチがあるだけの海軍基地は、アマンダには目新しかった。整備車輛をまわりに引き寄せ、大きな海亀のように斜路で陽を浴びているなめらかな形の戦争機械には、それで用が足りるのだ。

　アマンダは、本部ビルから乗ってきた海軍特有の青みがかった灰色の高機動多目的走輪車《ハンヴィー》をおりた。太陽の白い輝きが入江の波から飛び散り、蒸し風呂のような熱気と湿気が襲いかかった。大西洋の穏やかな春から来たものがすぐには順応できない環境だ。運転手がズックの雑嚢とブリーフケースをおろすあいだ、あたりの様子に慣れつつ、自分の指揮する部隊をじっくりと眺めるために、アマンダはタンクローリーのこしらえた日蔭にいた。

　ＰＧＡＣ（エアクッション哨戒艇〔砲〕）は、そもそもＬＣＡＣ（エアクッション揚陸艇）として生まれた。海兵隊強襲揚陸部隊の兵員と装備を輸送艦から陸地へと高速で運ぶ高速水陸両用艇として、テクストロン・マリン・システムが設計した。しかし、このホバークラフトの基本設計が実用的かつ有用であることから、アメリカ軍の戦略家たちが、すぐにべつの用途にその技術を使うことを考えついた。シーファイターことＰＧＡＣは、そうした応用のひとつだった。

再設計にあたって、かなりの部分が手直しされた。揚陸艇そのままの傾斜板と、ドライヴ・スルー式の（屋根がないまんなかの甲板を左右の甲板室が挟んでいる）の船体は、ステルス技術を駆使した妙に角ばった幾何学的な形の、のっぺりした形の低い船体に取り替えられた。

全長二七メートル、全幅一一メートルのホバークラフトは、空気を抜いた巨大なタイヤのチューブのような黒い厚手のゴムの内側に鎮座していた。フレキシブル・スカートと呼ばれるその外周部分は、まさにタイヤのチューブそのもので、いくつかの空気室に分かれ、圧搾空気で膨らませられて、ＰＧＡＣが航走するときに船体を支える。

流線型の操縦室《コクピット》——もしくは運転席《キャブ》——が、艇首のすぐうしろにあって、二カ所の大きな空気取入口が、船体の中央の甲板になめらかに収まっている。右舷艇尾寄りには、船体とほぼおなじ幅の、スポーツカーのスポイラーに似たＴ字形のアンテナが、高く突き出している。アンテナの付け根には円盤型の黒いレーダー・スキャナーがある。鰭のような形の大きく傾斜したもうひとつのマストが、コクピットのすぐうしろにそそり立っている。その先端のゴーグルをかけたロボットの頭のように見えるのは、球面レンズを装備したＭＭＳ（マスト搭載照準システム）だ。ＭＭＳの下では、アメリカ国旗が、赤道直下の午後の風のない息が詰まるような大気のなかで、だらりと垂れている。

シーファイターは、くすんだ灰色の濃淡の迷彩塗装がほどこされていたが、幅の広い艇首の下のななめの部分だけはちがっていた。こけおどしのために、黒い鮫の歯が右から左までずっと描かれ、いまにも襲いかかろうとしている海の怪物のイメージの仕上げとして、艇首のいちばん高い部分のすぐ下に、睨んでいる小さな目が書きくわえられていた。丸みがかった黒っぽい舷縁のすぐ下、コクピットのそばに、遠くから識別しにくい文字で艦番号が記されていた。

PGAC　02　USSクイーン・オヴ・ザ・ウェスト

アマンダは、思わずほほえんだ。「ハロー、女王陛下」とささやいた。

陸地に揚げられたシーファイターのまわりで作業をしている海軍の整備員たちは、アマンダとはちがい、環境に適応していた。男は上半身裸で、女はシャツの袖を切り取り、ダンガリーのズボンも切って半ズボンにしていた。赤銅色の肌が日焼け止めと汗で光っている。とまっている車輛の日蔭に飲料水のボトルのはいったアイスボックスが用意してあって、あけた蓋の内側に、ただひとこと〝飲め！〟と書いてあった。

アマンダがなおも眺めていると、シーファイターのコクピットの上の水密戸《ハッチ》からひとりの男が出てきて、甲板の縁へ歩いていった。金色がかった焦茶色の肌は、日焼けとは関係がなかった。いかつい顔、隆々たる筋肉、胸の分厚いたくましい体つきのその男は、サモアの王族の出身で、ボタンをはずしたカーキのシャツの袖には、上等兵曹の階級章があった。「ねえ、レイン少佐」その上等兵曹が叫んだ。「補給品は中央船艙に固定しました。燃料と水は満載したと、スクラウンジャーが報告しています。どうして出発しないんですか？」

下の地面で、やはり胸を剝き出したもうひとりが、膝を突いてスカートを点検していた。上等兵曹より若く、体もやや小さく、茶色の髪と口髭が陽にさらされてブロンドになりかかっている男が、立ちあがった。野球帽の油で汚れた柏葉の徽章がなければ、とても士官には見えない。

「乗客が来るのを待っているんだ、上等兵曹《チーフ》」士官が上を向いて、大声で返事した。「コナクリ本部から、新らしいTACBOSS（戦闘群司令）を〝フローター〟へ運ぶようにといわれている」

レイン少佐。あれがシーファイター戦隊司令ジェフリー・レイン少佐にちがいない。アマンダは心のなかでうなずいた。これからどうなるのか見当もつかないが、これまでのところは期待どおりだ。

「新しいTACBOSS？」さらにひとりが会話にくわわり、三人目が、シーファイターのあいたままの船体横の昇降口から、姿を現わした。「まったく、スティーマー、どうして教えてくれなかったのよ」

その三人目は女性で、脚が長く、ひょろりと痩せて、黄色の髪をひっつめてうなじで小さなポニーテイルにまとめている。まったく戦闘員らしくなく、チアリーダーみたいに見える。海軍中尉であることを表わす金色の棒の襟章で、そうでないことがわかる。アマンダは、驚きとともに興をおぼえて、口もとをゆがめた。十四年前のわたしも、あんなに初々しく見えたのかしら？

レインがにやりと笑って、昇降口のほうを見あげた。「それはだな、おれも知らされたのは五分前だったからだ。べつにどうということはないだろう？〈クイーン〉は準備万端ととのっている。彼がいつ来たってだいじょうぶだ」

「わたしだって準備があるのよ。せめてだれかからまともな作業服《カーキ》を借りるとか」

女性下士官たちとおなじように、その中尉も軍規より快適であることを重んじて、シャツの袖とズボンの裾を切っていた。腕と脚を剝き出した楽な格好が、アマンダはうらやましかった。夏向きのはずの制服が、まるでじっとりと濡れた馬用の毛布みたいに思えた。

「そいつにまちがった期待を抱かせるのはよくない」レインが、きっぱりといった。「すぐにここの現状はわかるはずだ。だいじょうぶだって、スノーウィ。そいつに思い知らせてやるから」

どうやら、たったいまからしこたま思い知らされることになるらしい。アマンダはタンクローリーの蔭から出て、斜路を横切り、レインのそばへ行った。

「レイン少佐？」

アマンダが近づくときに階級章に目を留めたレインが気をつけの姿勢をとり、指先をさっと額にあてて敬礼をした。アマンダが答礼をしてから、手を差し出して、握手をした。

「アマンダ・ギャレット。わたしが新しい戦闘群司令よ」

そのあとの自己紹介は、ホバークラフトの横の狭い日蔭で行なわれた。

「ギャレット大佐、こちらはジリアン・バンクス中尉、〈クイーン〉先任将校兼副操縦士です」

アマンダは、居心地悪そうにしている若い中尉の手を強く握り締めた。「雪の土手《スノーウィ・バンクス》？　航空部隊以外で通称を使うのは、はじめて聞いた」

「わたしたちは新しいですから、司令」スノーウィが、笑みを返し、はにかむようにいった。「ホバークラフトが、海を走れるトラックなのか、陸上を走れる船なのか、超低空飛行をする飛行機なのか、まだだれも判断がつかないんです」

「おれも通称があるんですよ」レインがいい添えた。

「らしいわね」アマンダがうなずいた。「スティーマー・レイン。サーフィンにもってこいのビーチだけど、サンフランシスコの近くのあのあたりはだいぶ北だから、水が冷たいのよね」

「こちらは最先任上等兵曹のベン・テホア」

「艇と戦隊の両方の最先任?」テホアと握手を交わしながら、アマンダがたずねた。

「そうです」静かな自信を秘めた目が、アマンダの視線を捉えた。「司令はものすごく優秀な部隊を指揮することになりますよ。まちがいなく最高です」

アマンダは、その言葉を信じていいと思っていた。永年の軍務と無数の航海によって得られた経験と知恵が感じられた。ベン・テホア最先任上等兵曹は、まさに手本、生まれついての船乗りで、なんなく期待どおりの働きをしてくれるだろう。いや、むしろテホアの期待に添うために、こちらは気を抜くひまもないはずだ。

「あなたたちと出会えてよかった」アマンダは、三人を品定めしながらつづけた。三人も彼女を品定めしていた。「こういう状況でなければ、もっとよかったんだけど。エンバリー大佐が優秀な部隊を残したことは知っているし、彼の基礎をもとに築くつもりよ。ただ、あいにく、この艇も含め、ホバークラフトについて、わたしはなにも知らないのよ」

目の前にそびえる陸揚げされたエアクッション艇のほうに、顎をしゃくった。「レイン少佐、ミス・バンクス（この場合のミスは先任将校「ミスター」に対応する敬称）、テホア上等兵曹、この艇と、戦隊になにが可能であるかということに関して、わたしは急いで学ばなければならない。きょうはボーンヘッド・ホバークラフト１０１の初日、わたしは学校の新入生、というふうに考えましょう」

レインとスノーウィとテホアが、一瞬、目配せを交わした。アマンダは、そういう態度を何度も目にしたことがある。ほんの数秒のあいだに、まったく言葉をかわさず会議がなされる。それができるのは、作業ばかりか思考の流れまでいっしょになるほど鋭利に研ぎ澄まされたチームだけだ。

会議の結論は好意的なものだったようだ。「だいじょうぶですよ、マーム。たいしたことはないです。どうぞ乗ってください」

「ありがとう、少佐。ひとまわり案内してくれる？」

「わかりました」

レインは、ウォッシャブルの着古したカーキ・シャツを、とまっているハンヴィーのテールゲートから取った。「おい、スリム、ギャレット大佐の装備を〈クイーン〉に運べ。大急ぎでやれよ！　ファーガソン！　支えをはずせ。まもなく機関を始動する！　スノーウィ、上へ行って出航チェックリストをはじめろ」

「戦隊の艇は三隻とも南北戦争のときの砲艇にちなんだ名前なの？」と、アマンダがたずねた。

「ええ。この〈クイーン〉、それに〈カロンデレット〉と〈マナサス〉。〈ベントン〉もあるんですが、このクラスの試験艇としてペンドルトン基地に置いてあります」

ふたりしてシーファイターの舷側に沿って歩きはじめたとき、背後で声をひそめて話しているのをアマンダは聞きつけた。

「まいったわね、上等兵曹《チーフ》！　あれがだれだか知ってる？」

「《タイム》の表紙はおれも見ましたよ、ミス・バンクス……」

　アマンダは、笑いそうになるのをこらえ、レインの言葉に注意を集中した。

「さて、司令、ホバークラフトとは、基本的に巨大なエア・ポンプです。揚力ファンが船体下の密閉高圧区画《プレナムチャンバー》に強制的に空気を送り込みます。そこに高圧空気のかたまりができ、密閉された空間から出ようとするので、船体が浮きあがるんです。スカートと呼ばれる部分から逃げる空気が薄い膜をこしらえ、摩擦をゼロにしてくれるので、ホバークラフトは進むことができます」

　アマンダはうなずいた。「なるほど。軍事使節団に参加してスウェーデンへ行ったとき、実験段階のスミジェ級ステルス高速攻撃艇を見たことがある。あれもホバークラフトでしょう？」

「近い親類とはいえますが、マーム。スミジェは表面効果船です。プレナムチャンバーの側壁が水中までのびています。したがって、航走できるのは水上のみです。〈クイーン〉は純然たるホバークラフトです。LCACとして設計されたときのまま、完全な水陸両用です」

　レインは、ホバークラフトの船体が載っている厚いゴムの襞を蹴った。「このフレキシブル・チャンバー側壁《サイドウォール》によって、障害物の上の空気の流れに対処できます。世界中のビーチの七〇パーセント——おおむね平坦なもの——を横断でき、沼、砂、氷、舗装などあらゆる表面の上を航走できます。訓練の際に〈クイーン〉で内陸部を七、八キロ航走したこともありますが、あっさりとやってのけましたよ」

「このやわらかいスカートは、弱点にならない？　ベトナムで使用されたホバークラフトでは、そこが難点だったと聞いたけど」

レインは、首をふった。「旧式のＰＡＣＶは、ナイロンのフィンガー・スカート（内側が指をならべたような襞状になっている）で、戦闘の際に損傷しやすかった。われわれのものは、ゴム引きの多重ケヴラーを使っています。エアクッション航走中には、小銃弾や低速の対戦車榴弾を跳ね返します」

ふたりは、〈クイーン〉の傾斜した艇尾をまわった。五枚羽根の巨大な推進プロペラがそこにあった。方向舵が二枚ずつ取り付けられた円形のダクトのなかに、直径三・三五メートルのエアスクリュー二基が収まっている。左右のエアスクリューのあいだの広い斜路がおろされ、その奥は薄暗い艇内だった。

アマンダが、眉を寄せた。「この哨戒艇は、レーダー断面積が小さいはずじゃないの？」

「小さいですよ。ステルス性は高い。だいたいにおいて、受動的なステルス性です。上部構造で金属が多く使用されているのは、プレナムチャンバーの取り付け部と、機関の台――われわれは筏《ラフト》と呼んでいます――それだけです。ラフトは水面にかなり近いし、上部構造の他の部分は、ほとんどレーダー反射の小さい複合材で作られています。船体と金属部分は、マクロバロンを主としたステルス塗料でコーティングされ、機関、揚力ファン、兵装庫《ウエポンズ・ベイ》の周囲には、さらに厚いＲＡＭ（レーダー波吸収材）パネルが張ってあります」

「水面からかなり高いこのエアスクリューは？　回転しているプロペラは、レーダー識別特性が高いはずよ」アマンダの眉間の皺が、一瞬深くなった。それはアーカディに教わった知識だった。アマンダは首をふって、つかのま意識に侵入した私生活のことを追い払った。

レインは、肩をすくめた。「それも問題ありません。われわれの推進プロペラは、Ｃ－１３０輸送機のＪ型とＫ型に使われているのとおなじ熱可塑性プラスティック複合材です。レーダー波の九割が通過します。開口部をすべて閉じていれば、シーファイターは海のでっぱりのように見えるだけです」

レインは先に立って、艇尾の斜路を登り、幅三・七メートルの中央区画にはいっていった。斜路・中央区画扉の発進レールに載ったセミリジッド（船体の一部が固い素材でできている）の小さなゴムボートが一艘、艇尾のすぐ近くにあった。強力な船外機と、舳先の機銃用の腕木に、アマンダは目を留めた。

ゴムボートのそばを通るときに、膨らましてある船体を、レインがぴしゃりと叩いた。「こいつは七人乗りのミニ急襲艇《レイダー》です。海兵隊やＳＥＡＬｓ（海軍特殊作戦チーム）が使用している全長七メートル強のものを五メートルに縮めました。上陸作戦や臨検にうってつけです」

さらに先へ進むと、レインが頭上の暗がりに手をのばし、なにかを叩いた。暗さに目が慣れると、中央区画の左上に棺桶のような形の黒っぽい長いかたまりがあるのが見えた。長方形の発射筒の後部筒口に丸い基板四枚が取り付けられ、油圧式の俯仰ギアが左右で鈍い輝きを放っていた。

「われわれの重攻撃兵器です」レインが、言葉すくなに説明した。「ミサイル四基の発射筒。対艦用のハープーン２もしくはシーＳＬＡＭ（スタンドオフ対地攻撃ミサイル）。発射筒は船体上に持ちあがって、艇尾方向に発射します」

アマンダは、すっかり感心していた。「シーＳＬＡＭ管制所をそなえているの？」

「ええ、マーム。もうちょっと前寄りです。いまお見せします」

「ふだん積むミサイルの種類は？」

「二種類を二基ずつです。本腰を入れて艦艇を索敵攻撃するときは、四基入りの発射筒をもうひとつここに搭載し、合計八基を装備できます。いまは臨検隊が乗る場所をこしらえるために、右舷の発射筒を取りはずしてあります」

右舷の隔壁に、折畳式のナイロン・テープとアルミ・パイプのベンチがあった。アマンダはとことん功利主義者なので、それに座る必要がないことをありがたく思った。

ミサイル発射筒の奥へ進むと、通路と十字に交差した個所があって、左右の突き当たりは、それぞれ舷側のハッチだった。中央区画はさらに狭くなり、艇首へと向かっていた。一本のアルミの梯子《ラッタル》が船体上部へ、もう一本がななめ上のコクピットへ通じていた。

「コクピットと甲板への昇降口です」レインが、いちおう説明した。「この奥の右舷および左舷に、補助火器用のガン・タブがあります。その艇首寄り右舷が、食堂と厨房です。厨房といっても、電子レンジとコーヒーメーカーがあるだけですよ。左舷は化学薬品で処理するトイレと仮眠室。寝棚は四人分です。もちろん艇に乗っていないときはフローター１が宿舎ですが、長い哨戒の際には、寝棚があると助かりますからね」

レインは、コクピットに通じる梯子のさらに奥を指差した。「中央区画の突き当たり、ちょうどコクピットの真下に、射撃指揮所のコンソールが二席あります。マルチモードで、どちらからでも、艇に搭載された兵装システムすべてにアクセスして指示を出すことができます」

「通常の乗組員の構成は？」アマンダがたずねた。

「九名です。艇長と副操縦士。砲手二名。機関員四名。先任将校補佐（最先任上等兵曹）」

アマンダが、すこし眉を寄せた。「複雑な船にしては、ずいぶんすくないのね」

「ああ、それは乗組員だけですよ。一隻あたり二十四名の点検整備チームがついています。航空機の地上員のようなものです。やはり大半は沖のフローター1にいますが、ご覧のとおり、小人数のチームをこのコナクリに置いて、哨戒中の点検整備を手伝わせています」

「なるほど。機関は見られる？」

「こっちです、司令」

二カ所の機械室は中央区画の左右にあり、通路と交差した個所の艇尾に面した隔壁の水密戸《ハッチ》からはいるようになっていた。レインが左舷のハッチのレバーを動かして、音響を吸収する可塑性プラスティックのドアをあけた。

シーファイターの他の部分が窮屈だというのなら、機械室は閉所恐怖症を起こしかねない狭苦しさだった——長さが一七メートルの細長い箱のなかに、からみあった導管《ダクト》や巨大な送風装置や二基の馬鹿でかいガスタービン主機が詰め込まれ、艇首から艇尾までほとんど隙間がないほどだった。主機はいまのところ停止しているが、ディーゼル補機のいびきのようなうなりが聞こえ、ディーゼル燃料とオゾンとあらゆる潤滑油のにおいが充満していた。

茶色い髪の女性下士官が大きな空気取入ダクトのまわりを軽やかに動きまわっていた。シーファイターの艇内で制服として通用している袖と裾を切ったダンガリーにくわえ、空母の甲板員が使うような〝ミッキーマウス〟イヤプロテクターを首からぶらさげている。機械室の艇首寄りの、クロゼットとたいして変わらない作業スペースで、その女性下士官がゆったりした気をつけの姿勢をした。

「よし、部品屋《スクラウンジャー》」レインがいった。「こちらはギャレット艦長、われわれの新任のTACBOSSだ。司令、こいつはガスタービン担当のサンドラ・ケイトリン一等兵曹、〈クイーン〉の先任機関員です。仲間内で部品屋と呼ばれているのは、えーと、〝調達の専門家〟だからです」

アマンダは、ケイトリンのほうへ手を差しだした。「よろしく、ケイトリン一等兵曹。たいがいの部隊では、先任上等兵曹でないと、この職務にはつけないんじゃないの」

「そこんところは、おれがうまく手をまわしてるんです、司令」テホア上等兵曹が、戸口からいった。「とにかく部品屋は名人でして」

それを聞いて、ケイトリンの黒い目がいたずらっぽく光り、にやにや笑った。「あたしはいわゆる情報交換ってやつがうまいんです、マーム」

アマンダが、重々しくうなずいた。「おぼえておくわ、ケイトリン一等兵曹。あなたの縄張りをちょっと案内してくれない？」

「いいですよ。でも気をつけて。なにしろちょっと狭いので」

「先に行って」

ケイトリンは、アマンダを従えて、主機の内側寄りの狭い通路を進みはじめた。〝ちょっと狭い〟という表現は、控えめすぎる。小柄な人間でも窮屈で通りづらく、レインとテホアはかなりの個所で横向きになって進んだ。

「まずおぼえておいてもらいたいのは、主機がまわっているときに機械室にはいる場合は、指揮ヘッドセットか、イヤプロテクターをつけなければならないということです」ケイトリンは、首からさげた灰色のプラスティック製のイヤプロテクターを示した。「ここではほとんどこれをはめっぱなしです。ほんの短い時間でも耳を出したら、聴覚がいかれます」

「わかった」アマンダはうなずいた。「つづけて」

「はい。この哨戒艇の推進モジュールは、通常のＬＣＡＣとほとんどいっしょです。つまり、アヴコ・ライカミングＴＦ－40ガスタービン主機四基が、左舷と右舷の機械室にそれぞれ二基ずつあります。われわれのは最新のＣ型で、一基あたりほぼ四〇〇〇馬力近くを発揮します。モジュールの前部主機は、プレナムチャンバーに空気を送り込む直径一・五メートルの揚力ファン二枚をまわします。後部主機は推進プロペラをまわします」

「通常のＬＣＡＣが、海の荒れていない状態で五〇ノット出せるのは知っているんだけど」アマンダが、興味津々でたずねた。「それより速いんでしょうね？」

「もちろんです、司令。船体は空気抵抗がすくなく、ＬＣＡＣより全長に対する全幅の比率が小さい。しかも強力な主機、五枚羽根のプロペラですから、楽々六五ノット出ます」

「しかも、それは戦隊の平均速力なんです、司令」アマンダのうしろをそろそろと進んでいたレインがいい添えた。「理由は部品屋しか知らないんですが、〈クイーン〉はいつだってそれより何ノットか速いんですよ」

若い技術下士官は肩をすくめ、またいたずらっぽい笑みを浮かべた。「腕よ、艇長」

アマンダは、タービン・ケースのガスケットのきわを指でなぞったが、オイルの漏れがまったくなかった。「燃費は？」

「白状しますが、こいつは大食らいですよ」レインが答えた。「機関全開で飛ばしているときは、一時間に約三〇〇〇リットル消費します。ですが、その一時間ではるか彼方へ行ってしまうでしょうね。それに、荷物を積むことを考えなくていいので、その分、燃料を搭載できる。ラフトの固定タンクで作戦可能範囲は直径七五〇海里ですが、燃料がさらに必要なときは、中央区画に袋タンクを積めます」

アマンダは、ひとりうなずき、頭のなかにこしらえている運用ファイルにその要素を書きくわえた。「それでも指定位置にとどまっていられる時間はかぎられているわね」

「〝泳者《スウィマー》モード〟と呼んでいるやつで、それに対処します」ケイトリンが、即座に反論した。「エアクッション航走せず、水上に浮かんでいるときは、電動推進ポッド二基をスカートの下におろします。補助機関で動かす一五〇馬力の電動機です。五ノットしか出せませんが、ディーゼル燃料七、八リットルで、いつまででもうろついていられます。それに、音もほとんどたてません。エアクッション航走するときは、一〇海里離れていても聞こえます。スウィマーを使用すれば、横付けするまで気づかれないでしょうね」

ガスタービン主機二基のあいだの狭い作業スペースに、船体の上に出る梯子があった。その梯子にカンバスの工具入れがくくりつけてあって、ポケットや輪に工具がきちんと整理されて収まっていた。

「あなたのアイデア？」アマンダがきいた。

「ええ」ケイトリンが、誇らしげに答えた。「便利だし、邪魔にならないでしょう」

「すぐにはずして」アマンダが、にべもなくいった。「工具はきちんとしまいなさい」

作業スペースに一瞬気まずい沈黙が垂れこめたので、アマンダは突然の命令の衝撃を和らげようと、語を継いだ。「たしかに便利だけど、われわれはいま戦場にいるのよ。艇内に火災が起きたり、沈没の危険にみまわれたとき、脱出用ハッチへ通じる場所には、なにひとつ置いてほしくない。わかった？」

ケイトリン一等兵曹が、納得してすぐにうなずいた。「わかりました、マーム。すぐに片付けます」

つぎにまわる場所は、補助火器のガン・タブだった。そのために中央区画に戻り、船体上部の露天甲板に出る途中で、レインは指揮ヘッドセットを持った。

ホバークラフトの手摺のない艇尾は、そこに立つものがすこしでも安全なように、表面に滑り止めがほどこされていた。大きな揚力ファンの覆いつきの開口部、格子のついた空気取入口とガスタービン主機の排気管は、すべて船体に埋め込まれている。そして、コクピットのうしろ、広い船体の肩ともいうべき左右の部分に、大きな収納部のパネル・ハッチがふたつあった。

「よし、スノーウィ」レインが、ヘッドセットのマイクに向かっていった。「左舷ガン・タブをあけて、兵装架台《ウエポン・ペデスタル》を発射位置まであげてくれ」

指定されたパネル・ハッチがなめらかに横へスライドし、油圧装置の低い音とともに、細い銃身が二本、見えるところまであがってきた。H形のマウントが甲板の上に出ると、垂直だったのがたちまち水平になり、ガチリという音とともに、機関砲二挺が側方に銃口を向けた。機関砲の上にミサイル用のレールが取り付けられ、特徴のある感知・照準装置が二挺のあいだにあるのに、アマンダは目を留めた。

「これが二基あります」レインがいった。「ボーイング・アヴェンジャー対空ミサイル・システムの改良型です。ただ、発射レールの下の一二・七ミリ機銃に替えて、三〇ミリ・チェインガン二挺をそなえています。対艦・対空の両用です。アパッチ攻撃ヘリコプターのヒューズＭ２３０とおなじです。弾薬は三千発、ペデスタル基部に搭載されます。マウントの射界は二基とも一六〇度です」

アマンダは歩を進め、機銃が出てきた筒状の穴を覗き込んだ。穴の周囲の溝に円筒形や長方形の兵装ポッドが十数個、多少の間隔を置いてならんでいた。

「アヴェンジャーに使用されている通常のスティンガー四発ポッドにくわえ」レインが説明をつづけた。「われわれの発射機は、ハイドラ・ロケット弾とレーザー誘導のヘルファイア対戦車ミサイルの七発パックを使用できるように、改良されています」

「照準と射撃指揮はどういうものを？」

「なんでも選べます。レーダー、高感度テレビ、赤外線影像装置」

アマンダが、低く口笛を鳴らした。「すごいわね」

「この排水量の現存の艦艇のなかで、もっとも重武装の戦闘艇です」レインが、誇らしげに相槌を打った。「スノーウィ、兵装架台《ウエポン・ペデスタル》を収納しろ」

機関砲がふたたび直立し、ペデスタルはすみやかに姿を消した。

「ほかにはどんな兵装を積んでいるの？」アマンダが、考え込むふうにたずねた。

「必要とあれば、コクピットのハッチの電動回転銃座《スカーフリング》に一二・七ミリ機銃二挺もしくはＭｋ19自動擲弾発射器《オートマティック・グレネード・ランチャー》一挺を取り付けられます」

アマンダはゆっくりとうなずいたが、頭のほうは猛スピードで先へ進んでいた。「舷側のハッチと斜路をあけたまま航走すると、なにか問題がある？」

レインとテホアが、まごついたように視線を交わした。「海の状態がふつうであれば、だいじょうぶです」と、レインが答えた。「ひどくやかましいでしょうし、しぶきがなかにはいりますが、とりたてて被害をこうむることはないはずです」

「わかった」アマンダは、テホアのほうを向いた。「上等兵曹《チーフ》、ひとつ開発計画《プロジェクト》をやってもらうわ。戦隊の全艇の舷側と艇尾のハッチに旋回支軸棒《ピントル》の台座を取り付けてほしいの。一二・七ミリ機銃もしくは擲弾発射器を固定でき、なおかつ貨物の積み下ろしの際には邪魔にならないようにさっとはずせるようにしてほしい。ハッチがあいているときに安全ベルトをつなぐ器具、弾薬の収納場所、銃手用のインターコムのジャックも必要よ。できる？」

ベン・テホア先任上等兵曹は、あっさりとうなずいただけだった。「一二・七ミリ機銃は、単装ですか、連装ですか？」

「詰め込めるなら連装にして。この船体にありったけの火力を詰め込みたいのよ。そうそう、機動中に銃手が立っていられるように、クイック・リリース式のモンキー・ハーネスもいる」

アマンダは、腰に手を当てて、部下ふたりに笑みを向けた。「われわれの艇は、同種の艦艇にあっては現役でもっとも重武装かもしれない。しかし、わたしが読んだ過去の前例からして、改良して兵装を強化するのは、砲艇部隊の古くからのならわしなの。われわれに必要なのはこれこれだと教科書に書いてあるものより、すこしばかりパンチ力が要求されるのがつねだから、先手を打ってその問題に対処するわけよ」

スティーマー・レインとテホアが、また目配せを交わし、無言の会議をした。アマンダの発想が、ふたりは気に入ったようだった。「なんなりとご要望どおりに、マーム」レインがいった。「ですが、銃手はどうします？　いまの組織の人員配置では、その枠がないのですが」

「その話はあとにしましょう。それより、少佐、だいぶひきとめてしまったわね。出発しましょう」

三人は、円形のハッチからコクピットにおりていった。整備車輌が離れてゆき、スノーウィ・バンクス中尉が右の副操縦士席について、飛行機のものに似たチェックリストをやっていた。コクピット全体が飛行機の雰囲気で、大型軍用輸送機の操縦席を思わせる。艇長席と副操縦士席はV字形の広い風防に面していて、各システムの現況や航海データを表示している多機能モニターがならんでいた。

複雑なレバーがいくつも立っている操縦コンソールが、艇長席と副操縦士席のあいだにあった。方向舵を操作する半円形の操縦輪とはべつに、それでスウィマー・システムの操縦を行なうのだろう、とアマンダは推測した。だが、操作ダイヤルの下の太いTグリップ・ジョイスティックがなんのためのものであるのかは、見当がつかなかった。

艇長席のうしろに窮屈な折り畳み座席二個があり、ハッチの兵装を使用する場合の銃手用サドルもあった。そのサドルは頭上に持ち上げて、邪魔にならないように固定された。

レインが左の艇長席にするりと腰をおろし、アマンダはそのうしろの折り畳み座席に座った。横に小さな海図台があり、平面モニターがいくつかならんでいた。ボタンとトリガーがいくつもついているジョイスティックが一本あるので、予備兵装管制所にも使われるらしい。もうすこし事情がわかるまでは、ためしにボタンを押すのはやめようと思った。

テホア上等兵曹が上のハッチを勢いよく閉めて、レバーをロックした。コクピットの狭い空間で驚くほどやすやすと作業をしたあとで、うしろ寄りの梯子を伝い、中央区画におりていった。

「始動準備はできたか？」レインが、指揮ヘッドセットのプラグをインターコムのジャックに差し込みながらたずねた。

「始動前チェックリスト完了、計器はすべて異状なし。全部署、出発支障なしを報告しています」スノーウィが、きびきびと答えた。手をのばし、操縦輪の台座のボタンを押すと、四つの赤ランプがぱっと黄色になった。「自動始動手順セット。全機関始動準備よし」

レインはうなずき、操縦輪の端のインターコム・スイッチを入れた。「全部署、発進にそなえろ。スノーウィ、始動しろ」

またべつのボタンが押され、背後のほうから聞こえてきた低いうなりがしだいに高まるにつれて、棒グラフ表示の計器の光る棒が徐々に高くなる。黄色いランプがひとつずつ青に変わり、四基のガスタービン主機が回転をあげ、甲高いトレモロの四重奏をかなでた。

「始動……始動……始動……始動……出力がじゅうぶんになった！」

レインとスノーウィが、それぞれ右手と左手を操縦装置から離し、掌を打ち合わせるハイ・ファイヴをした。まるでチェックリストをしめくくるふたりだけの合図でもあるかのような、自然な流れの仕種だった。

「エアクッションに乗せろ」

スノーウィがファン制御レバーに指をかけて、前に押した。揚力ファンの回転があがり、低いコントラルトの咆哮がコーラスのように重なり合う。レインの手が、Tグリップ・ジョイスティックに置かれた。

休みにカナリア諸島へ行ったとき、アマンダは一度だけラクダに乗ったことがある。ホバークラフトがふくらむスカートの上で離昇するときの感覚は、ヒトコブラクダが立ちあがるときに横揺れしながら持ちあげられるのとよく似ていた。あっというまに地表から二メートル弱の高さに達したが、その位置を維持するのに、つるつる滑っているような不安定さがあった。

レインがTグリップ・ジョイスティックを押すと、うしろから爆発するような音が何度も響いてきた。「これは噴き出し口制御装置《パフポート・コントローラー》です」やかましいなかで、レインが声を張りあげて説明した。「パフポートというのは、プレナムチャンバーの上部にある複数の排気弁です。そこをあけると、高圧空気がジェット排気のように噴き出して、宇宙船の姿勢制御ロケットのような役割を果たします。低速の機動の際に使用します。いまは摩擦がゼロの状態です。パフポートを使って位置を維持しないと、ビーチから滑り落ちてしまいます」

レインは、コントローラーを左にねじった。不自然なほどなめらかな動きで、〈クイーン・オヴ・ザ・ウェスト〉がそのまままわり、入江のほうを向いた。前に滑り出そうとするのを、レインが艇首ポートの噴き出しによって抑えた。

「おれはこの開発計画《プロジェクト》をもう二年も手がけているんです」にやにや笑いながら、レインがいった。「汚い言葉を使って申しわけありませんが、こいつはくそみごとだって、いまだに思っていますよ」

艇長席を覗き込むように身をかがめていたアマンダは、釣り込まれたように同意した。「たしかにたいしたものらしいわね、少佐。もっといいところを見せてもらいましょうか」

「了解しました、マーム」

レインはTグリップから手を放し、操縦輪を握った。スノーウィが代わってピッチ制御と推進スロットルを受け持った。〈クイーン〉の激しくわめき散らす声の合唱に、新しい声がくわわった。推進プロペラの太いバリトンが吼える。エアクッション艇は、ビーチを駆けおりて、波打ち際に飛び込み、すさまじい勢いで砂と飛沫を噴きあげた。

かすかな白い航跡を引きながら、〈クイーン・オヴ・ザ・ウェスト〉はタブーンスー川が河口に押し出す泥の混じった水の上で弧を描き、その向こうのきれいな水色の浅海を目指した。小舟に乗った漁師や沿岸航海の船乗りが、爆音とともに通過するホバークラフトを見あげ、手をふって敬意を表した。スティーマー・レインは、エアホーンを二度鳴らして応え、緑なす海岸線と平行に南東へ針路をとった。

風防から前方を眺めながら、アマンダは、エアクッション哨戒艇（砲）のかなり異様な乗り心地に慣れようとしていた。高速の小型艇に乗ったことはあるし、シガレット級の屋根のないレーシング・ボートを操縦してレースに参加したこともある。しかし、そうした経験は、これとはまったく比較にならない。

舳先の下をかなりの速さで波の模様が流れているにもかかわらず、シーファイターはいともやすやすと海面を進んでいた。うねりを突っ切るのではなく、乗り越えているため、高速で航走する船に特有の急な揺れや振動がなかった。

「フロータ―1到着予定時刻は？」アマンダがたずねた。

「二六〇海里ですから」レインがいった。「約五時間で着きます」

「五時間？」アマンダは折り畳み座席から立ちあがり、艇長席と副操縦士席のあいだに行った。

「いったいどれだけ出しているの？」

「約五〇ノット」

アマンダは、驚いて両眉をあげた。「五〇ノット？　うしろから追いかけてくる魚雷から逃げるために、わたしは前に指揮していた駆逐艦で五〇ノット近く出したことがあるけど、バラバラになりそうだったわよ」

〝前に指揮していた駆逐艦〟。〈カニンガム〉のことをそういうのは、これがはじめてだった。

スティーマー・レインとスノーウィ・バンクスが、子供が自慢でしかたがない親のような目配せを交わした。

「こういう航海なら楽なもんです」スノーウィがいった。「一日ずっと、こうやって走っていられますよ」

レインが副操縦士の顔を見たので、また言葉を使わない討論が行なわれているのを、アマンダは感じとった。バンクスがかすかに肩をすくめ、茶色の目が一瞬意地悪そうに光った。

「じつは、司令、もっと飛ばせるんですよ」レインがわざと軽い口調でいい、推進プロペラのスロットルに手をかけた。「シートベルトを締めてください、ご覧にいれますから」

アマンダは、いそいそとその言葉に従った。海軍士官学校《アナポリス》の新入生いじめを生き延び、赤道と極地の両方で船乗りとしての技倆を認められているアマンダは、規模が小さく結束した誇り高いコミュニティの加入儀式《イニシエーション》の仕組みを理解している。それに対して頑なに抵抗し、コミュニティの絆を弱めるか、あるいはそれに従って、絆を強めるか、ふたつにひとつなのだ。アマンダはシートベルトをきつく締め、体を突っ張って、腹に力をこめた。

デジタル式の速力測程儀の数字が増えてゆく——五五……六〇……——エアスクリューの轟音が大きくなり、船体を伝わる腹に響く低い振動が増す。六五……六八……これが、部品屋《スクラウンジャー》ケイトリンの腕による余分な速力だ。波の模様が、冷たい青と鈍く輝く白のモザイクに変わった。

「全乗組員、機動にそなえろ」レインが、インターコムでのんびりといった。

「ねえ、艇長」だれかの応答が、アマンダのイヤホンから聞こえた。「ぶっ飛ばすのに音楽はいらないですか?」

「いいんじゃないか、ダノ。波の上をすっ飛ばすのにちょうどいいやつをかけてくれ」

「わかりました」

突然、インターコムの回線に、エレキギターの音が太くて切れ味のいいカリフォルニア・サーフィン・ミュージックが、大音響で聞こえてきた。大出力のCDデッキを接続しているにちがいない。音楽に合わせて、レインがシーファイターの操縦輪を大きく切った。四枚の方向舵がエアスクリューの風を受け、ホバークラフトは左へ急回頭した。アマンダは悲鳴をあげて、艇長席のうしろの手がけをつかんだ。シートベルトを締めていても、Gのために横に投げ出されそうだった。

レインは、力強い腕でロックしそうになる操縦輪を抑え、体重をかけて横方向の力にあらがった。それとうまく調子を合わせて、スノーウィがたくみにスロットルとプロペラの制御を微調整し、猛々しく吼えている主機のパワーを利用して、〈クイーン〉を最少回転半径で方向転換させた。

だが、〈クイーン〉にはそれが精いっぱいだった。凍ったコーナーでレーシングカーがスピンするようなぐあいに、艇尾が水中で激しく横滑りしはじめるのがわかった。その瞬間、レインが逆舵を切った。

ドスン！　シーファイターが海面を泡立たせてS字旋回の後半を開始したとき、アマンダは海図台にぶつかった。あまりの速さに、風防から見える海岸線がぼやけて見える。

「なかなかおもしろいわね、少佐」アマンダは、歯を食いしばっていった。「ホバークラフトの操縦で肝心なのは、いろいろな速力で、方向舵が自分の描こうとする旋回の線をどれだけぴったりなぞってくれるかということなのね」

「そのとおりです」ヘッドセットから聞こえる軽快なビートに負けない大声で、レインが答えた。「もうひとつ、われわれが海岸近くで行動できることにも慣れてもらわないといけません。ほんとうにぎりぎりまで近づくんです」

〈クイーン〉が陸地にぐんぐん迫った。ギニア沿岸のこのあたりは、砕け波がかなり泡立っている広々とした砂浜だ。レインはその言葉どおり、大西洋の大波が渦巻いて砕けるところを避けつつ、青い水のぎざぎざの波打ち際まで進んだ。

もう、乗り心地はそうよくはなかった。〈クイーン〉は上下に揺れ、ガタガタとふるえて、荒れ狂う波頭と砕ける波の谷間のあいだを突破した。飛沫が風防に炸裂する。レインは顎に力を入れ、操縦輪を手の甲が白くなるほど握りしめて、変幻する海面の通り道を見きわめつつ、海岸線に沿ってくねくねと走らせた。

それはただの腕が頼みの妙技ではなかった。徹底して考え尽くされ、長時間訓練されたものだった。指示もないのにスノーウィは座席をもっとも高い位置にして、波の砕ける線に沿って、はるか前方を眺めていた。「支障なし……支障なし……支障なし」波が白く砕けて逆巻くなか、シーファイターをあやつるのにレインが集中できるように、報告をつづけた。

アマンダにとっては、はじめての経験であるばかりか、なにもかもが想像を絶していた。体のふるえは船体の振動とは関係がなかった。とてつもなく鮮明な激しい体験に、噴出したアドレナリンが全身を駆けめぐった。ヘッドセットから聞こえる爽快なロックのビートは、アマンダが疾走するすばらしい戦闘艇と溶け合って一体になるのを助けた。アマンダは恋人に身をゆだねるように、その感覚に身をゆだねた。

やがて、砂嘴が舳先の下を通った。沿岸流によって堆積した薄茶色の砂嘴が、ビーチに打ちあげられた鯨のような格好で、岸からのびている。アフリカ黄金海岸に特有のおそろしい〝おばけ島〟だ。向きを変えて避けるひまはなかった。アマンダは間に合うはずもない警告の叫びを発し、すさまじい衝撃を避けようと、やはり無駄と知りつつ両手で顔を覆った。

だが、衝撃はなかった。

なめらかにふわりと浮きあがった〈クイーン〉が、砂嘴を乗り越えた。全長二七メートルの船体が宙に浮き、しばし無重力状態がつづいた。やがて軽くやわらかに弾むような感覚があって、ふたたびスカートが接地した。艇内のどこかから、南軍の兵士もどきの「イーーーーッヤッハアーーー」といううれしそうな雄たけびが聞こえてきた。

レインは、〈クイーン〉を海岸線から遠ざけ、ふたたびストッロルを操作して、まともな巡航速度に戻した。「とまあ、こんな程度のことができます」

アマンダは、ひきつった指を揉みほぐし、ゆっくりと深呼吸をして、激しくなっている動悸を鎮めようとした。「ものすごくおもしろいわ、スティーマー」落ち着いた声になるように気をつけながら、答えた。「スノーウィにしばらく休憩してもらって、どういうふうに操縦するのか教えてくれない」


それから移動海上基地フローター1までの旅が、アマンダには意外にもあんがい短く思えた。まず〈クイーン〉の操縦について訓練を受けたあと、二時間かけてホバークラフトの艇内を系統的に調べてまわり、他の乗組員と話をし、シーファイターの構造についてさらに学んだ。

やがて、二日ぶっつづけの旅の疲れが出て、狭い寝棚に寝そべった。〈クイーン〉の動力の掃除機の音を増幅したような騒音にまだ慣れていないので、とても眠れないだろうと思った。だが、目を閉じて、この新しい指揮官職の将来性と可能性と問題を考えていればいい。

思ったよりも順応が早かったのかもしれないし、あるいは意識している以上に時差ぼけがきつかったのかもしれない。肩に触れられて、アマンダははっと目を覚ました。

「失礼します、司令」テホア上等兵曹が、上から覗き込んでいた。「まもなくフローター1に到着します。レイン少佐が、接近と繫留をコクピットからご覧になりたいだろうと考えましたので」

「ありがとう、チーフ」アマンダが、ごろごろする目をこすりながら答えた。「そのとおりよ。すぐに行くわ」

移動海上基地の存在を示す最初のものは、フィンのついた銀色の涙滴形の物体で、ギラギラ光る太陽のせいで色褪せた空高く、それが静止していた。TACNETレーダーの監視の目として海抜三〇〇〇フィートの高さにあげられた繋留気球だ。やがて、水平線にちらちら揺れている水蒸気を通し、銃眼のもうけられた低い建造物――アラビアンナイトのお伽噺の浮かぶ要塞――が、海からしだいにせりあがってきた。

ありていにいってしまえば、たしかに浮かぶ要塞にちがいない。

アマンダは、移動海上基地の概念がもともとはベトナム戦争中からあったことを学んでいた。海岸に基地を置くとベトコンの擾乱攻撃を受けるので、浮かぶ攻撃基地あるいは〝海の浮き〟が、アメリカ軍河川部隊と沿岸哨戒部隊のために建設された。標的の艀《はしけ》や舟橋をつなぎ合わせ、ベトナムの河川や河口に錨をおろしたこのにわか造りの中継基地は、おおいに役立った。じつに有用だったので、一九八〇年代にペルシャ湾でタンカーが襲われたようなときにも、ふたたび建設された。

当時はまだイラン・イラク戦争が長引いていて、イラン革命防衛隊がペルシャ湾岸を航行するタンカーに対して騒擾攻撃をはじめた。湾岸諸国の指導者たちが、ホルムズ海峡の安全な通航が維持されるようにしてほしいと、アメリカに要請した。だが、イランがサーベルをがちゃつかせて恫喝したので、その指導者たちはアメリカの小規模な海軍部隊が自分たちの領海内で作戦を行なうことを許可するだけの政治的決断が下せなかった。

　解決策として、遠洋航海用の艀をホルムズ海峡の公海に投錨させた。この攻撃基地から、アメリカ海軍のＳＥＡＬｓ、特殊舟艇戦隊、アメリカ陸軍〝ブラック・ヘリコプター〟編隊が、夜間ひそかに出撃し、イランのボグハマー級高速攻撃艇群に対して最大級の勝利を収めた。

　そしていま、アメリカ海軍そのものの縮小と、アメリカ軍の使用できる海外の基地の減少によって、移動海上基地の概念はさらに押しひろげられている。海上油田建設の技術を利用して、新世代の軍の〝海の街〟が設計された。浮かぶ基地施設群の構想が練られている。世界のどこへでも曳航していける人工の島。海軍の一個機動部隊を支援し、海兵隊一個旅団を収容でき、戦闘機や輸送機が発着できる長さの滑走路を持つ海上基地。

　だが、それはまだ未来の話だ。フローター１は、まだそこへ通じるひとつの段階にすぎない。フローター１は、全長一二〇メートル全幅四五メートルの遠洋航海用艀を九隻つなげたもので、フットボール場の三倍の長さと、一・五倍の幅がある。

　四隅の艀には高いヘリコプター甲板があって、いわば要塞の角の堡塁の役目を果たしている。それぞれがヘリコプターもしくはＶＴＯＬ機を数機搭載できる。それらのあいだに、防御兵器の小さな砲塔がある。中央の艀には空港の管制塔に似たガラス張りの建物がそびえ、そのとなりには高い三脚に支えられた通信アンテナや回転するレーダー・アンテナがある。

　基地の固定施設はそれだけで、艀の広い甲板にあたるところには、組み立て住宅、トレイラー、コンテナなど雑多なものがならび、白、海軍の青みがかったグレー、迷彩など、くすんだ彩りのつぎはぎ模様をなしている。

「フローター1を一周してくれる、スティーマー。じっくりと見ておきたいの」

「わかりました」

接近するにつれて、基地の上のあわただしい動きが見えてきた。サイクロン級高速哨戒艇一隻と、LCU汎用揚陸艇二隻が、艀の風下側にくっついていて、艀が大きいために、まるで玩具のように見える。ミニチュア駆逐艦とでも呼びたいような姿のいい哨戒艇は、いかにも船足が速そうだった。艀の船内のタンクから給油を受け、凹甲板にはひっきりなしにクレーンが荷物のパレットをおろしている。アマンダがなおも見ていると、ボーイング-テクストロン・イーグルアイ無人偵察機が、ヘリコプター甲板から発進した。自動車ぐらいの大きさのそのティルトローター機は、用心深いスズメバチのようにつかのまホバリングしてから、水平飛行モードに移って、陽炎の立つ緑色の海岸線に向けて矢のように飛んでいった。

「海岸からの距離は？」考え込む様子で、無人機の飛んでいく方向に目を凝らしながら、アマンダはたずねた。

「一三海里以上離れています」レインが答えた。「一二海里の領海の外で、大陸棚のぎりぎり端のところです」

スノーウィが、重々しくうなずいた。「夜には北西のほうにモンロビアの明かりが見えます。ここに投錨したのは、われわれの哨戒線のほぼまんなかだからです。でもねえ、つまり悪党どものお膝元にいるわけですよ」

アマンダもうなずいた。「ベレワ将軍がわれわれのなれなれしいふるまいに反発したら、どうなるの？」

「そうなったら」レインが、難しい顔で答えた。「熾烈な戦闘が起こるでしょうね。Ｍｋ96二五ミリ機銃の上下二連装銃塔《マウント》が八基あります。航空攻撃にそなえるＲＡＭ発射機とスティンガー射撃チームがあり、やつらが対艦ミサイルをかき集めた場合にはチャフ散布装置とＥＣＭ（電子対策）機器を使用します。とにかく熾烈な戦いになることは、まちがいないでしょう」

艀の舷側におろされたケヴラーの抗弾カーテン、砲塔、甲板の縁の砂嚢を積んだ兵装架に、アマンダは目を留めた。もちろん、西アフリカ連邦がこの基地を強襲するようなことになったら、〝熾烈な戦い〟という程度のものではすまないだろう。これは千夜一夜物語のお伽噺の城ではない。アパッチの支配する土地の奥深くに築いた陸軍の前哨基地といったほうがふさわしい。

スロットルを徐々に絞りながら、レインは海上基地を一周した。中央の艀の風下側――船尾の錨鎖格納所が切断され、ホバークラフトが登っていける全長六〇メートルの浅い角度の斜路に改造されていた。レインはそこへ〈クイーン〉の艇首を向けて、斜路の縁を乗り越えた。パフポートの噴射、スロットル、方向舵をレインとスノーウィがみごとに調整し、〈クイーン〉は斜路を登って、出迎え要員の待つ甲板に到着した。

斜路の上の広い方向転換所の向こうに、扉のない大きな格納庫が三棟あった。ひと棟には、すでにシーファイター一隻がはいっている。「あれはＰＧ－０３です」レインが、肩ごしに教えた、「〈カロンデレット〉です。〈マナサス〉は、きょうの午後は要線哨戒に出ています」

信号棒を持った誘導員ふたりが、ホバークラフトの下から吹き出す突風に対抗するために身をかがめて指示し、レインが〈クイーン〉を一八〇度方向転換させて整備場へバックで入れるのを手伝った。甲板には風除けがあって、シーファイターの揚力ファンの起こすすさまじい乱気流から装備と人間を保護していた。

ホバークラフトが正しい位置に収まると、誘導員が喉を切る仕種をして、レインがスロットルを絞った。タービンの甲高い音がやみ、長い溜息とともに、〈クイーン〉はしぼんだスカートの上にゆっくりと沈みこんだ。

「着きましたよ、司令」

「いろいろ教えてくれてありがとう、スティーマー」シートベルトをはずしながら、アマンダが答えた。「どういうふうにやればいいのか、ある程度のことがわかったわ」しばらく考えてから、にっこり笑った。「三隻の小さな《スリー・リトル》PG。三匹の子豚《スリー・リトル・ピッグズ》。いいわね。すごく気に入った」

「もうでかい艦《ふね》には乗れなくなりますよ、マーム」

艇長と副操縦士が機関停止の手順をしているあいだに、アマンダは折り畳み座席から身を起こした。艇尾に向かいかけて、ふと足をとめた。「そうそう、ところでバンクス中尉、あなたが制服にほどこした改造について、ひとこといおうと思っていたのよ」

スノーウィが、身をこわばらせた。「えー、なんですか、マーム？」

「この気候には、それが賢明ね。わたしも自分のカーキを切らないといけない」アマンダは年下の女性士官の肩を軽く叩き、梯子《ラッタル》を船体中央区画へとおりていった。

アマンダの宿舎は、ホバークラフト格納庫の近くのプレハブのひとつだった。太さ一〇センチの傷だらけの角材を基礎に甲板に固定された真っ白なアルミの長細い箱という、実用一点張りの代物だった。上下水の配管や電源のコードが剝き出しのまま下から出て、甲板の穴から艀の船内へと差し込まれている。階級による特典といえば、ひとりでそこを使えることだけだった。

ドアの内側に荷物を下ろした案内の乗組員が作業に戻れるように、アマンダはすぐに帰した。狭いキャビンのまんなかに立ち、あらたな住まいをじっくりと眺めた。

たいして眺めるものはなかった。椅子三脚、デスクの向こうにも一脚、ロッカー、薄いマットレスを端に丸めてある飾り気のない簡易ベッド。羽根板《ルーヴァー》のついた小さな窓が、ドアの左右にある。奥の小さなドアの向こうは便所とシャワー室がいっしょになっている。それだけだ。剝き出しの白い壁――なぜか隔壁という船の用語が似つかわしくない――は煤け、傷だらけのリノリウムの床は灰色だった。プレハブも調度類も、永年にわたり国が使用していた形跡が歴然としていた。

室内はすさまじい暑さだった。窓に小さなエアコンが取り付けてあるのに気づき、なかば不安をおぼえながら、そこへ行って運転開始ボタンを押した。しばらくすると、グリルからわりあい乾燥した冷たい空気が噴き出したので、音はすさまじかったが、いくぶんほっとした。

アマンダは、デスクの椅子にどさりと腰をおろし、汗が蒸発するひんやりした感触をしばし味わっていた。哨戒戦隊の第一印象は、まずまずだった。たしかに、異例なことずくめではある。だが、服装や態度にこだわらないのは、機転を利かせて柔軟に順応するためだろう。規則を頑なに守るだけで内容の伴わない規律は意味がない、そう彼らは考えているのだ。自分もおなじように順応すれば、そういう傾向はおおいに利用できる。あとの部下たちも、おなじようならいいのだけど。

溜息を漏らし、身を乗り出して、デスクに肘を突いた。四十八時間の移動の疲れが、またぶりかえしていた。だが、休む間もなく状況をまとめなければならないという、せっぱ詰まった気持ちもある。だけど、いったいどこから手をつければいいの？

「もしもーし。お留守なの？」小生意気な明るい声が聞こえた。

アマンダは疲れを忘れ、任務のこともつかのま念頭を去った。さっと椅子を立つと、ドアから飛び込んできた小柄な女性を抱き締めた。クリスティーン・レンディーノも、アマンダをおなじように激しく抱き締めた。「ハーイ、ボス・マーム。パーティに行く時間よ！」

「だから来たじゃない、クリス。元気？」クリスティーンの両肩に手を置いたまま、アマンダはすこし身を離し、いちばんの親友の女性をいとしげに見つめた。数カ月離れていたが、すこしも変わっていない。好奇心の旺盛な妖精のような顔が、にやにや笑いかけている。肌は金色に日焼けし、シャギーカットの髪は強い陽射しに漂白されて、薄いブロンドだったのがほとんど白に近くなっている。だが、クリスティーンが眼鏡をかけているのに、アマンダは気づいた。コンピュータのモニターを長時間見ていたあとは、いつもそうなのだ。さらによく見ると、青みがかったグレーの目のまわりに、疲れによる皺が何本か増えているのがわかった。

「一日二十七時間働けば、どこが悪くても治ってしまいますよ」と、クリスティーンは答えた。

「ああ、ほんとうに会えてうれしい。あのころに戻ったみたいですね」

アマンダが、おごそかな笑みを浮かべた。「いいえ、あのころとはちがうのよ、あなた。こういう状況は前代未聞よ。椅子を持ってきて。話をしましょう」

クリスティーンが座ると、アマンダは自分の椅子に腰をおろした。デスクの椅子は高すぎて、座りづらかった。それが、ついこのあいだまでこのデスクに向かっていた士官のことを、はっきりと思い出すよすがになった。「いいこと、クリス、あなたはこっちにだいぶ長いあいだいるから、この作戦について完全に掌握しているでしょう。わたしは自分がどういうところへ飛び込むことになるのかを、早急につかむ必要があるのよ」

クリスティーンが深く息を吸って、ふーっと溜息を漏らした。「わかりました。でも、前もっていっておきますけど、ここじゃ、手短に説明できることはなにひとつないんです。なにもかもが、そう単純じゃないんです」

「それなら、基本的な話からはじめて。機動群《タスク・グループ》についてどう思う？」

「それなら、わたしは仲良くやってますよ」クリスティーンが、すかさず笑みを浮かべた。

「好きなひとたちですから」

「わたしもそういう感じがする」

「ここにいるのは、ほんとうに雑多なひとたちなんですよ。特殊舟艇戦隊、設営隊、ホバークラフト戦隊の連中、通信係下士官、無人機の操縦員。みんなだいたい新世代の沿岸戦闘員です。年配の上等兵曹が何人かいますが、昔風の水兵のたぐいはごく少数です」

「ベテランにはひとり会った。テホア上等兵曹に」

「ああ、そうですか。テホアなら知ってます。哨戒戦隊の先任上等兵曹で、ものすごくよくできた紳士ですよ。みんないい連中です、ボス・マーム」

「わたしもそう思った」アマンダは相槌を打った。「シーファイターのあとのひとたちは？」

「すっごく若くて、タフで、技倆を示そうと必死です。海軍特殊部隊《NAVSPECFORCE》のエリート部隊ですよ。とにかく特殊舟艇戦隊と互角です。みんなこの職務に応募したんですよ。猛者ぞろいです。ことに戦隊司令には注目してほしいですね。スティーマー・レインは、頭脳と度胸とバランスがとれてます」

「わたしもそういう印象を受けた」

クリスティーンが、倒れる寸前まで椅子を傾けた。「前のＴＡＣＢＯＳＳを失いはしましたけど、戦意は高く、がっちり団結してます。部隊全体が狼の子のでっかい群れみたいで、超やる気満々で、獲物を追いたくてしかたがないんですよ。専門家としていいますけど、まとめるのに必要なのは、たったひとつですね」

「それはなに？」

情報士官は、のんびりした笑いを浮かべた。「ずる賢い狼婆あに、やりかたを教えてもらえばいいだけです」

アマンダは、つい笑みを返していた。「三十六は婆あじゃないわよ、クリス」

デスクの電話機がトレモロを発し、ふたりのやりとりは中断した。アマンダは、受話器をさっと取った。「はい、ギャレット」

「レイン少佐です、司令。作戦室にいます。敵と交戦中です」

「すぐ行く」アマンダは受話器を戻して、デスクごしにクリスティーンの顔を見た。「よし、情報士官。作戦室はどこ？」

アマンダの宿舎のプレハブからそう遠くない甲板に駐車して固定されたトレイラー・ハウス

が、作戦室だった。

「戦域での敵の活動はどれぐらいの頻度なの？」足早にそこへ向かいながら、アマンダはたずねた。

「最近は、あまり活発ではなかった。西アフリカ連邦軍は、ずっとおとなしくしていましたよ。これがほんものの戦闘だとしたら、公然と攻撃してくるのは、コナクリ奇襲以来、はじめてです」

「わたしへの祝辞かもしれないわね」

作戦室の大きなトレイラーにはいると、コンピュータのワークステーションが、左側にずらりとならび、平面モニターの多機能ディスプレイが隔壁にはめこまれていた。シーファイターの隊員たちがシステム・オペレーターの席のうしろにびっしりと立っていなければ、統合エアコン・システムによって快適な温度がたもたれていたにちがいない。敵を追撃中との報せに、全員が撃沈を見ようと詰めかけていた。ジェフ・レインと小柄な先任将校が、そのひとだかりのまんなかにいるのに、アマンダは目を留めた。

「道をあけて！　どきなさい！」興奮しているひとの群れを押し分けながら、アマンダは命じた。「許可された当直員と戦隊幹部士官と先任上等兵曹以外は立ち入りを禁じる！　あとのものは作業スペースを空けるために出ていきなさい！　早く出て！」

見物人たちがそそくさと退室すると、アマンダとクリスティーンは中央のモニターの前のレインに近寄った。「で、スティーマー、なにを捉えているの？」

「西アフリカ連邦のボグハマー沿岸哨戒艇二隻が、メタコン岬沖で警察の警備艇《ランチ》を攻撃しました」レインが答えた。身を乗り出し、コンピュータ・グラフィックスの地図に光り輝く真紅で表示されたターゲットのアイコンを指差した。彼らが眺めているあいだも、アイコンは海岸沿いをのろのろと南東へ進み、西アフリカ連邦領海を目指していた。「ランチは救難信号を発したあとでやられ、ボグハマーは帰投しようとしています」

「これをどうやって追跡しているの？」

「気球レーダーです」クリスティーンが答えた。「軽航空機母艦〈ヴァリアント〉がギニア・イーストの定位置で要線哨戒中です。このギニアと西アフリカ連邦の中間です。〈ヴァリアント〉が気球を上げ、海岸線の二三〇海里の範囲の水上を捜索しています」

「それなら、ボグハマーはどうして気づかれずにギニア領海にはいれたの？」

「おそらく前からずっと、そこにいたんでしょう」クリスティーンが、眉をひそめていった。「隠れ場所にずっとじっとしていたんです。海とつながっている沼地に、必要とあれば何日でも隠れていることができます。攻撃しやすい目標が現われたら、飛び出して撃沈し、マングローヴのなかに隠れるか、一目散に西アフリカ連邦領海を目指す。ちょうどこいつらがやってるみたいに」

「そうだ」レインが、興奮した口調でいった。「だが、今回は逃げられない。トニー・マーリンの〈マナサス〉がいる。要撃し、二隻まとめてやっつける！」

戦術ディスプレイでは、〝ＰＧＡＣ－４〟と記されたアイコンが、逃走するボグハマーの針路を断とうと、はるか沖合いから弧を描いて追撃していた。クリスティーンはべつのワークステーションへ行って、オペレーターとふたことみこと話をした。キイボードの上を軽やかに指が動き、二番目の平面モニターが、ビデオ・カメラで撮影した高解像度画像に変わった。

「プレデター無人機にも、要線哨戒区域を監視させてます」クリスティーンがいった。「どうなってるのか、じっくり見られますよ」

見守っていると、空中のビデオ・カメラが、鮮やかな彩りの海岸の景色を横に写していった。白い砂と砕ける波が、エメラルド・グリーンの広い森と水色の海を区切っている。望遠の倍率が下がり、細い半島を挟んで二本の川が海に注いでいる、口が大きくひらいた湾が写った。航跡の白い条二本が、湾の入口を横切り、東へとのびているのが見える。航跡の先端を囲むように、ターゲットの位置を指定する菱形《ボックス》が現われた。

「これです」クリスティーンがいった。無人機システム・オペレーターのほうをふりかえった。「ターゲットに接近して、画像を最大に拡大して」

「アイアイ、マーム」

無人偵察機が針路を変えるあいだ、画像が上下左右に揺れた。やがてカメラがズームし、ターゲット指定ボックスがディスプレイ全体にひろがった。

ボグハマー二隻は、いずれもオープン・コクピット、グラスファイバーの船体で、船外機によって航走し、自動火器や擲弾発射器で武装していた。一隻あたり六名が乗り組み、小さな船が上下に揺れたり飛び跳ねたりしながら危なげなく楽々と走るあいだ、その連中の真っ黒い肌が、飛沫を浴びてつやつやと輝いた。

アマンダと戦隊の幹部士官たちが見守っていると、沖寄りの沿岸哨戒艇の乗組員が、遠くのなにかを見つけたようだった。その男が腕をあげて指差し、他の乗組員が、その方角に注意を向けた。

　レインが実況解説をした。「〈マナサス〉が接近しているのを、ついに見つけたらしい」

「そっちのほうを見ましょう」アマンダがいった。「システム・オペレーター、〈マナサス〉に向けて」

　無人機の自動追尾システムが変更され、可動式のカメラがまわって、あらたなターゲットを映すあいだ、モニターの映像がぼやけた。

　航走中のホバークラフトを、アマンダははじめて外から見ることができた。〈マナサス〉が波頭を押しつぶすことなくかすめ、やすやすと海面を滑ってゆくありさまは、〈クイーン〉に乗っていたときに受けた印象と変わりがなかった。やはり虹とともにきらきらと輝いている靄につつまれ、揚力ファンと推進プロペラが派手に飛沫をあげている。

「ボグハマーは、四五ノットが精いっぱいです」レインが、アマンダのほうをちらと見ていった。「〈マナサス〉のほうが二〇ノット速い」

「ああ」小さな群衆のうしろのほうから、だれかがいった。「もう捕まえたも同然だ」

　それを裏付けるかのように、〈マナサス〉のガン・タブのパネルがあき、兵装架台《ウエポン・ペデスタル》が射撃位置に持ちあがって、機関砲とミサイル・ポッドが指差すような感じに動いて、追っている獲物に狙いをつけた。

　アマンダの戦略が形をなしはじめたのは、その瞬間だった。

「〈マナサス〉の艇長と無線連絡をとって。大至急！」

「アイアイ、マーム」システム・オペレーターが、リップマイク付きのヘッドセットを渡した。

イヤホンの位置を調整して頭につけると、空電雑音と搬送波のシューッという音が聞こえた。

「指揮周波数です、司令。マーリン大尉とつながっています」

アマンダはうなずいた。「〈マナサス〉、〈マナサス〉、こちらはフローター1。聞こえるわね？」

「聞こえます、フローター！　こちら〈マナサス〉。敵船を目視しています！　くりかえす。敵船を目視しています！　ターゲットに接近しつつあり、交戦準備よし！」

緊張と興奮をおぼえている狩人の声。追撃の興奮で、声が一オクターヴ高くなっている。マーリンの声よりひときわ大きく、回転を上げているタービンの咆哮や、詰まる距離を読みあげている声が聞こえた。乗組員にとって最初の獲物なのだ。アマンダは気の毒に思いながら、どうしてもやらなければならないことをやった。

「マーリン大尉、こちらは戦闘群司令アマンダ・リー・ギャレット大佐。いま着任したところで、あなたがたにあらたな指示がある」

「アマンダ・ギャレット？　いやその、了解しました、司令。えー、ただいまちょっと手が放せないのです。敵の沿岸哨戒艇二隻を要撃し、これから誰何するところで――」

「要撃は中止する、大尉」アマンダが、きっぱりと命じた。「離脱し、機関を停止」

「なんだって？　フローター1、もう一度どうぞ」

「くりかえす。要撃を中止して離脱、機関を停止。停止して、踟躕《ちちゅう》しなさい！　これは命令よ、大尉！　ただちに実行！」

無線が沈黙し、作戦室にも沈黙が垂れこめた。

「〈マナサス〉、受領通知！」

「〈マナサス〉よりフローター1へ」冷ややかな応答があった。「機関を停止し、エアクッション航走を中止。敵船は西アフリカ連邦領海に向けて逃走中。さらなる……命令を待つ」

「白色発煙筒は積んでいる、大尉？」

「白色発煙筒？」

「復唱の必要はない、マーリン大尉。あるかないかだけ答えなさい」

「あります、マーム」マーリンが、歯ぎしりをしながら応答した。「積んでいます」

「よろしい、大尉。後部甲板でそれを一本焚きなさい。船体上のアクセス・パネルをいくつかあけ、点検用ハッチもあける。重大な機関故障を起こしたふうをよそおい、びくとも動かずにいて。地元の連中に見せる演技よ。そのあとも、こっちから曳航の艦艇を迎えに出すまで、湾内を漂っていて」

「了解しました。命令に従います」マーリンの声にはまだ怒りと失望が残っていたが、興味をそそられたふうでもあった。「ほかになにか、マーム？」

「ええ。あなたと乗組員にあやまります。あなたがたはまちがいなく任務を達成できていたと思う。大尉、じきにまたチャンスがあるわよ。約束する。フローター1、通信終わり」

アマンダは、ヘッドセットをはずし、作戦室の奥に集まったままの戦隊幹部士官や上等兵曹たちのほうを向いた。彼らは無言でアマンダを品定めするように見つめ、じっと待っていた。クリスティーンだけが、事情がわかっているというようないたずらっぽい顔で、横に立っていた。

アマンダは苦笑いをして、髪をうしろになでつけた。「ええ、聞こえたと思うけど、わたしがアマンダ・ギャレット、あなたがたの新任の群司令よ。もうちょっと広いところに集まったら、命令書をきちんと読みあげるわ。そして、この新しい指揮官がとことん頭がイカれているわけじゃないということも理解してもらうよう努力するわ」

ギニア　コナクリ基地　仮設食堂

二〇〇七年　五月十八日　一二〇七時

「これはいったいなんなの？」サンドラ・部品屋《スクラウンジャー》ケイトリンが、夕食の皿に載っているものをこわごわつつきながらきいた。

ドウェイン・揚げ物屋《フライガイ》フライが、なじるような目つきでじろじろ眺めた。「きょうは」痩せた黒人ミサイル技術兵曹はいった。「基本の万能総合野菜材料ホワイト。あすは万能総合野菜材料イエロー。あさっての水曜は万能総合野菜材料グリーン、木曜は万能総合野菜材料ブラウン。それから、イギリス人は四十八時間あけて、日曜日に〝肉〟として出す」

「ありがたいご意見を聞かせてくれてありがとう、ミスター・フライ」ケイトリンが、ものすごい形相で睨みつけながら答えた。

ダニエル・〝ダノ〟・オローク一等掌砲兵曹が、トレイをテーブルに乱暴に置き、ベンチに脚を載せた。「今週はイギリス軍のコックが当番だって知りながらここに来るなんて馬鹿なことを考えたのは、どこのどいつだ？」フィラデルフィア生まれのたくましいブロンドの下士官は、語気荒くいった。

「おれだよ」〈クイーン・オヴ・ザ・ウェスト〉の右舷機械室のタービン担当先任兵曹、ラマー・ウィークが、渋い顔で答えた。「ＭＲＥ（調理済み糧食）をもう一度でも食べたら、甲板に倒れて自分のヘドのなかで死んじまう」

「どうかと思うぜ、ラム」相棒のスリム・キルゴー二等機械兵曹が、汁のしたたっているフォークをじっと見ながら反論した。「そいつは、ガス室と絞首刑とどっちがいいかっていうようなもんじゃないか」

「おれにもいわせてくれよ、カウボーイ」左舷機械室の二番手兵曹のエディ・クレスキーが、横から口を入れた。「そのまま餓死するっていう意見に賛成のものは？」

「これでフローターに戻ったら、すこしは自分たちの食べ物に感謝するようになるだろうよ」テーブルにつきながら、テホア上等兵曹がいった。

「おれたちがここで気が狂わないように見守ってくださいよ、チーフ」クレスキーが溜息をつき、また食べはじめた。

コナクリ基地の主力部隊の飛行列線に近い大きなテントの仮設食堂は、たしかにののしりたくなるような場所だった。側面は蚊帳《モスキート・ネット》になっているが、蝿の大軍を完全に撃退することはできず、薄いカンバスの屋根からはアフリカの太陽が竈の火のように照り付ける。かててくわえて、周囲の爆風除けの掩体がほんのかすかな風をもさえぎり、うめき声を発している数台の扇風機はその代わりの人工の風をろくに提供してくれない。

基地にまともな居場所のない人間が、そこに集まっていた。ギニアと治安部隊と労働者、戦場から戻ってきたフランスと国連の軍事顧問、北の難民キャンプに向かう赤十字の人間、規模が小さいので自分たちの調理場を設営していない外国の部隊。

暑さのためにやる気をなくし、作業から脱落したそうした連中が、ありとあらゆる国の料理の味つけに妥協しつつ、どの国の料理の味もまともに出せていないメニューから、とりたてていいところのない料理を選んで腹に収めている。

「チーフのいうとおりよ」ケイトリンがいった。「いまはあのフローターが、春休みのフォート・ローダデイルみたいに思える」

ダノ・オロークがうなずいた。「まあ、そういうことにしておこう。ねえ、チーフ、いったいいつこのひでえ場所から解放してもらえるんですか？」

オロークの質問に、大男の上等兵曹は叱りつけるような冷たい凝視で応えた。「答はわかっているはずだ。整備が完了したら、〈クイーン〉はビーチを離れる」

「おい、アメリカ人。それはいったいいつなんだ？」

〈クイーン〉の乗組員がいっせいに身をこわばらせ、ふりかえった。ブーツと半ズボンと玉飾りのついた安っぽいベレーだけを身につけているフランス海軍の水兵が、となりのテーブルに何人か集まっていた。赤銅色に日焼けした水兵たちは、薄笑いを浮かべて睨みかえし、アメリカの水兵のなかでたったひとりの女性のケイトリンをじろじろ眺めた。

「おれたちはフリゲート〈ラ・フルーレット〉の乗組員だ」フランス側を代表してしゃべっている男がいった。「おれたち、もうここで一カ月、配置についてる。いっぱい船とめて調べた。そのあいだ一度も、アメリカ人、見てない。アメリカ人、船とめた話、聞いてない」仲間のなかでいちばん背が高くたくましい、となりの男を、親指で示した。「おれの友だち、アメリカ人、いつ海で見られるか、知りたがってる」

テホアが、肩ごしに凶暴なまなざしで睨みつけた。「じきに行くと、その友だちにいってやれ。いくつか問題を片付けたら行く」

フランス海軍の水兵がテホアの言葉を通訳すると、その仲間がどっと笑った。背の高い水兵がなにかをいった。馬鹿にするような口調から、おおよその察しはついた。

「それはいつか？　そのときアフリカはなくなってるんじゃないか？　そう友だちはいってる」

テホアが溜息をついた……深い溜息だった。トレイを押しやると、立ちあがり、期待している様子のフランス海軍の水兵たちのほうを向いた。〈クイーン〉の乗組員が、すぐにそれにならった。フランス側も立ちあがった。

彼らを中心にして、沈黙が小波のように食堂にひろがっていった。古い西部劇映画なら、保安官を呼んでこいというせっぱ詰まったささやきが交わされるところだろう。入口で歩哨に立っていたギニア軍憲兵たちが進み出ようとしたが、まだなにも異変は起きていないと見なすことにした。そして持ち場に戻り、土埃の立つ表の通りを一心に眺めるふりをした。

テホアが大柄なフランスの水兵と顔を突き合わせるようにした。ブルドーザーがクレーンと対決しているようだ。「この友だちとやらにいってやれ」低い声で、テホアがいった。「おまえらが関係ないことに口出ししなけりゃ、おれたちもほっといてやる。そうすりゃ、すべて丸く収まる」

早口でそれが通訳されると、フランスの水兵はよけいにたにた笑って、かなり長い台詞を通訳の水兵に向けていった。

「おれの友だちはこういってる。あんたらがビーチにずっとケツを据えてるのは、女と遊んでばかりいて、戦うひまがないからだ」

テホアが馬鹿でかい右の拳を固め、目にも留まらない速さで繰り出した。フランス水兵のたるんだ防御を突き破ったその一撃が、まるでボール紙をへこますように、固い腹筋にめり込んだ。水兵が苦しげにうめいて体を折った。

水兵が前のめりになったとき、テホアの左手がさっとあがってその肩をつかみ、指が食い込むほどぎゅっとつかんだ。むりやり立たせると、もう一度右の拳を繰り出し、こんどは顔にパンチを炸裂させた。

フランス水兵が仰向けに吹っ飛び、仲間の前のテーブルの上を滑っていって、スープにまみれ、気絶して、向こう側の地面に転げ落ちた。

「うわっ。気分は最高」フライガイが、愕然としている英語を話すフランス水兵に向かっていった。「いまのパンチは通訳する必要がないだろうな」

「失礼します、ギャレット大佐。コナクリから連絡はありましたか？」

「ストタード大佐からの報告が、デスクにあるわ。そろそろ〈クイーン〉を引き揚げさせる潮時ね。修理が終わりいつでも出撃できると公式に発表してもいいと、レイン少佐に伝えて」

「アイアイ、マーム」

「それから、〈カロンデレット〉のクラーク大尉に、つぎに故障を起こす予定になっていると伝えて」

ニューヨーク　国連ビル
二〇〇七年五月二十二日　二二〇〇時

「こんばんは、提督」ヴァーヴラ・ベイが、感謝をこめていった。「おかけください。こんな時間に会ってくださって、ほんとうに助かります」

「お安いご用ですよ、ベイ特使」エリオット・マッキンタイアが応えて、銀髪の女性政治家の向かいに腰をおろした。会議テーブルのうしろの大きな窓から、イースト川のゆっくりした流れと、その向こうの雑然としたクイーンズのビルや街路が見える。

「テレビ会議は便利です」ヴァーヴラ・ベイが、語を継いだ。「でも、画面で見るだけでは、仕事の上でのきちんとした関係は結べませんわ」

テレビで見たのでは、表情も読めないし、とマッキンタイアは心のなかで切り返した。この貫禄のある女性は、ポーカーをやったらさぞかし手強いだろうと、会ったとたんに思った。

「よくわかります。わたしも、できるだけ部下とは顔を合わせて仕事をするようにしています。意志の疎通が欠けていたために起こるまちがいを、容易に避けられますからね。この会議は、国連アフリカ阻止部隊の作戦のことですね？」

「そうです、マッキンタイア提督」ヴァーヴラが答えた。「阻止部隊もしくはじかに指揮下に報告を受けています、特使。なぜですか？　アメリカの活動に関して、なにか問題がありますか？」

「海軍特殊部隊、ことに戦闘地域で作戦を行なっている部隊については、定期的に最新の現況

ある部隊と、最近、連絡をとりましたか？」

「そちらからそれを説明してもらいたかったのよ、提督」ヴァーヴラが答えた。貴族的な顔には、どうとでも解釈できる表情を浮かべている。テーブルに身を乗り出すと、ヴァーヴラは両手で天板を叩いた。「さきほどまでギニア大使と会議をしていたのです。大使は、国内で高まりつつある危機について、大きな懸念を示しています。

西アフリカ連邦のゲリラ活動が、沿岸を中心に激しくなっています。まさに一触即発の状況です。ギニア政府は、アメリカ海軍哨戒部隊が自国の領土内に駐屯することによって、危機的状況が和らぐのではないかと期待していました。こんにちに至るまで、この……期待は裏切られっぱなしです。これらの部隊になにか技術的な問題があるのか、もしそうなら、それは正されると期待してよいのだろうか、ときかれました」

マッキンタイアが、いくぶん居ずまいを正し、精いっぱいポーカー・フェイスをよそおった。

「特使、アフリカ阻止部隊に派遣された海軍特殊部隊チームは、現在、完璧な戦闘即応態勢にあると、はっきり申しあげます。また、戦域における作戦も、予定どおり進められていると、はっきり申しあげます」

「なるほど、提督。で、その計画を立てた人物は？」

「新任の戦闘群司令アマンダ・リー・ギャレット大佐、海軍特殊部隊の最高の士官のひとりで

す」

ヴァーヴラが、もう一度うなずき、顎の下で指先を合わせた。「ギャレット大佐がギニアにいることは知っています。南極条約の事件と中国内戦の両方にかかわり合ったので、この国連でも彼女はよく知られています。すばらしい評判を持つ秀でた若い士官ですね。しかし、現在の状況に対して、いまのところなんら積極的に対処していないことを考えると、過去の評判など、関係がないでしょう」

マッキンタイアが、つかのま険しい顔になった。「お言葉ですが、アマンダ・ギャレットが行動に出ていないのには、じゅうぶんな理由があるはずです」

ヴァーヴラが、いかにも外交官らしい笑みを浮かべた。「それで、提督はその理由とやらをご存じなの？」と、探りを入れた。

「いいえ。ギャレット大佐は、一から十まで指示してやる必要があるような士官ではありません。任務をあたえれば、やってのける方法は自分で考えるでしょう。ギニア沿岸の状況はまもなく鎮静すると約束します」

「ギニア大使にそう伝えましょう」銀髪の女性外交官は、もう一度笑みを浮かべた。こんどは心からの笑みだった。「この若い女性を、たいそう信頼していらっしゃるのね、提督」

「それが当然の評価なのですよ、特使」

西アフリカ連邦　モンロビア
二〇〇七年五月二十三日　〇七〇四時

「われわれの石油備蓄量の最新の数字は、サコ？」

「現在の消費量で、七、八カ月分です」サコ・アティバ准将が、西アフリカ連邦ベレワ大将軍とデスクを挟んで向き合った席から答えた。「予定量より減っていますが、まだ配給を絞れると思います」

「そう手配してくれ」ベレワは、腹のあたりで手を組み、しかめ面で椅子の背を倒した。「それから、ガソリンおよびディーゼル燃料の窃盗と浪費は腐敗禁止指令により反逆罪と見なすことにする。違反行為はすべて特別法廷で裁く」

「正式命令書を作成してあります、大将軍」アティバが手帳をひらいて、きちょうめんにメモをとった。「ですが、石油に関しては、いい報せがありますよ」

ベレワは、参謀長のほうをはすかいに見た。「どんな報せだ？」

「コートジボワールとの密輸ルートです。すでに一日百バレル以上を、国境を越えて運び込んでいます。小舟を持っている地元の人間をもっと雇えば、来月には簡単に倍増できると、われわれの買い付け係は判断しています」

「コートジボワールの税関や国境警備隊と問題は起きないのか？」

アティバがにっこり笑い、制服の胸ポケットを叩いた。「問題はありません。心づけをもらってよろこんでいる警官がいるだけで」

「国連軍の哨戒は？」

「彼らには賄賂を使う必要もありません。フランスはずっと沖にいて、大きな船しか臨検しませんし、アメリカはもう一週間以上、ブキャナンの東には来ていません」

「では、アメリカはどこで作戦を行なっているのだ？」

「彼らの哨戒艇を見つけたときには、このモンロビアの沖に錨をおろした艀のまわりを哨戒しているか、ギニアとの国界あたりを見張っています」アティバは、無造作に肩をすくめた。

「たいがいの場合、故障を直すためにコナクリのビーチでぶらぶらしていますよ」

ベレワが、すこし眉を曇らせた。「われわれの哨戒艇の作戦には干渉してこないのか？」

「われわれがギニア沿岸で行動を再開してから、アメリカは二度か三度、要撃を仕掛けてきました。いずれの場合も、われわれの哨戒艇は要撃を避けて、なんなく逃げ切りました。国連基地内のこちらの諜報員からの情報によれば、アメリカのホバークラフトは重大な技術的欠陥があって、運用率はせいぜい五〇パーセントだということです」

「ひょっとして」ベレワは、執務室の天井のしみをじっと見つめてうめいた。

「なんですか？　そうではないと思われるような理由がありますか？」

「その可能性はある、サコ。考えてもみろ。アメリカ軍が最初にギニアに上陸したときのことを思い出せ。われわれの情報源によれば、アメリカ軍は戦闘準備がととのっていて、手強いということだった。それがどうして、いまになってそんな欠陥が出てくるのだ？　いや、そもそもそんな技術的欠陥が実在するのか」

「われわれのコナクリ攻撃の際に、やつらの指揮官が死にました。アメリカのニュースで報じられています」

「交替が来ただろう」

「ええ、それが女なんです」アティバは、低い笑い声を漏らした。「哨戒艇部隊の指揮は鶏の世話より難しいと痛感していることでしょう」

「いや、その女はちがう」ベレワが、荒々しく椅子を前に動かした。デスクの奥で立ちあがると、拳銃のホルスターの革を指で叩きながら、いらだたしげに歩きまわった。「その女のことは知っているんだ、サコ。現代の戦闘を真剣に研究するものはみな、アマンダ・ギャレットのことは知っている。注意しなければならない敵だ」

ベレワは、回れ右をして、ゆっくりとデスクのほうへひきかえした。立ちどまって、バルコニーのガラス戸の向こうを見やり、大海原の遠い水平線の青い線を眺めた。「あの女は、ライオンと豹のちがいを思い出させる」

「ライオンと豹？」アティバが、怪訝な顔できき返した。

ベレワがふりむき、参謀長の顔を見た。「ライオンが狩りをするとき、精いっぱい体を高くして、頭をもたげ、空に向かって吼えて、自分が獲物を探すことを世界中に告げる。いっぽう豹が狩りをするときは、丈の高い草のなかに横たわり、声を立てずじっとしているから、獲物は目の前に来るまで豹がいるのに気づかない。

だからといって、豹がライオンより臆病で危険ではないといえるか？　そうではあるまい。豹は非常に辛抱強いんだ。待ち、見守り、自分が攻撃するのにうってつけの瞬間を選ぶ。相手に前もって知られるようなことはしない。一か八かの勝負はぜったいにしない。情け容赦のない戦いをする」

ベレワは、ふたたび海を見つめた。「わたしの腹の底のなにかが、そこに豹がいると告げている」

移動海上基地フローター1
二〇〇七年五月二十三日 〇九一七時

いかにも重たげだが優美な姿のCH-53Fシースタリオン輸送ヘリコプターが、飛行甲板におりると、そのすさまじい重量に、飛行甲板を支える艀がいくぶん沈んでまた持ちあがった。エンジンの回転が落ちると、尾部傾斜板がおろされ、乗っていたものたちがおりてきた。

「海兵隊、降機！」弱まりつつあるタービン・エンジン三基のうめきよりひときわ高く、トールマン先任下士官（曹長）がどなった。「ローターに気をつけろ！　飛行甲板をおりて、主甲板に整列！」

ズックの雑嚢をかかえ、武器や戦闘用ハーネスなどの重い装備を身につけた、第六海兵連隊F中隊第一小隊の面々が、ヘルメットをかぶった頭をまわしてあらたな任地を眺めながら、身をかがめて飛行甲板を小走りに進み、梯子に向かった。

ヘリコプターの尾部傾斜板に立っていたストーン・キレイン大尉は、最後のひとりがおりるまで、のんびり周囲を眺めたりはしなかった。

身長一八八センチの海兵隊中隊長は、体と顔かたちのすべてが角張っていた。ハーフバックの肩がクォーターバックのウェストへとすぼまり、風雪を経た顔の頰骨は高く、鼻はまっすぐで、細い黒い目はやさしいときもあれば、瑪瑙のように冷たく光ることもある。

ストーン・キレインは、ハリウッド映画の尺度からすれば、けっして美男子とはいえない。だが、力強い率直な顔立ちとひょろりとした長身に目を留めて、頭のてっぺんから爪先まで眺めまわす女性が多いことに、本人も、いささか驚きをおぼえていた。

小隊の最後のひとりが離れてゆくと、キレインは飛行甲板と海と陽炎の立つ水平線を見まわした。なんとはなしにうめき、背嚢と抗弾ベストを片方の肩に担いだ。もういっぽうの手で、荷物を詰め込んだズックの雑嚢のストラップと個人装備として選んだモスバーグ・モデル590コンバット・ショットガンのストラップをまとめてつかみ、なんの苦もなくそれらを持ちあげて、梯子に向かった。

梯子をおりると、主甲板でひとりの上等兵曹が待っていた。「ゲレッティ中佐と臨時設営隊基地支援部隊からよろしくとのことです」敬礼しながら、上等兵曹がいった。「フローター1にようこそ。宿舎の用意はできています」

「ありがとう、チーフ」装備を置いて答礼しながら、キレインが答えた。「デヴェガ少尉と小隊のものたちを、宿舎に案内してくれ。それから、だれかにおれと先任の装備を運ばせてくれないか。おい、トールマン！　こっちへ来い！」

F中隊先任下士官のカルヴィン・トールマン曹長は、いかにも頑健そうながっしりした体つきの黒人だった。デトロイトの柄の悪い界隈の出身で、ジョージア州の田舎出身の中隊長とは、出自や生活環境がまるでちがう。だが、トールマンもキレインも、色はたったひとつ、海兵隊のグリーンしか存在しないと思っている。

「トールマン、TACBOSSのところへ出頭するとき、いっしょに来てくれ。それが済んだら、中隊の連中のところへ行って、なにをやる必要があるかを考える」

「アイアイ、中隊長」

「ギャレット大佐の宿舎にご案内しましょうか？」設営隊の上等兵曹がきいた。「慣れないとこの基地のレイアウトはわかりづらいですから」

「いや、結構だ。探してみる」

じつをいうと、キレインは自分ひとりで見てまわって、部隊の人間とあけすけな話をする機会がほしかった。


「で、中隊長、どう思いますか？」甲板にできたプレハブのちっちゃな村を抜けて大股で船尾へ向かうとき、トールマンがたずねた。海兵隊の伝統で、指揮官と先任下士官は、しごくざっくばらんなやりとりをする。

キレインは、答える前に、蔑みをこめて鼻を鳴らした。「櫂《パドル》がなくて汚い小川で動きが取れないっていう感じだな。おまえも陸であの話を聞いただろう。海軍の技術兵曹どもは、あのろくでもない揚陸艇の装備がまともに働くようにできないらしいじゃないか。おれたちは継ぎの〝臨時部隊〟および〝機動群〟と、右や左やどまんなかで衝突するだろうし、なにしろ国連が牛耳ってるから、おれたちがなにをやることになっているのか知らないが、国連総会でありとあらゆる連中が投票して、やることなすこと邪魔しやがるに決まってる！」

「おまけに指揮官が女性ときてる」トールマンがつけくわえた。「おれたちゃみんな手押し車に乗せられて地獄行きかもしれないが、すくなくともこっちはまともなやりかたをしてそうなるんだ」

　キレインは、にやにやしている曹長を、凶暴な目でちらと見た。仲間内でわめき散らしながら議論するとき、キレインはつねに、女が海兵隊の地上戦闘部隊の指揮官になることも含めて軍で着々とのしあがっていることに反対してきた。

　この新任の戦闘群司令アマンダ・ギャレット大佐が、栄誉ある勲章を受け、一部の人間のあいだでは英雄偉人のたぐいと見なされているという事実も、キレインの厳しい意見を変えさせることはできなかった。軍艦のＣＩＣ（戦闘情報センター）でボタンを押すのと、歩兵の戦場で泥まみれになるのとでは、雲泥の差がある――そうキレインは考えていた。

　ふたりがシーファイター群の区画に達すると、ひとりの水兵が士官用宿舎の方角を指差した。ほどなくふたりは〝戦闘群司令〟という表札のあるプレハブのドアの前に立っていた。なかから女性の低い声が聞こえる。

　キレインは、ケヴラーの戦闘用ヘルメットを脱いで、カーゴ・ポケットに入れてあった略帽を出した。「ここで待て、先任下士官《トップ》」低い声で指示し、略帽を叩いて形を直すと、濃い黒髪の上にぎゅっとかぶった。「おれたちがどんな弱虫の女を押し付けられるのか、この目でたしかめるとしよう」

　プレハブの一段だけのステップをあがり、ノックした。

「はいって」くぐもったアルトの返事が、エアコンのうなりに重なって聞こえた。

　キレインはドアの把手をさっとまわしてはいり、狭い居住スペースのかなりの部分を占めているデスクの前へ行って、気をつけの姿勢をとった。デスクの向こうの人物に対し、剃刀の刃のように鋭い正確そのものの敬礼をして、機関銃の連射のように言葉を放った。

「第六海兵連隊第二大隊F中隊ストーン・キレイン大尉、命令により出頭いたしましたーッ！」

相手は左手に受話器を持って耳に当てていたので、答礼はいくぶん略儀なものだった。「休め、大尉。ようこそ。ちょっと待ってくれる。すぐに済むから」

キレインは、それまでの背骨をぴんとのばした直立不動の気をつけとは一段階ちがうだけの、整列休めの姿勢をとった。視線を動かさないようにして、周囲の事物を目の隅で見てとった。

その狭い部屋は、オフィス兼宿舎にくわえ、作戦室としても使われている模様だった。地図、海図、航空写真が壁のいたるところに、ごちゃごちゃとセロテープで留めてある。そのあいだにコンピュータのプリントアウトもあって、なかに床まで届いているものもある。どれも鉛筆で注記が書き込まれ、何色ものマーカーで印がつけてある。なにもないのは、きちんとベッドメイクされた寝棚の上だけだが、そこも頭のほうに参考文献が積みあげてあった。

デスクにはファイルのバインダーが整然と積まれ、最新型の多機能大型電話機のそばに、インターホンと軍仕様のパナソニックのラップトップが、いつでも使えるように蓋をあけたまま置いてある。

もちろん、キレインはアマンダの顔を知っていた。最近の世界情勢にときどきしか興味を示さない向きでも、ドレイク海峡と中国沿岸で活躍したこのアメリカのヒロインの顔を知らないものはほとんどいない。赤茶色と琥珀色が混じった豊かな髪、炯々たる薄茶色の大きな目、そして、美しさをきわだたせるのに化粧でアクセントをくわえる必要のない優美な顔かたち。

だが、アマンダの放出する生まれながらの活気について、ニュースはなにも報じていなかった。キレインは断固としてこの新任の指揮官を好きにならないようにするつもりで入室したのだが、それに気づかずにはいられなかった。おまけに、べつに目立たせているわけではないが、やわらかな制服のシャツの下ではっきりと盛りあがっている固い乳房に、つい視線を吸い寄せられた。

キレインは頭に浮かんだ乳房の映像から自分の注意を荒々しく引き離し、電話に向かってアマンダが話していることに聞き入った。

「率直にいうけど、大尉」アマンダはいった。「そっちの補充スケジュールがどうだろうと、知ったことじゃないわ。小火器・重火器用の弾薬の割り当てをいますぐ増やしてもらいたいし、これからももっとたくさん必要になるのよ。ここでは大規模な実弾射撃訓練をしているのよ……整備要員が哨戒艇の予備の銃手をつとめられるように、交差訓練を施しているのよ……ええ、そうよ。一隻あたりすくなくとも三挺、軽火器のマウントを取り付けるつもりなの。だから、これまでの消費予定なんか、ぜんぶご破算にするのね……四半期ごとに訓練用の割り当てが定められているのは知っているわよ、大尉。その分を使い果たし、実戦用の予備まで手をつけているのよ……あらゆる種類がほしいの。NATO五・五六ミリ、四〇ミリ擲弾全種、一二・七ミリ。一二・七ミリはうんとこさほしい。M2重機関銃も二挺いる。全艦艇の弾薬割り当てを倍にする必要がある」

金色の瞳が、キレインのほうにちらりと向けられた。「いいえ、取り消す。いま、海兵隊が到着したの。三倍にして……そうよ。三倍にするのよ！　空輸するのよ。船で運んでくるのを待ってるひまはないんだから」

表情はそのままだったが、キレインは心のなかで眉をひそめた。訓練用の武器弾薬をむりやり余分にもらうときに、自分も兵站係軍曹とこの手のいい合いをしじゅうやっている。これは銃をじっさいに撃つ人間の物言いだ。

相手の返事に、アマンダは明らかに納得していないようだった。黒い眉毛が寄って、ひどく冷たい口調になった。「それはそっちの問題よ、大尉。あなたがストタード大佐に話したければ話せばいいし、大佐がマッキンタイア提督に状況を話したければ話せばいいじゃない。わたしは駆け引きなんかしないのよ。さっさとやりなさい！」

受話器を叩きつけ、キレインに注意を戻した。つかのまの怒りは、現われたとき同様、たちまち消えていた。デスクの奥に立ち、キレインのほうに手を差し出して、乾いた手でしっかりと握手を交わした。

「ごめんなさい、大尉。兵站の連中と決着をつけておかなければならないことがあったのよ。わたしがアマンダ・ギャレット大佐、あなたの戦域ＴＡＣＢＯＳＳよ。あなたたちが来てくれて、ほんとうによかった」

「ありがとうございます」キレインが、しゃちほこばって答えた。「最初の小隊と、たったいま乗艦したところで――」

「中隊の残りは、まだコナクリにいるの？」アマンダが、すかさずきいた。

「ええ。すぐに来させ――」

「すばらしい！　話を終えたら、基地に電話を入れて。二個ライフル小隊はここへ来させ、一個火器小隊はコナクリに残して。そっちには特別な仕事があるから」

「特別な仕事、ですか？」キレインは、最新の情報から取り残されている心地がした。

「そう。早急に着手しなければならないきわめて重要な任務よ。状況を説明するわ」

アマンダはすばやくデスクの奥から出てきて、壁に貼られた英国海軍本部製のアフリカ黄金海岸の海図の前に行った。わき目もふらず歩くときに体が触れ合いそうになり、キレインはおたおたして二歩ほど下がった。

「いいわね」アマンダは、きびきびとつづけた。「われわれは、二カ所に気球哨戒位置を確保した。ギニア・イーストは、このギニアと西アフリカ連邦の国界付近、ギニア・ウェストはギニアとギニアビサオの国界付近」

指先で海図をなぞっていった。「その間のギニア沿岸は、完全にレーダーの覆域に収めている。問題は、われわれの気球母艦が、T－AGOS（音響測定）艦を改造したものだということなの。速力が遅いし、目につくし、沿岸に近いところで作戦を行なっている。運用しているのは海軍補助部隊だから、武装していない民間人が乗り組んでいる。ボグハマーの襲撃には格好の的よ。そこであなたの重火器小隊が必要になってくる」

「わたしの小隊が？」キレインは、すっかりわけがわからなくなっていた。

「そのとおり。あなたの重火器小隊をふた手に分けて、二個海上防衛チームをこしらえ、気球母艦二隻に乗せる。あなたたちの持ってきた武器は？」

キレインは、頭のなかのギアを入れ替えるのに苦労した。「擲弾・ロケット分隊は、標準装備のMk19四〇ミリ自動擲弾発射器とSMAW（携帯発射多目的強襲ミサイル）です。海上の臨検や警戒には迫撃砲は必要ないでしょうから、迫撃砲手には六〇ミリ軽量迫撃砲ではなくマ・デュース五〇を持たせましょう――M2重機関銃のことです」

「たいへん結構、大尉！　申し分ないわ。重火器小隊は、コナクリに……そう、あさってまでいてもらいましょう。そのあいだに休息し、任務に必要な装備をととのえる。それから、夜間、気球母艦にヘリで空輸し、ファースト・ロープ（懸吊器具をまったく使わず、消防士がポールをすべりおりるように下降する方法）させる。母艦が補給のためにコナクリに戻るときは、またこっそり引き揚げさせればいい。警備チームの存在を隠しておけば、敵の不意を討つことができる」

「たしかに、マーム」キレインは、同意するしかなかった。アマンダ・ギャレット大佐が不意討ちの名人であることはたしかだ。

みぞおちの上で腕を組み、神経を集中して唇を噛みながら海図を睨み据え、アマンダは語を継いだ。「それでひとつ片づいた」ややあって、ふたたび口をひらいた。「つぎはライフル小隊よ。時差ぼけを起こしているから、慣れるまで時間が必要なのはわかっているけど、いつ作戦行動をはじめる用意ができるかしら？」

「任務の様態によりますね」勝手がわかっている領域に戻ったのでほっとして、キレインは即座に答えた。「なにをやるんですか？」

「継続的な上陸縦深偵察」

アマンダが、ふたたび地図を優雅な仕種で指し示した。今回は、シェラレオネとリベリアだけではなく、ギニアも含まれていた。「問題がひとつあるのよ、大尉。作戦区域は一三〇〇キロメートルにおよぶ海岸線だし、あなたの百六十名と、わたしのエアクッション哨戒艇（砲）三隻と高速哨戒艇二隻で、両面作戦を行なわなければならない。ギニアが西アフリカ連邦の海上からの襲撃によって被害をこうむらないように守るとともに、コートジボワールからの沿岸密輸を断ち切らなければならない。国連の禁輸を、西アフリカ連邦はそうして突破しているのよ」

アマンダは、キレインの顔をちらと見た。「実質的に、東と西の両方で戦争をやっているけれど、同時にその両方を戦うのは無理なの。それにはまるで資産が足りない。ふつうの戦いかたでは、ということよ」

キレインは、つい釣り込まれて興味をおぼえた。「では、どうやるんですか、マーム？」

「問題点を切り分け、林檎をひと口ずつかじる」爪の先で地図の透明なビニールの覆いを叩き、ギニア沿岸を示した。「われわれが最初にやることは、ギニア領内沿岸部の西アフリカ連邦秘密基地網の破壊よ」

「西アフリカ連邦がギニア領内に海軍基地を？」

「小舟の隠し場所といったほうがいいでしょうね。小規模な隠匿繋留所が、沿岸の人里離れた場所にあるのよ。西アフリカ連邦のボグハマー群が、襲撃の際に休憩と補給に使っている。西アフリカ連邦の特殊部隊もギニアの奥深く侵入するときにそこに上陸して補給を行なっていると、われわれは睨んでいる。それらの舟艇隠匿所を叩きつぶせば、西アフリカ連邦の侵入作戦に大きな打撃をあたえられる。うまくすると、彼らが失っては困るような装備や人員を損耗させることもできるかもしれない」

「場所は突き止めたんですか？」海図を見ながら、キレインがたずねた。

「もうすこしでわかるわ」アマンダが、謎めいた笑みを浮かべた。「わたしたちが笑いものになっているのは知っているわね」

「その、哨戒部隊はまだまともに働けていないみたいですね」キレインは、そんな如才ないいかたをしたのが、自分でも不思議だった。

「それでいいのよ。じつは、ここ数週間、アメリカ海軍の現役部隊でも最低のぼんくらに見せかけようと、一所懸命やっていたんだから。装備の故障をよそおったり、要撃でへまをしたり、哨戒を中止したり、とにかく地元民や西アフリカ連邦の情報機関にできるだけ無能だと思われるように、ありとあらゆることをやってきたの。それが効を奏しているみたいね」

キレインは、腰に手をあげた。「どうしてですか？」合点がいかず、質問した。

「西アフリカ連邦海軍は、わたしたちを怖がらなくなっている。コナクリ基地攻撃以来、国連の海上封鎖がはじまってから、西アフリカ連邦は沿岸部での作戦の規模を縮小しているのよ。攻撃する前にこちらの即応態勢を推し量っているというのが、情報班の分析なの。だから、能力がきわめて低いように見せかけているわけ。西アフリカ連邦の作戦のピッチが速くなっているところをみると、三馬鹿大将の演技がまともに受けとめられているようね。襲撃が行なわれるたびに、で、ボグハマー群は、ふたたびギニア沿岸を荒らしまわっている。TACNET無人偵察機がボグハマーを中間準備地域まで追跡する」

地図のギニアの海岸線に沿う、点々と書き込まれた真っ赤な丸を示した。「舟艇隠匿所を四カ所、すでに照準に捉えている。あと二カ所ほどあるはずなの。そこであなたたち海兵隊の出番なのよ、大尉。地形を偵察し、そこがまちがいなく西アフリカ連邦の縦深侵入攻撃拠点であることを確認し、そこにいつ人員が配置されるのかがわかるように、遠隔操作の人間感知装置を設置する。それをすべて気づかれないようにやるのよ。できる？」

キレインが、きっぱりとうなずいた。「できます。命令してくだされば。つぎの行動は？」

「つぎは、大尉、西アフリカ連邦の装備・補給品・人員の被害が最大になるタイミングを見計らい、一度の調整攻撃で隠匿所をすべて破壊する」しゃべっているうちに、静かな猛々しさが声にこめられていった。「ベレワとその一味は、しぶとく、抜け目なく、適応力が高いという、もっぱらの評判よ。まあ、適応するひまをあたえないようにしましょう。一発で基地網を叩きつぶせばいいのよ」

キレインは、まるで海兵隊の流儀そのもののそんな言葉を聞こうとは、夢にも思っていなかった。「しっかりした攻撃案のようですね」と、用心深くいった。「ですが、今回の航海でわたしの部隊が陸上作戦を行なうことになるとは、予想していませんでした。任務ブリーフィングでは、われわれがギニアの領土で作戦を行なうことを承認されているのかどうかが、曖昧なままでした」

アマンダは、皮肉るように片方の眉をあげた。「わたしも曖昧なのには気づいていたわ。だから、この仕事を終えるまでは、あえてそれをはっきりさせないように気をつけているのよ。そうすれば、この任務案のことで権限を拡張しすぎたと叱られた場合、ぽっと頬を染めて、〝わーお、交戦規則をまちがえちゃった〟といえるから」

アマンダは海図から向き直って、キレインと相対し、強い視線をまっこうから受けとめた。

「心配しないで、大尉。行動を開始するときは、書面にした命令書にのっとって作戦を実行してもらいます。この作戦に関して、公式に砲撃されるときは、わたしがすべてそれを受ける。汚いいいかたをすれば、わたしの部隊では、くそは低いほうには流れないのよ」

「心配なわけがないでしょう、マーム」キレインが、ぶっきらぼうにいった。冗談じゃない。こんな一七〇センチそこそこの痩せっぽちのくそ美女に、守ってあげるなんていわれてたまるか。

アマンダは、真剣な気持ちのこもった笑みをキレインに向けた。「わかっているわ、大尉。でも、わたしのやりかたを、まず最初にはっきりさせておきたいのよ。とにかく、あなたはやることがいっぱいあるから、これぐらいにしましょう。いま話し合ったことのうち、急を要することだけ片付けて、隊員に準備をさせて。夕食のときに士官用食堂で会い、そのあと運用群の会議が二〇〇〇時にある。あなたたちは機動群の他の指揮官連中とそのときに会えるし、任務オリエンテーションをそこでひきつづきやればいい。あなたたちの知恵を借りたいのよ」

「はい、マーム。ありがとうございます」

宿舎のプレハブに寄りかかっていたトールマン曹長は、キレインがドアから出てくるとまっすぐに立った。キレインが愕然とした顔で考え込んでいるのに、トールマンは気づいた。

「そんなにひどいですか？」トールマンはたずねた。

「先任《トップ》、ふたつだけ、いえることがある」キレインが、しばし考えてから答えた。「ひとつは、こいつがおもしろい航海になるということだ。もうひとつはだな――」オフィスのドアのほうを親指で示した。「――あれが弱虫の女じゃないってことさ」

移動海上基地フローター1
二〇〇七年六月四日　〇六三二時

「われわれがギニアで目にしているのは、国防総省がいつものようにハイテク機器に頼りすぎている顕著な例でありましょう。壊れやすい複雑なシステムを寄せ集めて現場へ送り込んで、訓練不足で規律のなっていない高校生の手にゆだね、どうしてうまくいかないのだろうと不思議がっているのであります」

ビデオに録画したCNNの時事解説番組〈今日の防衛〉で、アメリカ軍の政策をあげつらうジャーナリストを新しい職業に選んだ年配の元陸軍特殊作戦部隊士官がしゃべっていた。

「では、大佐は」司会者が、如才なく水を向けた。「海軍の新鋭シーファイター戦隊の即応性と信頼性についてコナクリからはいってくるニュースは、まちがいないとお考えなのですね？」

「このバック・ロジャーズ物の漫画にでも出てきそうなホバークラフトが、海軍一流の無駄使いでしかないという話は、最初から申しあげていたように思います。海軍もそれをわかっていて、びくびくしているんです。だからこそ、現代のワンダー・ウーマン、アマンダ・ギャレットにシーファイター戦隊を指揮させ、好意的な世評を煽って、この大失敗をごまかそうと思ったのでしょう。しかし、彼女でさえ、これをまともなものにするのに苦労して……」

アマンダは、リモコンのボタンを押して、録画した衛星放送を消した。「首尾は上々よ、みなさん。二週間かけて評論家連中にこういうことをいわせるのに成功した。気の毒にベレワはこういう連中のいうことをよく聞いているのよ。つぎはわれわれの手で、この評論家たちが馬鹿に見られるようにしてやろうじゃないの」

ブリーフィング・ルームに忍び笑いが小波のように広がった。狭い部屋は、戦闘群の幕僚、シーファイターおよびサイクロン級高速哨戒艇の艇長と先任将校、キレインと主だった海兵隊員、TACNETシステムの先任システム・オペレーターなどで、すし詰めの状態だった。中央の狭いテーブルに向かっているものもいれば、壁に寄りかかっているものもいる。全員が注意を集中し、じっと待っていた。

アマンダは、壁に埋め込まれた平面モニターから離れ、その横の昔ながらの黒板に向かった。そして、すらすらとチョークでそこに書いた。

兵力の突出
兵站線となる海上交通路《シーレーン》の維持
現存の艦隊の維持

「これは西アフリカ連邦海軍が現在行なっている三つの典型的な海上任務よ」アマンダは肩ごしにしゃべりながら、説明をつづけた。「兵力を突出させて敵と戦い、兵站線のシーレーンが通れるようにし、艦隊が戦略的脅威の役割を果たすように堅持する。西アフリカ連邦がこれらの任務を実行できないようにすれば、われわれはうちに帰れる。今夜はその第一歩になる……これよ」

〝兵力の突出〟という言葉を、決然と一本の線で消した。

ふたたびリモコンを操作し、壁のモニターに任務地図を呼び出した。腰に手を当て、一同のほうを向いた。

「諸君、状況はわかっているわね。ＴＡＣＮＥＴと海兵隊の縦深偵察によって、ギニア沿岸に西アフリカ連邦が設置した舟艇隠匿所六カ所の存在と位置が確認された。三カ所は規模が大きく、あとの三カ所は小さい。われわれは六カ所すべてを破壊する。ひとつ残らず」

平面モニターに、つぎのブリーフィングの内容が表示された。六カ所の攻撃目標の周囲に、明滅する目標指示アイコンが現われる。「規模の大きい隠匿所三カ所のうち西寄りの、コンポニー川のＬ《ラージ》１と、ヴァルガ岬のＬ２は、〈シロッコ〉と〈サンタナ〉の各一個海兵強襲小隊によって掃滅する。規模の小さい三カ所、コンフリクト礁のＳ《スモール》１、マルゴドゥアビソのＳ２、モルバヤ川のＳ３は、それぞれ一個海兵分隊が乗ったエアクッション哨戒艇（砲）によって叩きつぶす。

攻撃第一波は、同時に突入するように時間を調整するか、戦術的状況に応じて、できるだけ時間のずれがないように行なう。サイクロン級高速攻撃艇二隻——〈シロッコ〉と〈サンタナ〉は、フローター１を〇九〇〇時に発進する。エアクッション哨戒艇（砲）三隻は、一五〇〇時に発進する。全艇ともに日没後に陸地を確認し、二二〇〇時に急襲進発点に到達する。上陸部隊は、その時刻に出発する。

六カ所の急襲すべてをリアルタイムで把握する偵察用の資産はない。しかしながら、L三カ所はプレデター無人偵察機を上空に配置するし、ほかの場所も、予定急襲時刻から一時間以内に、まちがいなく目標地域を無人機が通過するように手配する。

攻撃第一波が突入したあと、シーファイターが急襲分隊を回収して、隊伍をととのえ、最終目標であるフォレカリア川のL3を目指し、夜明けとともに掃滅する。最終的な作戦の詳細については、艇内の任務データモジュールやブリーフィングのハードコピーを参照するように。なにか質問は？」

「はい、マーム」ジョージアなまりのバリトンが響いた。奥の壁に寄りかかっていたストーン・キレインが背すじをのばしたとき、アマンダはべつだん意外には思わなかった。海兵隊の士官たちはブリーフィングのあいだ立ちっぱなしで、ジャングル用の濃い色の迷彩が、部屋の奥に固まっていた。

「司令に申しあげたいのですが、L3は三カ所の隠匿所のなかでもっとも東にあり、ギニアと西アフリカ連邦の国境から五〇キロと離れていません。もし隠匿所のいずれかが警報を発したら、L3は兵営を引き払って逃げる公算が強いのではありませんか。第一波でL3を叩き、つづいてあとの隠匿所をやれば、敵が逃げなければならない距離は長くなるし、われわれの部隊は敵と国境のあいだの格好の要撃位置にいるわけです。任務計画の会議でも申しあげたと思いますが」

アマンダは、キレインの視線をまっすぐ受けとめた。「たしかに聞いたわ、大尉。しごくもっともな意見よ」

居心地が悪くなるくらいに、沈黙をしばらくはぐくませておいてから、アマンダはブリーフィング・ルームの他の士官たちにも目を向けた。「海兵隊が地上に設置した遠隔操作式の感知装置のおかげで、西アフリカ連邦軍が舟艇隠匿所のうちの四カ所にいることが判明している。好都合ね」

アマンダは、声をいくぶん大きくした。「敵と交戦するときはつねに、兵力や武器を持っていると高くつくことを思い知らせなければならない。われわれに敵対すれば、そういうものを維持できなくなるほどの損害をこうむると、西アフリカ連邦にわからせてやる必要がある。われわれは敵の隙を見逃さず、ありとあらゆる手段で攻撃する。われわれに対する恐怖を植え付けるのよ！　さあ、片をつけましょう！」

モルバヤ川の河口
二〇〇七年六月四日　二二四七時

水のなかを静かに歩くのにはコツがある。まず、脚を動かすときにバシャバシャ音を立てないように、腰まで浸かる必要がある。それから、ほんとうにそろそろと動く。歩幅は小さく、重心が体のまんなかになるようにする。足場がしっかりしているとわかるまでは、前に踏み出した足を置いたところを信用してはいけない。

こうしたことが、ＳＯＣ（特殊作戦能力）を有する海兵隊員には、自然に身についている。

ストーン・キレイン大尉は、つかのま足をとめた。かけていた暗視ゴーグルを持ちあげて、裸眼であたりの光景を見ようとした。

真っ暗だ。深夜にジャングルの樹冠の下にいるときに特有の漆黒の闇。その暗闇が、手でさわれる固体のように思えた。どこかそう遠くないところに焚き火があるはずだが、まだわからない。キレインはふたたびゴーグルをおろした。

こんどは見えるようになった。といっても、鈍く光るグリーンの濃淡にすぎない。ＡＩ２（最新型画像増幅装置）暗視ゴーグルは、頭上の葉叢を透かしてわずかに届く星明かりを増幅して、あたりが見えるようにする。画像はぼやけているが、ゆるやかに潮の流れる沼のような水路と、それを覆う巨大なマングローヴの節だらけの幹を見分けるのには、じゅうぶんに役立つ。

キレインは、一列になってつづいている急襲分隊の部下十名のほうをふりかえった。五メートルの間隔でゆっくりと水のなかを歩いている海兵隊員たちは、控え銃《つつ》にした武器をいつでも撃てるそなえでいる。

緑がかった白の明るく光る球体を、ひとりひとりが右の肩につけ、まるでこの水路を案内するティンカーベルほどの大きさの妖精を手に入れたように見える。夜間の戦闘であやまって同士討《ブルー・オン・ブルー》ちすることのないように、IFF（敵味方識別）スティックと呼ばれる、化学物質によって特定の波長の光を放つものを、装備で重いハーネスに留めてある。発しているのが赤外線なので、肉眼では見えず、AI2を通して見えるだけだ。

抗弾ベストや弾薬などの装備が重く、海兵隊員たちは身をこごめていた。キレインの装備は、標準的なものだった。四発入りの弾薬ケースを銃床にストラップで留めたモスバーグ590コンバット・ショットガン、重さが四・五キロのインターセプター抗弾ベスト、迷彩をほどこしたKポット・ヘルメット。MOLLE（モジュラー軽量装備装着）ハーネスには水筒、十六発入りのショットガン用弾薬パウチ三個——フレシェット・ショット（矢弾）とスラッグ・ショット（一発弾）をおなじ比率で入れてある——M9ベレッタ・セミ・オートマティック・ピストルと十五発入りの弾倉四本、M7銃剣、カーバー戦闘ナイフ、ファーストエイド・キットのパウチ、予備の電池、手榴弾四発、とりどりの信号・照明弾や発煙筒」

糧食や、シェルターは持たない。今夜は身軽な旅をする。

また、電子機器もある。暗視ゴーグルにくわえ、キレインは煙草のパッケージくらいの大きさの戦術無線機を、ヘルメットに固定していた。この小さなAN／PRC6725Fユニットのイヤホンとブームつきの小さなマイクを使って、分隊のあいだで無線連絡を行なうことができる。

もうひとつの無線機、SINCGARS（単チャンネル地空無線システム）PRC6725レプラコーンは、ハーネスに取り付けられ、6725Fユニットとおなじヘッドセットと接続されている。この重量一・四キロの大きな無線機は、シーファイターの指揮チャンネルにつながっている。

無線交信規律が厳格に守られていた。分隊のチャンネルから聞こえるのは、油断なく神経を張り詰めている十人の男の低い呼吸の音だけだ。

キレインは、ふたたび前方を向き、進みはじめた。頭の奥でこまぎれの雑多な思念が落ち着きなく動きまわっていたが、任務に神経を集中しているので、ただの背景として無視されていた。

それにしても、この新型のAI2ゴーグルは、昔の暗視ゴーグルとくらべると、格段の進歩だ。軽くなり、視程と視野がはるかに広い。とはいえ、ほんものの光があって、裸眼で見られれば、それにこしたことはない。

右足……とまる……左足……とまる……マングローヴの根に気をつけろ！　ぜったいに足を乗せるな。水路の深いところへ行かなければならないとしても、泥の底だけを踏むようにしろ。前を進む分隊長の軍曹と路上斥候を見ているんだ。手ぶりに注意しろ。穴があるという警告のささやきに耳を澄ませ。

右足……とまる……左足……とまる……ここは海水だから、環境ブリーフィングで注意された住血吸虫の心配はいらない。蛭はどうだ？　蛭はこのあたりの海水にもいるのか？　くそ！　ブーツの上とズボンの前をテープでふさげばよかった。もう心配しても間に合わない。

右足……おっと！　滑りやすいぞ！　とまる……左足。肩が痛い。ショットガンのやつが重くなってきた。ひとりで粋がるのはやめて、みんなとおなじようにM４カービン（M16自動小銃を短く軽量にしたモデル）を持つべきかも知れない。それもいまはどうでもいい。パトロールの肝心な注意点に神経を集中しろ。鋭敏になれ、ストーン。もうじきだ。

　分隊長の軍曹が片手をあげる停止の合図をした。キレインのほうを向いた。大きなガラスのついたゴーグルのせいで、昆虫型ロボットが人間の服を着ているように見える。キレインは、そこへ近寄った。ふたりは、ヘルメットをくっつけるようにして、ささやき声で話した。

「あとどれぐらいだ？」

　軍曹と分隊の面々は、前にここに来ている。この舟艇隠匿所と周囲を偵察したのは、彼の分隊だった。

「この水路をあと数百メートル遡ります、中隊長。そこから陸地を挟んで五〇〇メートル東です」

「よし。これまでは順調だったな」

　そのとき、泥水の水路の五、六メートル離れた向こう岸で、打ちあげられた丸太のように見えていたものが頭をもたげ、のそのそと彼らのほうへ這ってきた。

「くそ！」

ささやき声でも悲鳴はあげられるものだ。

背の高い人間の身長の倍はある鰐が、岸からおりてきて、ごつごつした背中で濁った水が小さな波を立てた。暗視ゴーグルの可視光線のなかで、鰐の目が白い鬼火のように光った。

軍曹が、サイレンサーつきのヘッケラー＆コッホMP5サブ・マシンガンを、さっと構えた。キレインもそうしようとしたが、消音器のないショットガンの発射音は、雷鳴のように水路を伝わっていくにちがいないと気づいた。モスバーグ590を左手に持ちかえると、右手でカーバー・ナイフを鞘から抜いた。

おなじ水陸両用の捕食者である鰐と人間たちは、しばし睨み合っていた。やがて、形勢不利と判断した鰐が、そのままの位置で一八〇度方向転換をして、瘤のようなマングローヴの根を乗り越えて姿を消した。

キレインと軍曹は、溜めていた息を、音がしないようにそっと吐き出した。

「大尉はターザンですか？」夜陰のなかで白い歯を光らせ、軍曹がいった。

キレインは、ナイフを鞘に戻した。「ターザンくそ食らえ」不機嫌にいった。「おれチーター」

「〈カロンデレット〉より報告あり。コンフリクト礁の隠匿所S1を占領確保したとのこと」

クリスティーン・レンディーノが、フローター1からの通信連絡網で報告した。「情報による予測どおり無人。敵との交戦の報告はなし。糧食、少量の軍補給品、ガソリン五〇ガロン（一九〇〇リットル弱）を鹵獲《ろかく》。雑多な書類も押収。クラーク大尉はつぎの指令を待っています」

「簡単だったわね」アマンダが、ヘッドセットのマイクを使い、小声で応答した。「〈カロンデレット〉上陸チームに、隠匿所をビデオで詳細に撮影してから破壊しろと伝えて」

声をひそめなければならない理由があるわけではなかった。シーファイターは、マングローヴの海岸線の五〇〇ヤード沖の浅瀬で定位置を維持している。それでも、音をたてたくないという気持ちは強かった。

「〈カロンデレット〉チームを離脱させ、〈クイーン〉と〈マナサス〉を支援する位置につけて」アマンダが、さらにいった。「クラークに早く仕事を片付けろと伝えて。いまから、彼らがわれわれの予備兵力よ」

「了解。指示に従います」

アマンダは、〈クイーン〉のコクピットの狭い航海長席に座り、自分の旗艦の任務にくわえて機動部隊全体の任務の現況についても抜かりなく掌握しようとしていた。

コクピットの照明とモニターの輝度は最低まで落とされ、風防の向こうの漆黒の闇は、じっとりと湿ったヴェルヴェットのように手でさわれそうだった。前のスティーマー・レインとスノーウィ・バンクスのシルエットが、どうにか見える。発泡スチロールとケヴラーでできている救命胴衣と抗弾ベストの両方の働きをする戦闘ベストとKポット・ヘルメットを身につけているごつい格好で、ふたりはひとことも漏らさずじっと席についている。上ではコクピットの兵装架を受け持つテホア上等兵曹が、大きなブローニング連装機銃のうしろの位置についている。あいたハッチから、わりあい涼しい夜気が、ほんのわずかではあるが吹き込んでくる。

「コンポニー川の〈サンタナ〉の現況は?」

「隠匿所L1も占領確保されました」クリスティーンの声に、ほんのすこしよろこんでいる気配が感じられた。「〈サンタナ〉は戦果をあげました！　哨戒艇はありませんでしたが、兵員がいました。ゲリラ三名を捕虜にし、銃撃戦で一名を斃《たお》しました。味方に死傷者はありません。ガソリン四〇〇ガロン（約一五〇〇リットル）、書類、大量の糧食、装備、武器を鹵獲しました。急襲チームの指揮官の報告によると、一個小隊以上に割り当てられる分だそうです。周辺防御を確立したので、夜が明けるまでビーチにいて、付近に補給品の隠匿所がないかどうか、探したいとのことです」

「承認する、クリス。このチームは監視員にする。〈サンタナ〉およびその海兵小隊は、ギニア政府軍が交替するまで、位置を確保すること。〈シロッコ〉と〈マナサス〉チームは？」

「まだ位置についている段階です。まもなく準備がととのうでしょう。無人機で監視している隠匿所には、いまのところ異常な動きは見られません。変則的な無線交信もありません。まだ順調に進んでいるようですよ、ボス・マーム。まだばれていません」

「受信した、フローター。任務計画どおり作戦を続行せよ」

「了解。フローター通信終わり、無線封止に戻る」

クリスティーンとの交信が終了した。

だが、それとほぼ同時に、べつの送信IDが通信パネルのディスプレイに表示された。指揮ネットに接続されているべつの送信機からのデジタル信号が呼びかけているのだ。

アマンダは、ジョイスティックでそのチャンネルのアイコンを選択し、親指でボタンを押してひらいた。「こちら王族《ロイヤルティ》。どうぞ、飛び鯊《マッドスキッパー》」

「水路の起程点と思われる場所にいる。これから陸地を越える。位置確認を要請する」

キレインのささやき声は、通信システムによって自動的に増幅され、歯擦音が強くなっていた。

「スタンバイ（こちらから呼ぶまで送信するな）、マッドスキッパー。いま確認している」アマンダは、戦術ディスプレイの画面に注意を向けた。

前の偵察の際に、西アフリカ連邦の舟艇隠匿所へ接近する好都合なコースがふたつあることがわかった。ひとつは海からで、狭い水路がマングローヴの茂る沼にはいりこんでいる。〈クイーン〉はちょうどその水路の口の沖合いにいる。

陸地にあがると、ぬかるんだ雨林のなかの自然の土手道伝いに、曲がりくねった狭い小径が入江の奥の丘に向けてのびている、

その最後の数十メートルは、方向性地雷と機関銃陣地によって守られている。

〈クイーン〉急襲部隊の立てた計画は、その入江の五〇〇ヤードほど西を平行にのびているべつの狭い水路を遡るというものだった。その水路から上陸し、西アフリカ連邦の舟艇隠匿所の裏側に出る。そして、マングローヴの茂みを突破し、防御されていない側面から基地を叩く。

ストーン・キレインのＳＩＮＣＧＡＲＳ無線機は、統合全地球測位ユニットの回路を内蔵している。アマンダは、暗号化されたマイクロバースト通信のデータリンク経由でそのユニットにアクセスし、上陸チームの位置をダウンロードした。ほどなく味方のユニットのアイコンが戦術ディスプレイに表示され、〈クイーン〉の航法システムが海兵隊チームの位置を作戦データベースと照合した」

アイコンの位置は、地図上の正しい位置と一致していた。キレインと部下たちは、目当ての位置にいる。

「マッドスキッパー、そちらの位置を確認した」アマンダが応答し、展開した全部隊の精確な位置を知ることができるという指揮官にとって贅沢な状況に満足をおぼえた。「目標の方位は〇八七。くりかえす、〇八七。距離は四九〇メートル」

「受信しました、ロイヤルティ。出発します」

「幸運を祈る、マッドスキッパー」

音声での応答はなく、送信スイッチを二度入れるカチカチという合図が返ってきた。

アマンダは身を乗り出し、スティーマー・レインの肩に触れた。「最終接近を開始する。さあ、わたしたちを連れていって」

レインはうなずいた。電動推進ポッドのスロットルを押し、操作ダイヤルに手を置いた。〈クイーン・オヴ・ザ・ウェスト〉は、音を立てない電動推進方式で、水路の口にずんぐりした艇首を向け、亡霊のようにすうっと前進をはじめた。

スノーウィ・バンクスが、ヘッドセットのマイクに向かって低くつぶやいた。ふだんの明るく落ち着いた声が、いくぶんかすれている。

「全部署に告ぐ。これから水路を遡る。全銃手、兵装安全解除。くりかえす、全銃手、兵装安全解除」

頭上では、テホア上等兵曹が、二挺のブローニングのコッキング・レバーを引き、ベルト式給弾の最初の弾薬を薬室に送り込んだ。レバーを離し、遊底《ボルト》を前進させる。機銃の発射準備をするガチャ、ガチャッ！　という音が、生暖かい闇のあちこちから聞こえてきた。

訓練の行き届いた重武装の兵士たちは、驚くほど静かに密生した藪のなかを進んでいった。装備はすべてストラップを固く締め、あるいはテープで固定してある。ひっかかったりからんだりするようなものは、なにもない。ライフルの銃身で前を探り、枝や蔓は折れないようにそうっと曲げてどかす。ブーツはほんとうにゆっくりとおろして、地面の突っ立った小枝一本の抵抗も感じ取れるようにする。もちろん、棘にひっかかれたり、虫に食いつかれたり、ジャングル特有のべとべとの物体がへばりついても、声を出してはいけない。

そうやって音を立てずに進むのは、非常に疲れる。数百メートルの藪をこんなふうにそろそろと進むときの筋肉と神経の緊張の度合いは、七、八キロの道路を行軍するのと変わらない。

樹木など地上の遮蔽物がしだいに減り、沼のような水路の底が、泥とマングローヴではなく、固い地面になったことに、ストーン・キレインは気づいた。攻撃目標――西アフリカ連邦の舟艇が隠されている小島に着いたのだ。

頭上の空からの周辺光が増え、暗視ゴーグルの視程が広がっていた。さらにべつの光源もあった。木立のあいだにちらちらと揺れる白い明かり。焚き火だ。

敵がそこにいる。

分隊長の軍曹に指示を下す必要はなかった。軍曹はリップマイクに命令をささやき、側面の兵士を呼び寄せると、縦隊を小規模な戦闘隊形に配置した。四人編成の三個火器チームのうちの一個が離脱し、陸路から島に近づくルートを守っている機関銃陣地の方角へ向かった。砂に描いた地図とコンピュータのディスプレイで、急襲隊はこの動きを何度となく予行演習している。いまはそれを実行するだけだ。

体を低くしろ！　遮蔽物を使え！　背中を丸めて、藪から藪へとアヒルのように小走りに進む。蛇のように腹這う。薬室に弾薬を送り込む。安全装置をはずす。引き金に指をかける。

あたりの様子を見ろ！　歩哨はいないか。蛸壺や狙撃兵の隠れる穴はないか。自然界にはない直線があれば、それは地下壕から突き出している銃身だ。

下を見ろ！　前の地面をそっと指先でなぞれ。仕掛け爆弾《ブービー・トラップ》か地面に仕掛けた照明弾の細いトリップワイヤか地雷の突起が、かすかに感じられないか。

上を見ろ！　木の上に注意しろ。マングローヴの節だらけの幹は、狙撃手が隠れるのにうってつけだ。

息をしろ！　深く静かにゆっくり呼吸して、体から疲労の毒素を出し、五感を研ぎ澄ませ。

キレインと軍曹は、森の地面が腰ぐらいの高さまで盛りあがっているところに近寄った。そばへ行くにつれて、プラスティックのリボンとネットでカムフラージュした防水布が、はっきりと見えるようになった。キレインがその下に手を入れると、積みあげてある五ガロン入りのドラム缶の金属面に触れた。防水布の下から、燃料のにおいが漏れてきた。

ふたりはなおも前進した。数メートル行くと、基地の中心部が目にはいった。

軍事施設としては、たいしたものではない。斜めの屋根に柱を立てたちっぽけなシェルターが、地面を掘ってこしらえた小さな炉を、半円形に囲んでいるだけだ。この基地の主体は周囲の森のあちこちに隠された補給品や装備で、西アフリカ連邦の兵士や水兵が休息し、補給を受けられることが重要な意味を持っている。いわばこの隠匿所は安息の地で、戦士たちは仲間のあいだで、つかのま警戒を解くことができる。

西アフリカ連邦のゲリラたちは、気の毒なことに油断しすぎていた。海岸に点々とあるこうした砦は攻撃にさらされたことが一度もなかったので、夜の闇から脅威が忍び寄るとは考えもしないようになっていた。そのうぬぼれの代償を、これから払うことになる。

焚き火のまわりに、八人が集まっていた。ぼろぼろのジャングル用迷彩服を着ているものが何人かいて、あとは西アフリカ連邦海軍の色褪せたカーキ姿だった。突撃銃やサブ・マシンガンが、ベンチ代わりの丸太に立てかけてある。暖を取るためというよりは蚊除けの、くすぶる焚き火の低い炎の上に、紅茶用の湯沸しがかけてある。船外機が、焚き火の明かりの届く範囲に引き揚げてあって、にわか造りの木の台の上で分解され、水兵ふたりが整備作業をしている。工具やブリキのコップのぶつかる音がして、低い声で会話がなされ、ときどき爆笑が起きた。

キレインのAI2暗視ゴーグルは、光の量が多いときの設定に調整されていた。蚊遣り火の低い炎が、澄んだ透明な光に見えている。横に目を向けると、火器チームが左右で位置につき、地面近くでIFFライトが上下するのが見えた。突然、鉛筆のように細いまばゆい一本の光線が視界に現われ、焚き火のまわりの男たちを指した。二本目が現われ、三本、四本と増えていった。くっきりした小さな光の点が西アフリカ連邦のゲリラたちのほうに集中し、頭や胸の上でぴたりととまった。

暗視ゴーグルをつけたままでふつうの光学照準器を覗くのは至難の業だ。だから、海兵隊員たちは、Ｍ４カービンやＭＰ５サブ・マシンガンの銃身の下側に小さなヘリウムネオン赤外線レーザー目標照射ライトを取り付けて、短射程での着弾点をレーザーが指すよう慎重に微調整してある。レーザーが照射するところに、弾丸が当たるはずだ。

このＡＮ／ＰＡＱ－５レーザー照準器は、ＡＩ２暗視ゴーグルと組み合わせられるシステムで、目標照射ライトは肉眼では見えず、暗視ゴーグルをかけているものだけに見える。西アフリカ連邦のゲリラたちは、死の点が自分たちの体の上で踊っているのを知るよしもない。

距離が約五〇ヤードなので、キレインはショットガンに装弾筒《ディスカーディング・サボー》入りスラッグ・ショットを装填していた。片膝を立てると、モスバーグの銃身を低いマングローヴの鱗のような樹皮の上に載せた。蚊遣り火の煙のなかに座り、ＦＡＬライフルに片手をずっと添えている長身の痩せた男を、自分の的に選んだ。レーザー照射機のボタンを押す。レーザー・ビームを当てられたとき、そのジャングル戦士が顔をあげたような気がした。

「チーム・レッドからマッドスキッパーへ」分かれた火器チームの指揮官の声が、イヤホンを通じて意識にはいってきた。「機関銃陣地の裏に到着しました。銃手がいます。二名でブレン軽機関銃を受け持っています」

「了解、レッド。捕虜にするか、音を立てずに殲滅できるか？」

「だめです。二名用地下壕にふたりはいっていて、射界にはいない。手榴弾を使います」

「受信した。手榴弾。準備しろ。おれの号令で焼き殺せ」

国連アフリカ阻止部隊にあたえられた国連の規定は、敵と思われる部隊に遭遇した場合、まず誰何し、つぎに降伏を勧告してから、敵を殺傷する武力を行使するようもとめている。キレインはその交戦規則を重々承知していたが、完全に無視するつもりだった。

悪いな、国連事務総長。しかし、実社会はそんなふうにはいかないものなんだ。

キレインは、西アフリカ連邦のゲリラに降伏のチャンスをあたえたかったが、そのために部下の命を危険にさらすことはできなかった。そこで、もうひとつの問題が浮かびあがった。

頭のなかにキレインは状況を描いていた。銃撃戦が行なわれる可能性のある地域は、おおむね三角形に近い。キレインと分隊の主力が三角形の頂点、西アフリカ連邦の野営地が底辺のなかごろにあたる。三角形のキレインから向かって左の角が、西アフリカ連邦の機関銃陣地で、分かれた火器チームがそこを見張り、攻撃する構えを取っている。

だが、右手のはるか前方、暗視ゴーグルの視程外で、まばらな木立と藪で蔭になっているところに、ボグハマーの繋留所がある。データベースによれば、西アフリカ連邦の哨戒艇は通常六名が乗り組んでいるという。いま見えている水兵は四人だ。あとの二名は哨戒艇で見張りに立ち、砲や機関銃を受け持って、海からの侵入にそなえているのか?

火器チームをもう一度分けて、繋留所を偵察させようかと、とっさに思った。しかし、この人数では、とぼしい兵力を分散させれば、火力の集中という優位を失うことになり、〝分離による壊滅〟のおそれがあると気づいた。それに、この闇のなかで動きまわる時間が長ければ長いほど、発見される危険が大きくなる。

考えれば考えるほど気に入らないが、ここは他人に頼るしかない。キレインは、レプラコーン無線機の送信タッチパッドに手を置いた。「ロイヤルティ、ロイヤルティ、こちらマッドスキッパー……」

〈クイーン・オヴ・ザ・ウェスト〉は、ひそやかに水路を遡っていた。航跡が小さな波となってマングローヴの根のはびこる岸に打ち寄せる音がするだけで、音もなく航走している。艇尾の傾斜板をおろし、舷側のハッチをあけ、あらたに取り付けた兵装架の武器の銃身が、昆虫の触角のように闇を探り、狙いをつけていた。

ハーネスで体を固定した銃手たちは、暗視ゴーグルをあげて目にしみる汗を拭いたり、痛くなってきた腕をのばしたり、水を飲んでもいいかときききたくてたまらなかった。

彼らは正式には銃手でも射撃指揮オペレーターでもなかった。特技記章を見ると、機械兵曹、技術兵曹、コック、書記などだとわかる。だが、アマンダ・ギャレット大佐が補充の銃手を募集したとき、勤務時間が大幅に長くなり、危険が大きくなるにもかかわらず、彼らは志願した。

彼らは、みずから望んでこの戦争に来たのではないが、いまやその一翼を担っている。そして、ジョージ・S・パットン将軍の言葉を引用するなら、故郷に帰ったとき、〝ルイジアナで肥やしをすくっていた〟だけではないと、胸を張っていえる。

「司令、これ以上奥へ進むと、この水路の幅では方向転換ができません」

レインの指摘はもっともだった。この数分、遡上するあいだに、突き出した枝が何度も〈クイーン〉の船体をこすっている。アマンダはレーザー測距儀のスイッチを入れ、狭い入江の奥に向けて百万分の一秒の発信を行なった。二〇〇ヤード。ちょうどいい。敵がそなえている可能性のある旧式の暗視装置では見えない距離だ。

「いいわ、スティーマー。全機関停止。ここで待機する」

ＭＭＳ（マスト搭載照準システム）にアクセスし、高感度テレビ・カメラで、入江の奥をずっと見ていった。樹木、岸のそばの植物のからみあった藪、小さな焚き火。そして陸地、一見して繋留してあるボグハマーだとわかるものは、なにもない。だが、ぼうぼうに茂った植物のかたまりが、どことなく場違いな感じで水路に突き出している。

アマンダは、ジョイスティックのトラックボールを動かして、温度映像に切り換え、受動赤外線感知装置で掃引しながらもう一度底を眺めた。

そこにあった。からみ合わさった枝とカムフラージュ用ネットは、赤外線スキャンをかけると透き通って見える。ボグハマーの金属とグラスファイバーの角張った輪郭が、周囲の沼のような水路の温度映像を背景に、うっすらと浮かびあがっていた。潮の干満によって浮かんだり底に着いたりするようにゆるみをもたせて、マングローヴの岸に艇首をもやってある。

「ロイヤルティ、ロイヤルティ、こちらマッドスキッパー」ストーン・キレインのかすれたささやきが、インターコムに割り込んだ。「われわれは現場にいる。攻撃準備よし。そちらの位置は？」

「マッドスキッパー、われわれは舟艇隠匿所の二〇〇ヤード南、水路のまんなかにいる。繋留所と基地を目視している」アマンダは急いでキレインのＳＩＮＣＧＡＲＳユニットを使い、位置を確認した。「そちらの位置を確認した」

「結構」キレインは、いくぶんいらいらした口調で応答した。「哨戒艇は見えますか？　乗組員が乗っているかどうか、わかりますか？」

「スタンバイ、マッドスキッパー」アマンダは焦燥にかられながら、カムフラージュされたボグハマーのあちこちにカメラの焦点を合わせた。哨戒艇そのものは容易に見分けられるが、繋留されている場所が、陸地の基地と〈クイーン〉を結んだ直線上にある。蚊遣り火が発生する熱線の副ローブによって、温度映像がぼやけていた。小さな哨戒艇に人間が乗っているかどうかは、わからなかった。

「ロイヤルティ。くそ哨戒艇にくそ乗組員は乗っているのか？ 見当もつかないのか？」

アマンダは送信タッチパッドに触れた。「くりかえす、マッドスキッパー、スタンバイ！ いま調べているところよ！」

艇長席と副操縦士席のあいだに身を乗り出した。「スティーマー、スノーウィ、暗視ゴーグルで見分けられる？ ボグハマーに乗組員はいる？」

「マーム、ボグがあそこにいるのだって、いわれないとわかりませんよ」レインが、ゴーグルをあげて答えた。「射撃指揮コンソールのダノとフライガイにきいてみて下さい。照準スコープのほうがMMSより赤外線映像の解像度がいいですから」

「わかった」

ダノ・オロークとドウェイン・フライは、ハッチの兵装架の予備銃手より、すこしはましだった。なにしろシーファイターの兵装担当だし、正式な訓練を受け、〈クイーン〉が装備をととのえて実戦可能な段階に至るまで、かなり長い期間、演習に参加してきた。しかし、ハッチの銃手たちとおなじで、実戦では一発も撃ったことがない。

ダンガリーににじむ汗は、暑さのせいばかりではなかった。

「射撃指揮、スコープを確認して。ボグハマーに乗組員はいる？」

ふたりの若い水兵は、手首をさっと動かして、目標画面の死の点を哨戒艇に合わせた。

「どう思う、フライガイ？」

「さあな、ダノ。舳先のそばになにかがあるような感じだ。おまえ、どう見る？」

階級がひとつ上で四カ月先任のダノは、急に喉が渇き、唾を飲み込もうとした。ＴＡＣＢＯＳＳが自分の意見を待っている。女司令《ザ・レディ》そのひとが。ダノも、ボグハマーの上で動きがあるような気がしていた。だが、確信がないのにそうはいえない。

「哨戒艇に乗組員がいるかどうかは、確認できません。わかりません」

「受信した、射撃指揮」アマンダが、落ち着いて答えた。「スタンバイ」

地上部隊との交信を銃手たちが聞けるように、射撃指揮部署を通信網に接続したまま、アマンダは呼びかけた。「マッドスキッパー、こちらロイヤルティ。哨戒艇の乗組員の存在は確認も除外もできない」

「ああ。わかった、ロイヤルティ。それじゃこうしよう。ボグに乗組員が乗っていて、おれたちに撃ってきたときは、そっちにやっつけてもらう」

「わかった、マッドスキッパー」カチッ。「よし、射撃指揮、わかったわね。ボグハマーが射撃を開始したら、三〇ミリ機関砲で攻撃し、制圧する。くりかえす、三〇ミリ機関砲を使う。戦術ディスプレイを確認し、角度に気をつけて。海兵隊のチームが射線方向に接近してくるはずだから」

「射撃指揮、受信しました」

もう唾を飲んではいられない。ダノはパネルに左舷兵装架台《ウェポン・ペデスタル》を呼び出して、銃手と接続した。「よし、任務だ」と、かすれた声でいった。


「チーム・ホワイト。チーム・ブルー。われわれは敵を捕虜にする。位置を維持、命令があったときだけ発砲しろ」

受領通知のカチカチという音がイヤホンから聞こえた。キレインは、モスバーグ590の銃床をさらにしっかりと、肩に食い込ませた。

「チーム・レッド。ブレン・ガンをやれ」

カチカチと、きっぱりした応答があった。キレインは、レッド・チームの動きを思い描いた。手榴弾の安全ピンが抜かれる、投擲する兵士が腕をふりかぶり、ゆっくりと勢いよく投じられたおそろしい卵形の物体が、弧を描いて上昇し、そして落ちてくる。レバーが金属音とともにはずれる。

……三……四……五。

白光が二度ひらめき、手榴弾のパーンという乾いた爆発音が重なり合って響いた。

そのとたんに、焚き火のまわりの西アフリカ連邦のゲリラたちが、驚愕のあまり凍りついた。

「みんな動くな！」キレインがどなった。「われわれはアメリカ海兵隊だ！　両手をあげて、武器からゆっくりと離れろ！　われわれはおまえたちに狙いをつけている！」

ひとりも動かなかった。火明かりの環のなかのものはすべて、人間を麻痺させる光線を食らったかのようだった。キレインがもう一度叫ぼうとしたとき、戦闘の手当がまったくなされていない重要な右翼から、二挺の重機関銃が海兵隊チームの位置に向けて射撃を開始した。

重い一四・五ミリ弾が、キレインのもたれていた木に突き刺さり、その衝撃で、それまで狙いをつけていた男への照準がそれた。西アフリカ連邦の銃手は、キレインの叫び声が聞こえた方角に、あてずっぽうで撃っていた。炎の鞭のような曳光弾の流れが、海兵隊員たちのはるか頭上を越え、引き裂かれた枝や幹の木っ端が降り注いだ。全員がとっさに伏せ、腐臭の漂う島の粘土質の地面にへばりついた。

野営地では、ゲリラたちが武器を引っつかんで散らばっていた。蚊遣り火は土をかけて消され、海兵隊の陣地に向けてだれかがFALをたてつづけに撃っていた。大口径のライフルのゆっくりした重い着弾の音に、まもなくスターリング・サブ・マシンガンの耳障りな早いブルルルという銃声がくわわった。

「海兵隊！　応射！」

西アフリカ連邦のFALライフルの七・六二ミリ弾に応じて、五・五六ミリNATO弾の耳をつんざく発射音が響いた。キレインは、一二ゲージ・スラッグ・ショットを発射炎の見えた方角に雷鳴のような音とともに放ち、レプラコーンの送信タッチパッドに触れた。「ロイヤルティ、ロイヤルティ！　銃撃戦が開始された！　哨戒艇を始末してくれ！」

「……銃撃戦が開始された！　哨戒艇を始末してくれ！」アマンダと〈クイーン〉の乗組員た

ちは、そう無線で叫ぶのを聞くまでもなく、なにが起きたかを知っていた。ボグハマーの前部銃座が火を噴くのが見え、コクピットの横のあけはなした窓から、バリバリという激しい銃声が聞こえた。

コクピットの上の銃座を受け持つテホア上等兵曹は、指示されるまでもなく適切な対応がわかっていた。電動式のブローニング連装機銃をまわしてボグハマーに狙いをつけ、トリガーを押して、曳光弾の二本の条を西アフリカ連邦の哨戒艇に向けて放った。

コクピットに熱い空薬莢が落ちてきたので、アマンダはハッとしてよけ、指揮ヘッドセットに叫んだ。「射撃指揮！　自由射撃！　ボグハマーを攻撃！　急げ！　急げ！　急げ！」

コクピットの下の第一射撃指揮所のダノ・オロークは、その命令を聞いた。照準スコープの十字線にずっとボグハマーを捉えていたのだが、痙攣を起こしたようにびくんとジョイスティックのトリガーを引いた。

なにも起こらなかった。

ダノは、躍起になって兵装状況表示のシンボルに視線を走らせた。

＊＊＊左舷ペデスタル＊＊＊

1＊＊三〇ミリ　チェインガン安全＊＊

2＊＊三〇ミリ　チェインガン安全＊＊

くそ！　安全装置を解除していなかった！

「火器統制！　ボグハマーを攻撃！　至急！」

　ダノは、おろおろしながら兵装メニューの設定を進めようとした。新しいメニューを呼び出し、もう一度トリガーを握った。


　その上の〈クイーン〉のコクピットでは、無線でふたたび掩護射撃をせっつかれていた。

「ロイヤルティ！　ロイヤルティ！　まだ機関銃が撃ってくる！　いったいどこにいるんだ……こんちくしょう！」

　恐竜の叫び声のような音がびりびりと大気を引き裂き、なにか炎のようなものがコクピットの窓のそばを通過した。その直後に森が爆発し、あたりは青とオレンジの炎に包まれた。

　射撃指揮所のダノ・オロークが、なにか信じられないような恐ろしいまちがいが起きたことに気づいた。ダノがあわててミスを犯したその結果が、兵装メニューの画面からにらみつけていた。

＊＊＊左舷ペデスタル＊＊＊
1＊＊二・七五ロケット　連続発射
2＊＊二・七五ロケット　連続発射

　ダノの頭脳はトリガーを放せと叫んでいたが、手はジョイスティックを握りしめたまま放れず、ロケット・ポッドの中身はすべて発射された。

　それもポッド二基分。一基あたり七発のハイドラ・ロケット弾が、〇・五秒間隔で撃ち出された。ロケット一発あたり四・五キロ、合計六三キロの高性能爆薬が、三・五秒のあいだに至近距離から撃ちこまれた。その効果は、目を瞠るばかりというしかなかった。

　ロケットは、着弾の前にかろうじて起爆準備ができた。ボグハマーの周囲のカムフラージュは、まるで写真のネガのように強い光のなかにつかのま輪郭をとどめていたが、つぎの瞬間には消え失せていた。そして哨戒艇そのものもバラバラになり、無数のグラスファイバーの破片と化した。

　ロケット弾はなおも森の奥へ突き進み、人間の胴体ほどもある幹が砕け、樹齢百年のマングローヴが倒れた。燃える枝が〈クイーン〉の上部構造に降り注ぎ、榴散弾子《シュラプヌル》が風防に当たるたびに、アマンダ、レイン、スノーウィは首をすくめた。テホア上等兵曹が悪態をわめきながらコクピットにおりてきた。自分の意志でよけようとして飛び込んだのか、衝撃で銃手のサドルから落ちたのか、自分でもわからなかった。

　それが過ぎ去ると、聞こえるのはインターコムから「ああ、くそ……くそ……くそっ」といううめきだけになった。

「撃ちかたやめ！　撃ちかたやめ！　全銃座！　撃ちかたやめ！」アマンダが、インターコムでどなった。

「いったいぜんたいどうしたんだ？」レインが、艇長席で背すじをのばし、腹立たしげにいった。

「よくわかりませんが、こいつは厳罰もんですよ」テホアが、コクピットの甲板から身を起こしながらいった。

「そんなことはあとでいいわ」アマンダが叱りつけた。「ロケットを海兵隊に撃ちこんだおそれがある。馬鹿！　馬鹿！　馬鹿！」

表の闇に不気味な沈黙が垂れ込めていた。ロケットが連射されたあと、銃撃戦は再開されておらず、風防の向こうに見えるのは、水路の水面で燃えているガソリンの細い流れだけだった。

「マッドスキッパー、マッドスキッパー、こちらロイヤルティ！　聞こえる？」アマンダは、懸命にヘッドセットのマイクに向かって叫んだ。「マッドスキッパー、現況を報告して！」

長くつらい間を置いて、激しい憎しみをこめた声が、夜の闇から応答した。「もうダイナマイトを使うのは終わりかい、西部の無法者ブッチ？」

「キレイン、だいじょうぶ？　死傷者は？」

「ない、ない。死傷者はない。だが、口から木っ端を吐き出すのに一カ月はかかるぜ！　まったくなんて女だ！　哨戒艇をやってくれって頼んだだけじゃないか！　島ごと吹っ飛ばせなんていってないぜ！」

状況を考えて、アマンダはキレインの上官に対する無遠慮な物言いを見逃すことにした。

「悪かった、マッドスキッパー」と、物柔らかに答えた。「われわれの、えー、兵装に不具合が生じたのよ。いま、ぜんぶ撃てないようにしてあるわ」

「そいつはありがたい、ロイヤルティ。それから、西アフリカ連邦の連中は、両手をあげて出てきたよ。歩けるやつだけだがね」

アマンダは、安堵のあまり力が抜けた。「こういう見かたもあるんじゃない、マッドスキッパー。われわれは、敵が降伏するよう納得させたわけよ」

キレインの側のマイクが、かすかではあるがまごうかたのない鼻を鳴らす音を拾った。「なにいってやがる。あと二メートルこっちに近かったら、おれたちが降伏していたよ！」

モルバヤ川の河口
二〇〇七年六月五日　〇二三七時

内陸部にはいり込んでいる水路をふたたび離れた〈クイーン・オヴ・ザ・ウェスト〉は、通常の灯火をあかあかとつけていた。航海灯と艇内の照明をもっとも明るくして、積み込みと発進の両方の作業を同時に進めていた。超小型急襲艇《ミニレイダー》で海兵隊員が往復して、押収した書類と西アフリカ連邦の捕虜を、遊弋しているホバークラフトに運ぶ。書類と捕虜は、そこからさらに、ホバリングしている海兵隊のCH－60輸送ヘリに吊りあげられ、コナクリへ運ばれる。

真っ暗闇のなか、嫌がっている人間を甲板からヘリに移すのは、骨の折れる危険な仕事だった。とはいえ、ほかに方法はない。〈クイーン〉は今夜、もうひとつやらなければならない仕事がある。それに、よけいな乗客のために重量が重くなるのは困る。

前部のコクピットの下では、ダノ・オロークがコンソールに身を乗り出し、頭を抱えていた。

「おれはもう死んだ。死んじまった。おれの死体はもう腐ってる」

相棒の銃手で友人のフライガイは、横で考え込みながらうなずくしかなかった。「ああ。まあそんなところだな」

突然、女司令《ザ・レディ》が、射撃指揮所のふたりの席のあいだで身をかがめた。「よし、ふたりとも」

きびきびといった。「なにがあったのか、いいなさい」

　ダノは、歯を食いしばりながら、ロケットの誤射と機銃の安全装置を解除するのをおこたったことを話した。初陣の興奮と、まちがえたことでパニックを起こし、ちがう兵装メニューを呼び出していた。ダノは自分に厳しく、あらいざらいしゃべった。作業をしくじり、海軍ではもう出世は望めないかもしれないが、誇りを失って下手ないいわけをするつもりはなかった。

　ダノの話が終わると、アマンダはただうなずいただけだった。「わかった」と、ようやくいった。「よし、ダノ、この件について報告書を出して。こうした手違いが起きないために、ハードウェア、ソフトウェア、作戦要領をどう改善すればいいか、ということを中心に書くのよ。そうね、あさってまでに用意して。レイン少佐と検討して、どういう手が打てるか考えるわ。あなたは〈クイーン〉の先任銃手なんだから、システムからこの不具合を取り除くのを手伝ってもらうわよ。できる？」

「はい、マーム！　やります」

　アマンダが背すじをのばし、掌砲兵曹の肩を軽く叩いた。アマンダが向きを変えたとき、そこにはものすごくほっとした若者と、彼女の命令なら地獄をも襲うのにやぶさかでないもうひとりの若者が存在していた。

「来ましたよ」コクピットの横の窓からうしろを見て、スノーウィがいった。

　アマンダは立ちあがって、頭上のハッチをあけた。航海長席の肘掛に片足を載せ、銃手のサドルに片手をかけて、首と肩だけをコクピットの上に出し、周囲を見まわした。

　四〇ノットで航走しているので、夜明けの空気は涼しく爽快だった。風に吹かれた髪が顔を打ち、毛の房が細い針のようにちくちくした。天頂ではまだ輝いている星があるが、東の水平線には日の出の先触れのピンクとグレーの縞が現われていた。そのうっすらと赤い光のなかで、ふたつのなめらかな黒い形が、かすかに燐光を発する白い飛沫に乗って、〈クイーン〉に追いついてくるのが見えた。

アマンダはコクピットに戻ってハッチを閉め、轟々とうなる風と吼えるタービンの音を締め出した。スティーマー・レインは、すでにうしろのホバークラフト二隻との交信を開始していた。

「フレンチマンおよびレベル、フレンチマンおよびレベル。こちらはロイヤルティ。右側に梯形を組め。目標L3に向かう」

「みごとな集合《ランデヴー》だった、スティーマー」アマンダがほめた。「目当ての場所に時間割どおりに到着した。戦闘群は、今夜、これまでのところはその名に恥じない働きをしているわね」

「はい、マーム。ありがとうございます」レインが答えた。「時間割といえば、もうちょっと速力をあげれば、西アフリカ連邦の最後の隠匿所に、まだ暗いうちに着きますが」

アマンダは、航海長のコンソールの横で、座席に座りなおした。「いいえ、その必要はない、スティーマー。現在の速力を保ち、燃料を節約して。予定のETA（到着予定時刻）でじゅうぶんよ」

レインが肩をすくめ、〝ほら、いってはみたんだがね〟というように、もうひとりの乗客の顔をちらりと見た。ストーン・キレインが、抗弾ベストのジッパーをあけ、ショットガンを脇に立てかけて、右舷の折り畳み座席にだらしない格好で座っている。大男の海兵隊員は、体にこびりついている泥と汗とその他の有機体のにおいを発散させ、迷彩クリームを塗った顔の目は冷たく光っていた。

「えー」ややあって、キレインはいった。「われわれが攻撃した隠匿所のどれかから逃げ出したやつがいる可能性がある」

「その可能性は高いわね」アマンダが、静かに同意した。

「無線機を持っていた、警報を発したかもしれない。こんどの部隊は、われわれが行くのを知っている可能性がある」

「もう異変があったことに気づいていると見たほうがいいでしょうね」コクピットの向こうの夜明けに視線を据えたままで、アマンダが答えた。

キレインが身を乗り出した。「やつらは防御を強めるだろう。夜が明けてから突入したら、われわれは発見され、やつらに逃げられるだろう。まずそうなる」

アマンダは、キレインの怒りのこもった凝視を避けていた。そして、発泡スチロールのカップをコンソールから取り、落ち着き払って紅茶をひと口飲んだ。「十中八九はね」

「だからおれは最初から、L3隠匿所をいちばん先にやるべきだといっていたんだ。規模もいちばんでかいし、西アフリカ連邦領内にもっとも近い。そこからなら、敵地および敵手からの脱出に成功する可能性が高い。沿岸をわずか数マイル南へ進めば、領海に戻れるんだ！」

「そのとおりよ、大尉。ブリーフィングのときにいったでしょう。それが、しごくもっともな意見だと」

アマンダはもう一度ゆっくりと紅茶を飲んだ。キレインは背中をぶつけるようにして座席に座りなおし、軍法会議にかけられないように、小さな声で毒づいた。

メタコン水道
二〇〇七年六月五日 〇五一九時

シーファイター戦隊が、メタコン島とギニアの海岸のあいだの海峡をまっすぐに抜けるとき、赤々と輝く半円の太陽が内陸部の低い山々の上にじりじりと昇ってきた。すでに水平線あたりに陽炎がたっているのをのぞけば、空は澄み切り、焼けるような熱帯の一日がはじまる気配を示している。陸地に向かう快速艇《ピナス》の乗組員や乗客は、梯陣を組んで轟然と通過するホバークラフトを不安そうに眺めた。

「グッドモォォォォニング・アフリカ」クリスティーン・レンディーノの声が、コクピットの上のラウドスピーカーから聞こえた。作戦室のモニターを眺めて徹夜したにもかかわらず、たいそう威勢がいい。

「情報をいいなさいよ、クリス」と、アマンダは応じた。

「いいきれないくらい、すっごいネタがいっぱいあります。現在、捕虜が十六名、敵の戦死者四名が確認されてます。百挺以上の武器を鹵獲、うち機雷が四基。イギリスの掃海群の連中が、バック転うってよろこんでますよ。燃料、弾薬、補給品を何トンも押さえ、書類をうんとこさ手に入れました。

ヘリが運んできた書類をざっと見たんですが、どんな間抜けなジャーナリストでも、ギニア国内の騒擾の背後にベレワと西アフリカ連邦がいることがわかるような材料がいっぱいあります」

「それはよかった、クリス。だけど、聞きたいのはわたしたちに役立つ情報よ。われわれはメタコン水道にいて、L3隠匿所まで約十分よ」

「プレデターが隠匿所の上の高度一万フィートを飛んでます。リアルタイム画像がデータリンクで見られますよ」

MMS（マスト搭載照準システム）を使うと、西アフリカ連邦の舟艇隠匿所の上空を鷗のように旋回しているAQ－1無人偵察機がどうにか見えた。アマンダが無人機のデータリンクにアクセスすると、コンソールのメイン・モニターいっぱいに鮮明なデジタル画像が映った。レインとスノーウィの制御盤のモニターも明るくなり、おなじ眺めがもうすこし小さく映った。

映っているのは、もうすっかり見慣れたマングローヴの岸の入江で、フォレカリア川の河口の北側に突き出した細い半島が、鉤状にそれを囲っている。入江のまんなかに、海岸線を覆う密林に切れ込んでいる細い水路がある。

「ここはどんな状況なの？」アマンダがきいた。

「この隠匿所には三隻以上のボグハマーがあり、地上の感知装置によれば二十名強が動きまわっています。二時間前から、断続的に無線通信が行なわれています。フリータウンの西アフリカ連邦司令部との通信もあれば、他の舟艇隠匿所を呼び出そうとしているものもあります。応答がないので、そろそろ不安をおぼえていると思います」

「だからいったじゃないか」アマンダの肩ごしにモニターを覗き込みながら、キレインが不機嫌にいった。

アマンダはキレインの言葉を黙殺し、画像に目を凝らした。「ほかには？　移動をはじめるような気配は？」

そのとき、突然、そういう動きが見られた。隠匿所を覆う樹冠から、真っ赤な炎と黒煙がキノコ雲のような形をなして噴出した。

「ワーオ！」クリスティーンが大声をあげた。「でかい熱上昇気流《サーマル》！　でかいサーマル！　燃料集積所が爆発した！　スタンバイ！……そうよ、ロイヤルティ、ほかにも樹冠の下に小規模なサーマルをいくつか捉えている」

アマンダはうなずいた。「よし、敵の観測所がわれわれを発見した。やつらは補給品の隠し場所に火をつけているのよ。こんどはきっと弾薬の地下倉庫でしょう」

まるでその言葉が合図だったかのように、泥混じりのキノコ雲が森の上に噴き出し、はじけた曳光弾がその根元で花火のように光った。

キレインが、うんざりした口調でいった。「ほれ見ろ。やつら、ぜんぶ破壊してから逃げ出す」

「さあ」アマンダが、ぼんやりと答えた。「ボグハマーも、底に穴をあけて沈め、陸路で西アフリカ連邦との国境へ逃げるのが賢明でしょうね。でも、そうしないと思う。哨戒艇で逃げようとするにちがいない」

アマンダが急に背すじをのばし、座席の背もたれがキレインにぶつかった。薄茶色の目の奥でなにかが光り、忍耐と熟慮の層に埋もれていた炎が燃えあがった。

「レイン少佐、総員配置！　全乗組員を全戦闘部署に完全配置！　ミス・バンクス、戦隊に戦闘を承認！　地表（水面）交戦！　キレイン大尉、海兵隊は乗り込みの用意！」

スティーマー・レインが、総員配置の鐘を鳴らし、ホバークラフトの中央区画にそれがじゃんじゃん鳴り響いた。銃手と装填手は自分たちの武器のところへ急いで戻った。全員がイヤプロテクターを兼ねるヘッドセットをつけ、舷側のハッチがあき、艇尾の傾斜板がおり、風の咆哮とタービンの悲鳴が殺到した。

「射撃指揮1および2、作動！　兵装ペデスタルを出せ。地表（水面）交戦パッケージを入力。ヘルファイアおよびハイドラを装填！」

「左舷四〇、準備よし！」

「右舷四〇、準備できました！」

「後部五〇、配置、準備完了！」

キレインは、コクピットの銃座につくためにテホア上等兵曹が梯子をのぼるあいだ、脇によけて、ちょっとぐずぐずしていた。「あんたの考えが正しいことを願うよ、司令」といい捨てて、船体中央区画へ飛びおりた。

アマンダもそう願っていた。戦術ディスプレイのほうを向くと、ふたたび作戦室に呼びかけた。「クリス、隠匿所の様子は？」

「水上捜索レーダーとＦＬＩＲ（前方監視赤外線装置）によれば、水路に動きがあります。じきに樹冠を抜ける……イェー！　敵艇三隻が出てきた！　くりかえす、ボグ三隻がクソんなかから出てきます。画像を確認して！」

モニターのリアルタイム画像は、狭い水路からひらけた海に飛び出そうとする、なめらかな形の小型沿岸哨戒艇三隻を映し出していた。ほとんど間隔をあけずに連なった三隻が小川を出て低い波を突き破り、浅い入江で弧を描いて、突進するホバークラフトから遠ざかり、西アフリカ連邦領海を目指していた。

「捉えた！」スノーウィが、興奮して叫んだ。「スティーマー、やつら、波の砕けるところで回頭しています」

レインの右手が操縦輪から離れ、激しく親指を突きあげた。「ああ、おれも見てるぞ、ダーリン！　逃げてみやがれ、この野郎！　いくら浅瀬を利用しようとしてもだめだ！」

「要撃方位、スティーマー」前に行ったアマンダが、艇長席と副操縦士席のあいだにしゃがんで命じた。「向こうの機銃の有効射程ぎりぎりに近づき、そのままの距離を保って」

レインが、目を剝いて、アマンダのほうをふりかえった。「やつらをやっつけないんですか？」

「やっつけるわよ」アマンダが、謎めいた笑みを浮かべた。「あとで。その前に、ちょっとメッセージを送りたいの」自分のコンソールに手をのばし、指揮通信網を呼び出した。「TACBOSSより戦隊へ。旗艦との梯隊を維持。わたしの命令があったときのみ射撃してよし。くりかえす、命令があったときのみ射撃」

西アフリカ連邦の沿岸哨戒艇は、機関を全開にして、爆音とともにフォレカリア湾を横断し、北水道《バース・ドゥ・ノール》につらなる岬に向けて懸命に航走した。全長一二メートルの船体が三つ横にならび、うねりの波間を越えるとき、激しく揺れ、横滑りした。軽い船体は、大きな波が来るたびに完全に宙に浮き、まるでトビウオのように飛んでから、また海面に落ちて、さかんに泡と飛沫を捲きあげた。

逃走するボグハマーの艇内では、西アフリカ連邦の水兵たちが必死の形相であらゆるものにつかまり、上下左右に叩きつけられるのに耐えていた。操舵室では操舵手が肩ごしにふりかえってはスロットルを叩き、めいっぱい働いている二百馬力の船外機の回転をすこしでもあげようとした。

ここは彼らの海だった。これまでは、思う存分敵船を沈め、敵をふり切ってさんざん馬鹿にしてきた。アメリカのホバークラフトが来ると、〝なかなか出ない屁〟といって笑った。だが、いまは笑うどころではなかった。牙を剝き出した海の怪物が三匹、がっちりと編隊を組んで追ってくる。遠ざかるでもなく、距離を詰めるでもなく、ひたすら楽しみながら機会を狙っている。

あと数十分、沿岸を数十海里行けば、うちにたどり着く。それだけの時間と距離が稼げるかどうかが問題だ。ボグハマーの艇長たちは、マフラーのない船外機の爆音に負けない大声で命令をがなり、すこしでも速力をあげて逃げ切れることを願い、乗組員が武器弾薬を海に捨てはじめた。

海兵隊チームが、いかなる要求にも応じるべく準備を整えると、キレインは〈クイーン〉のコクピットに戻った。ヘルメットを脱ぎ、予備のヘッドセットをかけて、「どんなあんばいですか？」とたずねた。

ほんとうは、〝おれたちはなにをやってるんだ？〟とききたかった。シーファイターが、いつでもボグハマーに追いついて撃沈できるだけの速力が出せることを、キレインは知っていた。なぜぐずぐずしているのか、理由がわからなかった。だが、このアマンダ・ギャレットという女は、こっちにはわからないたくさんの事柄を見抜くという、頭にくる才能の持ち主らしい。

「このうえなく順調よ、大尉」アマンダが、陽気に答えた。「南水道《パース・ドゥ・スド》を通過したところで、左舷にサラトゥク岬がある。国界はもうじきよ。失礼。ちょっとしただまし手をやらないと」

アマンダは、指揮通信網にふたたびアクセスした。〝だまし手〟とはなにか聞こうと思い、キレインもチャンネルを切り換えた。

「〈カロンデレット〉、〈マナサス〉、こちらはTACBOSS。TACNETの画像によれば、敵は重火器をほとんど海に捨てた。もうすこし接近できる。五〇〇ヤードまで接近する。マーリン艇長、〈カロンデレット〉をボグハマーのうしろに持っていって、あおりつづけて。クラーク艇長、〈マナサス〉を沖側に持っていって、側面から圧力をかけて。海岸線から離れられないようにするのよ。レイン艇長、あなたはサーフィンを楽しんで。〈クイーン〉を波の砕けるところに持っていって。やつらが岸を目指そうとしたら、さえぎることができる位置について」

三人がきびきびと応答するのが、指揮通信網から聞こえた。三隻のホバークラフトは、なめらかに加速し、撤退するボグハマーを半円を描いて囲むあらたな位置についた。

キレインが、目を丸くしてアマンダの顔を見た。「駆り立てるつもりですね！」ようやく理解して叫んだ。「海岸まで追いつめるつもりなんだ！」

「そのとおり」アマンダが険しい顔で満足げにうなずいた。「このあたりの海岸の漁村は、西アフリカ連邦海軍のために悲惨な目に遭っている。あの連中が悪の巣窟から逃げ出すのを見れば、住民の戦意も高揚するでしょう」

疾駆する沿岸哨戒艇と追いかけるエアクッション哨戒艇（砲）は、引き揚げられた小舟や魚網を干す台が点々と見える長い白浜と平行に進んでいた。拡大されたMMS画像には、魚網を曳いて朝の漁に出かける準備をしている漁師たちが何人か映っていた。彼らは、妙な取り合わせの艇隊がぐんぐん近づくのを、じっと見つめていた。あたりに鳴り響くホバークラフトのタービンのうなり声に惹かれて、妻や子供たちも砂浜に出てきた。

はじめは用心し、怖がっていたが、今回は必死で逃げるのは自分たちではないことが、しだいにわかった。西アフリカ連邦のボグハマーに尻を向けて叩くもの、拳をふりあげるものがいた。歓声があがり、逃げていく弱虫の哨戒艇に野次や嘲りが投げつけられた。

「これは心理戦よ、ストーン」アマンダが語を継いだ。「ブリーフィングのときにいったように、敵の隙に乗じ、あらゆるものを使って、ベレワを叩かなければならないのよ」

「ギャレット大佐」副操縦士席のスノーウィ・バンクスがうしろを向いていった。「ギニア領海を三分後に出ます。その先は西アフリカ連邦領海です」

「わかった、大尉。追撃を続行して。それがわれわれの新しいメッセージよ。安全地帯はない」

「お言葉ですが、司令」こんどはレインが、肩ごしにふりかえった。「国連の交戦規則は、こういう状況でわれわれが西アフリカ連邦領海に侵入するのを承認しているのでしょうか？」

「これが国連と関係があるなんて、だれがいったの、スティーマー？」


三隻のシーファイターは、海の上の見えない線を越えた。その先は敵地だ。シーファイターが追撃を続行するとはっきりわかると、西アフリカ連邦の水兵たちは陸地に逃れようと考え、哨戒艇はななめに海岸を目指しはじめた。

「射撃指揮。射撃任務」

「射撃指揮、待機中です、司令」

「射撃任務は二・七五ロケット、ダノ。あなたのお気に入りよ。ボグが浜に近づかないようにするのよ。西アフリカ連邦の哨戒艇と海岸線のあいだにハイドラを連射」

「わかりました、マーム」きっぱりした応答があった。「発射器をプログラミング……任務発射準備よし……発射します！」

〈クイーン〉の左舷ペデスタルが上を向いて、炎を吐いた。ハイドラ・ポッドのそれぞれの筒からロケット弾が二分の一秒の間隔で撃ち出されるたびに、コンピュータの精確な管制に従って発射器が特定の角度に持ちあがった。何本ものロケットの吐く乳色の煙が、薄いブルーの空に向けて、末広がりになめらかにのびていった。

やがて、ロケット弾は落ちてきて、海に飛び込み、水中で爆発して、ボグハマーと陸地のあいだに、大きな水柱の壁をこしらえた。ボグハマーがひるんで、それを避けた。

「上出来よ、ミスター・オローク」

「ありがとうございます」

「フローターからロイヤルティへ」クリスティーン・レンディーノの声が、インターコムのやりとりに割り込んだ。「お楽しみのところを邪魔して悪いけど、でかいお友だちがやってくるわよ。西アフリカ連邦の哨戒艇がもう一隻いるの。でかいのが。イェリブヤ島沖にいて、北へ向けてじゃんじゃんすっ飛ばしてる。じきに危険要因になりますよ」

「受信した、クリス。この作戦はいよいよ順調になってきたわ。ひきつづき見張って報告をいれて。ロイヤルティ、通信終わり」

アマンダは、狭いコクピットのまわりのものたちのほうを見た。「聞いたわね、みんな。もうお遊びはおしまいよ。スノーウィ、戦隊各艇に、ボグハマーに乗り込むか速やかに沈めると伝えて。目標を割りふって。ヘルファイアで照準、待機。射撃指揮、射撃任務――また二・七五ロケット。今回は、先頭のボグハマーの舳先を越えるように撃って」

「アイアイ、マーム。任務を実行します！」

ふたたびロケットが連続発射され、耳をつんざく轟音とともに、海から白い水の幕が噴きあがった。七本の細い水柱が空に向けて突き出し、西アフリカ連邦の哨戒艇の行く手をさえぎった。簡明かつ明瞭なメッセージだった。ここが行き止まりだ。それ以上進めば死ぬ。

西アフリカ連邦の艇隊指揮官は、操舵手のほうを向き、機関停止を意味する喉を切る仕種をした。操舵手がスロットルを絞って、機関停止ボタンを押した。大きな船外機がぶつぶついってから沈黙し、浮かびあがっていたボグハマーの船体が沈んで、揺れながらとまった。艇隊のあとの二隻も、ややあってそれにならった。

聞こえるのは波のザーッという低い音と、二五、六海里におよぶ無益な必死の逃走のためにオーバーヒートした機関の金属部分が収縮する音ばかりになった。それにくわえ、接近するホバークラフトの勝ち誇った甲高い爆音が響いていた。


「〈カロンデレット〉は沖寄りのボグハマー、〈マナサス〉は岸寄りのをやって。われわれは先頭のをやる。できるだけ早く捕虜を乗り移らせ、爆薬を仕掛けて沈めて」

「了解、一番艇」

「命令を了解」

「クリス、接近中の西アフリカ連邦大型艇に関する情報は？」

「でかいパパですよ、ボス・マーム。〈プロミス〉。西アフリカ連邦海軍旗艦です」

「受信した。これからが……おもしろくなってきた」

〈クイーン・オヴ・ザ・ウェスト〉は、エアクッション航走をやめて、スウィマー・モードで、漂っている先頭のボグハマーに近づいた。タービンの音がしないので、テホア上等兵曹が機銃の狙いを調節するたびに、コクピットの電動回転銃座のサーボモーターの低いガラガラという音が聞こえた。

「捕虜を艇尾の傾斜板から乗せる」ヘッドセットのプラグをコンソールのインターコム・ジャックから抜いて、ベルトのワイヤレス装置のジャックに差し込むと、アマンダはいった。「スティーマー、接近する西アフリカ連邦旗艦に舳先を向け、兵装ペデスタルの照準をつけて。スノーウィ、〈マナサス〉と〈カロンデレット〉にも、敵艇が射程内にはいったらヘルファイアでロックするようにと指示して。撃つのは撃たれた場合だけよ。一キロ以内に近づいたら報せて。ひょっとして、撃つ前に話し合いをしようとするかもしれない」

「わかりました」レインが、感情を殺した声でいった。朝日から目を守るために、パイロット用のサングラスをかけている。目にどんな感情が表われているにせよ、ミラー・レンズに隠れて見えない。だが、エアコンの送風口から冷たい空気が出ているにもかかわらず、肌が汗でうっすらと光っていた。「われわれに挑んでくると思いますか？」

「わからない、スティーマー」うしろの梯子に向かいながら、アマンダは答えた。「いずれわかる、というのは、ぜんぜんわからないのとおなじね」

「幸運を祈りますよ、マーム」銃手のサドルから、テホアが声をかけた。顔が外に出ているので、その声にはうつろな響きがあった。

「みんなの幸運を祈るわ、チーフ」

中央区画では、ストーン・キレインが乗り込みの準備をととのえていた。〈クイーン〉がボグハマー沿岸哨戒艇の舳先に近づくと、艇尾傾斜板の上に取り付けられた後部銃塔が西アフリカ連邦海軍の水兵たちに向けられた。銃口がにやにやと笑っているように見える一二・七ミリ機銃の左右に、応援の海兵隊員二名がいて、四〇ミリ高性能炸薬榴弾をこめ弾薬をフルに装塡したM２０３擲弾発射器付きのM４カービンで、狙いをつけていた。

「全員、武器を海に捨てろ！」キレインの声が、〈クイーン〉の外部ラウドスピーカーから鳴り響いた。「ナイフもだ。なにもかも海に捨てろ。早くしろ！」

ひとつだけありがたいのは、シェラレオネとリベリアの人間は、たいがい英語がわかることだった。西アフリカ連邦の水兵たちは、ふくれっ面で指示に従った。

「よし。両手を頭のうしろにまわせ！　全員だ！　命令があるまで、だれも動くな。よし、ひとり舳先へ歩いてきて、こっちの綱をつかめ。ひとりだ！　ゆっくり来い！」

まもなく、ボグハマーのシャヴェルのような舳先が、傾斜板に乗りあげて、ぎしぎしと音をたてた。

「ひとりずつ乗船させる！　舳先のおまえが最初だ！　おとなしくすれば、だれも痛い目には遭わない。妙なまねをしたら殺す！」

西アフリカ連邦の水兵がひとりずつ乗ってきては、非情なまでに能率的に処理された。海兵隊員二名が捕虜をひっぱって傾斜板を登らせる。つぎの二名がうしろを向かせ、腕をうしろにまわさせて、使い捨てのプラスティックの手錠をかける。つぎの二名が落ち着いて手早く身体検査をし、最後の二名が折畳式のベンチに座らせ、シートベルトをきつく締めて動けないようにする。

乗り移らせるのに、ほんの数分しかかからなかった。

「なんの問題もないようね」最後の水兵が固定されると、アマンダはいった。

「造作もないことですよ」キレインが、そっけなくいった。「伍長、爆発物を仕掛ける用意はいいか？」

「アイアイ・サー」若い赤毛の海兵隊員が、不気味な格好にふくらんだ小さな雑嚢をいっぽうの肩にかけ、ガムをくちゃくちゃ噛みながら歩を進めた。

爆発物担当の伍長は、〈クイーン〉のうしろで上下に揺れているボグハマーに、いかにも専門家らしい視線を向けた。「舳先にC４爆薬を塊の半分、あとの半分を操舵室の下に仕掛けて、導爆線を船体の内側に貼り付け、空気室に穴をあける」説明しながら、ガムを膨らましてパチンと割った。

「どうやる？」

「M60発火具とM７００導火線を使って起爆する。船外機の重みで沈むでしょう。ものの五分とかからない」

「やってくれ。それから、艇内にいるあいだに、書類のたぐいがないかどうか、ひとしきり見てくれ。たぶん捨てただろうが、念のためだ」

「わかりました」

爆発物をしこたま持った伍長は、二歩で斜路を駆けおり、ボグハマーの舳先に乗った。まるで弁当箱を持った日雇い労働者のように落ち着き払った様子だった。

「司令」スティーマー・レインの声が、アマンダのヘッドセットに響いた。「〈プロミス〉が四〇〇ヤードに接近し、なおも直進しています。われわれは追跡していますし、〈カロンデレット〉と〈マナサス〉が目標に指定しています」

「なにか敵性行動は？」

「まあ、まだ発砲してはいませんが……」

「わかった。上に行く」

「上ですか？」

「ええ。じきに話をすることになるから」

アマンダは、船体なかごろの梯子を使って、〈クイーン〉の露天甲板に出た。パネルのあいたガン・タブの横を通ってさらに艇首へと進み、コクピットの脇へ行って、電動回転銃座のテホアのとなりに立った。

がっしりした上等兵曹が、顎をしゃくった。「もうじき来ますよ。でかいやつなんでしょう？」

「そうね」アマンダはうなずいた。「銃を突きつけている相手は大きく見えるものよ」

西アフリカ連邦海軍旗艦は、一〇〇〇ヤード以内に近づいていた。鋭い波切りの下の水面が泡立ち、いかにも軽快な船らしいスマートな煙突から、ディーゼル燃料の濃い排気煙がたなびいている。

昇る太陽が激しく照りつけ、戦闘ベストの下に汗がたまるのがわかった。アマンダはいらだち、抗弾ベストのマジックテープのタブをひっぱってはずし、体をふってはずすと、うしろに落とした。その上にヘルメットも落とし、一歩進んで、髪をふり、背中をなでる海の風を味わった。機銃で撃たれたら、ケヴラーが何枚か重なっていても、たいして役に立たない。

ターゲットへの照準を修正するたびに兵装ぺデスタルがブルル、カチッ、ブルル、カチッという音が、うしろから聞こえる。

「なにかおれがまだ気がついていないことがあるんですか？」ドームの形のコクピットの反対側にのぼってきていたストーン・キレインがたずねた。ショットガンは下に置いてきて、太い筒状のプレデター対戦車ミサイル発射器を背負っている。撃ち合いがはじまったときは、傍観していつもりは毛頭ないようだ。

アマンダは、笑いそうになるのをこらえた。この海兵隊大尉は、ずいぶん生意気な態度をとるが、それがまた気に入っているところでもある。「いいえ。ただ、メインのショーはこれからはじまると思っておいて」

三〇〇ヤード以内に接近した〈プロミス〉が、尻をふるような急舵を切った。機関を全速後進にして、艇尾の下の水が渦巻いている。〈クイーン〉の前方を横切ると、真横へ来て停止した。砲雷科に指示が下され、砲熕兵器の筒口が横を向く。

掃海艇から戦闘艦への改造作業は、荒っぽいものだが、じつにみごとだった。エリコン三〇ミリ連装機銃を装備する前部のエマソン・エレクトリック砲塔《マウント》は、当初から搭載されていたが、後部のロシア製五七ミリ連装砲二基は、あらたにつけくわえられたものだ。凹甲板と上部構造後部にそれぞれ備え付けた使いやすそうなガン・タブに取り付けられ、艇尾方向を二重に射界に収めている。砲手が防楯のうしろにいる。アマンダと〈クイーン〉の乗組員たちは、尾栓の閉鎖機構に装塡される砲弾の真鍮の輝きが見えるほど接近していた。

アマンダのイヤホンに、低い声が聞こえた。「射撃指揮1からTACBOSSへ。あの連中を撃つ場合は、コクピットの横にしがみついて、できるだけペデスタルのうしろに行くようにしてください。いまおられるところは、三〇ミリ機銃の銃口からの爆風がいちばんひどいですから」

「情報をありがとう、ダノ」アマンダは、ブーム・マイクに向かっていった。「あなたはあの五七を狙い撃つのに神経を集中していて」

「チンポしゃぶりども、引き金に触りやがったが最後、命はありませんよ……失礼、マーム」

「それじゃ、おれは前部三〇ミリをやります」テホアが、世間話でもするようにいった。「キレイン大尉はどこをやるんですか？」

「おれはブリッジをやる」キレインがうなるようにいい、折り敷いて、プレデター発射器を肩に載せた。

二隻を隔てた一〇〇ヤードほど向こうの水面から、拡声器のためにひずんで鼻声になっている血気盛んな声が響いてきた。「アメリカの哨戒艇、アメリカの哨戒艇、こちらは西アフリカ連邦軍艦〈プロミス〉艦長だ！　おまえたちは西アフリカ連邦領海を侵犯し、西アフリカ連邦海軍将兵の身柄を違法に拘束している。ただちに解放しないと発砲する！」

アマンダは、ベルトの通信システムに手をおろし、〈クイーン〉のラウドスピーカーを作動させた。「こちらはアメリカ海軍戦闘群司令アマンダ・ギャレット大佐、国連アフリカ阻止軍の承認のもとで作戦を行なっている。状況を明確にするようもとめる。西アフリカ連邦とギニアは戦争状態にあるのか？」

長い沈黙が垂れ込めた。アマンダは、もう一度ラウドスピーカーのスイッチを入れた。「くりかえす。状況を明確にするようもとめる。西アフリカ連邦とギニアは戦争中なのか？」

掃海艇を改造したコルヴェットのブリッジから、ようやく応答があった。「西アフリカ連邦とギニアは戦争状態にない。おまえたちはわれわれの水兵と海軍艦艇を違法に拘束している。ただちに解放しろ！」

アマンダは、頭のなかで何度も練習してあった台詞を、マイクに向かっていった。「だめだ、艦長。われわれが身柄を拘束しているものたちは、ギニアの国民と政府に敵対行為を行なったところを目撃されている。それについて、われわれは確実な証拠を握っている。彼らがそちらの政府の命令に従っていたとすれば、西アフリカ連邦はギニアに対し不法侵略行為を開始したことになる。

彼らがそちらの政府の命令に従っていなかったとすれば、制定されている国際海事法に照らせば、彼らは海賊である。ゆえに、あらゆる海運国にとって合法的に重要な関心事となる。もう一度きく、西アフリカ連邦とギニアのあいだに戦争状態は存在するのか？」

渋々応答があった。「西アフリカ連邦は、どの国とも戦争をしていない」

アマンダは、深く息を吸い、まわりくどい弁証を、さらに一歩ずつ進めていった。「それが事実であれば、このものたちは国際海事法に照らして海賊である。アメリカ合衆国海軍は、正当な緊急越境追跡を行なってそちらの領海にはいり、この犯罪者たちを逮捕した。彼らはギニア官憲に引き渡され、公判に付される。では、われわれは引き揚げる」

ふたたび間があり、やがて西アフリカ連邦艦のブリッジから、不安をにじませた返事があった。「それらの犯罪者が西アフリカ連邦領海内で逮捕されたのであれば、これは西アフリカ連邦の国内問題だ。われわれが裁判にかけるから、引き渡すよう要求する」

「要求を却下する。今後この問題に関する協議は、ギニア政府と行なってもらいたい」

応答はなかった。

「さて、と」キレインが、ぽつりといった。「賭け金をあげる《レィズ》か、おりるか、どっちかだな」

「そうね」アマンダが、腰に手を当ててうなずいた。「彼らがおりれば、われわれが彼らの領海内で作戦を行なったのを認める前例となる。レイズしたら、こっちも勝負するまでよ」

「こちらフローター1、割り込みます」クリスティーンの声が、アマンダのヘッドセットから聞こえた。「報告します。〈プロミス〉は、たったいま主無線機で発信しました。信号情報によれば、西アフリカ連邦艦隊司令部に連絡している模様です」

「受信した、フローター」アマンダは、テホアとキレインのほうを見た。「あの艦長は、自分の手が気に入らないらしい。親をゆずったわ」

テホアが、肩をすくめた。「かもしれませんがね、マーム。しかし、フラッシュくずれでがんばる馬鹿も多いんですよ」

コクピットのアマンダの側の窓があいた。「司令、ボグ三隻に爆薬を仕掛け終わったと、戦隊各艇から報告がありました」

「よろしい、レイン艇長。導火線に点火し、ボグを切り離すよう命じて。戦隊各艇は離れる。スウィマー・モード。ゆっくりとじりじり遠ざかるのよ」

「アイアイ」

〈クイーン〉の電動推進ポッドのプロペラが水を掻き、足もとの甲板がかすかにふるえはじめた。放棄されたボグハマーが、ガタンという音とともに〈クイーン〉から離れ、やがて船体の上から見えるようになった。じっと浮かんでいるボグハマーは、〈クイーン〉と〈プロミス〉の距離があくのを示す格好の目印だった。〈プロミス〉は動かず、なんの動きも示していないが、砲熕兵器はあいかわらず狙いを定めていた。

キレインが、腕時計を見た。「そろそろだな」

突然、小規模な爆発の鈍いパーンという音が水面に響き、その反響に重なって、近くの二カ所でおなじ爆発音が響いた。ボグハマーの腹から煙が噴き出し、破片が飛び散った。数秒の間を置いて、舳先がゆるゆると持ちあがった。爆発物担当の予言したとおり、船外機の重みで沈んでいった。あとの二隻も、おなじようにたちまち沈没した。

〈プロミス〉の煙突から煙が噴き出し、スクリューが急回転して艦尾の水が盛りあがった。回頭をはじめた〈プロミス〉のシルエットが細くなる。

南へ向きを変えている。

キレインは、プレデターの安全装置をかけた。「あいつ、はなから勝負する気がなかったんだ」立ちあがって、対戦車ミサイル発射器を肩にかつぎ、アマンダのほうをちらと見た。「おみごと、マーム」いいながらかすかにうなずいて、自分の気持ちを伝えた。

「ありがとう、キレイン大尉」アマンダはとことん真顔で答えた。「ひさしぶりにうれしい褒め言葉を聞いたわ」

コクピットでは、スノーウィ・バンクスが、ほっとするとともに有頂天になって甲高い声を発し、艇内の奥のほうでも歓声や雄たけびが響いていた。テホア上等兵曹は、太い両腕を頭上に差しあげて拍手し、アマンダも拳を突きあげる勝利の仕種をした。

「TACBOSSから戦隊各艇へ」ヘッドセットを使って、アマンダは伝えた。「作戦目標をすべて達成！　任務時間割終了！　うちへ帰ろう！」

フローター1へ帰投するあいだも、よろこびは高まるばかりで、フローター1だけではなく他の国連アフリカ阻止軍部隊への無線交信でもその盛りあがりが伝染していった。

英国海軍哨戒飛行隊のEH101マーリン対潜哨戒ヘリコプター一機と、フランス海軍フリゲート哨戒部隊の艦載ヘリ、優美な姿のシーリンクス一機が、フローター1に向かうシーファイター群の上空を飛び、機付長たちが横から身を乗り出し、親しげに手をふって歓迎の挨拶をした。

スティーマー・レインも、二隻を率いて高速掃飛をやって見せた。早くも戦隊の特徴となった密集梯隊をがっちりと組み、移動海上基地のまわりを小さな楕円軌道で一周し、編隊を解いて、一隻ずつ斜路を目指した。

プラットホームの手摺には、戦隊を出迎えようと待っている整備員たちが、鈴なりになっていた。ホバークラフトの乗組員と海兵隊員がおりてくると、背中をどやされ、抱き合い、女性の場合は突進してくる熱狂した男性下士官にむりやり手を握られて祝いのキスをされた。

戦闘群司令のアマンダは、〈クイーン〉をおりたときも威厳を保つことを認められ、機動群の士官たちの控えめな祝いの言葉と握手を受けた。興奮の最後の名残が消えると、とてつもない疲労に襲われることがわかっていたので、そっとしておいてもらえるのは、非常にありがたかった。

もちろん、例外はある。クリスティーン・レンディーノが、〈クイーン〉の傾斜板の上まで来て、うれしそうにぎゅっと抱き締めた。「まあ、またやりましたね」

「まあ、これまではうまくいったけど。マッキンタイア提督には報せた？」

「作戦のあいだずっと、定期的に最新情報を伝えていました。ハワイでは何時なのか知らないけど、帰投したらすぐに連絡してほしいそうです」

「わかった。宿舎から連絡する。それからシャワーを浴びて、十分ばかり真水の割り当てをごまかす。それから寝て、二日間起きない」

それを聞いて、レインが進み出た。「すみませんが、司令、よろしければ戦隊のことで力を貸していただきたい問題があるんです。すぐにすみますから」

「いいわよ、スティーマー。どんな問題?」

「こっちへどうぞ」

レインは先に立って、ホバークラフト格納庫の脇へアマンダを連れていった。第一PGAC(エアクッション哨戒艇〔砲〕)戦隊の士官と下士官がほとんどそこに集まっていることがわかった。だれもがにやにや笑い、期待を顔に浮かべている。格納庫の脇に、防水布をかけたものがあることに気づいた。

「つまり、こういうことなんです」レインが語を継いだ。「われわれは新しい部隊で、正式な戦隊記章がない。これまでは名案がなかったからでもあるんですが、最初の日に司令がおっしゃったことを、バンクス中尉がおぼえていて」

レインは、興奮と不安があいなかばしている様子のスノーウィのほうを顎で示した。「その思い付きをスノーウィが話し、みんなで検討したんです。それで、ご覧いただきたいのです」

だれかが防水布の端をひっぱって、甲板に落とした。そのとたんに、アマンダは噴き出し、笑いがとまらなくって、体をくの字に曲げた。

それは高さ一二〇センチの楯の形をした部隊記章だった。上の兜飾りに二行の肩書きがあった。

第一ＰＧＡＣ戦隊
三匹の子豚

記章のまんなかには、ディズニーの漫画に似てはいるが獰猛に牙を剝いたアフリカのイボイノシシが三匹、〈クイーン〉級シーファイターの上に乗ってビーチに向け波乗りをしている絵柄があった。三匹とも海軍の〝紙コップ〟帽をかぶり、一匹は海賊風の眼帯をかけて、臭そうな安葉巻をくわえている。楯の下のほうに〝狼なんか怖くない〟という座右銘《モットー》があった。

「とにかく一度、作戦をものにしないことには、お見せできなかったんですよ」レインが説明をつづけた。「これで文句なくこれを掲げられると思いました。どうでしょうか、司令？」

アマンダは背すじをのばし、涙を拭った。戦隊の面々、自分の部下たちの顔を順繰りに見て、ひさしく感じることのなかった連帯感をおぼえた。じつにいい気分だった。

「すてきよ」声を大にしていった。「この記章を許可します。ただし、注意することがひとつだけあるわ。この部隊でわたしのことを豚婆あというやつがいたら、こっぴどい目に遭いますからね」

西アフリカ連邦　モンロビア　マンバ岬ホテル
二〇〇七年六月八日　一一一五時

その会議は、まったく形式的だった。だが、外交の手順というのは、そもそも九九パーセントが形式的なのだ。形式、儀礼、手続き、延々とつづく話し合いが山のように積もったなかに、ときどきちっぽけな金塊《ナゲット》のような貴重な進展がある。

ヴァーヴラ・ベイは、きょうはそんな宝物は見つからないだろうと踏んでいた。

「われわれは、国連軍部隊のわが国の領海への違法な侵入に抗議する」ベレワ大将軍が、硬い表情でそういった。「これはわが国の主権のはなはだしい侵害であり、外国勢力による明白な弱いものいじめである」

「アルジェリア・イスラム共和国も、これはネオ植民地主義的行為であると抗議する！」ウマムギ大使が、吐き捨てるようにいった。「同盟国に対するこのような侵略行為は、とうてい看過できない！」

今回は、前とはちがう会議室で、まんなかに丸いテーブルがあった。ベレワ、ベイ、ウマムギが、おなじ距離を置いてテーブルを囲み、補佐官たちはうしろの壁ぎわの椅子に座っていた。国連チームが到着したときにはそうした舞台ができあがっていたので、ヴァーヴラ・ベイ特使は、この会議の段取りには微妙な裏の意味が隠されているのではないかと考えた。アルジェリアがこの危機で重要な役割を担いたいのか。あるいはベレワが国連代表に対して、自分たちの国は孤独ではないことを示そうとしているのか。

ヴァーヴラは、勘をこのうえなく鋭く研ぎ澄ました。

「みなさん」ヴァーヴラは切り出した。「侵犯行為が行なわれたのは事実です。しかしながら、安全保障理事会の見解では、犯人および被害者は、みなさんのおっしゃるのとはまったく逆ですね。記録されている証拠によれば、国連アフリカ阻止軍部隊の行動は適切であり、正当な理由があると、安全保障理事会は考えています。その証拠は、西アフリカ連邦がギニアに対し、さかんに軍事行動を行なっていることを示しています」

「われわれは、そのような主張は否定する」ベレワが、うなり声をあげた。大男のアフリカ人は、肘をテーブルにつき、顔の前で手を組んで、しかめ面を半分隠していた。

「これを否定なさるのですか、将軍?」ヴァーヴラは、テーブルの上で手をふり、雑然と置かれた書類のコピーや写真を示した。「武器も補給品も西アフリカ連邦軍の表示があります。押収した書類には、西アフリカ連邦陸海軍の幹部将校の署名がある。戦闘計画、騒擾作戦の報告書——」

「偽物だ!」ウマムギが叫んだ。腰を浮かし、テーブルに身を乗り出した。「この書類を調べたが、西側情報機関の見え透いた偽造文書だとわかった。こんなものは認められない!」

ベレワの顎の下の小さな筋肉がひくつき、一瞬、目が鋭くなったのに、ヴァーヴラは気づいた。ベレワは、ゆっくりと一度息を吸ってから、しゃべりはじめた。「西アフリカ連邦の国民、ひいては軍関係者が、ギニア国内の反乱分子にくわわって、反政府活動をしている可能性があるかもしれない、ということは認める。西アフリカ連邦には、ギニアの腐敗と人権侵害に憤りを感じているものがいる。しかしながら、わが国の政府が隣国に対して敵性行為を行なうよう命じたことはないと、あらためてきっぱり否定する」

「では、このものたちはどうなさいます、将軍？」ヴァーヴラが、低い声でたずねた。「現在、ギニア政府によって身柄を拘束されている三十四名の西アフリカ連邦国籍の人間です。関係がないとおっしゃるのですか？」

ベレワの喉の筋肉が、またひくついた。「西アフリカ連邦は、国民がどこにいようと、その安全を願ってやまない。それらの人間の返還に国連が力を貸してくれることを願う。ギニア大使はこの件に関して、じつに……喧嘩腰なのだ」

ヴァーヴラは、肩をすくめた。「将軍、このものたちが、ほんとうにみずからの責任のもとで行動していたとするなら、わたしにはなにもできません。さっきも将軍がおっしゃったように、ギニアと西アフリカ連邦のあいだに戦争状態は存在しない。したがって、このものたちは、捕虜とは見なされません。よって、彼らの運命はギニアの刑事裁判所によって定められます。あいにくこの西アフリカ連邦のものたちは、殺人、海賊行為、テロリズムの容疑で裁かれます。おそらくかなりの厳罰に処せられるでしょうね」

ヴァーヴラは、ベレワの視線を捉えた。「このものたちの行動について、西アフリカ連邦がなんらかの責任を認めるのでしたら、国連が彼らのために介入する根拠となるかもしれません」

ベレワの目は、茶色の氷のようだった。「この問題に関していうことは、もうなにもない」

「ご随意に」

ヴァーヴラは、脇のブリーフケースからクリーム色のフォルダーを出した。表紙に国連の銀色の紋章が浮き彫りになっている。それをゆっくりと会議テーブルのまんなかに置いた。「国連大使から報告が届いているものと思いますが、安全保障理事会は、国連アフリカ阻止部隊の収集した西アフリカ連邦の侵略行為の証拠によって、行動を起こすことを決定しました。西アフリカ連邦に対する禁輸は、食料と衣料品をのぞく全品目に拡大されます。また、封鎖の支援のために必要と見なされたときは、ＵＮＡＦＩＮ（国連アフリカ阻止軍）司令官の自由裁量で西アフリカ連邦領内での作戦を許可できるよう、ＵＮＡＦＩＮの交戦規則を公式に修正しました」

「これ以上われわれの領土を侵犯するようなことがあれば、武力をもって対抗する」

「では、そちらの自由裁量でそうなすったらよろしいわ、将軍」ヴァーヴラ・ベイは、決然とブリーフケースの留金をかけた。

移動海上基地フローター1
二〇〇七年六月八日　一七二二時

大好きなアーカディ

そう、わたしたちはやってのけた。とにかく最初のひと勝負はね。考えてみれば、危機のさなかにこの司令職が舞い込んだのは、ついていたわ。ひたすら没頭しているもの！　沈むか泳ぐか、ふたつにひとつよ！　よけいなことを考えて、それでしくじるひまもない。

ほかにもついていることがあるの。以前、デュークに乗り組んでいたチームもそうだったけど、ここでもとびきり優秀なひとたちが部下なのよ。自分がみんなの才能を引き出せる力があるといいのだけれど。この種族のしきたりや、環境に慣れなければいけないと、たえず自分にいい聞かせなければならない。それさえできれば、問題はないんじゃないかしら。

わたしたちはギニア領内にあったベレワの舟艇隠匿所を一掃し、異例なやりかたをしたにもかかわらず、意外にもどこからも文句は出なかった。ギニア政府も、しばらく息がつけるので、ほっとしている。西アフリカ連邦のゲリラを叩きだしたいま、いちばん肝心なのは、そいつらがこっそり戻ってこないように目を配ることよ。

われわれは要線哨戒を行なっているから、わたしも毎日（というよりは毎晩——だって、ここでは動きがあるのはたいがい夜なのよ）出ている。いまも戻ってきたばかりなの。この艀に四六時中いて、〝戦闘群司令という名の敷物〟になるのは、まっぴらごめんだわ。

隠匿所をすべて一気に叩きつぶしたとはいえ、われわれは手薄なことには変わりない。長い海岸線をわずかな数の艦艇で監視しなければならない。かわいい三匹のPG《ピージー》（哨戒艇）は高速だけど、それでも間に合わない。（それはそうと、添付した画像ファイルを見て。新戦隊の記章よ。自分でも知らないうちに、デザインに関係していたの。）なにかが起きた場合、われわれの即応態勢では遅れをとるのではないかと不安なの。

まともな水上戦闘士官がこんなぐちをこぼすなんて口惜しいんだけど、あなたとあなたのへリがあったらどんなにうれしいだろうと思うの。それはもういろいろな理由から。毎晩眠る前に、あなたと〈ジーアードラー〉のコクピットでいっしょに過ごした夜のことを考えるのよ。あなたもあのときのことを考えてくれたらいいな。それから、話し終えていなかったことを最後までいう機会があればいいと思う。ふたりとも、そのことではもっともっと話すことがあるじゃない。

元気で楽しくやっていてね
アマンダ

PS　クリスがよろしくって。

ギニア沿岸　サラトゥク岬の〇・五海里南西
二〇〇七年六月十一日　二三三〇時

〈クイーン・オヴ・ザ・ウェスト〉がオイルの浮いた低いうねりに乗っていると、奇妙な感じだった。エアクッション航走せず主機を切っていると、船体の横揺れに、かすかだがはっきりと、ためらうようなふしがある。船体の下のプレナムチャンバーに高圧空気がなく、スカートがしぼんでいるせいだろうと、アマンダはぼんやり分析していた。

スティーマー・レインが、艇長席にだらしなく座り、片手を電動推進ポッドの操作ダイヤルに載せていた。ときどきその指が動き、シーファイターが精確な位置を維持するように、推進ポッドをつかのまたくみに作動させると、かすかに船体がふるえた。

〈クイーン〉は、ふだんどおり岸近くに配置されていた。アマンダが戦術ディスプレイを見ると、高速攻撃艇〈シロッコ〉がさらに六海里沖で、何度もくりかえし楕円形の軌道をゆっくりとまわっていた。その六海里向こうの遠洋では、フランス海軍のフリゲート〈ラ・フルーレット〉が巡回している。

しかしながら、動きがあるとすれば、海岸からこっそりと忍び寄ってくるはずだった。

アマンダは席を立ち、狭苦しいコクピットで精いっぱいのびをした。「どんなぐあい、スノーウィ？」上のハッチを見あげてたずねた。

「美しい夜ですよ」ハッチのへりに腰かけたスノーウィが、星空にシルエットとなっていた。暗視双眼鏡をおろしたとき、農家の少女のようなかわいい顔の上で黄緑色のかすかな光が踊った。「ビーチに焚き火がふたつ見えるだけで、なにも動きはありません」

「なにかトラブルがやってくると思っているんですか、司令？」艇長席からレインがたずねた。

「よくわからない」アマンダは身を乗り出し、艇長席の背もたれに肘をついて、風防の外に目を凝らした。夜空の輝きで、海と空と陸ぐらいは見分けられる。「二日ほど前から、われらが友人ベレワが動くんじゃないかという気がしているのよ」

「どうですかね。このあいだ、尻を叩きのめしてやりましたからね」

「そこが問題なのよ、スティーマー。われわれは、ギニア沿岸の西アフリカ連邦基地を一掃し、ベレワに大きな痛手をあたえた。ベレワは形勢を挽回したいはずよ」鋭い目つきになって、敵の立場から考えようとした。「彼はいまでは、われわれが優秀だというのを知っている。でも、どれほど優秀なのかはわからない。それを知るために、探りを入れてくるはずよ」

背すじをのばし、背もたれを叩いた。「とにかく、下で紅茶を飲んでくる。あなたたちにも、なにか持ってくる？」

「いえ、結構です。夜半直（午前零時－四時）までは平気ですよ」

「わたしもおなじ」スノーウィが、ハッチから大声でいった。

アマンダは、中央区画へ向けて梯子をおりていった。「わかった。なにか変わりがあったら呼んで」

大波が来た場合にそなえて舷側のハッチと傾斜板が閉めてあり、シーファイターの艇内は、戦闘用の青い照明を浴びている閉ざされた狭い世界になっていた。ディーゼル補機が低いつぶやきを発し、エアコンの送風管のなかで空気の音がしている。乗組員も海兵隊員も、当直であろうと非番であろうと、声をひそめていた。

左舷の通路では、予備銃手たちが無言で六枚ポーカーに熱中し、左舷機械室のあいたハッチのところで、部品屋ケイトリンが甲板に大の字になり、丸めた救命胴衣を枕に、目を閉じていた。ポータブルCDプレイヤーから、流行の新しいリズムが漏れ聞こえる。中央区画では、海兵隊ライフル・チームのひとりが、《銃と弾薬》の古い号を熱心に見ている。もうひとりも折畳式ベンチにならんで座り、難しい顔でスタインベックを読んでいる。

あとの乗組員は、それぞれにくつろげる時間をじゅうぶんに利用していた。狭い仮眠室の寝棚四つは使われていたし、艇尾では膨張式の超小型急襲艇《ミニレイダー》のなかで、海兵隊員たちが寝転がっていた。

ダニエル・オローク一等掌砲兵曹は、コクピットの下の射撃指揮所で感知装置類を駆使し、見張っていた。難しい顔をしてコンソールにかがみ込み、レーダーと高感度テレビを交互に使って、順序だって水平線を掃引していた。

アマンダは、にっこり笑った。この若者は見どころがあると思ったのは、正しかった。例の誤射このかた、ミスを償って力量を示そうと、オロークは一所懸命やっている。優秀な乗組員になるだろう。

コクピットに通じる梯子をまわると、アマンダは首をすくめて狭い士官室にはいった。ストーン・キレインとベン・テホアが楔形のテーブルに向かい、マグカップのコーヒーをちびちび飲んでいた。テホアは片手にボールペンを持ち、目の前の便箋には半分ぐらいまで書き込まれていた。

「手紙を書いているの、チーフ?」マグカップに水を注ぎ、電子レンジに入れながら、アマンダはたずねた。

「ええ。娘たちへの手紙ですよ」

アマンダは湯気をあげているマグカップを出し、ティーバッグをひたした。今回は好きなアールグレイをまとめて持ってくるのを忘れたので、購買部のノーブランド品で間に合わせている。「乗組員はだれでも基地から電子メールを出せるのは知っているわね」

「ええ、もちろん。海外派遣のとき、ありきたりの連絡は、女房とそれで済ませていますよ。でも、これは気持ちを伝える手紙ですからね。紙を使いたいんですよ」がっしりした上等兵曹は、きまり悪そうににやにや笑った。「そのほうが特別な感じになりますからね」

「よくわかるわ」テーブルをまわって奥へはいりながら、アマンダはいった。父親が海に出ていたころの手紙は、大切な記念の品として、いまでも家の机の抽斗にしまってある。自分の人生でかけがえのない人間だった何人かの男性からの手紙もある。電子メールは便利だが、魂がこめられていない。こんどアーカディに便りをするときは、便箋を探してみようと、頭のなかにメモをした。

「家族の写真を見せたことはありましたっけ、司令?」

「いいえ、チーフ。まだ見せてもらってないわ」

テホアが、古ぼけた財布を尻のポケットから出した。それをひらき、アマンダに渡した。財布同様、写真も潮気がついてぼろぼろになっていたが、体格のいい落ち着いた感じのサモア女性と幼い女の子ふたりが写っているのはわかった。女の子は八歳と六歳ぐらいだろう。いずれもまじめそうな大きな黒い目とつややかな黒い髪だった。

「きれいね、チーフ」アマンダは心の底からいった。「三人とも美人」

「謙遜はしませんよ」テホアが誇らしげに答えて、財布をポケットにしまった。

ストーン・キレインは、テーブルに向かったまま沈黙を守っていた。だが、いまのやりとりのあいだ、キレインがいつものように眉間に皺を寄せて目の焦点を合わせ、自分のほうにずっと視線を注いでいたのを、アマンダは意識していた。

アマンダは、美人のつねで、男に見られるのには慣れている。周囲の状況や事情によっては、それを楽しむこともある。しかし、キレイン大尉が関心を示しているのは、そういうあけすけな性欲とはまるきり関係ないだろうと思った。

キレインが機動群にくわわってから、自分が綿密に分析され、行動を評価され、指揮官としての仕事ぶりを判定されていることを、アマンダは意識していた。自分の指揮下にあるすべての人間とおなじように、キレインにはそうする権利がある、というのがアマンダの考えだった。自分には、彼らの高い期待に添えるように努力する責任がある。

職業軍人として海軍にいるアマンダの能力に疑いを抱くのは、ストーン・キレインが最初ではなかった。彼が最後でもないだろう。それに、ときどき他人に自分の力量を示すのは、けっして悪いことではない。気のゆるみをさまたげる役に立つ。

アマンダは、ゆっくりと紅茶を飲んだ。

「失礼ですが、司令」キレインが、テーブルの向こうから声をかけた。「標準支給品の拳銃ではないですね。それはどういう銃ですか？」

「ルガーSP101」アマンダは、ベルトに留めたナイロンの交差抜き《クロス・ドロー》ホルスターの蓋のスナップをはずし、小さなリヴォルヴァーを抜いた。リリース・ボタンを親指で押して弾倉をふり出すと、キレインに渡した。「要するに、五発入りの三五七マグナムだけど、いつも三八だけをこめているの」

キレインは、眉を寄せて弾薬を掌に出した。指先を転がして、磨きこまれた真鍮の感触を味わう。頭上の戦闘用照明に銃口を向け、親指で回転弾倉をまわして、無意識に、磨耗していないか、ゴミがはいっていないかと調べた。

また評価されていると気づいて、アマンダは心のなかで苦笑した――今回は、武器をないがしろにするという、海兵隊にとってもっとも重い罪を犯していないかを、吟味されている。

「どうしてわざわざ回転拳銃にしたんですか？」興味をおぼえた様子で、キレインがたずねた。

それを選んだ事情を話せば長くなる。それがまた、いまだに自分が馬鹿みたいに思える話なのだ。キレインが、期待するふうで見守っている。キレインは自分に理解できる物事を通じて上官を本気で理解したいと思っているのだと、アマンダは気づいた。それなら真実を打ち明けなければならない。

「長い話なのよ」アマンダは話しはじめた。「十年ほど前のことで、わたしはまだ少尉だった。当時は海上で麻薬密輸を阻止する計画が重要視されていて、それに海軍と沿岸警備隊の艦艇が参加していたの。その一環として、沿岸警備隊の外洋哨戒艦に勉強のために乗り組む機会が、かなりの数の海軍士官にあたえられた。陸を離れるいい機会だと思ったので、わたしは志願したの。

それで、ある日、バーハ・カリフォルニアの沿岸で、エクアドルのマグロ漁船と見られる船と邂逅した。わたしは当直臨検士官だったので、四名の臨検チームを率い、ゾディアック（膨張式ボート）に乗って調べにいった。

そのときはまだ知らなかったけど、それが大当たりだったのね。その漁船はカルテルの麻薬運搬船で、数トンのコカ・ベースを積んでいた。カルテルの幹部の殺し屋も乗っていて、あっさり降伏するつもりはまったくなかった」

テホア上等兵曹も、手紙そっちのけで、じっと聞いていた。

「漁船に乗り込んだとたんに、様子がおかしいと思いはじめた。乗組員ひとりが舷梯まで来ただけで、甲板にはひとっ子ひとりいない。その乗組員も、ひどくそわそわしている。われわれを下の甲板や甲板室など、哨戒艦から見えないところへ連れていこうとするのよ。

その手には乗らなかった。臨検チームのうちのふたりにその南米人の乗組員を見張らせ、あとのふたりが露天甲板の捜索と安全の確保を開始した。わたしは駆け出して、身をかがめ、甲板室の角をまわったところで、漁船のべつの乗組員と文字どおり鉢合わせした。そいつがＳＫＳカービンを持っていたのよ。

それが、わたしが拳銃を選ぶきっかけになったの。そのころは標準支給品のＭ９ベレッタ・セミ・オートマティック・ピストルを持っていた。正直いって、あの拳銃はどうも苦手で、びびっちゃうの」

アマンダは溜息をつき、自分で自分の言葉をけなすように、軽く肩をすくめた。「誤解しないで。ベレッタはいい銃よ。でもね、扱いかたをよく知らないといけない。ライフルやショットガンなら、ちゃんと撃てるの。小学校のころに父が撃ちかたを教えてくれたし、十六歳の誕生日にはブローニングの二〇ゲージ二連銃を買ってもらって、ふたりでトラップ射撃場に行ったものよ。でも、拳銃はうまく撃てるようになったためしがないの。アナポリスで基礎訓練は受けて、毎月審査のための射撃はしたけど、当時もいまも特級射手とはほど遠い腕前で。

わたしは掩護チームを大声で呼び、殺し屋の顔に銃を突きつけた。ところが発射できなかったのよ。安全装置《セフティ》をかけたままだったの。デコッキング・レバーやらマガジン・キャッチやら、ベレッタにいっぱいくっついている仕掛けのなかからセフティを探し出したときには、もう撃たれていた」

キレインが、片方の眉をあげた。「どれぐらいでかいやつを食らったんですか？」

アマンダはつと右手で左の肩に触り、薄いシャツの生地の上から、傷痕の感触をたしかめた。

「そんなにひどくなかった。貫通して、鎖骨が折れただけ」

「それからどうなったんですか？」テホアがたずねた。

「たいしたことはなかった。掩護チームが殺し屋をM16で撃ち殺し、わたしをそこから連れ出した」

ほんとうは、それからがたいへんだったのだ。甲板でカルテルの乗組員と激しく撃ち合い、ブリッジを攻撃し、血みどろになって苦痛にあえぎ、哨戒艦から応援がくるのを待った。

だが、そうした出来事は自分のいいたいこととは関係がない、とアマンダは判断した。「とにかく、退院すると、単純で信頼できて、だれにでも簡単に取り扱える拳銃を、真っ先に買いにいった。銃のことをよく知っているひとがルガーを勧めたので、それからずっと、これを持っているのよ」

キレインは、弾薬を小さなリヴォルヴァーにこめなおした。回転弾倉をふり入れると、テーブルごしに返した。「ああ。ルガーはとにかく頑丈そのものだ。それは請け合いますよ」

キレインはしばしいいよどんでいたが、やがて咳払いをした。「ただ、これからも特殊作戦にかかわっていくのなら、もっと威力があるものを持ったほうがいいでしょうね。三八口径のフルメタル・ジャケット弾は、サンディエゴで舷門の警衛をつとめるのならじゅうぶんだろうが、生きるか死ぬかという銃撃戦ではたいして役に立たない」

「そうかもしれない」アマンダは、さりげないふうをよそおって、リヴォルヴァーをホルスターに戻した。「なにがいいと思う？」

キレインは、しばらく考えていた。「司令にはM1911A1コルト四五口径がいちばんいいと思います。まだ武器庫にすこしは残っているでしょう」

こんどはアマンダが眉をあげる番だった。「コルト45？　冗談でしょう。あんな大砲みたいなどでかい銃は扱えないわよ」

「いやいや！　じゅうぶんに扱えますよ！　1911をぶっ放す女性射手はたくさん知っている」興味がある分野なので、キレインは生き生きした口調になっていた。「ベレッタはダブルカラムだから、握りが太いんですが、コルトは細い。それに、重いから反動を吸収してくれる。

殺傷力《ストッピング・パワー》も、昔ながらの四五口径普通弾ならじゅうぶんすぎるほどです」

「ためすのに一挺、手に入れられる？」アマンダがたずねた。

キレインはうなずいた。「だいじょうぶだと思います。中隊の火器係に話をします。そいつは、あちこちに知り合いがいますから」

キレインと真剣な話ができたのはありがたかったし、拳銃に関する意見ももっともだった。

「わかった」アマンダはいった。「でも、やっぱり指導してもらわないといけない。さっきもいったように、わたしはアニー・オークレーみたいな拳銃の名手じゃないし、コルト45が名手の持つ銃だというのは知っているわ」

「うちの先任下士官は、M1911に関しては知らないことがないんですよ。軍全体がついにベレッタに変えたときには、トールマンは三日間泣きわめき、それから飲みにいって、酔っ払ったものです。トールマンが訓練の準備をしてくれますよ」

キレインはまたいいよどみ、テーブルと半分飲んだコーヒー・カップをじっと見つめた。いかつい顔をあげたとき、はすに構えながらも上官を受け入れる表情になっていた。「必要とあれば、わたしもお手伝いしますよ」

アマンダは、にやりと笑いそうになるのをこらえた。思いもかけないときに、勝利を収められることがあるものだ。キレインにうなずいて見せた。「ありがとう、ストーン。約束したわよ」

「ギャレット大佐」コクピットから、レインの切迫した声が響いてきた。「作戦室から呼び出しがかかっています。動きがありました！」

アマンダは、マグカップを置きっぱなしにして、あわててテーブルを離れた。

上に行くと、スノーウィがハッチからおりてきて副操縦士席につき、機関始動チェックリストをやっていた。レインがアマンダに指揮通信ヘッドセットを渡した。「戦術ディスプレイによると、ゆっくりと動く物標《ターゲット》がひとつ、ギニア領海に向かっています。作戦室が詳細をつかんでいます」

「ありがとう、スティーマー」アマンダはヘッドセットをかけた。「作戦室、こちらロイヤルティ。情報をどうぞ」

クリスティーン・レンディーノが、作戦室に詰めていた。アマンダが部署にいるときは、いつも当直をつとめている。「そちらが予期していたとおり、探りを入れてきましたよ、ボス・マーム。通常のボグハマー三隻から成る哨戒隊が、さきほどまでギニア領海に向けて掃海していました。二隻がひきかえし、一隻だけがそのまま北上しています。いま、国界を五〇〇メートル越え、波の砕けるところのすぐ外側を、忍び足で進んでいます。推定速力五ノット。灯火はつけず、できるだけ航跡を残さないようにしています。要線哨戒のプレデター無人機は、高度二万五〇〇〇フィートを旋回しているので、敵艇は見つかったとは思っていないはずです」

「よくやった、クリス！　そのまま見張って！　スティーマー、総員配置！　要撃にそなえて！」

「海兵隊、鞍をつけろ！　乗り込み手順だ！」大声を出す必要はないのだが、ストーン・キレインはいつもの習慣でどなった。そのまわりで、海兵隊員と海軍の射撃チームが、ヘルメットをかぶり、戦闘ベストのストラップを締めている。

〈クイーン〉は動きはじめていた。爆音を発するエアクッション航走ではなく、音の出ない電動推進ポッドで、ひそやかに夜の闇を進んでいた。左舷と右舷のなかごろのハッチが勢いよくあき、擲弾発射器の太い筒口が突き出す。油圧装置の低いうめきとともに艇尾傾斜板がおろされ、艇尾機銃の細い銃身が闇に狙いをつける。艇内のエアコンの冷たい空気の塊が夜陰に出てゆき、潮の飛沫の混じった湿気の多い熱帯の空気が流れ込んできた。

「ようし、みんな」アマンダの静かな声が、頭上のスピーカーから聞こえた。「状況はこうよ。西アフリカ連邦のボグハマー一隻が、海岸に沿って北上している。おそらく偵察しているんでしょう。ちょうどこっちへ向かって進んでいるから、そのまま来させればいい。不意を討ち、拿捕する。できれば撃ち合いなしで捕まえたい。でも、不慮の事態にそなえて。状況の変化をたえず伝えるようにするわ」

〈クイーン〉の海兵隊分隊が、所定の位置に集合していた。中央区画の隔壁に背中をくっつけて着席し、武器を手に身構えている。ヘルメットをかぶった男たちが中隊長である自分のほうを向き、どういう反応を示せばいいのか、ヒントをあたえられるのを待っていることを、キレインは意識していた。

キレインは、わざとあくびをした。「しばらくは水兵どもにまかせておけばいいだろう。手を借りたくなったら、だれかがおれの脇腹をつつくさ」

ベンチの端にだらしない格好で座ったキレインは、目を閉じた。Kポット・ヘルメットは膝に載せ、モスバーグは脚に立てかけた。あくびも居眠りも、演技だった。ＰＲＣ無線機の軽量ヘッドセットを、艇内のインターコムのジャックに差し込み、指揮チャンネルの緊張したやりとりを聞いて、状況をずっと把握していた。

ボグは針路三六〇を維持している。速力はいまも五ノット。そちらとの縮減率は一〇ノット。距離二海里……ありがとう、クリス……スティーマー、こいつはまだ波の砕けるあたりを通っているようよ。それだと面倒？……場合によりますね。岸に乗りあげさせたいんですか？　それとも沖でやりますか？……射撃指揮。ボグをレーダーに捉えている？……はい、司令。距離は三〇〇ヤードですから、目視できると思います……わかった、ダノ。ターゲットを確実に識別できる？……ああ、まちがいないです、司令。目視で確認しています。ボグを捉えました……わかった。銃手、ヘルファイアをロックして。逃げようとしたら、即座に沈めるのよ……了解しました、マーム。ヘルファイアをペデスタルに出しました。ロックしました。追跡しています……距離二〇〇〇……一五〇〇……もっと近くまで来させて……アイアイ、マーム。距離一〇〇〇。さあ、パパんとこへおいで……位置を標定しました、司令。ターゲットは艇首の真正面です……わかった、スティーマー。位置維持モード。航跡を消して。とことん近くまで来させるのよ……了解。距離六五〇……火炎信号弾発射準備。五〇〇で攻撃する……ようし、もうちょっと……よし、スタンバイ……信号弾発射！

露天甲板の信号弾発射機がうつろな音を発し、パチパチとはじける発射体の群れを空に向けて撃ち出した。その直後、激しく燃えるマグネシウムのまぶしい光を反射して、艇尾傾斜板の向こうの波頭が白く輝いた。

「西アフリカ連邦の哨戒艇！」怒れる女神のようなアマンダの声が、ホバークラフトのラウドスピーカーから鳴り響いた。「こちらは国連の承認のもとで作戦を行なっているアメリカ海軍であるーッ！　おまえたちはギニア領海に許可なく侵入した。停船し、臨検を受ける用意をしろ。くりかえす、停船し、臨検を受ける用意をしろ！　抵抗すれば攻撃するーッ！」

キレインが身を乗り出し、ヘルメットをかぶった。「ぐずぐずするんじゃない、おまえら！　仕事だ！」ヘッドセットの送信タッチパッドに触れ、マイクに向かっていった。「コクピット、こちら臨検チーム。どんなふうですか？」

「不意打ちが効を奏したみたいよ」アマンダが、用心深い口調でいった。「やつらは機関を停止して、四〇〇ヤードのところでじっとしている」

信号弾発射機がふたたび連射し、ちらちらと揺らめく光が、あたりを昼間のように見せた。

「機銃の弾薬ベルトをはずし、小火器をすべて海に捨てろ。両手をあげたままおろすな。抵抗しなければ危害はくわえない」

「いいわ、ストーン」ふだんの抑揚に戻ったアマンダの声が、ヘッドセットから聞こえた。

「これから接近する。通常の手順よ。艇尾傾斜板から乗り移らせる」

「アイアイ、マーム」キレインは、タッチパッドから親指を放した。「海兵隊、捕虜受け入れ準備！　掩護チーム。擲弾を装填、位置につけ！　手順どおりだ！」

〈クイーン〉がふたたび動き出し、ボグハマーに近づいていった。傾斜板のへりの安全ネットが下げられ、海兵隊員が艇尾銃座の左右に一名ずつ折り敷き、細いジュースの缶のような四〇ミリ擲弾を、M4カービンの下に取り付けたM203擲弾発射器にこめた。

艇尾銃座の一二・七ミリ連装機銃の銃手が、キレインのほうを見た。「これでどういうふうに照らしましょうか？」

「白色光でやる。大佐の合図があったら、おまえの照明でやつらを照らす。照明をつけたら、ずっとやつらの目を狙うんだ。いいな？」

「アイアイ・サー」

二度目の火炎信号弾の群れが海に落ち、波の影をつかのま浮きあがらせてから、完全に消えた。〈クイーン〉がのろのろと回頭し、艇尾をボグハマーに向けた。キレインは、筋肉が縮むのを感じた。いまが攻撃に対してもっとも弱い瞬間だ。危険な方位に向けている兵装が、艇尾の機銃と海兵隊の小火器しかない。

戦闘ベストを身につけたほっそりした影が、キレインのそばに来た。「どんな様子？」

「じきにわかりますよ、大佐。照明をつけてもいいですか？」

「点灯して」

部品屋ケイトリンの手際のいい作業によって、二五万燭光の沃化水銀ドライビング・ライトが、艇尾一二・七ミリ機銃のマウントに取り付けてあった。銃手がそれをつけ、二本の鋭い銀色の刃のような光芒が、闇を切り裂いた。西アフリカ連邦の哨戒艇のくすんだグリーンの船体の上で光がとまる。

漂っているボグハマーに向けて、シーファイターがゆっくりと後退していった。近づくにつれて、小さな哨戒艇の細かい部分がしだいに見分けられるようになった。ボグハマーは、横腹を見せて浮かんでいる。指示どおり機銃の弾薬ベルトをはずし、二本の銃身を下に向けている。小火器は見当たらない。西アフリカ連邦海軍の水兵六人が、両手をうしろで組み、こちらを向いて座っているのが、なにか不気味な感じだった。

距離がなおも縮まった——五〇ヤード……四〇……

そのとき、不意にキレインの頭のなかで警報のスイッチがはいった。「くそ！ やつら、おれたちをはめようとしている！」モスバーグをさっと構え、フレシェット弾を薬室に送り込んだ。「ここにもっと銃手を集中しろ！」

海兵隊員たちが、キレインの横に走ってきた。分隊支援火器担当が軽機関銃を腰に構え、カービンを持ったライフル兵が狙いを定める。チャージング・ハンドルが引かれ、セフティ・キャッチが連射《フルオート》の位置までまわされる。傾斜板の上に火力を集中した壁ができ、アマンダは丁重に押しのけられて、キレインの背後にまわった。

「狙え！ やつらが動いたら——いいか、ぴくりとでも動いたら、掃射しろ！ ギャレット大佐、停止！ ボグに接近するのをやめてください！」

一瞬のためらいもなく、アマンダはリップマイクで指示した。操艦命令は、じかにキレインに伝わった。

プロペラの低い連打音がとまり、船体のかすかなきしみと、ゆっくりと縦揺れする甲板で緊張した海兵隊員がバランスをとって足の位置を変えるときにブーツのこすれる音のほかは、なにも聞こえなかった。ボグハマーの乗組員は、機銃からの強い光芒にじっと視線を据えていた。

「ようし！」キレインは、シーファイターのラウドスピーカーよりも、野外の教練できたえた自分の声のほうを信頼していた。「ゆっくりと手榴弾を海に捨てろ！ 馬鹿なまねはするな！」

西アフリカ連邦海軍の艇長が、言葉にならない叫びを発した。六本の腕がふりかぶられ、乗組員たちが頭のうしろに隠していた不格好な鉄の球が見えた。

〈クイーン〉の中央区画では、命令すらなかった。十数挺の自動火器がいっせいに吼え、すさまじい威力の弾幕ができる。大量の空薬莢が宙を舞い、発射炎を浴びてきらきら輝く。ブローニング二連機銃の削岩機のようなダダダダという轟音と、分隊支援火器の毒蛇のような速いリズムのうなりと、M4の小刻みな乾いた銃声が、とぎれる間もなくつづく。擲弾発射器から、対人擲弾が飛び出す。M203の擲弾を撃ったあと、擲弾兵はカービンに切り換え、三十発入り弾倉の五・五六ミリ弾を撒き散らす。キレインはモスバーグの引き金を引いては遊底を戻し、つぎの弾薬を送り込んで、自動火器の連射に負けない速さで散弾を放っていた。特徴のある一二ゲージの咆哮は、猛烈な火力の嵐にまぎれて、よく聞こえなかった。

ボグハマーのグラスファイバーの舷縁は、無数の弾丸や擲弾の破片が当たって砕け、乗組員の体もずたずたに引き裂かれた。すさまじい速度で飛んでくる金属片の嵐のなかで、水兵たちは身をよじり、くずおれ、手榴弾は投じられなかった。だが、手榴弾はそんな運命の急転を知るよしもない。感覚を失った手から落ちたとき、レバーが戻って、導火線に点火された。

ひとりの水兵がボグハマーの低い手摺の上に倒れ、握っていた手榴弾が海に落ちた。つぎの瞬間、それが水中で爆発して、水兵は水面から跳ね返り、おぞましい姿となって甲板へと仰向けに吹き飛ばされた。あとの手榴弾も順繰りに爆発して、哨戒艇は舳先から艫まで穴だらけになり、生き残っていたものも破片を浴びた。船外機の燃料の二次爆発がとどめとなり、小さな哨戒艇は血と炎を満載した浅い皿のようにぷかぷか浮かんでいた。

シーファイターからの発砲がやんだ。ボタンを留めていなかったシャツの襟からはいった熱い空薬莢を出してもらいながら、だれかがくぐもった声で毒づいた。

キレインは、アマンダのほうを見た。アマンダは、艇尾傾斜板の向こうでさかんに燃えている火葬の薪から顔をそむけ、目を閉じて、歯を食いしばっていた。キレインが見守っていると、やがて感情をこらえて落ち着きを取り戻し、目をあけ、顔をあげた。そして、沈みはじめた哨戒艇を、悠然と見つめた。

キレインが、ゆっくりとうなずいた。自分のやったことは、やったあとで直視すべきだ。

「まずかったわね」そういったとき、声にかすかな動揺が感じられた。「つぎはちがうやりかたをしないといけない」

「そうですね、司令」モスバーグの銃床に取り付けた弾薬入れから、再装塡するための弾薬を抜きながら、キレインがいった。「もっといい方法を考えましょう」

アマンダは、不思議そうにキレインの顔を見た。「どうして手榴弾のことがわかったの？」

「はっきりわかったわけじゃない」ショットガンの弾倉に一発目を押し込みながら、キレインは答えた。「ただ、自分がやつらだったら、ああいうふうにやったでしょうね」

移動海上基地フローター1
二〇〇七年六月十二日 〇六一二時

推進プロペラで最後のひと吹きをして、〈クイーン・オヴ・ザ・ウェスト〉は、プラットホームの斜路の端を越えた。ゆっくりと格納庫にはいると、疲れたような金属の溜息とともに、しぼんだスカートの上に腰を落とした。スティーマー・レインが、コクピットの窓から身を乗り出し、待機していた整備員に指を一本立てて見せて、撃沈マークをひとつ書きくわえるように指示した。

海兵隊員たちが、こわばった体で艇尾傾斜板からぞろぞろとおりてきて、まず銃器クリーニング・ラックへ行き、それからシャワーを浴びて、仮眠室に向かった。つぎは艇尾銃手たちが、重い一二・七ミリ連装機銃を担架のように運んだ。乗り組んでいたタービン担当兵曹と掌砲兵曹が、それぞれの整備員と眠たげに話し合い、PMS（計画的整備体系）カードで、きょうの整備点検項目を確認し、夜間哨戒中に表面化したシステムの不具合について検討した。

アマンダとレインとスノーウィがホバークラフトをおりると、傾斜板の下で伝令が待っていた。「ギャレット大佐、レンディーノ少佐が、ブリーフィング・ルームにおいでいただきたいとのことです」

「よろしい。すぐ行く」アマンダは、レインのほうをちらと見た。「スティーマー、任務後報告は、あなたとスノーウィにやってもらうしかないようね」

「だいじょうぶですよ」レインはうなずいた。「やっておきます、司令」

「ありがとう、スティーマー」

「どうってことないです。昨夜はいい獲物がありましたね」

「ハンターが優秀だからよ、少佐」

レインとスノーウィが背を向けて離れてゆくと、ショットガンを肩にかついだキレインが傾斜板をおりてきた。大股で通り過ぎるとき、さっとうなずき、いつものしかめ面をすこし和らげた。アマンダは笑いをこらえながらうなずき返した。ＳＯＣ（特殊作戦能力）海兵隊大尉は、愛想がいいとはとてもいいかねるが、こちらの前線でも進展があったことはたしかだ。

ピストル・ベルトを肩にひっかけて、アマンダはブリーフィング・ルームに向かった。

トレイラー・ハウスにはいると、黄金海岸のアフリカ人が〝フランス側《フレンチサイド》〟と呼んでいるコートジボワールと西アフリカ連邦の国境付近の地図が、壁の平面モニターに映っていた。クリスティーン・レンディーノと飛行服姿のがっしりした赤毛の男が、その地図を真剣に眺めているのが目にはいった。

「ハイ、ボス・マーム。エヴァン・デイン少佐に会うのははじめてでしょう。少佐は、ＵＮＡＦＩＮを支援する英国海軍哨戒ヘリ飛行隊、第八四七臨時飛行隊の指揮官です」

「ええ、はじめてよ、クリス。でも、ずっと会いたいと思っていたの」アマンダは、ピストル・ベルトをまんなかのテーブルに置き、手を差しだした。「英国海軍といっしょにやれるのは、すごく楽しいわ、少佐」

「こちらこそ、ギャレット大佐」と答えて、デインはしっかりと手を握った。「舟艇隠匿所の件では、大佐の部隊はじつにみごとな戦果をあげましたね。そろそろだれかが先頭切ってやらないといけない時期でした」

「うまくいったのは運がよかったからよ」アマンダは腰に手を当て、モニターの地図をじっと見た。「さあ説明して」

「デイン少佐とわたしが、ふたりでやっている側面計画です」クリスティーンがいった。「大佐と三匹の子豚が西アフリカ連邦の舟艇隠匿所を叩きつぶしているあいだ、われわれはコートジボワールからの密輪ルートをどうにかしようとしていたんです」

「密輪ルートができているのは確認したのね？」

「もちろん！　フレンチサイドの沿岸の海は、金曜日のヴェンチュラ・フリーウェイみたいな混雑ですよ」

デインがうなずき、つけくわえた。「夜間、国界を越えて西アフリカ連邦領海にはいってゆく小舟や快速艇の高感度カメラ映像をお見せします。たいがい燃料のドラム缶を積んでいます」

クリスティーンが、真剣な面持ちでうなずいた。「西アフリカ連邦は、コートジボワール沿岸部に諜報員網を作りあげています。漁村のおもだった船長をつのり、国連の禁輪を破るための組織だった石油密輪計画に資金を出し、連携をとって動かしています」

「どうやってこの作戦を見抜いたの、クリス？」

クリスティーンは、肩をすくめた。「もちろん沿岸部にわたしが作りあげた諜報員網を通じて知ったんですよ」

「馬鹿なことを聞いたわ。彼らが動かしている量は？」

「一週間に数千ガロンは下りません」クリスティーンは腕組みをして、テーブルの縁にもたれた。「西アフリカ連邦全体の需要には足りないでしょうが、備蓄をあと何カ月かもたせるのにはじゅうぶんでしょう。それに、量も増えてます」

「西アフリカ連邦がそんな大量の石油を必要としているとは思えないんだけど」アマンダは考え込んだ。

「万事、比較の問題ですよ。われわれがロサンジェルスのラッシュアワー一時間で消費する分で、西アフリカ連邦は一年もつかもしれない。要は、まだ蓄えがあるにちがいないということなんです。電力の三分の二が火力発電だし、交通網と食糧供給網も維持しなければならない。それに、ベレワはギニアに対し積極的な軍事行動をつづけています。騒擾攻撃のような小規模な作戦でも、燃料をものすごくいっぱい使います」

「つまり、これがベレワの最大の弱点だと？」

クリスティーンはうなずいた。「そうなんですよ。だれが考えてもわかるような理由ばかりではなく、ありとあらゆる複雑な理由によって、これがベレワの最大の弱点となっているんです。行け行けジュース(ガソリン)を断てば、こいつを道ばたまで蹴っとばせるってわけ」

デインがわけがわからないという顔をしているのに、アマンダは気づいた。「このカリフォルニア語を通訳すると、われわれは勝てるっていうことよ。わかった。それで、この問題について、われわれはどんなことをやっているの？」

「これまでのところ、まるきりなにもやっていません」ディンが、不服そうに鼻を鳴らした。

「少佐のいうとおりなんですよ、ボス・マーム」クリスティーンが、口惜しそうにいった。

「当初の作戦計画では、コートジボワールから西アフリカ連邦への密輸は、TACNETの偵察とディン少佐のヘリコプター部隊の支援を受けて、コートジボワールの海軍と関税局が要撃する手はずになっていました。いままではまったく思いどおりに運んでいません」

「これまでに行なわれた密輸要撃は？」

「現在まで一件もなしです」

「一件もなし！」アマンダが、大声をあげた。

「そうなんです、大佐」ディンが、冷ややかにいった。「かなり苦労したんです。われわれは精いっぱいやっているんですよ」

「そう」クリスティーンが説明をつづけた。「追跡と発見はうまくやっているんです。あらゆるところで確実なコンタクトを得ています。でも、地元の官憲が要撃できない」

「コートジボワールの哨戒艇群に、なにか問題があるの？」

クリスティーンが、指を一本立てた。「哨戒艇は一隻です。それだけです。コートジボワール当局が、われわれとフレンチサイドで作業をするために割りふった関税局の哨戒艇は、たった一隻です。軽機関銃一挺を積んだ全長八・五メートルのキャビン・クルーザーですが、植民地だったのが独立してから、おそらく一発も撃っていないでしょうね」

「しかも、それすら必要とするときに近くにいたためしがない」ディンが、苦々しい口調でいい添えた。「なんだかわからないほかの任務についているか、故障しているか、艇長がイグニッション・キイをちがうズボンに入れたままにしているかだ」

「つまり、コートジボワールの役人がベレワの手のものに買収されている?」

「そう考えたほうがいいでしょうね」クリスティーンは、アフリカ西部の地図のほうを手で示した。「コートジボワールのケツにはキスをして、ギニアのケツは蹴飛ばすというのが、西アフリカ連邦の現在までの戦略の基本方針です。ふたつの国をくらべるなら、ギニアは弱い妹だから、当然でしょうね。コートジボワールは、経済も軍事もずっと強い。揺さぶりをかけて乗っ取るのは、難しいでしょう。だからベレワは、じゅうぶんに力をつけるまで、そっちを棚上げにしているんです。それまでは、さんざん利用しながら。

コートジボワールの経済を脅かすようなことをベレワがやらないのは、この比較的裕福な国が、密輸作戦の供給基地としてうってつけだからです。あからさまな脅しをかけないよう気を配っているのは、小規模な禁輸破りをやるときにコートジボワールの政府の人間や市民にそっぽを向いていてもらうためでもあります。まして、適切なところにたっぷりと賄賂を渡してあるわけですから」

「いい換えるなら」アマンダが、ゆっくりといった。「コートジボワールは、公には国連の禁輸を破っているわけではないが、国民がそれに目を光らせるように努力してもいない」

クリスティーンはうなずいた。「まさにそのとおり。ただ、見え透いたやりかたはしていません。地上の国境検問所には、国連の監視員がおおぜいいますから、陸路で燃料油脂類を運び込むのを黙認するのは無理です。それに、大量のガソリンを人間がかついでジャングルのなかを運ぶのは困難でしょう。つまり、海路で沿岸沿いに運ぶしかない」

「理屈のうえでは、そこで押さえられるはずね」

「理屈は理屈、現実は現実ですよ、大佐」デインが、あとを受けて状況説明をつづけた。「きのうもコートジボワールの関税局をひと押ししたんです」

デインの赤ら顔が、さらに紅潮した。「まったく！ ドラム缶を満載した快速艇の上で、四十五分もホバリングしていたんです。着陸灯をいちばん明るくして、火炎信号や点滅標識も投下した。哨戒艇は二海里と離れていないのに、ターゲットが見つからないというんです」

「その事件についての抗議は、コートジボワール政府に提出したんでしょうね」

「もちろんですよ」クリスティーンがいった。「それで返ってきた反応はこうなの。自分たちのほうの人間に不正行為があったという証拠は発見されていない。また、これまで密輸の要撃が一件もなされていないのは、憂慮されているような密輸問題が存在しないからで、よって国境の見張りを減らす」

「なんてこと」アマンダは、疲れた様子で目をこすった。

「ここはもうカンザスじゃないみたいよ（『オズの魔法使い』でマンチキンの国におり立ったドロシーのいう台詞）、ボブ・マーム。アフリカかミステリー・ゾーンのどっちかでしょう」

「われわれのヘリは、それ以上なにもできないんです、大佐」デインが、真剣な面持ちでいった。「水上艦艇の支援がないと。密輸の船に発砲することはできません。一般市民が乗っている非武装の小さな船ですから。ヘリから臨検チームをおろして捕獲するのも難しい」

「そうなんです」クリスティーンが、相槌を打った。「われわれは、この補給線を叩かなければならない。それをやるには、フレンチサイドの水域に艦艇を一隻配置しないといけない。信頼できる艦艇が。一隻貸してもらえませんか、大佐？」

アマンダは、すぐには答えなかった。向きを変えて、胸の下で腕を組み、考え込む顔で、ブリーフィング・ルームのトレイラー・ハウスのなかを、ゆっくりと歩きまわった。モニターと待っているふたりの前に戻ると、かぶりをふった。

「いい返事が喉から出かかっているんだけど、だめよ。一隻も割く余裕がない」

「でもねえ」クリスティーンが食いさがった。「使えるやつがすでに近くにあるんですよ」

クリスティーンは、平面モニターのリモコンを持ち、部隊配置を呼び出して、広域地図に重ねた。「西アフリカ連邦の舟艇隠匿所を一掃したあとで、東部を監視する基地をここ、西アフリカ連邦とコートジボワールの国境近くに設置しました。西アフリカ連邦沿岸をすべて覆域に収めて監視する気球母艦が、そこにあります。サイクロン級高速哨戒艇〈サンタナ〉が、現在、それを護衛しています。〈サンタナ〉を切り離し、密輸船を追わせたらどうでしょう。それをやりながら、気球母艦もある程度までは護衛できるはずです」

アマンダは、もう一度首をふった。「しかし、それでは〈サンタナ〉をだれが護衛するの？コートジボワールとの国境に近いハーパーには、西アフリカ連邦の約二十隻から成るボグハマー攻撃部隊がいるのよ」アマンダは身を乗り出し、平面モニターを爪の先で叩いた。「それがいつでも出撃できる。気球母艦はどっち？〈ブラヴォー〉？海兵隊の警衛班が乗っているわね。〈サンタナ〉と〈ブラヴォー〉の二隻ががっちり組めば、まず互角で戦えるだけの火力がある。でも、一隻になってしまったら、どっちも取り囲まれて、めちゃめちゃにやられるわ。

応援のホバークラフトが行くまで、二時間以上かかる。遠すぎる」

アマンダは、英国海軍のヘリ飛行隊長のほうをちらと見た。「上空掩護をあてにできれば、話はちがってくる。どうかしら、少佐？」

「やりたいのは山々なんですがね、ギャレット大佐。うちのＥＨ１０１マーリンの兵装は、ドアのＧＰＭＧ（汎用機関銃）一挺だけなんです。うちの連中もわたしも、要撃の掩護をしたくてたまらないんですが、ボグの一四・五ミリ連装機銃を相手にどこまでやれるものかと思いますよ」

「シースキュアは手にはいらないの？」

デインが、顔をしかめた。「ここへ来てからずっと、対艦ミサイルをもらおうとしてはいるんです。外務連邦省が、この地域への持ち込みを許可しないんですよ。攻撃兵器は、えー、以下、そのままいいます――〝挑発的であり、平和維持任務にふさわしくない〟。何年か前に、ソマリアに戦車を持ち込むのを許さなかったそちらの馬鹿野郎の同類が、こちらにもいるみたいですね」

アマンダは、溜息をついた。「それじゃ、だめね」

「そんな。なにかしら方法があるはずですよ」クリスティーンがしつこくいった。「ギニア・イーストでやったのとおなじように、西アフリカ連邦東部にエアクッション哨戒艇（砲）一隻を送り込んだらどうかしら。シーファイター一隻と高速哨戒艇が一隻ずつ、それぞれの要線を常時哨戒する」

アマンダは、ふたたびかぶりをふった。「それもだめよ、クリス。ホバークラフトは、通常の哨戒艇みたいに沖を長時間遊弋することはできない。そういう目的のために作られてはいない。乗組員が疲労し、装備があっというまに痛む。それに、戦隊のいまの数では、二カ所の哨戒区域を交替で担当するのは不可能よ。やれば監視の範囲と時間に大きな穴ができてしまう。ベレワはそれを狙っているでしょう」

アマンダは、会議用テーブルに腰で寄りかかった。「現状では、われわれは広い範囲に手薄な兵力をひろげているから、事故や大きな故障が起きただけで、作戦全体が崩壊しかねない。任務をこれ以上増やすわけにはいかない。石油の密輸は、しばらくほうっておくしかないでしょうね」

クリスティーンが、腹を立てて掌を打ち合わせた。「くっそー！　でも、わたしたちはそういうことを阻止するために派遣されたんでしょう！」

「それと、ギニア沿岸を防衛するためにね」アマンダが答えた。「われわれには、そのどちらかいっぽうだけをやる資産しかない。いまはギニア政府の受けている圧力を和らげるのが先決よ」

「いまはね。長い目で見れば、この引き分けがベレワに有利に働きますよ」

「そんなことはわかっているわよ、クリス」

氷水のはいった金属製のピッチャーと紙コップが、テーブルのまんなかに置いてあった。アマンダは一瞬迷ったが、コップに一杯注いだ。「あいにく」冷たい水をゆっくり飲みながら、言葉を継いだ。「だからといって、われわれの戦術的状況は変わらない」

「で、つぎはどうするんですか？」

「あいにく、なにもやらない」

「なんですって?」

「ボールは西アフリカ連邦のコートに返された」アマンダが、渋い顔でいった。「われわれは、舟艇隠匿所を破壊し、きのうは偵察の哨戒艇を要撃した。いわば自由に打たせてもらったわけよ。こんどは、こっちが受けて立つ番よ。

これが自由裁量を許されている作戦なら、われわれのほうから攻撃する。攻勢に出る。優勢な偵察能力を駆使してターゲットを見つけ、選択し、西アフリカ連邦海軍をすこしずつ叩いて、脅威ではなくなるようにする。でも、これは国連の阻止任務だから、そういう選択肢はない。ただ哨戒し、情報を集め、ベレワがつぎの動きをするのを待つ」

デインが、どうにでも解釈できるうめきを発した。「どうもあんまり気に入りませんね、大佐」

アマンダが、皮肉っぽく片方の眉をあげた。「わたしだってそうよ、少佐。でも、そうするしかないじゃない」

「それで、ベレワが動いたときは、どうするんですか?」クリスティーンが、執拗にたずねた。

「阻止するのが間に合うことを願う。それから、こんどはこっちが打つ番になることを願う」

西アフリカ連邦　モンロビア　マンバ岬ホテル
二〇〇七年六月十二日　〇六二〇時

「連絡がとれません、大将軍。西戦隊の偵察哨戒艇は、予定されていた最初の無線連絡も行なっていません。それに、サラトゥク岬の諜報員が、沖で自動火器による銃撃戦があり、燃えている船を目撃したと報告しています。哨戒艇を失ったと考えるしかないでしょう」

ベレワが、ゆっくりとうなずいた。「前にいったとおりだよ、サコ。われわれが相手にしているのは豹だ」

ベレワ大将軍の専用作戦センターは、執務室や居室があるのとおなじ階のスイートで、ふつうの家具が取り払われ、軍の指揮所とおなじように機能的で飾り気がなかった。地図の掲示板と野外電話機が何台かあるだけで、先進国の指揮統制施設のようなコンピュータ化された最新鋭の設備はない。しかし、ベレワの必要は満たしていた。そこに詰める選りすぐりの有能な要員五、六名の真剣な作業が、技術的な弱点をじゅうぶん補っている。

「情報部は、舟艇隠匿所から逃げられた兵士の報告聴取を終えたのか?」ベレワが質問して、朝のブリーフィングのつぎの要点へと容赦なく進めていった。

「終えました、大将軍。長距離斥候隊が、生存者三名を発見しました。三人とも、ほぼおなじことを報告しています。急襲部隊は、入念な偵察のあと、舟艇隠匿所にひそかに接近していまず。そして呼びかけ、降伏するよう命じる。抵抗した場合は、圧倒的な火力で応じる」

「急襲部隊の正体はつかんでいるのか？」

「はい」アティバ准将は、しばし間を置き、携帯食器のカップの苦い紅茶をごくりと飲んだ。

「アメリカ海兵隊です。呼びかけるときに、名乗っています」

「うーむ」ベレワも、自分のカップからゆっくりと飲んだ。「つまり、ギニア領内にアメリカ軍部隊がいるわけだ。彼らの広報はどういっている？」

「戦略情報局がこの作戦に関するホワイトハウスのマスコミへの発表をずっと追っていますが、チャイルドレス大統領のアフリカ政策が成功していると宣言しているとのことです。CNNとTBNのほうは、あまり取りあげていません。UNAFINとギニアは、アメリカの大衆の大多数にとって、さしたる関心事ではありませんし、作戦が成功して死傷者が出なかったので、アメリカのマスコミは記事にならないと見なしています」

ベレワは、カップの紅茶をひと口飲んだだけで、答えなかった。だが、両眼は冷たく、暗く、遠くのなにかに焦点を据えていた。

「われわれの長距離斥候隊の現況は？　隠匿所を失ったことは、われわれの縦深浸透作戦にどのような影響がある？」

「たいへん悪い影響があります」アティバは、色のついたピンをいっぱい刺してあるギニアの大縮尺の地図の前にベレワを連れていった。「コナクリとギニアビサオのあいだの沿岸地域で、八個長距離斥候隊が活動しています。それが補給を哨戒艇に頼っているし、もとより潜入と引き揚げも哨戒艇を使っています。隠匿所が破壊されたので、それらの斥候隊は、敵地で孤立しています」

「無線で連絡はとれるのか？」

「はい、大将軍」

「では、呼び戻せ、サコ。作戦を中止し、徒歩で脱出するよう命じろ」

アティバは、眉を寄せた。「それでは、ギニア・ウェストにおけるわれわれの作戦は、実質的に中止となりますが」

「それはわかっている。ギニアはひと息つくことができる。不愉快だが、ほかに手はない。飢えた兵士にろくな戦いはできない。ギニア・ウェストでいま無理をして作戦を進めれば、優秀な兵士を失い、敵を楽に勝たせてしまうことになる。あらたな補給ルートを確保するまで、兵を引くしかない」

「いったいいつ確保できるんですか、大将軍？」いらだったアティバがたずねた。

ベレワは、アティバのほうを見て、若い参謀長が狼狽して目をそむけるまで、まっすぐ視線を据えていた。「きみが思っているよりもずっと早いだろうよ、准将」と、静かにいった。壁の地図をカップで示した。「やつらが思っているよりも、ずっと早い」

紅茶を飲み干すと、ベレワは野外机《フィールド・デスク》に金属製のカップを置いた。「よし」背すじをのばしながらいった。「網をこしらえようじゃないか、サコ。海の豹を捕まえる網だ。アメリカの沿岸哨戒を、絶え間なく見張ってほしい。やつらの作戦行動を把握したい、哨戒パターン、兵力、内部でどのような変化が起きているかを、逐一知りたい。軍の情報班長と戦略情報局長の合同会議を手配してくれ。海軍作戦本部長にも出席してもらう。それから、戦略情報局には、インターネットを使って、アメリカ海軍のアマンダ・ギャレット大佐に関するあらゆる情報を集めさせてくれ」ベレワは、凄味のある笑みを浮かべた。「われらが豹のことを知らねばならない。なにを食うのか。いつ眠るのか。なにを考えているのか。なにを恐れているのか。友よ、楽しみはそのあとだ」

移動海上基地フローター1
二〇〇七年六月十二日　〇八二六時

「作戦室、こちらはギャレット大佐。用があれば宿舎にいるから」

アマンダは、受話器を置いた。じつに長かった……長い一日、といえないのは、この作業がはじまったのはきのうの日没よりもずっと前で、それからずっと眠っていなかったからだ。ただ〞長い〟というしかない。

ブラインドを閉め、エアコンを強くして、すぐに手が届く場所に洗い立てのカーキと下着を置いた。そして、汗臭い作業服を脱ぎながら、よたよたと狭いバスルームにはいっていった。

節水シャワーが量を調節し、生ぬるい水が三分間、みじめったらしくぽたぽたと垂れた。戦闘群司令のアマンダは、望めば水の割り当てなど無視することができる。しかし、それは乗組員を裏切ることになると思って、たいがいはそうしたい気持ちをこらえてきた。それよりも、この海上基地で見られる風変わりなやりかたのほうが気に入りはじめていた。

基地に勤務する女性の多くが、シャツのポケットにプラスティックの小袋にはいったシャンプーを入れている。黄金海岸の激しいスコールがフローター1の上を通過するとき、〞シャンプー喇叭《ラッパ》〟が鳴り、非番の女性はいっせいに甲板に出て、いくらでも使える真水をつかのま利用して、髪を洗う。

赤茶色のもつれた髪をシャワーの最後のしずくの下で絞りながら、アマンダは思った。司令の威厳など知ったことか。この基地の風習に従うか、それともクルーカットにしてしまおう。

タオルで体を拭く手間をはぶき、ベッドのシーツの上に裸でひっくりかえって、肌の水分が蒸発するときのひんやりした感触を味わった。枕に顔をうずめ、眠ろうとした。

なかなか寝つけなかった。さまざまな思念の流れが、頭のなかで渦巻き、もつれあった。

戦いにおける勝利の核心は攻撃にある。ありていにいえば、守勢にまわったときには、負けはじめている。いまの自分たちがそういう状況だと思った。こちらは待機パターンから脱け出せず、ベレワが主導権を握っている。パンチをブロックしているといえば聞こえはいいが、そもそもそれはパンチを受けるのを暗黙のうちに認めていることになる。

アマンダは、そういう考えかたが気に入らなかった。味方を、自分の部下を、わざわざ危険にさらすのと変わりがない。それも、国際外交の高尚な雰囲気のなかで決められた交戦規則のために。国務省の机上でのやりとりでは問題がないように思えるかもしれないが、実世界の戦場で行なわれていることとは、なんのゆかりもない。

父親の昔の海軍の同僚のなかの、ベトナムに出征したことのある士官たちから聞いたいろいろな話を、アマンダは思い出した。彼らは、まちがった命令や矛盾した方針を押しつけられ、戦士にとって地獄のような状況をくぐり抜けて生き延びた。彼らもまたこうして眠れずにいたのだろうか？

くそ、くそ、くそ。アマンダは寝返りを打って仰向けになり、天井を見あげた。よし、それじゃこうしなさい、と自分を叱咤した。どうせ考えごとに睡眠時間を使うのなら、建設的なことを考えるのよ。交戦規則を変えることはできない。ベレワが自分の好きなときに、好きなやりかたで襲ってくるのをやめさせることはできない。できるのは、そのあとでなにをやるかを計画することだけだ。

西アフリカ連邦の攻撃をどうねじ曲げて、反撃が正当化できるようにすればいいのか？ どこを攻撃すればいいのか？ いちばん重要なのは、どうやればベレワに手痛い打撃をあたえ、根本的な戦略および戦術状況をこちらの有利なように変えることができるのか？

四十分以上が過ぎたところで、アマンダ・ギャレットはにっこりと笑った。

ベッドから起きあがると、決然とデスクへ歩いていった。椅子に座り、パソコンのスイッチを入れて、デジタル通信リンクにアクセスし、コナクリ基地の弾薬課に接続する衛星通信暗証番号を打ち込んだ。裸で軍の仕事をするのはいたって不適切なのは意に介さず、文章を打ちはじめた。

MOB（移動海上基地）アメリカ海軍戦闘群司令発：認証符号スウィートウォーター－タンゴ〇三八

コナクリ基地アメリカ海軍弾薬課長宛

用件：弾薬——特殊作戦用

第一PGAC用弾薬パッケージ二個を大至急用意してもらいたい。各パッケージには戦隊各艇の二・七五ハイドラ・ロケット全弾装塡分（ポッド二十四基・合計百六十八発）を含めてほしい。ロケットは七・七キログラム重攻撃弾頭を搭載のこと。弾薬パッケージ一個はコナクリ基地に保管。もう一個はＭＯＢに保管。ロケットは包装を剝いてパレットに載せ、アメリカ海軍戦闘群司令の指示がありしだいただちに、くりかえす、ただちに発射可能な状態で積み込めるようにしておくこと。

戦闘群司令アマンダ・ギャレット大佐

これで眠れる。

ギニア　コナクリ　オテル・カマイェンヌ
二〇〇七年六月二十六日　一三一七時

駐留アメリカ軍がコナクリ最大の空港を占用しているのとおなじように、外交団も市内で最大の、しかもたまたま最高級のホテルを占領していた。オテル・カマイェンヌは、市街地になっている細い半島の西のビーチに面している。ホテルの名は、半島の地名にちなむ。オテル・カマイェンヌは、第三世界の苦しい経済と急激にひろがりつつある戦争に包囲されて、国際的な一流ホテルの外見を維持するのに苦労していた。

エリオット・マッキンタイア中将は、戦域の指揮官たちと協議するために、ふたたびコナクリに来ていた。午前中はＵＮＡＦＩＮの文民の幹部と、そこで会議を行なった。必要なこととはいえ、さしたる成果は得られなかった。

だが、その仕事にも、ひとつだけうれしいことがあった。アマンダ・ギャレットがその会議で状況説明を受け持ち、ギニア沿岸の最近の事情の急変を国連職員に教えた。また、この官僚まがいの仕事の最後の楽しみは、アマンダを昼食に招待したことだった。アマンダが承諾したので、マッキンタイアはたいそうよろこんだ。

貿易風が海から吹き寄せて、日中の暑さをいくぶん和らげてくれるなか、オテル・カマイェンヌの戸外のレストランの椰子の木蔭で、ふたりは仕事の話やとりとめのない話をあれこれつづけていた。

マッキンタイアの見るところ、アマンダは新しい階級と環境に、みごとに順応しているようだった。金色の肌は、白作業服《トロピカル・ホワイト》によく映えている。前にテレビ会議をやったときは、工廠にばかりいたので蒼白かったが、また海に出てこんがりと日焼けしたのだ。垂らしている赤茶色の豊かな髪も、太陽に焼かれて銅色の縞ができている。肉体ばかりではなく、ほかにも変わったところがあった。マッキンタイアには、それがなにか、はっきりとはわからなかった。集中力、自信……満足感か？

「それで、全体的に見て、この新しい任務をどう思う？」バスボーイが皿を下げると、マッキンタイアはたずねた。

「まだ、はっきりとはわかりません」眉を寄せて考えながら、アマンダが答えた。

女性がにっこり笑うと美しく見えるものだが、眉を寄せても美しく見えるというのはめずらしい。マッキンタイアの前の妻は、そう見せるコツをこころえていた。アマンダもそうであることに気づいた。

「いろいろな面で」アマンダが、語を継いだ。「ベトナム戦争の初期は、こんなふうだったんじゃないですか？」

「それはまた、たいそう不吉な発言だな」

アマンダが、片方の眉をあげ、ソーダで割ったシェリーをひと口飲んだ。「戦略的な状況をいっているわけじゃないんです。背景と雰囲気のことです。軍事力に攻囲された元フランスの植民地。最後の土壇場に、ひと握りの人間がなんとか収拾しようとしている。常態のちっぽけな孤立地帯《ポケット》が点々とあって、地平線のすぐ向こうでは陰惨な小規模戦が行なわれている」

ミックス・ダブルスをやっているホテルのテニス・コートと、水飛沫をあげたり大声で笑ったりして泳いでいる客のいる、水色に輝くプールのほうを、顎で示した。

ホテルの造園によって一部が隠されているが、そのずっと向こうには、蛇腹型鉄条網の防御柵がある。

マッキンタイアはうめいた。「たしかに、ここだけがふだんと変わらないちっぽけな孤立地帯だ。ジャングルで起きていることのほうが、実世界だな」

アマンダが、皮肉な言葉にうなずいた。「ほんとうに、見かたしだいですね。最近、ずいぶん物がよく見えるようになりました。このごろ、ベトナム戦争中の河川での海軍の作戦についてかかれた専門的な資料を、たくさん読んでいるんです。マーケット・タイム作戦やゲーム・ウォーデン作戦（メコン・デルタ流域や沿岸の武器密輸を阻止することを目的とした作戦）といったことについて。発想がここでやっているのと似通っていますね」

「ドン・シェパードの『河川』は読んだ？」

アマンダが、生き生きとうなずいた。「ええ、読みました。すばらしかった。軍事研究としても、読み物としても。ベトナム沿岸とこのＵＮＡＦＩＮは、戦術的状況や困難な問題が、かなり共通しています。なにが成功し、なにが失敗したか、学ぶことができればいいとおもっているんですが」

「なにか、役立つことをつかんだのか？」

「ええ。かなり。多くの面で、南ベトナムの沿岸戦では、われわれは勝ったといえます。でも、戦略的状況からして、それだけではベトナム戦争全体の流れを変えて勝利に導くことはできなかった」

マッキンタイアは、食後のショーン・オファレル（ビールをチェイサーにウィスキイを飲むこと）のライ・ウィスキイを持ちあげた。「われわれは勝利をものにできると思うか？」

「率直にいって、提督。まだわかりません。来月またいらしたときには、お返事します」

マッキンタイアが、口のはたをゆがめた。「約束だぞ」

「マッキンタイア提督、こんにちは」白作業服姿の海軍士官が、ふたりのテーブルのそばで立ちどまった。痩せて浅黒い美男子で、かすかにフランスのなまりがあり、脇にかかえた制帽に、フランス海軍の記章があった。

マッキンタイアは、急に筋のとおらない腹立ちをおぼえた。邪魔をされたことと、形式に従わなければならないのが不愉快だった。それを隠し、立ちあがって握手を交わした。

「トロシャール少佐。これは幸甚です。われわれの戦闘群司令アマンダ・ギャレット大佐を紹介しましょう。アマンダ、フランス海軍フリゲート〈ラ・フルーレット〉艦長、ジャック・トロシャール少佐だ」

「おお、ギャレット大佐ですか」トロシャールが、快活にいった。「かの名高い」

アマンダも、握手するために席を立っていた。だが、トロシャールはアマンダの手をとると、にっこり笑って、フランス人だけが身につけている流麗な仕種で、さっとその上で身をかがめ、手の甲に触れるか触れないかというキスをした。

マッキンタイアが、ぎりぎりと歯を食いしばった。

トロシャールの派手な仕種が、アマンダをしばし赤面させ、狼狽させるためだったとしたら、失敗に終わった。アマンダは首をかしげ、薄くほほえんで、下っ端の廷臣の挨拶を受けるように慇懃な態度で応じた。

「お目にかかれて光栄です、ギャレット大佐」トロシャールがぼそぼそといい、背すじをのばした。「電話や無線では、何度もお話をしていましたからね」

「それじゃ、もういっしょに仕事をしているのかね？」マッキンタイアが、丁寧な口調を心がけてたずねた。

「そういってもいいでしょうね。トロシャール少佐とは、このあいだ些細な問題を解決したばかりです」

「そうなんです、提督」トロシャールがいい添えた。「大佐の急襲分艦隊《ディナソー》（河川舟艇部隊のこと）の乗組員が、われわれのところのいちばん優秀な魚雷員の顎の骨を折って、おかげでそのものは帰国するはめになりました」

「当然の報いだということで、話はついたはずよ」

「かなりの議論の末にね」トロシャールが、のけぞって笑った。「ギャレット大佐は女性にしては手強い敵だなどという差別的発言はしませんよ。むしろ、手強い敵であり、そして女性であるといいたいですね」

「だいぶわかってきたようね、少佐」アマンダが、ぼそりといった。

そうしたやりとりのあと、マッキンタイアは、フランス海軍フリゲート艦長を同席させてもかまわないという気持ちに傾いていた。

「ちょっとだけお邪魔します、提督」座りながら、トロシャールがいった。「耳障りな甲高い声で呼び戻されているところでしてね。すぐにヘリで帰艦しないといけないのです」

「わたしも」アマンダはいった。「これからコナクリ付近を哨戒するシーファイターに乗り組むことになっているの」

「ギャレット大佐と、さっきまでこの戦域の状況について話し合っていたんだ」マッキンタイアがいった。「東南アジアのあの残念な紛争と比較してね。少佐、きみは永年この海域にいるから、共通点があるのはわかるだろう？」

「ひとつだけ」トロシャールはそこで言葉を切り、白ワインをグラスで頼んだ。「いずれも成功の見込みのない企てだという点です」

「本気でそう思っているの、少佐？」アマンダが、低い声で質した。「わたしはまだ、そこまでは認めたくない」

「それは、大佐がここに来られたばかりで、まだ徒労だと感じていないからですよ……そんな怖い顔をなさらないでください。わたしは美しいアフリカが大好きですし、退役したらここに来て住みたいと思っています。ここが残っていればの話ですが」

トロシャールのワインが運ばれてきた。脚のついた細いグラスを持つと、トロシャールは椅子にゆったりともたれた。「アフリカの話をさせてもらえますか、おふたかた。われわれがアフリカになにをしたかを。あなたがたアメリカ人は、ここに来て間もない。しかし、われわれフランス人は、ずっと昔からいる。われわれがヨーロッパの他の国々の人間とともにはじめて来たころ、この大陸はまさに未開の地で、黒人の部族や王国が、しきたりや槍の力の許すかぎりの土地を支配していた。そういう仕組みがうまくいっていて、彼らにはなんの不満もなかった。

　しかし、われわれヨーロッパ人の考えかたはちがっていた。われわれはアフリカをパイのように切り分け、植民地にして、それぞれの国がおいしい切れ端をほおばった。地図に境界線を引き、統治機関を置いて支配し、軍隊の銃剣によっていうことをきかせた。部族のテリトリーや文化、言語の区分けを無視して、勝手に境界線を引いた。そういう仕組みは、われわれのあいだではうまくいき、なんの不満もなかった。

　しかし、植民地の時代が終わり、ヨーロッパの国々は手を引いて、統治機関も軍隊も引き揚げた。ただし、地図の上の境界線だけはそのままにした。われわれはアフリカをいくつもの小さな四角に区切ったが、いずれの四角もばらばらになり、引き離されたひとびとがいて、力の弱い不安定な政府が治めている。そうした現状を、アフリカのひとびとは嫌っている。もっとよくしたい。だが、政府は、いま持っているものを失いたくないので、地図のそういう境界線を変えたがらない」

　トロシャールは、酸味の強いワインを、もうひと口飲んだ。「アフリカはもはや植民地の集まりではない。しかし、もとのアフリカでもない。アフリカは自分がなんであるのか、わかっていない。それが問題だ」

「で、どういう解決策があると思う、少佐？」マッキンタイアがたずねた。

「解決策？　こういう解決策はどうですか。パリやワシントンのだれかが提案するのではなく、このわたしが、ジャック・トロシャールが提案します。われわれはみんな手を引き、すべてが崩壊するのを座視する——境界線、小さな四角、政府、あらゆるものが消え去るのを待つ。すべてがどん底に落ちて、それから、アフリカ人が破片を拾い集め、自分たちの好きなようにつなぎあわせるのを待つ」

「そういう崩壊のときに、どれほどの人間が死ぬかしら、少佐？」アマンダは、声を低く抑えていた。

「提督が解決策をとおっしゃったから、ひとつの提案を申しあげたのです、大佐。よい解決策だとはいっていないが、ほかに思いつかない」

マッキンタイアが、それを認めるようにうめき、チェイサーのビールを手にした。「わたしにも格別いい案がないことは、認めざるをえない」

「わたしもです」アマンダが、自分のグラスを持ちあげていった。「でも、ひとつ申しあげたいことがあります。アフリカのために、もうすこし時間を稼いであげましょう。われわれよりも賢いものが現われるかもしれない」

三人は、重々しくグラスを打ち合わせた。

トロシャール少佐の暗い分析の影響は、彼が去ったあとも残っていた。

「トロシャールのいうとおりだと思いますか、提督？　われわれは見込みのない企てに賭けているんでしょうか？」

マッキンタイアはかぶりをふった。「はっきりとはいえない、アマンダ。しかし、ほんとうに見込みのないものは六つにひとつで、あとはあきらめるのが早すぎたといえるんじゃないだろうか」

アマンダは、元気が湧き、ぱっと顔を輝かせた。「同感です。それに、失敗するにしても、みじめな思いで受け入れるよりは、無駄であろうと、果敢に闘いたい」

「まったくだ」

半島の東から、悲しげな叫びのような遠い爆音が、ホテルまで漂ってきた。それを聞きながら、アマンダは顔を起こした。「〈クイーン〉が来ます」ややあっていった。「失礼します、提督。基地に戻らないといけません」

「どうぞ、大佐」残念な思いを抑えながら、マッキンタイアは答えた。「運転手に送らせよう」

「ありがとうございます」アマンダがにっこり笑い。風に乱れた髪をかきあげた。

「お安いご用だよ、大佐」マッキンタイアが、むっつりといった。「車まで送ろうか」

「光栄です、提督」


混雑したホテルのロビーを抜けて正面玄関に向かうとき、アマンダはガラス張りのギフト・ショップのほうをちらと見た。アマンダは急に立ちどまり、不意を衝かれたマッキンタイアがぶつかった。

「どうかしたのか?」

「いいえ」ウィンドウをじっと覗き込んだまま、アマンダは首をふった。「ただ、あそこにあるものを見て、思いついたことがあって……でも、ちょっとよろしいでしょうか。帽子を買いたいので」

「ギャレット大佐が乗艇しました、艇長」〈クイーン・オヴ・ザ・ウェスト〉のインターコムから、テホア上等兵曹の声が聞こえた。「いま、コクピットに向かっておられます」

「わかった、チーフ」レインが、ヘッドセットを通じて愛想よく返事をした。「こっちで席につく準備をしてもらってくれ。まもなく機関を始動する」

「アイアイ・サー、それはそうと、大佐はおみやげを持っておられますよ」

レインとスノーウィは、わけがわからず、顔を見合わせた。コクピットの梯子《ラッタル》をのぼる音が聞こえ、ふたりは体をねじってうしろを見た。

「わーお、かっこいい！」スノーウィが、息をついた。

ちょっと着飾ったために つんと澄まして、アマンダがコクピットにはいった。白作業服は変わりがないが、通常の女性用制帽ではなく、粋な黒いベレーをかぶっていた。帽章の代わりに、海軍の銀色の襟章が光っている。

「いや、ほんとうだな、スノーウィ」レインが、にやにや笑った。「いかす。おれたちはいつもらえるんですか、大佐？」

「いまよ」アマンダが、大きな紙袋を差しだした。「〈クイーン〉の乗組員の数だけ買ってきた。S、M、Lの三サイズあるし、ある程度は合わせられるわ。コナクリの購買部で記章もすこし余分に手に入れてきた。帽章をちゃんとデザインするまでは、それで間に合わせられるでしょう」

「これが標準になるんですか、大佐？」熱心に袋のなかをひっかきまわしながら、スノーウィがきいた。

「戦闘群全体での使用を許可されたし、とりわけあなたのシーファイターはこれが標準になったのよ、スティーマー。マッキンタイア提督の承認も得た。オテル・カマイェンヌのギフト・ショップの主人に頼んで、常時、在庫を置いてもらうようにした。これからは、そこで注文すればいいわ」

「うーん、大佐、これは颯爽としていますね」スティーマーが、すっかり気に入った様子で、自分の新しい帽子を眺めた。「黒ベレーを許可された海軍部隊がどこかにありませんでしたっけ？」

アマンダはうなずいた。「ベトナム時代の河川哨戒艇戦隊。わたしたちは、似たような作業をやっているし、継続性があるのはいいと思って。わたしたちは新しい部隊だし、ふりかえって拠り所にする栄えある歴史があったほうがいいでしょう。

ほかにも理由があるのよ」アマンダは、いたずらっぽい笑みを浮かべてつづけた。「もっと個人的な理由が。この男の海軍にはいってからずっと、女性用制服として押し付けられている灰皿みたいな帽子が嫌でたまらなかったの。なんとかあれを変更する力と階級を手にしたあかつきには、ぜったいに替えてやろうと思っていたの。そして、紳士淑女の皆さん、その日が来たのよ」

移動海上基地フローター1
二〇〇七年六月二十九日　一四〇五時

パワーをあげているシーファイターの爆音のために、ブリーフィング・ルームでのふたりだけの会議は中断した。タービンの悲鳴に負けない大声を出すのは無理だということを、アマンダもクリスティーンも知っている。ホバークラフトが発艦用斜路をおりてゆくのを、ふたりはじっと待った。

「それで、クリス」エアクッション哨戒艇（砲）のうめきが話ができるぐらいに遠ざかると、アマンダはいった。「おみやげ袋の話だったわね」

「はじめたばかりだけど、順調だといっていたところでした」クリスティーンは、ジッパーを開閉できるサンドイッチ用のポリ袋を、テーブルに置いた。三匹の子豚の記章が隅にある印刷されたカードにくわえ、ガム、ブックマッチ、メモ、鉛筆、黒い絶縁テープが、ひとつずつはいっている。

「これは見本のひとつです。ほかにも、いろいろなものを入れたのがあります。お菓子、釣り針、釣り糸、剃刀の刃。地元の漁師や船頭が使えそうなこまごました物。カードには英語とフランス語で、UNAFINの任務の説明と、われわれがここでなにをやろうとしているかということについて書いてあります。臨検のたびに、乗り込んで捜索し、面倒をかける見返りとして、ひと袋ずつ渡します」

　アマンダが、よくわかったというようにうなずいた。「効果はある？」

「すこしはあるようです」クリスティーンが答えた。「とにかくギニア側の船頭には。それから、停船させるたびに船を撮影し、情報データベースに入力しています。全乗組員と乗客の映った二〇×三〇センチのカラーのプリントアウトを渡すようにしています。西アフリカ連邦のものも、よろこんでいますよ」

「おみやげ袋の中身をあまりいいものにしたら、わざと臨検してもらおうとして、哨戒区域をうろつくんじゃないの」

　クリスティーンが、くすくす笑った。「ほどほどにするよう、心がけますよ」

「それでいいわ」アマンダはうなずいた。「すこしでも時間の余裕ができたら、漁村で人心掌握プログラムを開始したいの。医療担当を派遣し、設営隊に村の開発やなにかを手伝わせる。沿岸部の部族を味方につければ、大きな変化をもたらすことが……」

　アマンダは、途中で言葉を切った。発進していったシーファイターの音は、ほとんど聞こえないほど小さくなっていた。ところが、電気掃除機のようなうめきが、ふたたび大きくなりはじめていた。アマンダは電話機を取ろうとしたが、受話器をつかむ前に、それが鳴りだした。

「こちらギャレット大佐」

「大佐、作戦室です。レイン少佐が、〈クイーン〉のシステム故障を報告しています。哨戒を中止し、プラットホームに戻ってきます」

「どの程度の故障だと、少佐はいっているの？」

「はっきりしないそうです。油圧系統の故障だといっています」

アマンダは、顔をしかめた。エアクッション哨戒艇の場合、油圧系統はかなり広い範囲におよぶ。「わかった、作戦室。こちらで確認する」受話器をおろし、立ちあがった。「いっしょに来て、クリス。厄介なことになった」

〈クイーン〉が、ゆっくりと戻ってきた。エアクッション航走はしているものの、操舵に苦労しているのか、ふらふらしている。アマンダがすたすたと艀の手摺まで行くと、エアスクリューの音の変化が異様に激しかった。推進機関を使って舵をとっているのだとわかった。

フローター1の風下二〇ヤードのところで、〈クイーン〉はエアクッション航走をやめ、機関を停止して、波の上に乗った。推進プロペラがちらちらと光ってとまる前に、露天甲板のハッチがあき、ホバークラフトの広い背中に数人が出てきた。部品屋ケイトリンとテホア上等兵曹がなかごろのハッチから出てきて、盛りあがったコクピットからはレインが姿を現わした。三人とも、艇尾のアンテナのあたりへ歩いていった。

「おーい、スティーマー！」アマンダは、両手をメガホンにして叫んだ。「どうしたのよ？」

「方向舵の油圧系統の故障です」レインが大声で返事した。「圧力が落ちた。原因はわかりません」

ケイトリンが、甲板の端で腹ばいになった。テホア上等兵曹にダンガリーの半ズボンのベルトをつかんでもらい、しなやかに体をのばして、船体側面のアクセス・パネルに手をのばした。

留金をはずし、パネルをあけると、赤黒い圧媒油の太い流れが、舷側を伝い落ちた、ぶらさがったままたくみに向きを変えたケイトリンが、しばし油圧システムを調べてから、甲板に引き揚げるよう合図した。テホアとレインの三人でしばし話し合ったあと、アマンダのほうに大声でいった。

「圧媒油タンクの圧力シールが破れたか、アクチュエイターが壊れたようです。いずれにせよ、修理に二時間かかります」

アマンダの頭の奥の意識下で警報が鳴り、背すじをかすかなふるえが伝わっていった。

「わかった」一瞬ためらったあとで、アマンダは答えた。「でも、急いで。できるだけ早くやって、少佐」

「もちろんです、大佐。ほかには？」

アマンダの頭のなかの警報は、いっかな鳴りやまなかった。眉を寄せて、格納庫と、そこに引き揚げられている〈カロンデレット〉のほうを見た。整備員が、スカート交換作業をやっている最中で、それもまた終わるまで二、三時間はかかると気づいた。警報のレヴェルが一段と高くなった。

「クリス、作戦室へ行きましょう」

薄いカーテンをくぐって、アマンダとクリスティーンはモニターだけが光を放っている薄暗い作戦室にはいっていった。「司令が作戦室に」システム・オペレーターの列を、低い呼びかけが伝わっていった。

「全員、楽に休め」と命じて、アマンダはずらりとならんだ中央ディスプレイに向けて歩いていった。「ダルグレン大尉は？」

「ここです、マーム」当直将校が答えた。暗いので輪郭だけが見える。「なにか問題ですか？」

「どうやらそのようね。〈クイーン〉がギニア・イーストに交替しにいくのが遅れる。〈マナサス〉のマーリン大尉に、あと二時間長く定位置にいてもらうように指示して」

「その、申しわけありませんが、司令。そっちでも問題が起きているんです。〈マナサス〉が、予定時刻より早く定位置を離れたいといってきました」

「なんですって？　なぜ？」

「深刻な燃料不足だというのです。マーリン大尉が、離脱して帰投する許可をもとめています」

「燃料不足？」アマンダは、ギニア・イースト哨戒定位置の周辺の部隊配置と海上交通を表示した大きな戦術ディスプレイにさっと顔を向けた。「燃料が足りなくなるなんて、いったいマーリンはなにをやっていたのよ？」

「トニーが悪いわけじゃないんです、司令。ギニア・イーストの気球母艦〈ヴァリアント〉を護衛していた哨戒艇〈サンタナ〉が、けさ給油のためにコナクリに戻らなければならなくなりました。今夜まで定位置に戻れません。〈マナサス〉は、単独で動きまわって監視をやりつつ、〈ヴァリアント〉を掩護し、なおかつ乗り込みと捜索をやっていたんです」

「くそ、くそ、くそ！」アマンダは、西アフリカ連邦とギニアの国境付近のコンピュータ・グラフィックスの地図をじっと見つめた。友軍である国連軍部隊のブルーのアイコンは、たった三つしかない。船足の遅い気球母艦、海岸近くを掃海しているイギリスの掃海艇、それに〈マナサス〉。そのなかでまともに戦えるのは、〈マナサス〉だけだ。

「フランスの沿岸哨戒隊はどこよ？」

「フランスの戦隊は、コートジボワール側の国界付近で臨検を行なっています。精いっぱい飛ばしても、来るのに八時間かかります」

「ギニアの海上部隊は？」

「海に出ているもの、利用できるものは、現在ありません」

「ちくしょう……」危険が雪だるま式に大きくなるのを、アマンダは感じていた。一歩さがり、クリスティーンのそばへ行って、声をひそめた。「マーリン大尉の引き揚げだけど、クリス、彼はどこまでぎりぎりにやるの？」

「マーリンは猪突猛進型ですよ」クリスティーンが、小声で答えた。「マッチョで、とにかく行動を好む。彼が帰投最低燃料《ビンゴー》といってきたからには、燃料の余裕は紙コップ一杯分を切っているでしょうね。がんばれといえばやるでしょうが、そうすると燃料切れで戦うのも帰投するのもできなくなる」

「そうね」アマンダはずっとこういうことを怖れていたのだった。マイナス要因が重なり、担当の戦域いっぱいにひっぱってひろげた監視の網にほころびができる。そのほころびをつくろう資産がない。

　それはそれとして、ここぞというときに決断を迷えば、事態はいっそう悪くなる。「当直将校。〈マナサス〉に暗号通信。〝ただちに帰投することを許可する。燃料の許す範囲の全速力で戻れ〟それから、〈ヴァリアント〉とイギリスの掃海艇にも連絡して。しばらく掩護がなくなるから、用心するようにと。〈クイーン〉と〈カロンデレット〉の整備員にも伝えて。整備を急ぐように！　航行できるようになったほうから、ただちに発進する」

「アイアイ、司令」

アマンダは、クリスティーンに注意を戻した。「どういうやりかたをしようが、どのみち二時間ないし四時間、境界水域の監視の網に穴があくことになる。西アフリカ連邦はどんな手を打ってくるかしら？」

クリスティーンが肩をすくめるのが、シルエットでわかった。「ふたつの要素しだいですね。ひとつは、西アフリカ連邦が、その穴に気づくかどうか。沿岸部のかなり充実した情報網からして、気づく可能性は濃厚です。

もうひとつは、西アフリカ連邦の反応の早さです。こうした穴があくのをじっと見張って待ち構えていて、すでに攻撃の準備ができているのか？　指示があれば即座に発進できるよう、ブリーフィングを終えているのか？　準備ができていないとすれば、作戦のまとめをして実行するのに、二時間というのは、けっして余裕のある時間ではありません。徹底した準備がなされているのなら、話はちがってきます」

「最悪の場合を想定して。やつらは準備し、待ち構えている」

「だとすると、ボス・マーム、われわれはヤバいことになりますよ」

故障した二隻のシーファイターの整備員たちは、臓器移植チームのように迅速かつ集中した精確さで作業を進めたが、それでも二時間の予定の修理が三時間に延びた。アマンダは、怖い目つきでものもいわずフローター1の甲板を歩きまわった。整備員にやかましくこごとをいったり、作戦室でオペレーターの肩ごしに覗き込んでも、なんの役にも立たない。

〈マナサス〉が西の水平線から轟然と姿を現わしたが、プラットホームの四分の一海里手前でガスタービン・エンジンの回転がばらついてとまった。スウィマー・モードでゆるゆると近づき、風下の側に寄って、燃料ホースを受け、からからの燃料タンクに一気にディーゼル燃料を流し込んだ。アマンダは歩きまわるのをやめて、戦隊の三隻のうちのいずれかが出動できるようになるのを待った。

競争に勝った〈クイーン〉も、プラットホームの舷側に繫留されていた。部品屋ケイトリンが、最後のアクセス・パネルを閉じ、「終わった！」と叫んだ。「機関始動準備よし！」

「ようし！」コクピットの横の窓から、レインがどなり返した。「機関を始動する。全員、繫索を放つ用意！」

「ちょっと待って！」アマンダがプラットホームの手摺をひらりと越え、ホバークラフトの甲板に飛びおりた。「今夜は乗せてもらうわよ、スティーマー」

「ようこそ、司令。機関始動！」

〈クイーン〉は、飛沫の尾を曳き、北西に向けて疾駆した。

「全速、スティーマー」アマンダは命じた。「精いっぱい急いで！」

「スロットルを最後の最後まで押し込みますよ、マーム」レインが、肩ごしに答えた。「ずっと飛ばしまくるぞ。スノーウィ、ギニア・イーストへの到着予定時刻は？」

「約二時間で定位置に着きます、司令」副操縦士席のスノーウィ・バンクス中尉が答えた。

アマンダは、航海長席に座りなおして、緊張をほぐそうとした。あと二時間すれば、防御にできた隙間を埋めることができる。それに、西アフリカ連邦はまだ反応していない。あるいは気がついていないのかもしれない。ありがたいことに、きょうは最悪の場合を想定しなくてもよかったのかもしれない。

スノーウィが、首をかしげてイヤホンに手を当て、耳を澄ました。「司令、TACNETから連絡がはいっています。指揮チャンネル、レンディーノ少佐です」

「ありがとう、スノーウィ。受けるわ」アマンダは、ヘッドセットをかけて接続した。「アマンダよ、クリス」

「トラブルです、ボス・マーム」クリスティーンの切迫した声が、無線を伝わってきた。「でかいトラブルです」

「なにが起きているの？」

「イェリブヤ水道の西アフリカ連邦海軍基地から、大規模な出撃が開始されました」

「どれぐらいの規模？」

「全艦艇ですよ！　十七隻です！　二個戦隊が、運用可能なものをすべて発進させました」

アマンダは、心臓が破裂しそうな心地を味わった。「どれぐらい前？」

「十五分か二十分前です。プレデター無人機が一六三〇時に日課のイェリブヤ基地上空航過を行なったときは、異状はまったくありませんでした。復路の偵察の際には――ドカーン、桟橋には一隻も残っていない。われわれの無人偵察機が通過して覆域外に出るのを待って緊急出動できるよう、準備していたにちがいありません」

「追跡しているの？」

「ええ、ギニア・イーストの定位置の〈ヴァリアント〉が、水上捜索レーダーで、西アフリカ連邦の艇隊を捉えています。ボグは、まっすぐ〈ヴァリアント〉に向かっています」

「〈カロンデレット〉と〈マナサス〉をただちに発進させて！　わたしたちに追随するように！　〈ヴァリアント〉に、総員配置にして、最大速力で沖に向かうよう指示して。ボグ艇隊は無人機に監視させ、ヘリ二機に応急《ダメコン》機材と医療用品を積み込ませて」

　アマンダは、自動火器を発射するように一連の命令を放った。それから座席で身をひねり、レインにべつの命令を下した。命じるまでもなかった。レインはすでにスロットルをレッド・ゾーンを超えるまで押し込み、最大戦速を出そうとしていた。スカートをたくしあげた〈西部の女王《クイーン・オヴ・ザ・ウエスト》〉は、甲高い声をあげながら海を越えていった。

移動海上基地フローター1
二〇〇七年六月二十九日　一七一〇時

「レンディーノ少佐、これを見てください」TACNET指揮所のヘッドセットをかけた通信手たちの低いつぶやきよりひときわ大きな声が聞こえた。クリスティーンは、急いで電子情報ステーションへ行った。「どうしたの、マーフィー?」システム・オペレーターの横で身をかがめ、語気鋭くたずねた。

「無線通信です。それがすごい量で」電子情報兵曹が答えた。「西アフリカ連邦が沿岸監視網を設置しているのは知っていましたが、いま傍受している通信の量からして、想像以上に徹底したもののだったようです。見てください」

電子情報のグラフィック・ディスプレイを見ると、西アフリカ連邦の沖で範囲指定《エリア・ボックス》の四角形が点滅していた。TACNETが探知して三角法で位置を突き止めた無線送信だ。おなじボックスが三つあり、いずれも暗号文字と数字の列の横に、ターゲットを示すアイコンが出ていた。

「ほら。またひとつ現われました。〈クイーン〉が目視距離にはいるたびに、警報が発せられ、送信機のスイッチが入れられて、位置報告がなされます。送信電波はインドネシア製の短波無線機の周波数帯とすべて一致しています。西アフリカ連邦が沿岸監視員に支給しているものです」

システム・オペレーターの指が、海岸線に沿い、〈クイーン〉のコースをたどった。「やつらは、われわれとおなじぐらい精確に追跡しています」

「どうしてこうした監視哨に、これまで気がつかなかったの？」

「これまではずっと送信していなかったからですよ。いまのいままで、たった一度も送信したことがなかった。西アフリカ連邦は、特殊な作戦のために、この監視網を予備として温存していたにちがいありません」

「くそっ！　信号情報！」クリスティーンが大声でいった。「西アフリカ連邦の沿岸監視網の送信から、なにが読み取れる？」

「音声で番号を告げる短い送信です」となりのステーションのオペレーターが答えた。「監視哨の身許を表わす数字と、四桁か五桁のデータ・ブロックです。おそらくターゲットの識別番号と、速力、針路でしょう。一回限りの暗号帳のたぐいを使っています。解読は不可能です」

「わかった。傍受しても役に立つ情報は得られないということね。ＥＣＭ（電子対策）管制官、電子対策作動！　全発信局を妨害！　ＣＢ無線の周波数帯を含む周波数帯を妨害！　ノイズによる狭帯域電子妨害！　最大出力！」

オペレーターが、うろたえて顔をあげた。「少佐、そんな強力な妨害電波を出したら、ここからマラケシュまで短波無線が聞こえなくなりますよ！」

クリスティーンが、ひどく冷たいまなざしをオペレーターに向けた。「マーフィー、あたしがマラケシュの短波無線の受信状態を気にするような人間に見える？　さっさと妨害するのよ!」

フローター1、気球母艦二隻、コナクリおよびアバジャンのTACNET地上基地の送信機が、集中して大気に電子の悲鳴を発し、無線周波数域のかなりの部分が、耳を聾するホワイトノイズに覆われた。

指揮統制センターでは、TACNETのオペレーター数名が、耳をつんざく騒音から逃れようと、ヘッドセットをはずした。西アフリカ連邦の黄金海岸沿いの監視哨でも、おなじ光景が見られたにちがいない。クリスティーンは、満足げにそっけなくうなずいた。「これでおまえもおしまいだよ、かわいこちゃん」声を殺して毒づいた。「あんたのちっこい犬もね!」

「レンディーノ少佐」プレデター管制ステーションのべつのシステム・オペレーターが、せっぱ詰まった声でいった。「西アフリカ連邦のボグハマー艇隊に変化がありました」

クリスティーンは、あらたな危機の場所へと急いだ。「どうしたの?」

無人機の操縦手が、西アフリカ連邦の哨戒艇の群れの上空に飛ばしている無人機が送ってくる画像を、壁の平面モニターに出した。水色の海に櫛の目のようにのびている何本もの白い航跡が映っている。見ていると、西アフリカ連邦の大規模な艇隊が分かれ、離脱したほぼ半数の哨戒艇が、あらたな針路をとりはじめた。

「ボグ八隻が、〈ヴァリアント〉要撃の針路を維持しています。それ以外の九隻が、針路三一〇に変針しました」

「戦術ディスプレイを出して! その方位になにがあるの?」

「なにもありません。いや、待ってください……〈スカイ〉だけがいます……英国海軍の掃海艇です！」

「しまった！　ただちにギャレット司令に連絡して。それから〈スカイ〉を呼び出して、お茶の時間にお客が来ると教えてあげて！」

ギニア・イースト定位置
二〇〇七年六月二十九日　一七三一時

英国海軍サンダウン級掃海艇〈スカイ〉艇長、マーク・トレイナー大尉は、目にしみる汗を手の甲で拭い、もう一度双眼鏡を構えた。やつらは横隊で接近してくる。九つの白いしみのような航跡が水平線に見え、いずれもその中心にボグハマーの船体の黒い点がある。

「レーダー員が対勢図を作成しました、艇長」航海係兵曹が、操舵室のなかから叫んだ。「西アフリカ連邦艇隊との距離は三〇〇〇メートルで、なおも近づいてきます。速力三五ノット」

「よろしい、ひきつづき作図してくれ」いつかこういう機会がおとずれるだろうとつねづね思っていた若い海軍士官は、熟練の軍人らしい落ち着いた声を保とうと努力した。ブリッジの張り出しの防水の箱から受話器を出すとき、手のふるえをこらえようとした。

「通信手、大西洋司令部からまだ応答はないか？」

「ありません、艇長」ヨークシャーなまりの声が答えた。

トレイナーは、受話器を戻した。海軍本部も、その意思を伝えるあてにならない二〇〇〇海里の長距離通信も、くそくらえだ。指示はいますぐに必要なのに。

十五分前のアメリカ海軍戦闘群司令からの切迫した通信を、トレイナーは思い出していた。

〝英国海軍掃海艇〈スカイ〉。そちらの位置に西アフリカ連邦の哨戒艇軍が向かっている。貴艇への攻撃がまもなく行なわれるものと思われる！　ただちに針路を変更するよう助言する。沖に向けて進み、気球母艦〈ヴァリアント〉と合流してともに防御することを勧める！　急げ！　くりかえす、急げ！〟

だが、戦隊司令とのやりとりも、トレイナーの頭から離れなかった。〝いいかね、きみはこの国連がどうのこうのという公式のことはともかく、あくまで英国海軍士官であり、イギリスのために働いている。ことに当地の作戦を牛耳っているあのアメリカ人の小娘には気をつけることだ。融通がきかず、なにかとトラブルを起こそうとしている。自分の仕事に専念し、命令に従っていれば、きみはなんの心配もいらない〟

しかし、定位置についてからというもの、この〝小娘〟は優秀な腕前を存分に実証しているように思われる。とはいえ、トレイナーは逡巡し、忠告を斥けて、どう行動すべきか、海軍本部に指示を仰いだ。

まるで谺しか返ってこない深い穴に向かって叫ぶようなものだった。ロンドンでは午後五時をまわっているから、だれもいないデスクに自分の通信文は置かれているにちがいない。どのみちもう手遅れだ。

とにかく、これで自分の判断により、戦闘配置を命じられる。といっても、できることは高が知れている。トレイナーは、身を乗り出し、ブリッジの手摺の上から叫んだ。「砲側員、装塡し、撃ちかた準備」

艇首では、〈スカイ〉の三〇ミリ単装機銃の薬室に、砲側員たちが最初の一発を送り込んでいた。ブリッジの張り出しでは、当直の銃手が、GPMG（汎用機関銃）に七・六二ミリNATO弾の弾帯を取り付けている。トレイナーとともにブリッジの左舷側を担当する十代の水兵は、まごまごして遊底を閉鎖するのに手間どり、いらだたしいほど時間がかかった。

「落ち着け」トレイナーはつぶやいた。

「はい、艇長。戦闘になると思いますか？」

「いや。ちょっとブラッフをかけているだけだろう」トレイナーはまったく自信がなかったが、口ではそういった。「このあたりの連中は、英国海軍を相手にする覚悟はないだろう」

一二海里南東では、アメリカ海軍補助部隊の気球母艦〈ヴァリアント〉が、必死の逃亡をこころみていた。船体の低いずんぐりした小型艦は、翡翠の色の泡立つ航跡を引き、銀色の魚雷のように輝く上空のアンテナ気球をひっぱったまま、よたよたと懸命に沖を目指していたが、それはとうてい勝ち目のない競走《レース》だった。

「操舵指示を頼む、軍曹。機動で力を貸せるようなら、ブリッジに連絡してくれ」

「ありがとうございます、艦長」エンリコ・デベガ一等軍曹が、ヘッドセットで応答した。

「そうします。いまは沖を目指してください」

デベガは、〈ヴァリアント〉の上部構造の艦尾寄りの端に立っていた。真下はウインチの備え付けられた長い後甲板で、海兵隊員二十名の警戒チームが、戦闘配置についていた。M2《マ・デュース》五〇口径（一二・七ミリ）重機関銃とMk19自動擲弾発射器が、手摺に沿い、低い三脚の上に据え付けられている。いっぽう艦尾右舷ではSMAW（携帯発射多目的強襲ミサイル）チームが、イスラエル製の対戦車兵器の再装塡用ミサイルを甲板にならべていた。

緊張のにじむ獰猛な笑いが、デベガの浅黒い顔をよぎった。十年前のデベガは、サンアントニオの柄の悪い地区に住む若いストリート・ギャングだった。非行少年の前科がつかなかったのは、とんでもない幸運と聖母マリアのおかげで、ハイスクールを卒業できたのは、勉強したからではなく、教師を脅したからだった。そしてある日、ギャングの刺青をひけらかし、一人前の男になった気分で、母親の家に大威張りではいっていった。

海兵隊員で、グレナダ、レバノン、砂漠の嵐作戦で勲章をいくつも受けている叔父のハイメが、ちょうど来ていた。ハイメはひとこともいわずに、エンリコの襟首をつかむと、庭にほうり出した。そして、エンリコが地べたに這いつくばって許してくれというまで、近所のものたちが見ている前でさんざん殴った。「ギャングにはいりたいのか！」ハイメは、エンリコを上からどなりつけた。「いいだろう！　それならおれの仲間《ギャング》になれ！　おまえがどれぐらい強いか、見てやろうじゃないか！」

翌日、ハイメはエンリコを海兵隊の入隊事務所に連れていき、徴募官の前の椅子に叩きつけるように座らせた。

もとストリート・ギャングの甥が、こうして海戦全体の指揮をとっているのを見たら、ハイメ叔父さんはなんというだろうか？

デベガは双眼鏡を目に当てて、〈ヴァリアント〉の後方から接近する白い航跡の条を捉えた。

「砲手！」大音声で命じた。「ロック・オンし、装塡！」

「艇長、西アフリカ連邦の艇隊が隊形を変えています！」

「こっちも見ている、航海係兵曹」トレイナーは、双眼鏡を横に動かして、哨戒艇の戦列をずっと見ていった。中央のボグハマー三隻は、針路と速力をまったく変えず、まっすぐ追いかけてくる。だが、後尾の二隻は加速し、大まわりして側面を並行して走りながら、包み込もうと弧を描いている。

その機動に、どことなくおぼえがあった。アフリカに関する本を読んだときに、そのことが書いてあった。バッファロー！　なんと、やつらはバッファローをやろうとしている！　バッファローというのは、昔のズールー族の戦闘部隊インピスの、典型的な戦術だ。まんかの集団つまりバッファローの〝胸〟が、敵を直撃し、側方部隊の〝角〟が大まわりして脇腹を襲う。その戦法で、ひとときはアフリカの半分を支配した。いまそれを海戦に応用し、〈スカイ〉に対して使おうとしている。

「砲手、撃ちかた準備！」

〈ヴァリアント〉では、西アフリカ連邦のボグハマーが、精確な射撃のできる距離よりやや遠めのところで、半円をなして取り巻こうとしているのを、デベガ一等軍曹が見守っていた。デベガはバッファローという戦術やズールー族の帝国のことは知らなかった。しかし、側面にまわる動きは見ればすぐにわかったし、裏の意図も読めた。デベガはＭ４カービンを肩からおろして、腕にかかえた。砲手の射撃指揮を行なうために、三十発入り弾倉には曳光弾がこめてある。みずから戦闘に参加するときには、銃身の下のＭ２０３擲弾発射器がものをいうだろう。

どこかでだれかが、無線機のマイクに向かって命令をどなった。船外機が吼え、ボグハマーの群れが突進する。半円の隊形が獲物に向かって、内側にすぼまる。

トレイナーとデベガ。どちらも優秀な兵士だ。訓練が行き届き、危機の際には能力を発揮する戦士だ。ふたりともまさにおなじ瞬間に、勝敗を決する決定を下そうとしていた。だが、思想と戦いの哲理は、まったくちがう。

「通信手！　哨戒艇に呼びかけろ！　警告して追い払え！」

「かまうもんか！　こいつらを殺っちまえ！」

トレイナー大尉は、一秒前まで、これが現実に起きようとしているのが信じられなかった。そして、一秒後も、それが現実に起きているのが信じられなかった。

突然、〈スカイ〉を取り囲んでいる九隻のボグハマーが、上部構造に狙いを定めて、同時に自動火器を発射した。十八挺の重機関銃が、一秒間に百八十発の一四・五ミリ徹甲弾を叩き込んだ。

「警告して追い払え！」という無益な命令を、マーク・トレイナーは一生忘れることができないにちがいない。

なにかがトレイナーにぶつかった。べっとりと濡れたおぞましいずたずたの物体が当たって、トレイナーは甲板に倒れた。ブリッジの張り出しの機関銃を受け持っていた若い水兵の死体だった。十数発を食らって、腹に大穴があき、銃座から吹っ飛ばされたのだ。

前部では三〇ミリ機銃が三点射を轟然と放った。だが、その三発だけで、砲手はハーネスで固定されたまま蜂の巣になってがっくりと体を折り、装塡手たちも死んでその脇の甲板にくずおれた。

〈スカイ〉の薄いアルミと複合材の船体は、雨あられと降り注ぐ弾丸を防ぐのには、まったく役立たなかった。突然のすさまじい攻撃に、なにがなにやらわからないまま、乗組員たちは操舵室や通路や機械室で倒れていった。

ブリッジの張り出しでは、トレイナーが呆然として伏せたまま、若い水兵の血と自分の血の海のなかで、もがき苦しんでいた。乗組員と艦を救うすべはなく、ただ西アフリカ連邦の銃弾が当たらないようにと、神に祈るばかりだった。

ボグハマーは旋回しながら距離を詰め、重火器にライフルやサブ・マシンガンがくわわって、無力な掃海艇を舳先から艫までめちゃくちゃに破壊した。味方にあやまって撃たれる危険を冒して、一隻が矢のように〈スカイ〉の舷側に迫った。一発目の手榴弾が、甲板に投げあげられる。そして二発、三発……

南東では、まったくちがった筋書きが進行していた。そこでは損害を受けていない無傷の〈ヴァリアント〉が、叩きのめされてまごついているボグハマーの群れを尻目に、沖に向けてのろのろと進んでいた。

西アフリカ連邦の戦隊司令は、任務前ブリーフィングの際に、アメリカの気球母艦は武装していないと聞かされていた。だから、二個戦隊のうちで数がすくなく、訓練の程度も劣る一個が、この任務を割りふられたのだ。

ところが、いざ攻撃を開始すると、〝武装していない〟はずの敵艦は牙を剝き出し、威勢のいい巡洋戦艦も顔負けの片舷斉射を放った。最初の激しい斉射で沈没したものは一隻もなかったが、隊形が崩れ、攻撃の勢いがそがれた。ボグハマーの群れは向きを変え、ロケット弾や擲弾をうしろ向きに発射しながら、あわてて射程外に逃れた。

ボグハマー戦隊司令は、選択肢やさまざまな方法を考えたが、どれもあまりかんばしくなかった。それぞれの艇の判断で、おそるおそる側面から気球母艦の様子を探ろうとするのだが、激しい集中射撃という反応を引き出すだけだった。

ボグハマーは応射をこころみたが、遠距離ではアメリカ艦のほうが有利だった。T－AGOS（音響測定）艦を改造した気球母艦は、安定性と耐航性にすぐれていて、砲台としてうってつけだった。いっぽう喫水が浅いボグハマーのちっぽけな船体は、上下に激しく揺れる。命中率という点に関しては、〈ヴァリアント〉の警戒チームのほうが、格段に優勢だった。

西アフリカ連邦の戦隊司令は、出ない唾を呑み込んだ。敵をうまく戦いに誘いこむには、突進して距離を詰めるしかない。そうすれば一斉射撃を浴びて、死傷者が出るはずだ。多大な損害をこうむることはまちがいない。

最初の突撃のとき、戦隊司令は我を忘れるほどに興奮していた。しかし、撃退されると、激しい攻撃性は薄れて、客観的に現実を見つめる気持ちが湧いた。ふつうの尺度では、彼は勇敢で献身的な若者だった。しかし、予期せぬ出来事にぶつかったときに立ち直り、死を覚悟で部下を率いて突き進むには、ふつうではない格別の勇気を必要とする。

「司令」操舵手が、不安げにいった。「われわれはだいぶ沖に出ています」

たしかにそうだった。アメリカ艦は、真南の針路を維持して精いっぱいの速力で進んでいる。アフリカの陸地は、もはや北の水平線の細い雲のようになっている。戦隊司令は、ちょうどいい口実ができたと思った。ボグハマーは、外洋を航行するようにはできていない。それに、アメリカのホバークラフトの位置に関する情報がとだえている。あの怪物に外海で捕まったら、戦隊は細切れにされてしまう。それに、最初の攻撃が失敗したのは、情報が万全ではなかったからだ。アメリカの気球母艦がひそかに武装していたことを、だれも気づいていなかった。そのことで責められる気遣いはない。戦隊が過度の危険にさらされるのを防いだことも、責められはしないだろう。

「おまえのいうとおりだ」安堵が声に出ないように気をつけながら、戦隊司令はいった。「沖に出すぎている。きょうは追い払っただけで満足するしかない。回頭し、帰投の信号弾を撃ちあげろ」

〈ヴァリアント〉の甲板では、火薬とロケット推進剤の甘いにおいが、海風に吹き散らされていた。掃きだされて舷側から落ちる空薬莢がぎらりと光り、後甲板はSMAWの発射ガスの煤が縦横についている。上部構造では、サンアントニオの元ストリート・ギャングだったデベガ海兵隊一等軍曹が、遠い岸に向けて撤退する西アフリカ連邦の哨戒艇の戦列を、満足げに眺めていた。「オーイ、マッチョ！」哨戒艇の群れに向けて、デベガは嘲りをこめて叫んだ。

アメリカ海軍エアクッション哨戒艇(砲)〈クイーン・オヴ・ザ・ウェスト〉
二〇〇七年六月二十九日　一七四八時

「クリス、報告して」指揮チャンネルで、アマンダは語気鋭くいった。「どうなってるの?」

「いい報せと悪い報せの、両方があります」暗い声で、クリスティーンがいった。「まずはいい報せから。西アフリカ連邦の哨戒艇群は離脱し、基地に戻る模様です。また、〈ヴァリアント〉は急襲を撃退し、損耗も死傷者もなく、定位置に戻ると報告しています」

「イギリスの掃海艇は?」

「それが悪い報せです。緊急位置標示ラジオ・ビーコンの発信をのぞき、〈スカイ〉との連絡が途絶えました。レーダーで表面追跡《スキントラッキング》し、まだ沈んではいないことがわかっていますが、まったく動いていません。さきほど無人機に航過させたところ、ひどい姿になっています。傷病者後送・救難ヘリを、こことコナクリの両方から発進させるよう指示しました。もう離陸して向かっているはずです」

「よろしい、クリス。〈スカイ〉の位置まで、われわれはあと三十分ほどかかる。ボグハマー群は?」

「二個戦隊とも、散開しています。全艇が、三々五々、イェリブヤ水道の基地に向けてひきかえしているようです。いちばん近いボグハマーに対する要撃方位を教えましょうか？」

アマンダは、口もとをこわばらせた。「いいえ。できるだけ多くのボグハマーをイェリブヤの基地まで追跡して。動きを細かく追い、帰投したことをマスコミ向けの書類に作成するのよ。あらゆる偵察資産を使ってこの仕事をやってちょうだい。西アフリカ連邦の攻撃部隊がイェリブヤ基地を発進した明白な証拠がほしいのよ」

「わかりました、ボス・マーム」


煙の条が水平線から立ちのぼっている。かつては立派な軍艦だったが、いまは傷ついた遺棄船となってしまった掃海艇が、遭難を報せる薄い色の幟《のぼり》を掲げているようだ。傾いている船体に〈クイーン〉がぐんぐん近づくうちに、ひどい被害の様子が明らかになっていった。上部構造は焼け焦げ、煤け、船体には銃弾や擲弾で穴だらけになり、排水口から血の混じった水がしたたり落ちている。

おぞましい光景がはっきりと見えるようになると、アマンダの怒りはつのった。こういう攻撃をした西アフリカ連邦に怒りをおぼえたのではない。こういうことが起きるのを妨げられなかった自分に腹が立った。

「スティーマー、横付けして」

「アイアイ、司令。接近します」

徒労だった長いレースを終えた〈クイーン〉が、エアクッション航走をやめた。タービンと揚力ファンの音がしなくなると、傷ついた僚艦にそっと寄り添った。アマンダは、コクピットのハッチをあけて、縁に体を持ちあげた。黄昏の迫るなかで、掃海艇の手摺から何人もが見下ろしている。ショックを浮かべた顔、打ちのめされた顔、煤けた顔、戦いを経験して急に老けた顔。

「アホイ」アマンダは、両手をメガホンにして呼びかけた。「艇長はどこ？」

「ここです」老けた顔をした若者のうちのひとりが、大声で返事をした。「掃海艇〈スカイ〉……もしくはそのなれの果ての艇長、マーク・トレイナー大尉です」

「わたしはアマンダ・ギャレット大佐、アメリカ海軍シーファイター戦闘群司令。申しわけない、大尉。間に合うように来られなくて」

「こちらこそ、大佐の警告に耳を貸さず、申しわけありませんでした」トレイナーが、率直な口調できっぱりといった。「これも武運というものでしょうか」

「了解、大尉。死傷者は？」

「八名死亡、八名負傷。火災は消しましたが、機関は使えません。浮かんでいられるのは、手押しポンプで排水しているからです。わたしはできるものなら艦を救いたいので、残りますが、負傷者を運んでもらえますか？」

アマンダは、つかのまいいよどんでから答えた。「あいにくそれは無理よ、大尉。われわれにはやらなければならない作戦がある。でも、ヘリが医療用品と救難機材を積んでこっちへ向かっている。もうじき到着するはずよ。それから、〈サンタナ〉にできるだけ早くここへ来るよう指示してある。フローター1まで〈サンタナ〉に曳航してもらい、そこで修理すればいい。ほんとうに申しわけないけれど、わたしたちにできるのはそれだけよ」

「われわれをこんな姿にしたやつらを追いかけるんですか?」トレイナーが、くたびれた声でたずねた。

「そのつもりよ」

「では、ほかにお願いすることはありません。幸運とよい戦果を祈っています、大佐。ありがとうございました」

アマンダは、〈クイーン〉のコクピットにおりて、ハッチを閉ざした。「いいわ、スティーマー。機関を始動して出発よ」

「アイアイ、マーム」と答えて、レインは機関始動手順をはじめた。「〈カロンデレット〉と〈マナサス〉が、まもなく追いつきます」

「よろしい」アマンダは、艇長席と副操縦士席のあいだにしゃがんだ。「〈クイーン〉と編隊を組むように指示して」

「上におられるあいだに、通信が届きました、大佐」スノーウィがいった。「マッキンタイア提督から直接に。いまコナクリ基地だそうです。われわれの能力の限りをもって西アフリカ連邦のボグハマー艇隊を追撃し、攻撃せよとの命令です」

「受領通知して」アマンダが、そっけなくいった。「スティーマー、コナクリ基地に針路を定めて。可及的最大速力」

「コナクリ?」レインが身をよじり、アマンダのほうを向いた。「大佐、提督はボグハマーを追えと命じたんですよ!」

「提督の命令はいわれなくてもわかっている、少佐! でも、その命令を実行するやりかたは、わたしが決めるのよ！　さっさとコナクリに針路をとりなさい！　可及的最大速力！」

激しい口調が、それ以上の議論を許さなかった。「アイアイ、大佐」レインが答え、操縦装置のほうを向いた。「そっちがボスですからね」

「ミス・バンクス」アマンダが、なおも厳しい口調でいった。「コナクリの兵站科に連絡して。戦隊用の特殊兵器一式を保管させてあるのよ。いえばすぐにわかるわ。到着したらすぐに積み込めるよう、ビーチまで運んでおくよう指示して。火器係全員、燃料車も三隻分用意させて。これまでやったこともないようなすばやい任務点検整備を行なうことを期待する……いえ、要求すると、いってやって」

「はい、マーム」

「つぎにTACNETに連絡し、イェリブヤ水道の西アフリカ連邦基地に関するデータを送らせて。ありったけ送らせるのよ。最新の偵察映像も含めて」

命令を下し、〈クイーン〉がエアクッション航走でふたたび進みはじめると、アマンダは中央区画におりていった。射撃指揮所に寄り、ダノ・オロークとフライガイの肩に手を置いた。

「ふたりとも、士官室に来てくれない。やることがあるの」

ギニア　コナクリ基地
二〇〇七年六月二十九日　一九三五時

〝三匹の子豚〟がコナクリ基地のビーチの斜路をのぼるときには、とっぷりと暮れていた。シーファイターが機関を停止して腹を地べたにつけると、斜路の周囲で照明用の発電機が始動され、あたりはまぶしい光に照らし出された。丸っこい燃料タンクやパレットに載せたロケット・ポッドを積んだ海軍の二トン半積みトラックが、ガタゴト揺れながら闇から現われた。約束どおり、積み込みの支度が整っている。

燃料ホースが接続され、ポンプがブルブルと動きだす。三隻のホバークラフトの上では、兵装室《ウエポン・ベイ》のスライド式ハッチがあけられていた。火器係が弾薬庫にもぐりこんで、搭載されているミサイルに安全装置をかけておろす微妙な手際を要する作業をやった。ほどなく、べつのもっと恐ろしい兵装が、代わりに積み込まれた。

無蓋のハンヴィーが、ホバークラフトを囲む光の環のなかに轟然と飛び込んできた。「ギャレット大佐はおられますか？」運転している兵曹が、エンジンの音や作業の騒音に負けない大声で叫んだ。

「ここよ」アマンダは、〈クイーン〉の上からどなり返した。「なに？」

「マッキンタイア提督が、本部で会いたいとのことです」運転手が叫んだ。「いますぐにとおっしゃっています」不安な面持ちなのは、下士官とはいえ、お偉方の爆発の影響をもろに受ける場所にいるからだろう。

アマンダが、凄味のある笑みを浮かべた。「願ってもない。提督にすぐに会いたいと思っていたのよ。いまおりていくわ」

「スティーマー」肩ごしに、コクピットのほうへどなった。「二十分とかからないと思う。戻ったときには給油と兵装の交換を終えて、機関を始動できるようにしておいて」

「やっておきます」くぐもった返事が聞こえた。

アマンダは、船外の梯子をおりながらつぶやいた。「わたしが戻れればの話だけど」

エリオット・マッキンタイア海軍中将は、不機嫌という言葉では控えめに過ぎるほど怒りをたぎらせていた。いかつい顔が、いまにも雷を落としそうな気配を示している。国連軍本部ビルの狭いオフィスに案内されたアマンダは、デスクの前でぴんと背すじをのばして整列休めの姿勢をとった。顔は無表情で、ぴくりとも動かない。

「大佐、きみは」マッキンタイアが、冷ややかな口調で切り出した。「わたしの命令に受領通知を返したのだから、西アフリカ連邦のボグハマーを追跡して攻撃せよという命令を、きちんと受け取っているはずだな」

「たしかに受け取りました、提督」

「では、大佐」マッキンタイアの声が大きくなった。「なぜそれを実行しないことにしたのか、弁明を聞かせてもらえるかね？」

「お言葉ですが、提督」アマンダは、逆に声をひそめていた。「わたしはいまその命令を実行している最中なのですが」

マッキンタイアの片方の眉があがった。「それはいい逃れというものではないか、大佐」ぴしりと返した。「われわれのリアルタイム情報では、西アフリカ連邦の哨戒艇は、すべて無事に帰投したというが」

アマンダがはじめて視線を下に向けて、マッキンタイアの厳しいまなざしを真っ向から受けとめた。「その事実は知っております。まさに、そこに戻ってもらいたかったのです」

マッキンタイアが顔をしかめ、口ごもった。「説明してくれ、大佐」ややあっていった。「どういう意図なのだ？」

アマンダは、背すじの鋼のような固さを、いくぶん和らげた。「提督、西アフリカ連邦のボグハマー艇隊をただちに追撃しなかったのは、そのような追撃は徒労だったはずだからです。ボグハマー艇隊は、典型的なゲリラ戦法に従って、われわれの艦艇を攻撃したあと、散開し、それぞれべつの回避コースをたどって、帰投しました。沿岸からの掩護を受けられるところに達する前に、ボグハマーを二隻や三隻は追いつめることができたでしょうが、艇隊に決定的な打撃をあたえるにはいたらなかったでしょう。

ですから、わたしはボグハマー艇隊に手出しをせず、基地に帰らせたのです」アマンダは、オフィスの唯一の装飾ともいえる海図の前に行った。シェラレオネの西の海岸線の一点に、指を突きつけた。「このイェリブヤ水道の西アフリカ連邦海軍基地に」

ふたたびマッキンタイアのほうを向いた。「提督がおっしゃったように、ボグハマーはすべて無事に帰投しました。さて、われわれは全艇を一カ所の恒久的な基地に集中させるのに成功したわけです。いまエアクッション艇三隻をコナクリに持ってきたのは、兵装を積み換え、対地攻撃ミサイルをフル装備するためです。ここを出発したら、そのままイェリブヤ水道へ急行、ボグハマー二個戦隊とその前進基地を掃滅するつもりです」

マッキンタイアは、怒りと動揺に襲われていた。「なんだと、アマンダ。まさか本気じゃあるまい？」

「とことん本気です、提督。これは一気に西部に戦線を拡大する絶好の機会です。見逃すつもりはありません」

「われわれは国連の承認のもとで、侵入禁止海域を維持し、ギニアおよび国連軍を防御する作戦を行なうようもとめられている。あくまで防御だ！　いかなる形であろうと、西アフリカ連邦に対し攻勢に出ることは許されていない」

「拡大解釈できるのではないかと、わたしは考えています」アマンダは、デスクの前に戻り、両手を縁に突いて身を乗り出した。「イェリブヤの西アフリカ連邦海軍基地は、国連軍部隊とギニア沿岸の集落の両方にとって、正真正銘の脅威です。そこから出撃するボグハマーは、いわば銃から撃ち出される弾丸です。今夜、ベレワはわれわれに向けて銃を撃ちました。そう定義づけるなら、銃であるイェリブヤ基地を破壊するのは、自衛の行為であり、託された権限を逸脱していません」

「馬鹿も休み休みいえ、アマンダ」マッキンタイアは、頑固にかぶりをふった。「きみが過激な戦闘員だというのは承知しているし、だからこそこの仕事につけた。しかし、そんなことをしでかしたら、故意に交戦規則を曲げて、ベレワに喧嘩を吹っかけたといわれるぞ」

アマンダは、デスクに突いていた手を放した。「ええ、おっしゃるとおりです。わたしはそのとおりのことをやろうとしているんです」デスクから一歩離れた。胸の下で腕を組み、首を垂れて、じめじめする狭いオフィスを歩きまわった。

「だってそうじゃありませんか、提督。われわれはこの紛争を通常のやりかたで戦う資産を持たない。気球母艦とイギリスの掃海艇が襲われたのが、いい見本ですよ。ベレワに戦場と攻撃のタイミングを選ばせるのは、敵を利して勝利をくれてやるようなものです。ベレワほどの敵を相手に消耗戦で勝利を収めることはできない。攻勢に出るしかないんです。国連の交戦規則が、あからさまにそれをやるのを妨げているから、反撃するときには規則を曲げるしかない。それが、わたしに残された唯一の効果的な手段なんです。

今夜、作戦の権限を拡大解釈するだけで反撃できる機会をあたえられました。根本的な戦略の均衡を変えるために、ベレワをいま徹底的に叩く必要があります。こんな好機は見逃せません！」

マッキンタイアが、深い嘆息を漏らし、首をふった。「いやはや、アマンダ、きみがどこから生まれてきたか、よくわかった。それに、純然たる軍事的観点からすれば、同意したいところだ。しかし、ほかの要素も考えなければならない。この手の拡大は、武力戦争の段階を超えて、外交的な干渉を招きかねない」

「それは重々承知しています」アマンダが、足をとめた。「外交官、政治家、権力者、大歓迎ですよ。でも、わたしがここに派遣されたのは、武力戦争を処理するためで、自分の能力の限りを尽くして、それをやろうとしているんです。現在の作戦上および戦略面での状況からして、イェリブヤ基地を叩くのが、考えられる唯一の、そしてなおかつ最高の行動であると、わたしの経験と勘がきっぱりと告げています」

アマンダは、マッキンタイアの視線を捉えて放さなかった。「正直な話、提督が今夜ここにおられなかったほうがよかったと思っています。もしそうであれば、わたしは現場の先任戦術士官としてＵＮＯＤＩＲ（指示がなければ自主的に特定の行動をとることを意味する）報告書を提督に送り、そのまま攻撃を実行して、あとは野となれ山となれですよ。まあ、暫定的な大佐には手に負えなかったということですね。

けれども、提督が現場では先任ですので、この厄介事がはからずも押し付けられたわけです。海軍特殊部隊司令官として、提督はわたしなどよりもずっと広い範囲のことを考えなければならないし、責任も大きい。だから、わたしみたいにさっさと勝負して負けることはできないんです。でも、いまの状況に鑑みて、イェリブヤ基地攻撃を許可してくださるよう、礼儀を失しない範囲で最大限に強く進言いたします。この紛争をきちんと解決する気持ちがほんとうにあるのなら、やらなければならないことです」

マッキンタイアは、目の前の日に焼けたすらりとした女性士官を、じっと見つめていた。

「ひとつ教えてくれ、大佐」しばらくしてたずねた。「わたしがイェリブヤ攻撃を行なわないことにしたら、どうなるのだ？」

「そのときは、提督」アマンダが、静かに答えた。「今夜の西アフリカ連邦の攻撃と、その攻撃のあとでエアクッション艇がボグハマーを追撃しなかったことについて、わたしは公式に責任を認めます。そして、公式に辞任を申し出ます。負けるように命じられた戦争をやるつもりはありませんから」

若いころだったら、マッキンタイアはそういう発言を脅し、反発、ブラッフと受けとめていただろう。同僚のあるものが発した言葉だったら、激しい非難とっていたはずだ。しかし、この相手はちがう。アマンダ・ギャレットは、ただ事実を述べただけだ。きかれたことを答えたまでだ。

マッキンタイアの体の奥で笑いが生まれ、胸の底から発した笑い声が体を揺らした。「いやはや、きくのではなかった」ゆっくりと首をふりながらいった。「ありがとう、大佐……ありがとう、アマンダ。すくなくとも理論上は勝利こそがすべてであることを思い出させてくれたことに礼をいうよ」

座ったまま居ずまいを正し、上機嫌が薄れて自嘲が目に宿った。「もうひとつ、のんべんだらりと平凡に生きていくほうが楽な世の中にも、妥協という概念を受け入れるのを拒む人間がいることを思い出させてくれたことにも、礼をいおう。きみはあらゆる面で正しい、大佐。作戦は承認する。続行しろ。一瞬とはいえ、細かいことまで口出しをしたのを許してくれ。これからは自分の仕事に専念するよ。つまり、さっききみがいった外交官だの政治家だの有力者だのを相手に始末をつける。そのあいだに、きみはそいつらの戦争をそいつらのために戦って勝ってくれ。そいつらが気に入ろうが気に入るまいが関係なく」

アマンダ・ギャレットが、ほんの一瞬、真摯な笑みを浮かべ、薄暗い白熱電球に照らされた部屋のなかが、ぱっと明るくなった。「アイアイ・サー」

イェリブヤ海軍基地
二〇〇七年六月三十日　〇一二一時

イェリブヤの西アフリカ連邦海軍基地は、アメリカ海軍のノーフォークや英国海軍のポーツマスにはおよびもつかないが、ジョナサン・キンズフォード大佐指揮下の部隊になに不足はなかった。地下壕の指揮所に向けてゆっくりと歩きながら、四分の三ぐらいにふくらんだ月の明かりで、自分の王国をじっくりと眺めた。

イェリブヤ基地は、シェラレオネが植民地だったころは、椰子の実油を生産するための大農園だった。白い柱の古びた館が、いまもなお、イェリブヤ水道に流れ込む名もない小さな川の河口を見おろして立っている。だが、いまその館は士官クラブと宿舎を兼ね、農園の船着場は基地の給油用桟橋になっているので、燃料の艀がその下流側に繋留されている。河口の水路を遡った東側には、もっと小さな桟橋が何本も指のように突き出し、ボグハマー戦隊が、その指の股に収まって整然ともやってある。桟橋の奥には弾薬庫とエンジン整備所があり、完全に水から引き揚げて整備するためのレール付き斜路が一カ所にある。

斜面を登り、館の裏へまわると、林の手前に下士官用宿舎のテントが寄り固まり、狭い車輛置場があって、地下弾薬庫のまわりに砂嚢がうずたかく積みあげられている。斜面を下ると館と岸のあいだに広い芝生があるが、そのまんなかにもう一カ所の砂嚢に守られた掩体がある。その奥が、キンズフォードの目指している指揮所だった。

キンズフォードは、その指揮所が自慢だった。彼は物事に万全を期する人間で、だから四〇〇メートル下流の河口近くに二カ所、水路を左右から挟むように砂嚢の掩体をもうけて、兵員を配置していた。それぞれの構築物には、海と空から基地に接近するものを狙い撃てる位置にボフォースL70四〇ミリ機銃が据え付けられ、射撃準備を整えている。

キンズフォードの命令で、基地は灯火管制が敷かれ、巡回する夜警の懐中電灯がときどき光るのだけが、地上に見える明かりだった。しかし、カーテンを引いた士官クラブからは、音楽が漏れ聞こえている。

ボグハマー戦隊の艇長たちが、国連アフリカ阻止軍部隊に対する勝利を、派手に祝っているのだ。基地司令のキンズフォードも、勝利をともに味わいながら遅くまでつきあっていた。たぶん夜明けまで大騒ぎがつづくにちがいない、とキンズフォードは思った。だが、基地司令として手本を示さなければならない。それに、モンロビアのお偉方が報告聴取のために朝いちばんにやってくる。宿酔いで会議に出るわけにはいかない。だから、〝もう一杯だけ〟と五、六人の士官が引きとめるのをふり切って、夜の闇に出てゆき、ビールでぼうっとした頭をはっきりさせるとともに、夜の戸締りがきちんとなされているのを確認するために、ゆっくりと散歩しながら見てまわった。

キンズフォードは、ジャングル・ブーツで砂利を鳴らしながら歩き、大股で指揮所を目指した。当直将校との最終確認を終えたら、地下壕の片隅のベッドで横になるつもりだった。あの調子だと、士官クラブの宿舎では眠れそうにない。

地下指揮所は、白カビと、通信機器の電源になっている二サイクル・エンジン発電機の排気ガスの金属的なにおいが充満していた。「現況は、大尉？」キンズフォードはたずねた。壁が厚く窮屈な地下壕に向けて狭い階段をおりて、入口の蚊帳《モスキート・ネット》をめくった。

「異状なしです、司令」野外机から顔を起こして、当直将校が答えた。その大尉と無線機の前の通信手二名だけが、この時間の当直員だった。「報告するような新しい情報はありません」

「われわれの攻撃に対する国連軍の反応について報告は？」

暗めにして床に置いてあるガス・ランタンに下から照らされている当直将校が、かぶりをふった。「いいえ。直通電話回線からも海軍の無線網からも、なにもはいってきません。それに、沿岸の監視網がまだ通信できない状態です。アメリカが妨害電波を出しつづけています」

「なんたることだ」キンズフォードはぶつぶついった。「なにが起きているのかを知るには、郵便が届くのを待つしかないか」

地下壕の隅のすのこの上に置かれた毛布すらないベッドのところへ行った。「とにかく、しばらく眠るよ、大尉。館ではみんなお楽しみで、とても眠れそうにない」

「わかりました、司令。今夜、ここはかなり静かだと思いますよ」

当直将校の言葉がまちがっていたことが、じきにわかった。キンズフォードがブーツの紐を解いたとたんに、野外電話機が耳障りな音で鳴りはじめた。当直将校が受話器をさっと取り、早口で相手としゃべった。

「大佐、機銃陣地が沖になにかを目視していると報告しています」

「識別したか？」

「いいえ。ただ、国籍不明の艦艇が三隻、水道にいる模様だというだけで」

アメリカ海軍エアアクッション哨戒艇（砲）〈クイーン・オヴ・ザ・ウェスト〉
二〇〇七年六月三十日 〇一三四時

〈クイーン〉のスウィマー・モーターの回転が落ち、GPS（全地球測位システム）の数字の動きも遅くなっていった。「宜候《ようそろ》」アマンダはつぶやいた。「宜候……全機関停止！ 定位置維持開始！」

GPSの位置マーカーが、あらかじめ入力されて射撃指揮装置でロックされている座標と、ぴったり一致した。

「定位置維持、アイ」スティーマー・レインが小声で答え、〈クイーン〉が潮流や波や風に流されないでGPSの定点を維持するように、モーターとプロペラの制御装置をたくみに操った。

「こちらレベル、射撃位置についた」〈マナサス〉のトニー・マーリンの声が、頭上のスピーカーから聞こえた。〈カロンデレット〉のクラークの声が、その直後に聞こえた。「こちらフレンチマン、配置に着き、定位置を維持している」

舳先のわずか一海里向こうにジャングルの細い川の河口があり、沿岸部の森にくねりながら切れ込んでいる流れが、月光を浴びて銀色に光っている。MMS（マスト搭載照準システム）が光を増幅し拡大した画像で、川岸のイェリブヤ基地の建物が見分けられた。

着いた。あとは来た目的を果たすまでだ。

「リトル・ピッグズ」アマンダが指揮チャンネルでいった。「こちらは子豚一番艇《リトル・ピッグ・リード》。沿岸砲撃準備」

サーボモーターがうめき、兵装ペデスタルが射撃位置にあがった。装填アームが下にのびて、ロケット・ポッドをつかみ、マウントのレールに載せた。

「フレンチマン、装填、待機中」

「こちらレベル。装填済み。データリンクはいつでもつなげます」

「レベルおよびフレンチマン、リトル・ピッグ・リード、受信した」アマンダは、インターコムに切り換えた。「射撃指揮、システムを接続しろ。射撃にそなえろ」

コクピットの下では、ダノ・オロークが〈クイーン〉の射撃指揮装置を姉妹艇二隻のデータリンクと接続するコマンドを打ち込んだ。三隻のあいだで人工頭脳のささやきが交わされる。ダノとフライガイとアマンダが、ここへ来るまでのあいだに入念に練りあげた攻撃目標リストと攻撃手順が伝えられた。正しい迎角と方位をまるで動物のようなひたむきな態度で探しもとめて、兵装ペデスタルがまわり、傾いた。

「射撃指揮システムを統合しました、大佐。目標選択、配列手順……手順完了……システム安全解除。全システム異状なし。発射準備完了」

「つづけて、ミスター・オローク。発射開始」

兵装ペデスタル一基あたりロケット・ポッドが二個。一隻あたりペデスタルが二基。三隻あわせて六基。二・七五インチ・ロケット弾十二発が、三・五秒間隔で発射された。甲高い顫音《せんおん》が空を引き裂き、波頭が金を溶かしたような輝きを放った。

ペデスタルのイジェクターが、煙を吐いている空ポッドを海に投げ落とす。ふたたびマウントが直立し、装塡アームがつぎのポッドを持ちあげる。ポッドの筒口がふたたびまわって狙いをつける。もう人間のはいり込む余地はまったくない。搭載されたコンピュータと、低いうなりやカチリという音とともにコンピュータを動かす緻密で精確な射撃指揮プログラムが、すべての作業をやっていた。

ロケット・ポッド一個あたり七発。兵装庫にはポッドが十二個。ホバークラフト一隻あたり兵装庫が二カ所。三隻で合計七十二個のポッドのロケットが消費される。

海から稲光がほとばしり、陸地で雷鳴が轟いた。暗い天頂で炎の条が弧を描き、炎をあげる石炭のようなハイドラ・ロケットが、さっきまではイェリブヤ海軍基地だった地獄地帯に降り注ぐ。

ポッド七十二個、一発が約八キロの高性能爆薬弾頭を積んだロケット弾が五百四発。それがすべて三分のあいだにターゲットに命中した。

「キンズフォード大佐、国籍不明の艦艇が、射撃を開始しました！　われわれは――」回線の向こうの野外電話機と兵士と施設が消滅するとともに、通信が途絶えるときの激しい雑音が響いた。

基地の中心部へ飛んでくるロケット弾のふるえを帯びた咆哮は、たてつづけに落下して四〇ミリ機銃陣地を破壊するロケット弾の爆発音の連打にかき消された。覘視孔《てんしこう》から漏れてくる猛火の輝きのために、地下指揮所はまるで昼間のように明るかった。

キンズフォードはたまたま士官宿舎の館のある方角に目を向けていて、その最期を見届けた。古くなった建物の材木は、熱帯の湿気と熱でもろくなっていて、最初のロケットの榴散弾弾子に耐えられなかった。榴散弾弾子は穴をうがち、建物の心臓を突き破った。二階建ての館は、基礎から持ちあげられて宙に浮いたように見えたと思うと、つぎの瞬間には炎をあげる木っ端や引きちぎられたトタン屋根の破片と化して崩壊した。

衝撃が指揮所を揺さぶり、キンズフォードと夜間当直の三人は、壺のなかの骰子《さいころ》のようにふりまわされた。キンズフォードは、地下壕の内側の支えにつかまって、基地が破壊されてゆくのを断片的に覗き見た。

つぎは舟艇と指のように突き出した桟橋だった。縒り合わせた一本の糸のような線を描く爆発が、河口の縁をじりじりと遡り、桟橋を木っ端みじんにし、繋留されているボグハマーの群れを、癇癪を起こした子供が壊れたおもちゃを投げ出すように吹っ飛ばした。さらに進んでいった爆発が給油用桟橋に達し、古い船着場と燃料を載せた艀が、空に噴きあげる燃料の炎に包まれた。

爆発の縒り糸は向きを変え、岸をひきかえして、整備所とレールを敷いた斜路を凶暴なドラゴンのように呑み込んで、なにひとつ残さなかった――建物も壁も、棒も石も――残らず吹き飛ばされた。

舟艇の破壊を完了すると、怪物は目標を変え、破壊されつくした基地の中心部を飛び越して、下士官宿舎のテント群を襲い、叩きつぶし、引き裂き、燃やした。キンズフォードは、部下たちが恐れをなして早々と森に避難していることを願うばかりだった。

最後は車輛置場だった。数すくない車輛の燃料タンクの爆発は、それまでの大破壊にくらべれば、なにほどのこともなかった。

やがて終わった。

高性能爆薬の雪崩の反響が、ジャングルへと遠のいてゆき、燃える木のはじける音と、焼け焦げた哨戒艇の上で弾薬の破裂する音だけになった。

キンズフォードは、茫然自失して、周囲の覘視孔を覗き、無数の火明かりで被害の様子を見てとった。なにも残っていない。いや、わずかに残っているものがあった。指揮所と弾薬庫だけが攻撃されていなかった。いずれも強化された地下壕なので、ロケット弾が何発当たってもびくともしない。だから、敵はもっと効果をあげられる目標に、その分の火力を向けたのだろう。

だが、弾薬がなんの役に立つ？　それを撃つ兵器がなくなってしまったのだ。それに、指揮する部隊がなくなってしまったら、指揮所など無用だ。

無線機が台から転げ落ち、通信手がそのそばに倒れていた。ひとりは茫然とひっくり返り、もうひとりは胎児の姿勢ですすり泣いている。そこへ行ったキンズフォードは、通信手の背中をどやしたり蹴ったりして、まともに働けるようにした。

「モンロビアの艦隊司令部を呼び出してくれ……いや待て、マンバ岬の指揮所にじかにつなげ。これを……これを報告しないといけない」

できることは、それだけだった。

モンロビア　マンバ岬ホテル
二〇〇七年六月三十日　〇一四〇時

今夜の西アフリカ連邦の指揮所は、どこも明るい雰囲気だが、一カ所だけがちがう。

「まずいな、サコ。まずい。われわれはしくじったぞ」

「大将軍、さっきからそうおっしゃっていますが」アティバ准将が、ベレワのデスクにもたれて、辛抱強くくりかえした。「よくわかりません。われわれは大きな勝利を収めたんです。大将軍は、戦闘において大きな勝利を収めたんですよ」

ベレワは、険しい表情で床を見つめながら、執務室のなかごろを往復していた。「そのことではないんだ、サコ。たしかに戦闘において勝利を収めるのはよいことだ。しかし、肝心なのは戦争に勝つことだ。イギリスの掃海艇を動けないようにしたのは有効だ。封鎖を破ったのも有効だ。しかし、任務の第一目標を達成できなかった」

ベレワは足をとめ、西アフリカ連邦沿岸の地図に渋面を向けた。「レーダーを搭載したあの船を破壊していたら、まちがいなく勝利を収めたといえただろう。豹の目に棒を突き刺してやったことになる。警戒チームをあの女が乗り組ませていると考えなかったのは迂闊だった。ほんとうに重要なターゲットに部隊を集中して攻撃させなかったのも、わたしの手落ちだ。結局、欲張ってしまったんだな。わかるか、将軍？　臨機目標に目が向いてしまったんだよ。フン！まったく愚かだった！」

「では、愚かだったとおっしゃる大将軍に、一杯おごらせてください」アティバがうしろに手をのばし、ベレワの執務室に来るときに持ってきたビールを取った。一本ずつ栓をデスクの角で抜いた。にやりと笑って一本をベレワのほうに差しだした。「こういったのはだれでしたっけ？〝勝利は一日にして成らず。歯を食いしばってつぎの日も挑むものだ〟」

やがて、ベレワが渋々口をほころばせた。「当時は一介の陸軍士官だっただれかがいったんだ」ビールを受け取りながら、ベレワは答えた。「いまのわたしは偉大な国の指導者だ、サコ。それに、きのうは完璧な勝利を収めなければならなかった」

「では、きのうの完璧な勝利に乾杯」

ふたりは壜の口を軽く打ち合わせ、ぐいとビールを飲んだ。

「うーむ！」ベレワの表情が一瞬和らいだが、またすぐに渋い顔になった。「サコ、哨戒艇はほんとうに一隻も欠けることなく任務から戻ったんだな？」

「三度、確認しました。イェリブヤ基地は、全艇が帰投したといっています」

「アメリカの哨戒艇との交戦はまったくなかったのか？」

「ありませんでした！」アティバが、いらだたしげに首をふった。「まったくもう、大将軍。死傷者が出なかったのでがっかりしているわけではないでしょう」

「もちろんちがう。しかし、納得がいかないのだ」ベレワはデスクをまわり、自分の椅子にどさりと腰かけた。「アメリカ艇が追撃してこなかったとすれば、なにをたくらんでいるのだろうかと思わざるをえない」

「われわれがついていたとは考えられませんか？」アティバが忍耐強くいって、デスクの縁に腰かけた。「あるいは、連中が運用上のへまをしたとは？」

ベレワが、片方の眉をあげた。「いや、ちがう。豹がわれわれの踵を食いちぎらないのは、すでに先へ行って待ち伏せしているからだ」

アティバが、短い笑いを漏らした。「また豹ですか。まるであの女が女呪術師でもあるようないいかたですね」

「そうかもしれないと思いはじめている、サコ。ブリーフィングのとき、あの女の魂が肩に載ってわたしの愚かしさを笑っているような気がする」

「なにをいっているんですか。たかが女ひとりのことで」

「なんだと！　〝たかが女ひとりのこと〟で、おまえは何度も煮え湯を飲まされているじゃないか」ベレワがにやにや笑い返し、ビールを飲んだ。「ラゴスのクラブの小柄なダンサーの一件を思い出すな」

廊下側のドアが、ノックもなしにさっとあいた。うろたえた通信手が、首を突っ込んだ。

「ベレワ大将軍！　イェリブヤ基地から緊急通信です！　イェリブヤ海軍基地が全滅しました！」

「なんだと！」アティバが、がばと立ちあがった。「何者に攻撃されている？　被害は？」

「わかりません。それだけを送信してきました。それに、攻撃されているとはいいませんでした。全滅したといったんです！」

「呼び出せ」ベレワも立ちあがっていた。「事情をもっとくわしく聞け。どうなっているのか、確認するんだ」

「やってみたんですが、大将軍。イェリブヤ基地は応答しないんです」

アメリカ海軍エアアクッション哨戒艇(砲)〈クイーン・オヴ・ザ・ウェスト〉
二〇〇七年六月三十日　〇一四〇時

三隻のシーファイターは艇首をめぐらし、西アフリカ連邦の沿岸とイェリブヤ基地の上の赤い輝きから遠ざかった。タービンの回転をあげ、エアアクッション航走で一気にプラットホームを目指した。だが、まだ一カ所、叩かなければならないところがある。大型ミサイル四基を収めた棺桶型の発射筒が、〈クイーン〉の露天甲板に出てきて、四五度の仰角をとった。

「シーSLAM安全解除、ジャイロを作動して発射準備中です、司令。発射過程開始準備よし」

「よろしい、ダノ。自由に発射してよし。仕事を片付けようじゃないの」

モニターの光に照らされた射撃指揮所で、ダノ・オロークは、ドウェイン・フライのほうをちらりと見た。「おれがナンバー1、おまえがナンバー2だ。仕損じるなよ。〈カロンデレット〉のやつらに尻拭いしてもらいたくないからな」

「ボタンを押せばいいだけだって」細い指でジョイスティックを握りながら、フライガイが答えた。「すっぽりとロック・オンしているんだから」

発射火薬がドンという音とともに爆発し、一基目のミサイル・セルのプラスティックの蓋が割れ、魚雷のようなのっぺりした形の発射体の頭がそれを突き破った。筒を出たところで、全長四・三メートルの胴体のなかごろの翼がばねの力でひろげられ、ほとんど同時に尾部フィンが展開してロックされた。弧を描いて上昇し、シーファイターから遠ざかると、内蔵のコンピュータが尾部のブースターに点火コマンドを送った。固体燃料ロケット・エンジンが点火し、発射体は勢いを増して空へと突き進んだ。

ブースターの燃焼はほんの数秒だが、そのあいだにラムジェット・エンジンの空気取入口があき、小さなターボファン・エンジンの圧縮機《コンプレッサー》ブレードに空気を送り込んだ。ロケットが燃焼を終え、切り離されると、ジェット・エンジンが始動して推進力をあたえつづけた。弾頭の保護パネルも吹き飛び、高感度カメラのレンズが現われた。

数秒の間を置いて、つぎのミサイルが一基目を追い、夜空に飛び出していった。二基は間を詰めて、高度二〇〇フィートで水平飛行に転じ、つかのま発射された方位を維持していた。やがて剃刀の刃のように薄い翼の先端が上に折れて、針路を一八〇度変え、陸地とイェリブヤ海軍基地を目指した。

シーSLAM・ER（海上発射スタンドオフ対地攻撃ミサイル・感応強化型）は、ほんものの〝利口《スマート》な爆弾〟だ。兵装システムとして、すべての面で、もっとも頭がいい。〈クイーン〉の射撃指揮所では、シーSLAMの弾頭のカメラの映像が、照準ディスプレイに送られてきていた。ダノとフライガイは、両手でこまやかにジョイスティックを動かし、ロボット爆弾を最終目標に向けて飛ばした。

イェリブヤ基地指揮所
二〇〇七年六月三十日　〇一四二時

「キンズフォード大佐、マンバ岬につながりました」通信手が、かすれた声でいった。

煙と化学物質の悪臭と肉の焼けるにおいで、地下壕のなかの空気はいがらっぽかった。キンズフォードは、一部だけが機能している通信コンソールへよろめき進み、ハンド・マイクを取った。「マンバ岬、こちらはイェリブヤ基地のキンズフォード大佐。聞こえるか？」

「聞こえています、イェリブヤ基地」死滅していない世界のかすかな遠い声が、無線機のスピーカーから聞こえた。「そちらの状況は？」

最初は声が出ず、二度目でようやく、乾き切ってひりひりする喉から声を絞り出すことができた。「マンバ岬。イェリブヤ基地は破壊された」

キンズフォードは、それに対する応答を聞くことができなかった。表でキーンといううなりが耳を聾するばかりに高まったと思うと、これまでのものよりはるかに大きな爆発が起きて、指揮所のなかにいたものはひっくりかえった。支柱が折れ、上から砂が降り注ぎ、衝撃で通信コンソールの台座が壁から完全にもぎとられた。

キンズフォードはなんとか立ちあがり、ゆがんだ覘視孔から外の様子を見ようとした。基地の弾薬庫が消滅していた。なにも残っておらず、煙をあげる黒い漏斗孔が地面にできていた。

敵は、第一次攻撃のときは、強化された施設をターゲットから除外した。だが、ふたたび攻撃を開始し、より強力な武器で残ったものを一掃しようとしている。弾薬庫を破壊できるほど強力な武器が敵にあるとすれば……

「出ろ！」キンズフォードは叫んだ。「みんな、外へ出ろ！」地下壕の狭いドアのほうに身を躍らせた。だが、そのときにはもう、くだんのキーンという耳をつんざく恐ろしい音が、激しく響いていた。

なにかが、杭を打ち込むように上の出入口に突き刺さった。灰色の筒状の物体とへしゃげたフィンが、つかのまキンズフォードの目に映ったが、そのときシーSLAMの五〇〇ポンド(二二六・八キログラム)弾頭の信管が発火した。


「TACNET、こちらリトル・ピッグ・リード」

「TACNETです。どうぞ」

「クリス、いまもイェリブヤ水道を無人機で監視している？」

「はい。プレデターを滞空させています」

「受信した。われわれは射撃任務を終えた。イェリブヤ基地の攻撃後評価をしてくれる？」

「そんな基地がありましたっけ？」

「わかった、TACNET。作戦完了。フローター1へ帰投する」

移動海上基地フローター1
二〇〇七年六月三十日　〇三一〇時

夜明け前の闇のなかから、シーファイターが一隻ずつ、颯爽と姿を現わした。勢いをつけて斜路を登り、ずるずると滑って格納庫に収まると、回転を落とすファンの疲れた溜息とともに、腰を落とした。待ち構えていた地上員が近寄ってきて、昇降口があくまえから、整備用パネルやアクセス・パネルをあけはじめた。

アマンダは、〈クイーン〉から離れると、拳を固めて腕を頭の上にのばし、おりてくる乗組員たちに、集まるようにと声をかけた。真っ赤な作業灯のなかで全員が輪になると、アマンダは工具箱の上に立ち、話しはじめた。

「きのうの午後、西アフリカ連邦軍は、僅差でわれわれに勝った。しかし今夜、われわれは負けを取り戻し、やつらに勝利を返上させた。みんなよくやったわ。敵もしばらくは手を出さないでしょう。

まったくベレワ将軍には感謝状を出したいぐらいよ、この部隊の全員がサインしたやつをね。だって、われわれを攻撃して、反撃の機会をあたえてくれたわけだもの。そして、われわれはみごとに反撃した。報告聴取が終わったら、乗組員は全員寝床にはいって、できるだけゆっくり休んでちょうだい。休養が必要よ。きょうの一二〇〇時ちょうどに、士官と上等兵曹全員で作戦会議をひらく。あらたな哨戒区域、あらたな戦法、あらたな攻撃目標《ターゲット》を検討するのよ。もう消極的な要線哨戒はやらない。他人がなにかをはじめるのを待つのは、もうごめんだわ。みんな、こんど出動するときには、攻勢に出るのよ」

ハリウッドの安っぽい映画に出てくるような意気込んだ喝采はなかったが、環になっている海の戦士たちの夜間作戦で疲れた目には昂然たる炎が燃え、口もとには凄味のある笑みが浮かんでいた。低い賛同のつぶやきやうめき声が、あちこちから聞こえた。

それこそアマンダの望んでいた反応だった。

全員を解散させると、重い足どりで宿舎のトレイラーへ向かった。無線で指示したとおり、ハード・コピーとコンピュータの記憶媒体《メディア》をたずさえて、クリスティーン・レンディーノが待っていた。

「これでぜんぶです、ボス・マーム」クリスティーンがいった。「コートジボワール領内のベレワの密輸ルートについて、われわれがつかんでいる情報をすべて網羅しています」

「たいへん結構、クリス」アマンダは、壁のラックに戦闘ベストとピストル・ベルトをかけた。デスクに向かってぐったりと腰をおろすと、大きなあくびをした。「イギリスの掃海艇はどう？　なんとか沈まないようにできた？」

「ええ、補助ポンプを五、六台使って。〈サンタナ〉が曳航していますから、午前中には着くでしょう。船体を検査して修理する価値があるかどうかを決めるまで、フローターに横付けしておいてほしいと、英国海軍が頼んできました」

「それは問題ないわ。乗組員のための宿舎もじゅうぶんにあるから。生存者といったほうがいいわね」アマンダがまたあくびをして、凝っている首のうしろをさすった。「〈サンタナ〉が曳航を終えたら、ギニア・イーストの定位置からは解放して、西アフリカ連邦《ユニオン》ウェストの〈シロッコ〉に合流させる。約束したとおり、クリス、あなたの出番よ。いますぐはじめて。ベレワの密輸パイプラインが、われわれのあらたな第一目標よ」

「ワーオ！　たしか艦艇も人手も足りないといってたのに」と答えて、クリスティーンはアマンダの向かいの椅子に座った。

「あのときはそうだった。いまはちがう。イェリブヤ基地とボグハマー群を消滅させたから、ベレワの海軍力を三分の一に減らし、ギニア沿岸の海からの脅威を除去できた。こんどはこっちがベレワの背中に食らいつく番よ。

　この石油密輸がベレワの戦争遂行には不可欠だと、あなたはいったわね。よし、いまこそ、そのルートを狙い撃ちするのよ。シーファイターと哨戒艇二隻を使って、石油の供給を断てば、ベレワに戦略的な打撃をあたえるだけではなく、作戦運用が自由にできないようにできる。ベレワの残った海軍力をフレンチサイドに釘付けにできるのよ。ベレワは、海上交通ルートを防衛するために、そっちに集中しなければならないはずだから」

「そうですね」クリスティーンがうなずき、考えにふける目つきになった。「それに、気球レーダー、無人偵察機、イギリスの哨戒ヘリコプターを使えば、西アフリカ連邦の艦艇が西に移動した場合でも、進路を断つことができる」

「そのとおり。それに、西アフリカ連邦海軍を排除したから、ギニア・イーストの要線哨戒をギニアの海軍と海上警察にまかせられる。勝機がまわってきたのよ、クリス。はじめてほんとうの勝機をつかんだのよ」アマンダは、情報のハード・コピーの山に手をのばし、一冊目のフォルダーをひらいた。

「これからは、ゲームの展開がまったくちがってくるわ」ファイルをめくりながら、なおもいった。「あなたがつかんだこの密輸ルートに対処する、まったく新しい任務様態を作りあげないといけない」

クリスティーンが首をかしげ、友人の顔をしげしげと見た。「うーん、それは結構ですけどね、ボス・マーム。そろそろ横んなって、しばらくぐーすか眠ったほうがいいんじゃないですか」

アマンダが、くすりと笑った。「ええ、たしかにね。だけど、フレンチサイドで有効な捜索・要撃方針のだいたいのところを決めておかないといけないし、正午の作戦会議にはそれが必要になる。今夜には部隊を展開して、効果的な狩りをはじめたいのよ。せっかくベレワにショックをあたえたところだから、できるだけ早く、もう一度ひどいショックをあたえたいの。あなたは寝ていいわよ。わたしはしばらくこれを検討する」

クリスティーンが溜息をついた。立ちあがり、ひと口だけホットプレートが取り付けられた隅のテーブルへ行き、紅茶をいれるために薬缶をかけた。デスクの前の椅子に戻ると、二冊目のフォルダーに手をのばした。「わかりました。まず手はじめに、西アフリカ連邦の主要受け渡し点からはじめましょうか……」

表では、夜明けの前触れの灰色が空をうっすらと染めていた。

イェリブヤ基地
二〇〇七年六月三十日　〇六〇一時

荒地と化した基地の端で、西アフリカ連邦陸軍のヘリコプターが着陸用橇《スキッド》を接地させ、静かに着陸した。乗客ふたりがおりて、漏斗孔が点々とあってまだくすぶっている廃墟に向けて、足もとに用心しながら進んでいった。

ほかにも、そこかしこに人間がいた。陸軍工兵が爆発しなかった弾薬のまわりに警告の旗を立てている。救護員が死体や死体の切れ端を運んでいる。生存者は愕然として、身をふるわせ、自分たちが生き延びていることが、いまだに信じられない様子だった。

オベ・ベレワとサコ・アティバは、穴だらけになってつぶれている一隻のボグハマー哨戒艇のそばで立ちどまった。水際から、五〇メートル以上も飛ばされている。

「おっしゃるとおりでした、大将軍」アティバが、小声でいった。「あの女は呪術師だ」

ベレワは腰に手を当てて、海軍基地の廃墟を見渡した。「ちがう、サコ」ややあってつぶやいた。「われわれにとって、それよりもずっと悪しき存在だ。あの女は戦士だ」

西アフリカ連邦イースト定位置
二〇〇七年七月

そして、あらたな戦いがはじまった。
銃砲やミサイルの戦いではない。悪知恵と策略の戦い、工夫と独創性の戦い、夜の闇をこそこそと進むのっぺりした形の黒い船体と、夜も眠らずに警戒するひと握りの狩人との戦いだ。

「オーケー、ジョニー・ブル一番機。やつはあなたの約四〇〇メートル前方にいる。方位三一〇度」

ヘリコプターのローターのヒュンヒュンヒュンという音が、クリスティーン・レンディーノのヘッドセットから聞こえ、それに英国海軍パイロットの声が重なった。「受信した、フローター。若いあんちゃんを目視している。ちっぽけな小舟にたったひとりが乗っている。接近する」

TACNETのワークステーションに向かっているクリスティーンは、気球レーダー・ディスプレイを戦術照準表示に切り換えた。満足げに〈ミルキーウェイ〉のチョコバーをむしゃむしゃ食べながら、英国海軍のマーリン・ヘリコプターの応答機《トランスポンダー》の発信を受けて標示されているアイコンが、画面中央の身許不明の輝点にじりじりと近づいてゆくのを見守った。

「いま、やつの上空にいる、フローター。くりかえす。ひとりだけだ。ほんとうにちっぽけな舟だ。ただの漁師のようにも見える。石油を密輸しているとすれば、ヒップ・フラスコにでも入れているんだろう。ほんとうにこいつなのか？」

クリスティーンは、もう一台のディスプレイをつけた。クリスティーンの情報班は、西アフリカ連邦の領海の手前で操業しているコートジボワールの漁船団を、二時間前から監視していた。クリスティーンは、その二時間のレーダー画像を画面に呼び出して、早送りした。ブラウン運動（流体中に分散している粒子の不規則運動）のようにくるくる動きまわっている漁船のなかで、ひとつの輝点だけが目立っていた。再生の速度を速めると、くねくねと進みながらも、明らかに北西の国界に向かっているのがわかった。

「質問を聞いた、ジョニー・ブル。たしかにその舟よ。ほんとうにどこもおかしなところはないの？」

「そういわれてみれば、フローター、舟が小さい割りには、やけにでかい船外機をつけてる」

「わかった！　それよ！　そいつはタグボートをやってるのよ。ゆっくりとまわりを周回して、真上から捜索して。すてきなプレゼントが見つかるはずよ」

「了解、フローター。やってみる」

クリスティーンは、またチョコバーをかじり、進展があるのを待った。

「どんぴしゃだ、フローター」数分後に、デインのうれしそうな声が返ってきた。「石油缶が四本、海面からすこし沈むように重石をつけてある。いまその上でホバリングしている。おれたちが水平線に見えたときに、曳航索を解いたにちがいない」

「残念。所持していないんじゃパクれない」

「だが、配達もできない。ドア銃手が、缶詰をあける用意をしている」

狙いすました機銃の連射が四度、無線から聞こえてきた。

「なんてこった、フローター、あの野郎、くそくらえの仕種をしてやがる」


「おい、スクラウンジャー、そっちはなにを見つけた？」

「甲板の下にディーゼル燃料のポリ容器四十本、それに潤滑油十数本」

「船長はいいわけしたか？」

「ええ。自家用ですって。母親のところへ行くところだそうよ」

「そいつのおふくろはノルウェーにでもいるのか？」


ストーン・キレインは、〈クイーン〉の舷側のハッチでのんびりくつろぎ、ゆっくりと横付けされようとしている快速艇の荷物をしこたま積んだ甲板を眺めた。茶色い壜を詰めたケースが、狭い甲板に何百と積んである。

「調子はどうだい、艦長さん」快速艇の船頭が、艫の操舵室から陽気に叫んだ。

「上々だよ、坊や」キレインはどなり返した。「どこから来て、どこへ行くんだ？」

「フレンチサイドの手前のハーフカバラからフィッシュタウンまで、沿岸貿易をやってるんだ。違法じゃないよ」

「そいつは積荷しだいだ、坊や。なにを積んでる？」

「ビールだけだ。ビールは違法じゃないよ。ハーフカバラじゃ、うまいビールをつくるんだ。ひとケースあげようか？」

キレインは首をふった。「そういってくれるのはありがたいが、結構だ。こうしたらどうだ。きょうはやけに暑いし、あんたも一所懸命働いてる。おれたちの代わりに一杯やってくれ」

西アフリカ連邦の船頭はにやりと笑い、積んであるケースのうしろのほうによじ登って、一本抜いた。だが、壜が出てくると同時に、キレインのショットガンも現われた。

「いや、それじゃない。前のほうのケースのやつにしろ」腰のところで構えられたモスバーグの銃身が、ばかでかい不気味な指のように弧を描いて示した。

船頭の顔の笑いが凍りついた。渋々前に行って、一本を選んだ。栓を抜いたとき、その〝ビール〟は、まったく泡が立たなかった。

「そいつだ、坊や。ぐぐっと飲んでくれ」

西アフリカ連邦の船頭は、意を決して壜を口もとへ持っていった。壜のなかに泡が現われ、船頭の頬がふくれたが、そのとき激しくむせて、芝居はそこで終わった。船頭は低い手摺にもたれて、ゲエゲエ吐いた。ガソリンと吐いたものの異臭が、快速艇とホバークラフトを隔てた数メートルの海面を越えて漂ってきた。

「いや、いまのトライは、ほんとうに惜しかった」キレインが、いくぶんの同情をこめていった。「おまえを逮捕して、船を吹っ飛ばさないといけないが、なかなかみごとなトライだった」

移動海上基地フローター1
二〇〇七年七月七日　一八二六時

　コカコーラの缶が、海にぽちゃんと落ちた。水を半分まで入れてある缶は、うねりが来るたびに上下に揺れ、傾いた夕陽を浴びて光った。そのとき、四五口径が吼えた。人間ぐらいの高さの水柱が二本噴きあげ、缶が波頭で揺れる。銀と赤の缶のまんなかに三発目が命中して、穴があいた缶は沈んだ。弾丸の衝撃で気絶した小魚が一匹浮かび、海上基地に住んでいる人馴れした水鳥のうちの一羽が、さっと舞いおりて、ありがたくちょうだいした。

「どう？」煙を吐いているセミ・オートマティック・ピストルをおろして、アマンダが得意げにいった
「よくもないし、悪くもない」キレインが、うなるようにいった。「上達してはいるが」

　食堂から持ってきたぼろぼろのテーブルの横に置いた段ボール箱から、炭酸飲料の空き缶をひとつ取った。それを海水のはいったバケツに突っ込み、口までいっぱいに入れると、プラットホームの舷側から五、六メートル離れたところで高い放物線を描くように投げあげた。

　その手が目にも留まらない速さで動きつづけ、テーブルに置いてあったM9ベレッタ軍用拳銃をすくいあげた。さっと上に向けて狙いをつけると、たてつづけに二発撃った。九ミリ弾の

鋭い銃声が二度聞こえたところで、落下してきた缶が破裂し、アルミの紙ふぶきと水滴が海に降り注いだ。

アマンダは、野球帽の鍔の下から、キレインをじろりと睨んだ。「あなたのお母さんは、南部の紳士はレディに勝ちを譲るものだということも教えなかったの？」

イヤプロテクターをつけているので、声がうつろに響いた。アマンダとキレインは、艀の左舷に間に合わせの射撃場をこしらえ、深夜の哨戒がないときには、いつも夕食後に射撃練習をすることにしていた。

キレインが、口を閉じたままフッフッフと笑った。「そいつはいわゆる性差別ってやつでしょう。そんなことをしたら、おれはめんどうに巻き込まれますよ」

「そうね。でも、わたしの劣等感には特効薬かもしれないじゃない」

「いったでしょう。上達してるって」キレインはベレッタをテーブルに置き、イヤプロテクターをかけた。「教えたように、弾薬をこめないで練習していますか？」

「ええ、時間があるときには」アマンダが、うしろめたそうにいった。

こんどはキレインが睨む番だった。「朝と晩に十五分ずつ！　退役したら、いくらでも眠れるッ！」大男の海兵隊員は、教練係軍曹モードになっていた。「Ｍ１９１１Ａ１コルトの戦闘所持の正しい手順はたったひとつ。弾薬を薬室に、撃鉄を起こし、セフティをかけるッ！

抜くときはいつも親指でさっとセフティをはずす癖をつけなければならない。反射的にやらなければならない――銃撃戦のときに考えているひまはないッ！　つまり、抜いてははずす練習を、なにも考えずにやれるまで練習しなければならないッ！　つまり三千回だ。それに、手順をまちがえてはいかん。まちがえておぼえると、直すのに千回かかるッ！」

「アイアイ、大尉」アナポリスの新入生だったことを思い出しながら、アマンダはおとなしく答えた。

キレインは、はっと我に返った。「まあその、それくらいだいじなんですよ、マーム」

「わかっているわ。コツを教えてくれて、ほんとうに感謝しているのよ、ストーン。つぎは？あとふた箱ぐらい拳銃を撃つ？」

「いや、こんどはM4にしましょう。座り撃ちと膝射《しっしゃ》はいいんですが、立射はもっと練習しないと」

「わかった。でも、ちょっと待って。撃つ方向に漁船がいる」

八〇〇メートルほど離れたところを、小さな山火事のような夕陽を背負った黒いシルエットが、音もなく進んでいた。丸っこい三角形の帆に追い風を受けて、小舟が一艘、走っていた。

キレインが鼻を鳴らした。「あれが漁をしていると思っているわけじゃないでしょう」

「もちろんんよ。間切るたびに双眼鏡のレンズが光るのが見えるもの。最近は、たえず監視の船が来ているわね。西アフリカ連邦の船だというのはわかっているけど、いまの交戦規則では、見た目どおり漁船として扱うしかないのよ」

「どうして？」キレインが不満げにいうと、M9から弾倉を落とし、薬室から実弾を排出した。「だって、下劣なテロリストや独裁者は、みんなアメリカにたいしてやりたいほうだいのことをするんですよ——大使館を爆破し、捕虜を拷問し、市街で若い兵隊を殺す——だれもそれにブーイングしない。だけどこっちが殴り返すときは、ボクシングみたいにがちがちの規則に従ってやらないといけない。そうしないと、世界中の人間に人殺しっていわれる。まったくどうしてですかね？」

「この世で最高の理由があるからよ」Ｍ４カービンを取りあげて、負革の長さを直しながら、アマンダが答えた。「なにをくれるといわれても、それとは取り替えたくない」

キレインの眉間の皺が深くなった。「いったいどんな理由ですか？」

アマンダは、キレインに笑みを向けた。「わたしたちが正義の味方だというのが、その理由よ、ストーン」

ギニア　コナクリ基地
二〇〇七年七月九日　一五二五時

「おまえたちは、たとえアフリカ沿岸部に配置されているにせよ、アメリカ海軍の一員であることを自覚しなければならない！」

若い少尉は、ズボンの折り目がきちんとついた白作業服姿で、肩をそびやかし、偉そうな態度で自分の野外机の前を行ったり来たりした。若手の少尉ははじめに憲兵をつとめると大昔から決まっていて、彼はコナクリ海軍憲兵分遣隊の当直士官として最初の勤務に従事しているところで、その仕事に真剣に取り組んでいた。

「制服に規範をもうけてあるのには、ちゃんとした理由がある」少尉がくどくどといった。「その理由を尊重してもらわなければこまる！」

ダノとフライガイは、整列休めの姿勢でそわそわしていた。ふたりの制服に関して〝規範〟といえるのは、まったくおなじ格好だということだけだった。袖もボタンもないダンガリーのシャツに階級章はなく、〝三匹の子豚〟の部隊記章が左胸に縫い付けてあるだけだった。ふたりとも、汗にまみれ、日に焼けて色が薄くなっているシーファイター戦隊の黒ベレーをかぶっていた。

「それどころか、おまえたちはここで格別な規範を築くべきだ。尊敬され、数々の栄誉を受けている、艦隊きっての有能な士官が指揮する部隊にいるのだからな。アマンダ・ギャレット大佐は、部下たちが安っぽいランボーまがいの兵隊ではなく、真の軍艦の乗組員らしく身を処すことを願っているにちがいない！」

少尉の厳しい叱責が最高潮に達したそのとき、オフィスのドアにノックがあった。

「はいれっ！」

「失礼、少尉。うちの部下ふたりがここにいるでしょう。なにか問題があるの？」

アマンダ・ギャレットが、戸口に立っていた。カーキのシャツの襟の鷲の記章が海水のために変色し、袖を切り落としたシャツそのものも、色褪せてほとんど白に近くなっている。ズボンは太腿のなかごろで切られ、ＭＯＬＬＥハーネスの迅速離脱《クイック・リリース》ストラップでこしらえた布ベルトは、海軍のＭｋⅣサバイバル・ナイフと潮気を浴びてひびのはいった旧式の革ホルスターをぶらさげて、腰骨あたりにひっかかっている。現地のものがこしらえるタイヤを切ったサンダルを素足にひっかけ、問いかけるような目の上まで、〈カニンガム〉の艦名がはいったよれよれの野球帽を引きおろしている。

狭いオフィスが、一瞬、水を打ったように静まりかえった。

「いいえ、マーム」少尉は溜息を漏らした。「べつに問題はありません。ただその……誤解があっただけで。ふたりとも帰ってもらって結構です」

アマンダは、親しげな笑みを向けた。「そうだろうと思った。ダノとフライガイは、うちでも最高の銃手なのよ。憲兵隊とことを構えるなんて、まず考えられない。うまく処理してくれてありがとう、少尉。ふたりとも、いくわよ」

その場にふさわしい落ち着いた真剣な態度を守って、ダノとフライガイはアマンダのあとから廊下に出ていった。甲高い声で爆笑するのは、ドアを閉めるまでこらえていた。

西アフリカ連邦とギニアの国境の二五キロメートル東
ギニア森林高地　国連キシドウグ難民救済キャンプ
二〇〇七年七月十日　一二三四時

キシドウグ難民救済キャンプは、鬱蒼たる雨林のまんなかの八〇〇メートル四方の開豁《かいかつ》地で、泥の地面にテントがびっしりと張ってある。あちこちで木切れや石炭を燃やしていて、上空の湿った大気のなかを薄い煙が漂っている。地上では土地を奪われたものがぬかるんだ通りにひしめいている――国連の難民救済キャンプだけが安全な住処の故国を失った人間が、また増えた。

轍の残る未舗装路とたった一カ所のヘリ発着場だけが、外界への唯一の出入口だった。海兵隊のCH－60ヘリコプターが、そろそろと機首を起こして、ゆっくり着陸した。

「このキシドウグには、強制移住者が何人いるんですか?」クリスティーン・レンディーノが、案内人にたずねた。

「キシドウグは国境付近の八カ所の一時滞在キャンプのなかで、いちばん規模が小さいんです」案内のベルギー陸軍看護婦は、戦闘服を着て、栗色の髪を団子にまとめていた。ほんとうはかわいらしい若い女性なのだが、顔に疲労が深く刻まれていた。「それで、いまはおよそ八千人の難民が暮らしています。正確な数字を出すのは、難しいですね。毎日、国境を越えてくるものがいるし、死ぬものもいます」

「つまり、ベレワはふたたび国境から追い出す人間の数を増やしているんですね？」

「ずっとそれをやっているんですよ」雨に濡れて滑りやすい踏み板の上を野戦病院に向けて重い足どりで歩きながら、看護婦が答えた。「最初のころのような大量の流入は見られません。いまは小規模な集団です――十人、二十人、三十人。一家族だけのこともあります。それに、ギニア軍のパトロールを避けるために、西アフリカ連邦軍は難民を追い立てて深いジャングルや沼を通らせるんです。キャンプにたどり着いたものは、たいがい悲惨な状態で、いろいろな病気の症状も飢えも疲労も、はなはだしくなっています。わたしたちは、この施設で精いっぱいいやれるだけのことをしているんですが」

クリスティーン・レンディーノは、人間であふれているテントの列をちらりと見た。「国連の基本計画では、こういう国境付近のキャンプは、中継のための場所だったはずですね。強制移住者は沿岸部のもっと広い仮設住宅に移すことになっているのでは？」

看護婦が、苦い笑みを浮かべた。「その計画を立てたときには、だれもベレワ将軍に相談しなかったのでしょうね。ファラナーへ通じる幹線道路に、また地雷が敷設されたんです。もう一週間も、難民輸送の車輛隊は沿岸部へ向かうことができないんです。補給品も運び入れられない。食糧はある程度の量を空輸していますが、ここの食糧難をヘリコプター一機で解消するのは無理です。天候が悪化したら、それこそたいへんなことになります」

「ヘリで食糧をすこし運んできました。調理済み糧食のたぐいですけど」クリスティーンは、言葉に詰まった。間近に迫っている飢餓の前では、あまりにもむなしい申し出だった。

看護婦は、心のこもった笑みでそれに応じた。「お湯をたっぷりと糧食一袋で、ひとつの家族全員が一日生き延びることができます。ありがとう。ほんとうに助かります。こちらにどうぞ。少佐がお会いになりたいというかたは、この病棟にいます」

病院のテントも、宿泊施設とおなじく、収容能力をはるかに超えた混みようだった。簡易ベッドはすべてとうにいっぱいで、そのあいだの床も貴重なスペースになっている。病人、怪我人、瀕死のものが、カンバスの床に置いた木のパレットを占領している。国連とギニアの医師や看護婦が、おなじ重労働を長時間つづけているものに特有のゾンビーのような機械的な動きで、そのあいだを通っている。

ふたりは簡易ベッドとパレットのあいだの狭い通路を、ゆっくりと進んでいった。「強制移住者は、どういう怪我をしていることが多いんですか？」周囲の状況から目をそむけまいとしながら、クリスティーンがたずねた。「西アフリカ連邦による組織的な虐待を示す証拠は？」

「それはなにを虐待と定義するかによります」看護婦が顔をしかめて答えた。「拷問や打擲のことをいっているのでしたら、そういうことはありません。すくなくとも、抵抗しないかぎり。西アフリカ連邦は、難民を歩いて出ていかせたいわけですから。

でも、年寄りや子供などのいる家族を、じゅうぶんな食糧や薬や雨露をしのぐ手段もなしに原野に追いやるのを虐待と見なすなら、そういうことは日常茶飯事です」

看護婦は立ちどまり、簡易ベッドに寝ている身じろぎもしないひどく小さな体を指差した。「ひとつの例です」声をひそめていった。「この五歳の少女は、母親といっしょに陸軍の偵察隊によって発見される直前に、蛇に咬まれました。ブームスランという毒蛇です。この蛇の毒素に有効な血清はありません。夜までには死ぬでしょう」

感情を消した表情のまま、看護婦は通路を進んでいった。「怪我人も運び込まれてきます。殴られたり、撃たれたり、刺されたりした強制移住者はいっぱいいます。ただ、それはたいがい国境を越えてからです。住民は自分の家族を養うのにやっと足りるだけの食糧しかないので、強制移住者を危険な存在と見なします。いわば二本足のイナゴです。畑や納屋から盗みをはたらいた難民がひとり捕まったら、難民のすべてが手厳しい扱いを受けます」

ふたりは病棟の奥に達し、最後のベッドの列のところで足をとめた。「ここです、少佐。お会いになりたいというのは、このかたでしょう。ですけど、手短になすってください。お年寄りですし……とても疲れていらっしゃるので」

「できるだけ負担にならないようにします、少尉。ありがとう」

クリスティーンは手をのばして、シャツのポケットの超小型テープレコーダーのスイッチを入れた。「失礼ですが」そっとたずねた。「マカンドルーズ教授ですね？　ロバート・マカンドルーズ教授ですね？」

その男は、骨と皮だけになるまで痩せ、薄くなった白髪が、風雪になめされたような焦げ茶色の肌と対照的だった。形のいい頭蓋骨の目は落ち窪んではいるが、ぱっとあけたときには、機敏な光を放った。

「カリフォルニア南部」男がいった。「ちがうかね？」

「そうです」クリスティーンは思わず頬をゆるめた。「ヴェンチュラ、ヴァリー・ガールというわけです」

「やっぱりな」年老いた男は、かすかにうなずいた。「ＵＣＬＡで四年間、教えたことがある。たいへん生き生きとした表現豊かな方言だ。いかにもロバート・マカンドルーズだ。きみは？」

「クリスティーン・レンディーノ、アメリカ海軍少佐です。現在、国連アフリカ阻止部隊に派遣されています。よろしければ、すこしお話をうかがいたいのですが」

「いいとも。美しい若い女性の面会は歓迎だ」弱々しくもがいて向きを変え、クリスティーンのほうを向いた。「わたしは、なんらかの形で、きみやアメリカ海軍や国連の役に立てるのかな？」

「教授、わたしは情報士官で、西アフリカ連邦国内の状況に関する情報を集めているんです。有用なお話が聞けるものと思っています」

マカンドルーズが、かすかに顔をしかめた。「では、あまり役に立ちそうにない、レンディーノさん。軍事機密や部隊配置について知りたいのなら、わたしではだめだ。そうした方面とは、あまりつきあいがない」

「もちろんそれは察していました、博士」クリスティーンが座りなおし、ベッドの横に胡座《あぐら》をかいた。「もっと重要な分野でお知恵を借りられないかと思っているんです」

「どんな分野かね？」

「西アフリカ連邦の国内でなにが起きているのか、ベレワの頭のなかでなにが起きているのか——といったことを理解するのを手伝っていただけないでしょうか」

老教授は、かすれた笑い声を発した。「それだけで博士論文が書けるよ、きみ。まさか、それを狙っているんじゃあるまいね」

クリスティーンはほほえみ、かぶりをふった。「わかりました。それじゃ、もっと単純な話にしましょう」身を乗り出し、マカンドルーズの目を覗き込んだ。「いいですか、教授、わたしはこの二、三日のあいだに、教授のことをだいぶ調べたんです。歴史と政治学の分野で博士号を得ておられること、その両方の分野でめざましい評価を受けておられること。生まれ育ったのはリベリアだということ。八〇年代にリベリアが地獄に向けて滑り落ちはじめると、教授は国を出て、世界の超一流大学数校で教えた。しかし、ベレワが権力を握ると、帰国し、歓迎された。教授が西アフリカ連邦の教育機構の再建に深くかかわっていたこと、西アフリカ連邦初の大学の創設の原動力であったことを、われわれは知っています。

ところが、それからいくらもたたないうちに、教授はベレワの政敵として強制移住させられ、ジャングルからひどい状態で現われた。もしよろしければ、なにがあったのか聞かせてください」

マカンドルーズは、顔をしかめた。「話していけない理由はないだろう、レンディーノさん。わたしは重大な過ちを犯した。非能率的人間になったのだ」

「非能率的人間？」

「そのとおり。反対した。異なる意見を持った。その手の非能率は、西アフリカ連邦では重罪を犯した人間といっしょだ」

「非能率。おかしないいかたですね、教授。どういうふうに非能率だったのですか？」

マカンドルーズが、霜のように白い眉の片方をあげた。「わたしは西アフリカ連邦に政治を再導入しようともくろんだ。ベレワ政権樹立以来、存在しているのは〝政府〟だけだ。政府と政治はまったく別物だ」

「概念はよくわかります。どのように導入しようとしたのですか？」

マカンドルーズが、やさしくほほえんだ。「リベリアは、かつては民主国家だった。文句のつけようのない民主主義とはいえなかったかもしれないが、民主主義にはちがいなかった。それにあこがれがあったんだな。で、政党があればいいと思った」

「政党を？」

「そうだ。いまは政治団体は非合法とされているので、それを変えたかった。一度、ベレワ将軍とじかにとことん話し合ったこともある」

「ベレワはどういいましたか？」

「一度だけうなずき、〝いつの日か、状況が好転したら〟といった」マカンドルーズの表情が険しくなった。「わたしは〝いつの日か〟まで待つつもりはなかったんだ、レンディーノさん。西アフリカ連邦には、ただちに取り組まなければならない問題があると思った」

「たとえば？」

「なにをいってるんだ。すぐに頭に浮かぶはずじゃないか。隣国に対する不法な侵略行為。国民全体の公民権の剝奪と国外追放。国連との戦争寸前の対立。民主主義の復活は、ある意味では、われわれにとって最大の関心事ではないだろう。しかし、そうした問題に対処する最初の一歩になるかもしれないと考える、われわれのようなものもいる」

「それで、政党をつくったのですね？」

「そのとおり」ふたたびわびしげな笑みが、マカンドルーズの顔をよぎった。「最初は、ひそかに政党を組織しようと思った。ある程度の人数を集めたら、その名のごとく〝忠誠な野党〟として公の活動を開始し、ベレワ政府との対話を行なって、改革を促進し、民主主義の原則をゆっくりと社会に融け込ませる。そして、わが国が国際社会においてとるべき針路について討論することをもとめる。

じつに壮大な計画ではあった。西アフリカ連邦民主党と名乗り、教育界から十二人が署名して党員となった。すばらしいレターヘッドができ、綱領がなかばまでできた……そこで特別警察が、われわれを捕らえにきた」

「それで強制移住させられたのですね」

「そうとも」マカンドルーズの声に、辛辣な響きがくわわった。「ベレワの治める西アフリカ連邦では、国家の敵として壁の前にならばされて銃殺されることはない。地下牢にほうり込まれたり、拷問されたりはしない。それは〝非効率的〟なのだ。化粧を拭き取ったティッシュのように捨てられるだけだ」

「でも、教授。この政治活動をはじめるまでは、リベリアに自主的にお戻りになったあと、何年かベレワ政権下で働いたことは、いなめないわけでしょう。ご自分がどういうことに巻き込まれるか、重々知っておられたはずですよ」

「たしかにそのとおりだ、レンディーノさん。しかし、わたしは愚かにも、いわれのない神話を信じてしまったのだよ」

「いわれのない神話？」

「善意ある独裁者という神話だよ。そして、そのようなものは存在しないことを、身をもって学んだ。存在するのは〝独裁者〟だけだ」

マカンドルーズは、枕から頭を持ちあげて、クリスティーンの表情をじっと観察していた。

「ひとつききたいんだがね、レンディーノさん。ベレワ将軍のことをどう思っている？ きみらの政府の政策に沿った言葉ではなく、きみ自身の考え、彼がやったことについてどう思っているかが聞きたい」

クリスティーンは、しばし黙って考えていた。「隣国に戦争を仕掛け、おおぜいの強制移住者にひどい苦しみを味わわせているという点に関して、ベレワはぜったいにまちがっている。だけど、よいこともいろいろやっているのは否定できない」

「そうなんだよ、レンディーノさん！ それに、西アフリカ連邦とそれを治めている男には、大きな悲劇的要素がつきまとっている。オベ・ベレワは、たしかにいろいろよいこともやってきた。本人は偉人であり偉大な指導者であるといえる。しかしながら、その偉業は、彼が軍事独裁者であるという事実に汚されているんだ！ よりよい暮らしができるものがひとりいるとすれば、その蔭で無数の人間が苦しんでいる」

「ムッソリーニの美点とおなじね」クリスティーンがつぶやいた。「すくなくとも彼は列車を時刻表どおりに走らせた」

「うまいたとえだ、レンディーノさん。現在、ベレワは連合して平和を守りながら繁栄する西アフリカ連邦という夢を抱いている。そういう目標にはだれも異議を唱えることはできない。

だが、その夢について、自分の書いた筋書き以外のものが国内に存在するのを、ベレワは許さない。ちがう筋書きを書いたものは放逐される！　そこにはまっすぐに引いた一本の線しかない。ベレワの流儀！　ベレワの概念！　ベレワの理想！　結局は、それがベレワと西アフリカ連邦の滅亡に通じるだろう」

激しい言葉をほとばしらせて疲れた老教授は、枕に頭をあずけた。「どんな人間でも、つねに正しいということはありえないんだ、レンディーノさん。それに、独裁者は、まちがっているときに直言する人間を持たないものだ」

（下巻につづく）

用語解説

ECOMOG（西アフリカ諸国経済共同体平和維持軍）
ＥＣＯＷＡＳがリベリアに派遣した多国籍平和維持軍。多数の西アフリカ連邦諸国の派遣部隊から成り、主力はナイジェリア軍。

ECOWAS（西アフリカ諸国経済共同体）
西アフリカの十六カ国が加盟する経済発展・安全保障のための共同体。加盟国は、ベナン、ブルキナファソ、カーポベルデ、コートジボワール、ガンビア、ガーナ、ギニア、ギニアビサオ、リベリア、マリ、モーリタニア、ニジェール、ナイジェリア、セネガル、シェラレオネ、トーゴ。

ELINT（電子情報［収集］）
レーダーその他の電子機器の電磁波の放出を分析して、戦場情報（目標の位置、システムの型式、国籍、兵力等）を収集すること。またその情報。

ＦＡＬアサルト・ライフル

ベルギーのファブリック・ナショナール製ライフルの第一世代ＦＮセミ・オートマティック・ライフルの後継機種として開発された。七・六二ＮＡＴＯ弾を使用する。いまなお第三世界の多くの国で使用されている。

ＧＰＳ（全地球測位システム）

地球周回軌道上の複数衛星から発信される電波を利用した移動局航法システム。簡便、小型、有用で、きわめて精確なこの技術は、民間・軍用の両方で文字どおり何百もの利用方法がある。米軍に支給されるすべての小銃の銃床にＧＰＳを内蔵するという案まで検討されている。

ＨＵＭＩＮＴ（人間情報［収集］）

昔ながらのスパイ活動。敵地の現場で諜報員が観察して情報を収集すること。またその情報。

Ｍ２ブローニング重機関銃

名工ジョン・ブローニングが一九一九年に設計した重量三八キログラム、五〇口径（一二・七ミリ）のこの機関銃は、爾来、いまなお生産がつづけられている。Ｃ－１３０ハーキュリーズ輸送機やカーバー・ナイフとおなじで、〝Ｍ２《マ・デュース》〟に代わるものは〝マ・デュース〟しかない。

M4モジュラー・ウェポン・システム

アメリカ軍の特殊戦部隊があらたに選択した小火器。要するに口径五・五六ミリのM16A2アサルト・ライフルの全長を短くしたカービン・タイプで、伸び縮み式銃床、ピカティニー兵器製の〝締め付け式《グラブ・タイト》〟装備取り付け架《レール・マウント》をそなえている。このマウントを利用し、任務の必要性や個人の好みに合わせて、さまざまな改良をほどこすことができる。手がけや把手を取り付けたり、一二ゲージ・ライオット・ガンもしくはM203四〇ミリ擲弾発射器を銃身下に取り付けて、火力を増強できる。単純な光学照準器からレーザー目標指定装置、暗視照準器、赤外線照準器など、さまざまな照準システムも取り付けられる。

Mk19自動擲弾発射器《オートマティック・グレネード・ランチャー》

肉切り包丁とも呼ばれるMk19は、そもそもベトナム戦争中に考案された。要するに低速・短射程の連射が可能な大砲の役目を果たす兵器で、M203擲弾発射器とほぼおなじ四〇ミリ擲弾を発射する。ヘリコプター、車輛、小型艦艇など、さまざまな乗り物に搭載され、また歩兵部隊の重火器中隊でも、M2重機関銃とおなじ三脚に取り付けて使用されている。

MOLLE（モジュラー軽量装備装着）ハーネス

アメリカ軍地上部隊で使用されている、バックパックと装備を組み合わせた新世代のハーネス。

ＮＡＶＳＰＥＣＦＯＲＣＥ（アメリカ海軍特殊部隊）
二〇〇六年に発足した、アメリカ海軍・海兵隊の特殊作戦および〝銀の弾丸〟資産（ＳＥＡＬｓ、海兵隊［特殊作戦能力］、ステルス戦部隊、特殊偵察資産、情報収集資産等）を一個の司令部によって統括する統合司令部。

ＳＩＮＣＧＡＲＳ（単チャンネル地空無線システム）
アメリカ陸軍が開発し、他の三軍も使用しつつある。戦場での戦術通信のために兵士の携帯無線機と車輛搭載無線機を改良したもので、対ＳＩＧＩＮＴ技術が使われ、音声とデータリンクの送受信をデジタル信号でスクランブル化し、電子妨害や方向探知を困難にするために、周波数帯を不規則に〝跳ぶ〟方式を採用している。

ＳＩＧＩＮＴ（信号情報［収集］）
敵の無線および電話回線を傍聴し、暗号を解読して、戦場情報を収集すること。またその情報。

ＳＭＡＷ（携帯発射多目的強襲ミサイル）
イスラエル製で、Ｂ－３００とも呼ばれている。第二次世界大戦中のバズーカ砲の子孫の軽量で構造が単純なロケット弾発射器で、地下壕や装甲戦闘車輛を破壊する威力がある。アメリカ軍では、海兵隊だけが使用している。

TACNET

多数の情報源から情報を収集して分析するシステム。無人偵察機、遠隔操作式の戦場の感知装置、地上（水上）および気球レーダー、その他のSIGINT・ELINT資産を使い、戦域で起きている出来事のリアルタイム映像や最新情報を指揮官に提供する。

イーグルアイ無人機

ボーイング・テクストロン製のイーグルアイ無人偵察機は、ベル・ボーイング製のV－22オスプレイ垂直離着陸機とおなじティルトローター機の技術を採用し、通常の飛行機のように飛ぶことも、ヘリコプターのようにホバリングすることもできる。運用範囲は直径二六〇海里で、デュアル・モード飛行能力があるため、海軍は多大な関心を示している。比較的小さな水上戦闘艦に、空中捜索および索敵監視能力を付加できるからである。

海兵隊（特殊作戦能力）

アメリカ海兵隊の戦闘部隊で、酷烈な上級訓練プログラムをくぐりぬけた隊員から成り、コマンドウ式の特殊部隊と通常の歩兵強襲揚陸部隊の両方の役割を果たす。

朝鮮戦争以来、アメリカ軍は動乱鎮圧、対テロ活動、特殊戦のために、さまざまな小規模エリート部隊を戦闘配置している。陸軍にはグリーンベレーと呼ばれる特殊作戦部隊にくわえ、デルタ・フォース、レインジャー部隊があり、海軍にはSEALs（海・空・陸特殊作戦チーム）があり、空軍にも特殊作戦飛行隊がある。海兵隊は、海兵隊そのものがエリート部隊であるから、そのような特殊部隊は不必要であるとして、こうした流れにずっと逆らっている。

サイクロン級高速哨戒艇（沿岸防衛艇）

ヴォスパー・ソーニクロフト〝ラマダン〟級高速攻撃艇の派生型。全長五二メートル、最大速力三五ノットのこの哨戒艇は、沿岸哨戒およびＳＥＡＬｓ特殊海上作戦の母船として、アメリカ海軍で十数隻が就役している。

ハイドラ70

折畳式フィンを持つ二・七五インチ・ロケット弾。もともとは地上攻撃用に航空機に搭載するために設計されたが、〈クイーン・オヴ・ザ・ウェスト〉級ホバークラフト哨戒艇（砲）の兵装に採用された。非誘導式の発射体ハイドラは、通常、発射筒から数発まとめて発射される。性能が高く、構造が単純で、対人、対装甲、焼夷弾、榴弾など、さまざまな弾頭に現場で交換できる。

プレデター無人機

アメリカ軍の使用するリモート・コントロール式無人偵察機。全長八・五メートル、全幅一五メートルという、セイルプレーン（上昇気流を利用して長時間飛べるように設計されたグライダー）に似た形で、尾部にプロペラがある。高感度テレビ・カメラと赤外線影像装置を搭載し、地上（水上）捜索用の合成開口レーダーもそなえている。哨戒区域あるいは特定の事物の上空を、最大二十四時間にわたり飛行することができ、管制所から四三〇海里の範囲までの運用が可能。

ヘルファイア

アメリカ製対戦車ミサイル。レーザー誘導システムの強力かつ精確な兵器で、海軍のＬＡＭＰＳヘリコプター部隊が使用する対小艦艇用ミサイルとして、二次的な地位を得ている。

ボグハマー

本来はスウェーデンの船舶製造会社の名称だが、イラン革命防衛隊が一九八〇年代に湾岸でタンカーを襲撃するのに用いた舟艇をさす。現在は軽量高速の武装モーターボートの総称になっている。通常全長九メートルないし一二メートルのグラスファーバーの船体で、強力な船外機によって航走する。兵装は各種の機銃や歩兵携行式ロケットなど、さまざまである。

文春文庫

シーファイター全艇発進《ぜんていはつしん》　上

定価はカバーに
表示してあります

2001年8月10日　第1刷

著　者　ジェイムズ・H・コッブ
訳　者　伏《ふし》見《み》威《い》蕃《わん》
発行者　白川浩司
発行所　株式会社　文藝春秋
東京都千代田区紀尾井町3-23　〒102-8008
TEL 03・3265・1211
文藝春秋ホームページ　http://www.bunshun.co.jp
文春ウェブ文庫　http://www.bunshunplaza.com

落丁、乱丁本は、お手数ですが小社営業部宛お送り下さい。送料小社負担でお取替致します。

印刷・凸版印刷　製本・加藤製本

Printed in Japan
ISBN4-16-752782-0

海外エンタテインメント

ステルス艦カニンガム出撃
ジェイムズ・H・コッブ（白幡憲之訳）
二〇〇六年——アルゼンチン軍、英南極基地を占拠。不審な行動をとるア政府の真意を摑めぬまま、女艦長アマンダ率いるステルス駆逐艦が、智略とハイテクを駆使し孤独な戦いを挑む。
コ-11-1

ストームドラゴン作戦
ステルス艦カニンガムII
ジェイムズ・H・コッブ（伏見威蕃訳）
民主勢力の蜂起により内戦の火種を抱える中国に、台湾が侵攻を開始した。核戦争の危機を収拾すべく、ステルス艦カニンガムは、再び戦火の海へ。好評の近未来軍事スリラー、第二弾。
コ-11-2

タイフーン謀叛海域
マーク・ジョーゼフ（田村義進訳）
ソ連邦解体前夜、史上最強最大のタイフーン級潜水艦が政府に対し叛旗をひるがえした。すかさず同級艦開発責任者ゼンコが叛乱制圧のため出撃、白海海面下に熾烈な攻防を展開する——。
シ-6-1

悪魔の参謀（上下）
マレー・スミス（広瀬順弘訳）
ニューヨーク市警のタフな刑事、麻薬シンジケートに挑戦する英国情報部員、IRAに脅迫される判事、そして作者は元特殊部隊工作員——フォーサイス絶賛の九〇年代国際サスペンス登場。
ス-5-1

ストーン・ダンサー（上下）
マレー・スミス（広瀬順弘訳）
〝ストーン・ダンサー〟とは、いったい誰だ？　世界経済のアキレス腱に仕掛けられた空前絶後のハイテク・テロに、イギリス情報部員、われらのジャーディンがひとり毅然と立ち向かう！
ス-5-3

キリング・タイム（上下）
マレー・スミス（広瀬順弘訳）
テロを許すことができない新米スパイと、目前のテロには目をつぶり組織の壊滅的打撃をめざすSIS工作管理本部長デヴィッド・ジャーディン。二人の対立の狭間で殺戮のときは迫る。
ス-5-5